Isabel Renner
Das Wandeln in Traumwelten sowie das Niederschreiben dieser Geschichten sind schon immer ein großer Teil von Isabel Renner. Wenig überrschend kann ihr die triste Tätigkeit als Steuerfachangestellte nicht dauerhaft gerecht werden. Darum hängt sie ihre berufliche Karriere an den Nagel, um ihr Abitur nachzuholen und schließlich in Konstanz Sprachwissenschaft zu studieren, wo sich auch ihre Liebe zum Schreiben weiterentwickelt. Mit ihrem Mann und ihren zwei Kindern wohnt sie mittlerweile an der Nordsee und schreibt am liebsten Romance, New Adult und Romantasy.

Isabel Renner

SCHATTEN ÜBER CORNWALL

Erstausgabe Juni 2023

SCHATTEN ÜBER CORNWALL

ISBN 978-3-98778-317-3
E-Book-ISBN 978-3-98778-189-6
Hörbuch-ISBN 978-3-98778-603-7

Covergestaltung: Larissa Siepmann
Umschlaggestaltung: ARTC.ore Design

Unter Verwendung von Abbildungen von
shutterstock.com: © Evannovostro, © Sv Svetlana,
© Rebecca Schmidt
stock.adobe.com: © philipbird123, © pe3check
Lektorat: Sandra Florean

Satz: dp DIGITAL PUBLISHERS GmbH
Druck und Bindung: Books on Demand GmbH, Norderstedt

Für meine Oma und meine Mutter
Unterschwellig gab es für mich beim Schreiben eine Parallele zwischen euch beiden und Calandra und Cadis

TRIGGERWARNUNG

Dieser Roman, speziell das Kapitel 17, enthält triggernde Themen, wie Mobbing, Tod, Trauer und Schwangerschaftsabbruch.

Kapitel 1 – Cadis

Cornwall, England, vor ca. 20 Jahren

„Da! Sie ist da hinten beim Wald!“

„Aber wie ist sie rausgekommen?“

„Ist doch egal! Los, hinterher!“

Mehr hörte Cadis nicht. Ihr Keuchen und das Pfeifen des Windes in ihren Ohren waren zu laut. Sie rannte über die nicht enden wollende Wiese, so schnell sie ihre jungen Beine trugen. Die kleine Figur in der Hand hielt sie fest umklammert. Darléne und Nigel würden sie bald eingeholt haben. Sie waren älter, schneller und zu zweit. Wenn sie ihnen entkommen wollte, würde ihr das nur im Wald gelingen.

Schweiß rann ihr den Rücken hinab, ihre Lungen brannten. Doch sie hastete weiter, ohne sich umzudrehen. Endlich erreichte sie den schützenden Wald. Das Grün des Blätterdachs schluckte viel des Tageslichts. Der Untergrund wurde weicher, das Laufen mühsamer.

Entsetzt stellte Cadis fest, dass der Wald nicht so dicht war, dass sie sich vor ihren Verfolgern verstecken konnte. Ihr blieb nur eine Wahl: Sie musste die Laufwege verlassen.

Es machte ihr Angst, doch sie stellte sich vor, dass es wie in einer ihrer Geschichten war, in denen sie mutig den Dschungel durchquerte.

Im Unterholz knackte und raschelte es bei jedem Schritt geradezu ohrenbetäubend.

„Schhht“, flehte Cadis verzweifelt, aber es half nichts. Als sie Stimmen hörte, erstarrte sie. Möglichst ruhig duckte sie sich hinter einen Baum und betete. Die Hitze strahlte von ihrem Körper ab, ihre Atmung hatte sich kaum beruhigt, ihr Herzchen pochte wie wild und das Blut rauschte in ihren Ohren.

„Wo ist sie?“, rief Nigel und Cadis zuckte zusammen. Sie waren schon zu nah.

„Sie muss in der Nähe sein. Wie kann man beim Laufen nur so viel Krach machen?“

Plötzlich ertönte ein aufgeschrecktes Rascheln, gefolgt vom Geräusch zerbrechender Äste und einem rhythmischen Klopfen, das rasch näherkam.

Rehe.

Cadis gefror das Blut in den Adern. Es kam selten vor, aber sie wusste aus eigener Erfahrung, dass die sonst so scheuen Tiere unter bestimmten Umständen äußerst aggressiv sein konnten und auch angriffen.

Im selben Moment sprangen ihr die Rehe bereits entgegen. Ein spitzer Schrei entschlüpfte ihrer Kehle, ehe sie herumfuhr und um ihr Leben rannte.

In Panik kletterte sie eine Böschung hinauf, geriet ins Stolpern und fiel auf der anderen Seite hinunter. Die Blätter federten ihren Sturz ab. Doch die morschen Äste auf dem Boden verdroschen sie wie mit einem Knüppel. Schmerzen bohrten sich stechend in Arme, Rippen, Hüfte und Beine. Die kleine Figur aus ihrer Hand hatte sie verloren, aber das war gerade nicht mehr wichtig. Cadis biss die Zähne zusammen, rappelte sich auf und rannte weiter, quer durch den Wald, durch Dornenbüsche und über umgestürzte Bäume.

Immer wieder vertrat sie sich und fiel hin, doch kein Schmerz und keine Wunde hinderte sie am Weiterlaufen. Sie floh, bis sie nach einem erneuten Sturz nicht mehr aufstehen konnte und um Luft ringend liegenblieb. Es hatte keinen Sinn mehr. Wenn sie nun überrannt werden würde, wäre das ihr Schicksal. Sie lauschte angestrengt, aber das Getrappel der Rehhufe war verklungen. Erleichtert betrachtete sie die Kronen der mächtigen Bäume, die sie umgaben. Kleine Punkte flirrten über ihr Sichtfeld.

Je weiter sich ihr Atem verlangsamte, desto deutlicher spürte sie die Schmerzen in ihrem Körper, das Brennen von Schürfwunden und Rissen. Sie wollte nicht wissen, wie ihre Kleidung aussah. Sollte sie je wieder nach Hause finden, würde ihre Mutter sie gehörig schelten.

Nach Hause. Schwerfällig setzte sie sich auf und sah sich um. Wie kam sie nach Hause? Langsam stellte sie sich auf ihre zitternden Beine. Gerade, als sie den ersten Schritt wagte, trat sie gegen etwas ungewöhnlich Hartes. Es war definitiv nichts, was sich normalerweise auf dem Waldboden befand. Cadis bückte sich, um genauer zu erkennen, was sich unter den vermodernden Blättern verbarg.

Schienen.

„Was hat das zu bedeuten?" Ihr Herz machte einen aufgeregten Hüpfer. Sie nahm einen langen Stock, mit dem sie die Schienen ertasten konnte, und folgte ihnen.

Sowohl ihre Erholung als auch die Suche nach dem

Heimweg mussten vor ihrer Abenteuerlust kapitulieren.

Schon sehr bald verlor der Wald an Dichte. Immer breiter öffnete sich das Blätterdach und gab den Blick auf den grauen Himmel preis. Die Blätter, die die Schienen bedeckten, wurden ebenfalls weniger, bis das rostig-rote Metall schließlich frei lag.

Ein gleichmäßiges Rauschen, das zwischen den Baumstämmen hindurch glitt, ließ sie wissen, dass sie sich in unmittelbarer Nähe der Küste befand. In diesem Teil des Waldes war sie noch nie gewesen. Sie hatte nicht einmal gewusst, dass der Wald bis ans Meer reichte. Ehrfürchtig schritt sie weiter voran, bis sie in der Ferne etwas entdeckte. Es sah aus wie eine Wand oder eine Mauer. War es vielleicht ein Gebäude? Ihr Puls beschleunigte sich, als sie zum erneuten Spurt ansetzte.

Was sie jedoch vorfand, war kein Gebäude. Es war ein Zaun. Ein riesiger Bauzaun, bestimmt dreimal so hoch wie sie selbst. Seine metallenen Füße steckten in immensen Betonschuhen und er war eingewickelt in den bodenlangen anthrazitfarbenen Mantel einer gewaltigen Plane. Grünspan bedeckte den oberen Teil.

Was mochte sich dahinter verbergen? Niemand stellte einen Bauzaun grundlos in einen Wald. Neugierig krabbelte Cadis auf allen vieren und versuchte, einen Blick darunter zu erhaschen. Doch die Plane blieb unnachgiebig und gab nichts von dem Preis, was sie verbarg.

Entmutigen ließ sich Cadis davon jedoch noch lange nicht. Als nächstes lief sie komplett um den Bauzaun herum, der ein erstaunlich weitläufiges Areal umfasste.

Möglicherweise gab es irgendwo einen Durchgang oder wenigstens ein Loch, durch das sie schauen konnte. Im Gehen strich sie über das dicke Material. Etwas Außergewöhnliches befand sich hinter dieser Absperrung, das fühlte sie in jeder Faser ihres Körpers.

Doch egal, wie gründlich sie suchte und abtastete, gab es nicht eine Schwachstelle. An beiden Seiten endete der Zaun jeweils an einem Steilhang, beziehungsweise ragte ein Stück über diesen hinaus. Das war zu gefährlich. So sehr Cadis das Abenteuer auch liebte, war das sogar für sie zu waghalsig.

Für den Moment gab sie sich geschlagen. Die Dämmerung würde bald einsetzen und wenn sie den Weg nach Hause finden wollte, musste sie aufbrechen.

„Das ist noch nicht vorbei. Ich komme wieder, versprochen", flüsterte sie mit einem letzten Blick auf das undurchdringliche Hindernis. Dann nahm sie ihren Stock und folgte den Schienen zurück in den Wald.

Tatsächlich war der Heimweg unerwartet einfach. Die Gleise brachten sie quer durch den Wald, vorbei an der Stelle, an der sie die Figur verloren hatte, vorbei an dem Ort, an dem die Rehe aus ihrer Deckung gesprungen waren. Die Schienen waren die ganze Zeit da gewesen, hatten sie begleitet und Cadis hatte es nicht bemerkt.

Schließlich bogen die Schienen ab, wollten Richtung Straße. Cadis verabschiedete sich. Sie hatte ihre Orientierung zurück.

„Wo bist du gewesen? Und wie siehst du überhaupt aus?", fuhr ihre Mum sie an, als sich Cadis durch die große Eingangshalle geschlichen hatte und gerade die breite Marmortreppe zu ihrem Zimmer hinaufwollte. Damit war der Plan, sich unbemerkt umzuziehen, zunichtegemacht.

Zarte Geigenklänge schwebten durch die Halle.

„Ich … ähm, ich war im Wald und bin … gestürzt." Cadis sah auf ihre dreckigen Schuhe. Es hatte keinen Sinn, ihrer Mutter die Wahrheit zu sagen, ihr zu erzählen, was ihre Geschwister ihr wieder angetan hatten. Viele der blauen Flecken, mit denen ihr Körper mittlerweile übersäht war, kamen von den Stürzen gerade – aber längst nicht alle.

„Du siehst aus, als hättest du mit einem Aktenvernichter Tango getanzt."

Cadis wusste nicht, was das bedeutete.

Ihre Mutter seufzte. „Liebling, ihr sollt nicht in den Wald gehen. Was sagt euer Vater immer?"

„Der Wald ist gefährlich", antwortete sie monoton. „Ich weiß, Mum. Es kommt nicht wieder vor."

„Das will ich hoffen. Denn so, wie du aussiehst, hat er recht. Louisa deckt gerade den Tisch. Dinner ist gleich fertig. Wasch dich und zieh dir etwas *Anständiges* an."

„Ja, Mum."

„Der Geschäftspartner deines Vaters wird heute mit uns zu Abend essen. Ich *erwarte*, dass du dich bei Tisch benimmst."

„Ja, Mum."

Ihre Mutter warf ihr einen letzten eindringlichen Blick zu, dann drehte sie sich so schwungvoll um, dass ihre blonden Haare galant durch die Luft flogen, und lief gleichmäßig klackernd davon.

Cadis sah ihr nach. Sie liebte ihre Mutter wirklich, aber manchmal machte sie ihr Angst. Ihre Stimmungen schlugen schneller um, als das Pendel der großen Uhr im Wohnzimmer. In einem Moment war sie wütend, im nächsten liebenswert, dann plötzlich streng oder unsäglich traurig. Hüh und Hopp, Zuckerbrot und Peitsche. Das war so, seit Cadis denken konnte. Warum ihre Mum so war, wusste sie nicht. Ebenso wenig, wie sie verhindern konnte, dass ihre Mutter wütend oder traurig wurde. Cadis war sich sicher, dass es an ihr lag. Sie machte immer alles falsch und verärgerte ihre Mutter unentwegt.

Für einen Augenblick lauschte sie den Klängen der Geigen. Sie hatte es auch versucht. Stundenlang, jahrelang. Wie ihre Geschwister. Doch es war hoffnungslos gewesen. Egal, wie sehr sie sich bemüht hatte, es quietschte unsäglich und irgendwann hatte Mum ihre Geige zerbrochen und aus dem Fenster geworfen. Sie war eben kein Wunderkind wie ihre Geschwister. Für Cadis war das in Ordnung, aber sie fürchtete, dass es das für ihre Mum nicht war.

Niedergeschlagen ging sie nach oben. Im Bad bändigte sie ihr dunkles, lockiges Haar bestmöglich mit einem Zopfgummi. Es musste nur reichen, bis sie sich gewaschen hatte. Sie zog sich die Kleider aus und wusch sich, ohne ihren Körper anzusehen. Das machte sie schon lange nicht mehr.

„Cadi pielen?“ David kam ins Bad getapst. Drei Jahre war der kleine Knuffel alt und er vergötterte sie. So oft war er der Einzige, der sie gut fand. Bei allen anderen schien die Liebe an Bedingungen geknüpft zu sein oder schlichtweg nicht zu existieren.

Bevor Cadis antworten konnte, läutete Louisa das Glöckchen. „Wir haben keine Zeit mehr zum Spielen, Davi. Wir müssen zum Essen." Hastig rubbelte sie sich notdürftig trocken, rupfte willkürlich Klamotten aus ihrem Schrank und zog sich diese über. Dann nahm sie David an die Hand und ging mit ihm vorsichtig die Treppe hinunter.

Im Esszimmer saßen bereits vier Personen an dem langen Mahagonitisch, der festlich in Weiß eingedeckt war. Ihre Mutter huschte wie ein aufgeschrecktes Vögelchen zwischen Tisch, Küche und Louisa hin und her. Eigentlich gehörte es zu Louisas Aufgaben, für das Dinner und die Bewirtung zu sorgen, aber bei hohem Besuch vertraute ihre Mutter niemandem. Trotz der Hektik blieb ihre Mum abrupt stehen, als sie Cadis erblickte und zog eine Augenbraue hoch. Darléne und Nigel schnaubten und kicherten ungeniert.

„Bist du in ein Bonbonglas gefallen?", fragte Darléne belustigt.

Cadis sah an sich hinunter. Pinkfarbene Hose, orangefarbener Pullover mit einem großen blauen Kreis darauf. Sie sah wirklich albern aus. Warum besaß sie überhaupt solche Klamotten?

Dennoch reckte sie das Kinn und setzte sich.

Cadis' Vater räusperte sich. „Gut, da nun alle sitzen, möchte ich euch Kindern meinen geschätzten Anwalt und Kollegen Roger Carswell vorstellen." Damit deutete er auf den stattlichen Mann mit glänzender Kopfhaut, der in einem eselgrauen, viel zu engen Anzug steckte. Cadis verstand nicht, warum ihr vorgeworfen wurde, wie ein Bonbon auszusehen. Er war zwar gänzlich farblos, aber von der Form her glich Roger Carswell der Süßigkeit mehr.

Der graue Bonbonmann nickte.

„Roger, das sind meine Ältesten, die Zwillinge Nigel und Darléne“, begann Cadis' Vater und zeigte mit unverhohlenem Stolz auf seine Vorzeigebrut. „Bereits mit ihren zehn Jahren sind sie wahre Virtuosen an der Geige und Landesbeste in sämtlichen Schultests – der Unterricht zu Hause zahlt sich bei den beiden wirklich aus.“

Roger nickte erwartungsgemäß anerkennend. „Dann dürfen wir ja Großes von euch erwarten.“

„O ja“, bestätigte ihr Vater.

Die Zwillinge waren äußerst geschickt darin, einen unschuldig liebevollen Blick aufzulegen, inklusive Heiligenschein und leuchtender Aura. Cadis ballte ihre Händchen. Sie hasste das manipulative Verhalten ihrer Geschwister. Sie war die Einzige, die wusste, was sich für abscheuliche Kreaturen hinter dem hellblonden Schopf, dem liebreizenden Antlitz und den blassblauen Augen verbargen.

„Daneben sitzt unser Jüngster, David“, erklärte der Vater weiter.

Der Kleine unterbrach seine Aktivität des Spuckeblasenmachens irritiert, als sich Rogers Mundwinkel schwerfällig in dessen fleischige Wangen schoben – ein Lächeln? Cadis jagte es prompt einen Schauer über den Rücken.

„Und das ist Cadis.“

Rogers träger Blick ruhte abwartend auf ihr. Sollte sie etwas sagen? Unsicher winkte sie.

„Deine Haare“, zischte ihre Mutter von hinten. Erst jetzt fiel ihr ein, dass sie noch immer den Zopf trug. Eilig zog sie das Zopfgummi trotz einigem Widerstand hinaus. Ihre Locken schnellten nach vorn und feiner Sand, Blätterreste und ein Stöckchen fielen auf ihren Teller. Darléne und Nigel brachen in gehässiges Gelächter aus.

„Oh, Verzeihung.“ Cadis wischte den Unrat unbedacht neben sich.

„Auf den Boden?“, fauchte die Mutter. „Hast du denn überhaupt kein Benehmen?“

Cadis war überfordert.

„Was kommt da als Nächstes raus? Ein Eichhörnchen?“, flüstere Darléne ihr zu.

„Genug Platz hätte es allemal“, bestätigte Nigel.

Cadis ignorierte diese Kommentare. Unter den Argusaugen von Roger Carswell wollte sie sich mit dem haarumrankten Gummi wieder einen Zopf machen, bevor noch mehr Waldboden von ihrem Kopf rieselte. Eilig löste sie die Haare von dem Band, wusste aber nicht, wo sie diese lassen sollte, und sah sich unsicher um. Ihr Vater hatte seine Augen hinter einer Hand verborgen und schüttelte den Kopf.

„Ich würde sagen, sie ist genau, wie du sie beschrieben hast, Lewis“, sagte Roger mit seiner froschgleichen Stimme zu Cadis’ Vater, der resigniert nickte.

Cadis senkte den Kopf und verknotete unter dem Tisch ihre Finger samt Zopfgummi und Haaren ineinander. Auf ihrem Stuhl sitzend, der für sie viel zu groß war, schlug sie lautlos ihre baumelnden Füße gegeneinander.

Das war der Moment, in dem ihr klar wurde, dass sie endlich auf die Suche gehen musste. Dass sie kein Teil *dieser* Familie sein konnte, war ihr längst klar. Jetzt war es Zeit, herauszufinden, wer sie war und zu wem sie wirklich gehörte.

Und sie wusste auch schon genau, wo sie Antworten finden würde.

Am nächsten Tag bewaffnete sich Cadis mit einer Bastelschere und einer von Louisas Stricknadeln und stahl sich nach dem Mittagessen in den Wald. Sie würde es ihnen zeigen. Ihnen allen. Vielleicht verbarg sich hinter dem Bauzaun eine weniger grausame Parallelwelt oder ein Kinderheim, aus dem sie möglicherweise einst entführt worden war. Oder aber – dieser Gedanke ängstigte sie ebenso sehr, wie er sie berauschte – hinter diesem Zaun würde sie ein verlassenes Haus finden. Diese Tyrannen, bei denen sie lebte, konnten unmöglich ihre leibliche Familie sein. Bestimmt war sie als Baby von einer anderen Familie gestohlen worden, um Laborversuche mit ihr zu machen. Ihre echten Eltern waren brutal ermordet worden und nun vertuschten die neuen Eltern alles und taten, als würde Cadis zu ihrer Familie gehören. Doch ihre Tarnung war zu schlecht. Vielleicht befanden sich in diesem Haus sogar noch die sterblichen Überreste ihrer leiblichen Eltern. Das wäre ein Schock. Dennoch würde sie nichts davon abhalten, ihre Geschichte herausfinden. Und wenn es sie ihr Leben kostete.

Düstere Gedanken dieser Art gehörten leider ebenso zu Cadis wie ihre dunklen Locken.

Der Weg zu dem Zaun war heute viel einfacher, da die Eisenbahnschienen teilweise noch freigelegt und damit gut zu sehen waren.

Kaum hatte sie ihr Ziel erreicht, suchte Cadis eine Stelle in der Plane, die sie für geeignet hielt. Zunächst versuchte sie, die Nadel in den dicken Polyesterstoff zu bohren, ohne Erfolg. Er war zu fest und absolut unnachgiebig. Anschließend war die Schere an der Reihe, jedoch musste sie schnell feststellen, dass diese zu stumpf war. Sie versuchte es noch an drei weiteren Stellen, mit demselben Ergebnis. Frustriert, wenngleich nicht entmutigt, ging sie zurück und schmiedete einen neuen Plan.

Den Tag darauf hatte sie eine Rosenschere dabei und ein Messer aus der Küche, das sie in einem unbeobachteten Moment stibitzt und sicherheitshalber in ein Geschirrtuch gewickelt hatte. Doch auch mit der Schere gelang es ihr lediglich, den Planenstoff zwischen den Scherenblättern einzuklemmen. Das Messer war noch nutzloser. Wahrscheinlich fehlte es ihr an Kraft.

Kurzzeitig fragte sich Cadis, ob die Plane brennbar war, doch mit den umliegenden Bäumen war das Risiko eines Waldbrandes zu hoch.

Am nächsten Tag nahm sie ihre Prickelnadel und die extrem spitze Nagelschere ihrer Mutter mit. Mit dieser hatte sie schon Löcher in Gurkenglasdeckel gepikt. Wenn es mit der nicht funktionierte, dann mit keiner.

Gerade, als der Wald sie in sich aufgenommen hatte, traten Darléne und Nigel plötzlich hinter einem Baum hervor und versperrten ihr den Weg. Cadis' Körper versteifte sich.

„Na, wohin des Wegs, Rotkäppchen?", fragte Nigel mit diesem gefährlich lauernden Unterton.

Cadis wusste, dass es am schlausten war, nichts zu sagen. Sie würden alles, was sie sagte, erbarmungslos gegen sie verwenden.

Nigel war über einen Kopf größer als sie und wirkte extrem einschüchternd. Das teuflische Genie, die Gedankenleserin, die Puppenspielerin, war jedoch Darléne. Nicht, dass Nigel ohne seine Schwester nett gewesen wäre, ganz und gar nicht. In ihm schlummerte ebenso viel Serienkillerpotenzial. Er hatte nur häufiger keine Ahnung, was er tat und warum. Dafür riss er seine Klappe umso weiter auf.

„Lasst mich in Ruhe. Ich möchte nur spazieren gehen", brummte Cadis. Sie mied den direkten Blickkontakt.

„Du und spazieren gehen?" Darléne lachte glockenhell auf. „Eine lahmere Ausrede ist dir nicht eingefallen?" Sie schüttelte mitleidig den Kopf. „So klein und so unglaubwürdig. Du bist wirklich zu bedauern."

„Was wollt ihr?"

„Die Figur, die du uns vorgestern geklaut hast!"

„Das war *meine*! Und *ihr* habt sie *mir* gestohlen!"

Darléne ging einen Schritt auf Cadis zu. „Die Arme leidet unter einer völlig verzerrten Wahrnehmung."

„Tue ich nicht!", protestierte Cadis. Ihre Augen brannten, ihr Körper bebte. „Grandma hat mir diese Figur geschenkt."

Den Zwillingen verrutschten ihre Mienen um keinen Inch. „Du hast sie dir einfach genommen. Das ist kein Schenken."

„Grandma Calandra hat sie *für mich* geschnitzt."

„Lügnerin!", rief Nigel. Sein Gesicht färbte sich puterrot ein.

Darléne legte einen Finger an die Lippen. „Was machen wir denn jetzt nur mit ihr?"

„Ihr könntet mich in Ruhe lassen", schlug Cadis vor trotz des Wissens, dass die beiden niemals darauf eingehen würden. „Ich bin hier im Wald, damit habt ihr zu Hause eure Ruhe."

„Das interessiert uns nicht, du kleine Made... was ist?" Verwirrt sah Nigel zu seiner Schwester, die ihn am Arm zurückhielt.

„Sie hat recht."

„Was?!", kam es von Nigel und Cadis wie aus einem Mund.

„Überleg doch mal, Nigel, wir können die Zeit nutzen, uns einzuschmeicheln. Mum und Dad zeigen, dass die Familienplanung nach uns hätte enden sollen. Und wenn Cadis so gerne Bäume umarmt, können wir endlich eine Familie zu viert sein."

„Was ist mit David?", erkundigte sich Nigel.

Sie zuckte mit ihren schmalen Schultern. „Jede Familie braucht ein Haustier. Komm." Damit gingen sie beide zurück über die riesige gepflegte Grünfläche zu dem auf einem kleinen Hügel thronenden Herrenhaus.

Cadis wartete, bis sie im Haus verschwunden waren, ehe sie ihren Weg fortsetzte. Ein mulmiges Gefühl blieb dennoch.

Doch in dem Moment, als sie den Zaun erreichte, waren ihre Geschwister vergessen. Die Euphorie war zu groß. Ohne zu zögern, machte sie sich ans Werk. Und tatsächlich. Nach einigem beherzten Bohren mit der Prickelnadel und vollem Körpereinsatz war die Barrikade endlich durchbrochen. Ein winziges Loch zierte die starke Plane.

Zitternd vor Freude und Anspannung zog sie nun die Nagelschere hervor und schob sie kraftvoll in das Löchlein. Sie musste die Schere einige Male drehen, und immer wieder neu ansetzen, doch es gelang ihr, den Durchbruch Stück für Stück zu vergrößern. Zielstrebig machte sie weiter, bis ihr Arm derart schmerzte, dass sie die Schere kaum mehr festhalten konnte. Das Loch hatte nun einen Durchmesser von etwa einem Daumennagel – groß genug, um hindurchspähen zu können.

Zunächst erkannte Cadis nichts, außer einer Menge Grün: Sträucher, Bäumchen, mannshohes Gras. Auch hier lag viel altes Laub. Es dauerte, bis sie begriff, dass dieses Grün nicht einfach da war, es überwucherte etwas. Jetzt erkannte sie vereinzelt einen Untergrund aus Beton, kleine Häuschen und Gerüste. Was war das nur?

Cadis rieb sich über die bereits erschöpften Augen und die Wangen, bevor sie die fremde Landschaft weiter erkundete.

Ihr Blick blieb schließlich an etwas hängen, das aussah wie ein Pferdekopf.

Erschrocken taumelte sie zurück, stolperte und fiel hin. Lag hinter diesem Zaun etwa eine alte Schlachterei? Ihr wurde übel, doch sie zwang sich, aufzustehen und wieder durch das Loch zu sehen. Sie musste wissen, was auf der anderen Seite war. Jeder Hinweis, den sie fand, war eine Erklärung für ihr ganzes Leben. Waren ihre sogenannten *Eltern* Schlachter gewesen, die ihren leiblichen Eltern ihr Anwesen weggenommen hatten?

Angestrengt schaute sie sich den Bereich rund um den Pferdekopf an. Da waren noch mehr von denen. Sie wirkten gespenstisch, mit starrem Blick. Erst bei genauerem Hinsehen erkannte Cadis verblasste und abgeplatzte Farbe. Es waren nur Figuren. Die meisten von ihnen an Stäben, die hinauf zu einem überwucherten Rondell führten.

Konnte das sein? War es möglich, dass ...?

Erst jetzt fiel ihr die verblasste Farbe zwischen dem ganzen Grün auf. An den Giebeln der kleinen Häuser waren vereinzelt Glühbirnen zu erkennen. Das waren keine Häuschen, das waren Buden. Und die Gerüste waren ... *Karussells*! Mit weit aufgerissenen Augen schreckte Cadis hoch. Dahinter. Hinter diesem Zaun, hinter dieser Plane lag ...

„Ein Jahrmarkt", flüsterte sie.

Das warf allerdings mehr Fragen auf, als es beantwortete.

Ehe sie weiterdenken konnte, raschelte es hinter ihr. Als sie herumfuhr, sah sie ihre Geschwister davonrennen.

„O nein, so ein Mist." Das würde zu Hause ein gewaltiges Donnerwetter geben.

Eilig stopfte sie Schere und Nadel in ihre Tasche und rannte ebenfalls zurück. Je eher sie dort ankam, desto weniger Zeit würden die Zwillinge haben, Lügengeschichten über sie zu erzählen, oder, wie in diesem Fall, ausnahmsweise die Wahrheit.

Völlig außer Atem erreichte Cadis das Haus. Sie lief direkt hintenrum über die Veranda ins Wohnzimmer, wo sie abrupt stehenblieb.

In dem großen dunkelgrünen Ohrensessel in der Mitte des Raumes saß eine ältere Dame, die graumelierten Haare in einen ordentlichen Dutt gebunden. Herzensgute dunkle Augen funkelten ihr über den Rand einer Halbbrille entgegen.

„Hallo, Liebes", begrüßte die Dame sie mit sanfter Stimme. Sie schlug das Buch auf ihrem Schoß zu und nahm die goldgerahmte Brille ab. Ein wenig wirkte sie auf Cadis wie ein Zauberwesen. „Du bist ja ganz aus der Puste. Hast du einen Geist gesehen?" Um ihre Augen herum bildeten sich viele schöne Fältchen. „Weißt du, als du kleiner warst, sind wir oft auf Geisterjagd gegangen – was wir dabei alles gefunden haben ... Erinnerst du dich noch?"

„Hallo Grandma", keuchte Cadis. „Ich wusste nicht, dass du ... uns heute besuchst."

„Ja, es war eine spontane Idee, meine Lieblingsenkelin mal wieder zu besuchen." Sie zwinkerte Cadis zu. „Ich habe mir nämlich heute etwas besonderes für uns beide ausgedacht. Eine kleine Schnitzeljagd. Aber sag du zuerst, was liegt dir so schwer auf dem Herzen?"

„Ich wollte nur ... Sind Nigel und Darléne schon da?"

„Hm, gesehen habe ich sie nicht, allerdings gab es irgendwo Radau. Ich nehme an, das waren sie."

Gutmütig lächelnd sah sie zu ihr hinüber. „Was ist denn passiert, mein Liebes?“

Da Cadis’ Atem ihr langsam wieder gehorchte, plapperte sie direkt los, solange sie noch die Chance dazu hatte. „Granny, ich war in unserem Wald und es war so unglaublich. Hinten, an der Bucht steht ein Zaun mit einer Plane. Und weißt du, was dahinter ist? Ein Jahrmarkt! Ich glaube, da ist ein Jahrmarkt! Ich habe Buden gesehen und Karussells!“ Die Worte sprudelten nur so aus ihr hervor. In ihrer Euphorie entging ihr, dass sämtliche Wärme aus den Augen ihrer Großmutter verschwunden war. Blass starrte diese sie an. Cadis wollte gerade mit ihrer Erzählung fortfahren, als die Wohnzimmertür aufflog und die Zwillinge mit ihrem Vater hineingestürmt kamen. Sein Gesicht glühte hochrot.

„Cadis! Bist du von allen guten Geistern verlassen? Was hast du dir dabei gedacht?“, brüllte er. „Du bist wirklich eine Schande für die Familie! Du gehörst übers Knie gelegt!“

Die Zwillinge blieben zufrieden grinsend bei der Tür stehen.

Cadis zog den Kopf ein. Bevor sie sich verteidigen konnte, ließ sie ein lauter Knall zusammenzucken. Erschrocken und aus dem Konzept gebracht, liefen alle zum Wohnzimmerfenster.

Auf der Veranda lag der leblose Körper eines Vogels. Cadis brach es das Herz. Ein kleiner, dunkler Vogel, etwa so groß wie eine Amsel lag in der höhnenden Sonne, den Kopf unmöglich verdreht.

Saure Galle kroch ihre Speiseröhre hinauf.

Wieder vernahmen sie ein dumpfes Geräusch und drehten sich um. Der Anblick, der sich Cadis nun bot, fraß sich geradezu auf ihre Netzhaut.

Ihre Grandma saß noch immer in dem Sessel, doch das Buch auf ihrem Schoß war zu Boden gefallen. Ihr Körper zitterte, sie japste nach Luft, griff sich an die Brust, bog und krümmte sich.

Ihr Vater reagierte sofort. „Fiona, ruf einen Notarzt“, wies er ihre Mutter an, die gerade das Wohnzimmer betreten hatte. Sie nickte und nahm Cadis und die Zwillinge mit aus dem Zimmer. Bevor sie die Tür schloss, erhaschte Cadis noch einen Blick auf die Szenerie in der ihr Vater ihre Großmutter vorsichtig aus dem Sessel hob und auf den Boden legte. Die sonst so liebevolle und ruhige Frau ruderte mit den Armen, wimmerte und röchelte. Für Cadis war das zu viel. Sie konnte nicht mehr atmen, ihr Inneres brannte, ihr wurde schwindelig und in ihren Ohren rauschte es. Sie konnte immer weniger erkennen, als würden dunkle Wände ihr Sehfeld nach und nach verkleinern. Schließlich gaben ihre Beine unter ihrem Gewicht nach. Der Marmorboden war kalt und hart. Bevor sie den Schmerz jedoch richtig wahrnehmen konnte, breitete sich Dunkelheit über ihr aus.

„Cadis? He, Cadis. Wach auf. Jetzt ist keine Schlafenszeit“, vernahm sie zunächst dumpf, dann immer deutlicher die Stimme ihrer Schwester. Hatte sie alles nur geträumt?

Langsam öffnete sie ihre Lider. Der Geschmack von Erbrochenem lag penetrant auf ihrer Zunge und ließ sie erneut würgen. Kein Traum. Der Jahrmarkt, die wütenden Eltern, der tote Vogel, die kollabierende Granny.

„Okay, wie ich sehe, bist du wieder zurück, Schwesterchen“, sagte Darléne. „Die Kotze machst du selbst weg und bitte bevor der Notarzt hier eintrifft. Das ist wirklich ekelig.“ Sie zog ihre feine Nase kraus. Dann erhob sie sich und reichte Cadis die Hand. „Na, komm schon, hoch mit dir.“

„Warum hilfst du mir?“

„Tu ich nicht. Und jetzt frag nicht so viel, und mach das weg, von dem Gestank wird mir übel.“

Zögernd ergriff Cadis die Hand ihrer Schwester und ließ sich von ihr hochziehen. Danach ging sie willenlos ins Bad, holte Toilettenpapier und einen Eimer mit Wasser und Seife und machte sich ans Werk.

Keine Minute zu früh wurde sie fertig. Die Eingangstür flog auf und Nigel rannte herein, zwei stämmige Sanitäter im Schlepptau. Der eine schob eine Fahrtrage, während der andere mit einer dunklen Ledertasche bewaffnet war. Nigel brachte sie ins Wohnzimmer. Noch immer hörten sie ihre Granny wimmern. Eine Träne nach der anderen löste sich aus Cadis´ Augen.

„Das habe ich nicht gewollt“, flüsterte sie.

Darléne schwieg. Eine der nettesten Gesten, die sie je für Cadis übriggehabt hatte.

Nur wenig später öffnete sich die Wohnzimmertür erneut. Auf der Trage wurde ihre Granny hinausgebracht. In ihrem Arm verschwand ein dünner Schlauch, an dessen anderem Ende sich eine Flasche mit einer durchsichtigen Flüssigkeit befand. Das Zittern schien nachgelassen zu haben. Spuren von

Tränen zierten ihre zarten Wangen. Sie atmete schwer. Wollte sie etwas sagen?

„Ganz ruhig“, sagte einer der Sanitäter. „Wir nehmen Sie jetzt mit ins Krankenhaus. Dort wird man sich um Sie kümmern. Es ist alles in Ordnung.“

Doch Cadis erkannte genau, dass dem nicht so war. Der Kiefer ihrer Granny klappte unentwegt auf und zu. Schließlich waren einzelne Laute zu vernehmen. „G … son“, hauchte sie. Cadis konnte es nicht ganz verstehen. Ihre Großmutter wiederholte es immer wieder: „Gray … son. Grayson. Grayson.“

Dann verschwanden sie.

Wer war Grayson?

KAPITEL 2 – CALANDRA

Cornwall, England, 1950

„Fang mich doch!" Lachend stieß Calandra die Tür zum Teesalon auf.

„Nein, Calandra! Nicht darein!", rief Cybill panisch. Ihre Nanny versuchte, sie am Arm zu packen, aber wie so oft war Calandra schneller und entwischte ihr.

Fröhlich rannte sie in den lichtdurchfluteten Raum, der erfüllt war von leisem Raunen, dezenten Klängen von Geige und Klavier und dem Duft von frisch gebrühtem Schwarztee. Die Stehtische waren in demselben Rosenmuster eingekleidet, das auch die Vorhänge und das Tafelservice trugen. Alles war herzallerliebst. Bei den Teepartys ihrer Mum fühlte sie sich immer wie die Prinzessin in ihrem Puppenschloss. Der Teesalon war hübsch hergerichtet und es gab stets das perfekte Essen: Häppchen, die in eine Hand passten, schnell in den Mund gesteckt waren und himmlisch schmeckten.

Leider sah ihre Mum Calandra nicht gern auf ihren Veranstaltungen. Angeblich benahm sie sich nicht anständig, redete zu laut und zu viel. Zudem monierte ihre Mutter, dass sie mit dem Essen krümelte oder kleckerte und sich ständig vollschmierte.

Dennoch war die Verlockung zu groß. Auch jetzt nahm Calandra als erstes Kurs auf das Buffet. Auf

Etageren und Servierplatten mit Goldrand lagen Scones, kleine Sandwiches und Muffins. Es gab sogar Kuchen. Allein beim Anblick der hübsch hergerichteten Snacks lief ihr das Wasser im Mund zusammen. Sie würde nicht lange stören, nur ein paar der Leckereien stibitzen und dann wieder verschwinden.

Hier und dort stieß sie versehentlich gegen einige Menschen, doch niemand kam zu Fall. Das war gut.

In ihre Hände passten mit etwas Mühe genau vier Scones. Gerade, als sich Calandra mit ihrer Beute davonstehlen wollte, stellten sich ihr zwei Beine in den Weg, die sie nur allzu gut kannte. Langsam wanderte ihr Blick über in die Hüfte gestemmte Arme hinauf. Eng zusammengeschobene Augenbrauen gehörten ebenso zu dem Gesicht ihrer Mutter wie die dunkelrot geschminkten schmalen Lippen. Calandra wusste, was dieser Ausdruck bedeutete, und zog den Kopf zwischen die Schultern. Ohne dass ihre Mum etwas sagen musste, legte Calandra die Gebäckstücke zurück auf den Tisch und ging ohne ein weiteres Wort in ihr Zimmer. Mit einem schweren Gefühl im Magen setzte sie sich auf ihr übergroßes Bett und zog die Beine eng an ihren Körper. Es war ihre Schuld. Aus Erfahrung wusste sie genau, was nun folgen würde. Sie würde Cybill nicht mehr wiedersehen. Ihre Eltern waren sehr streng, wenn es um ihre Erziehung ging, und ließen den Kinderfrauen keine Fehler durchgehen. Der kleinste Ungehorsam von Calandra führte zur sofortigen Entlassung. Ihre Mum sprach gegenüber den Kindermädchen immer davon, dass Calandra *besondere Betreuung* brauchte.

Cybill ... Sie würde die etwas dickliche Nanny vermissen. Zwar war sie ebenso streng gewesen wie ihre Vorgängerinnen, aber sie konnte die besten Schokoladenplätzchen backen, die Calandra je gegessen hatte.

Die Schuldgefühle drückten ihre Schultern hinunter. Sie ließ sich nach hinten fallen und betrachtete das Sternenmuster ihres Betthimmels. Wie oft hatte sie sich gewünscht, genau so sein wie alle anderen? Doch das war sie nicht. Sie war mehr ein regenbogenfarbenes Einhorn mit Flügeln als ein Stern. Zumindest fühlte sie sich oft so.

Und sie war allein.

Viola, Beatrice, Annilee, Ostara, Heather, Deena, Miranda, Ruth – so viele Namen. Sie konnte sich nicht einmal mehr an alle erinnern. Und nun auch Cybill.

Warum konnte sie nicht sein wie andere Kinder, oder wie ihre Eltern es sich wünschten? Warum schaffte sie es nicht, die Regeln zu befolgen? Sie dürfte auf Mums Teepartys gehen und die leckeren Scones essen, wenn sie tat, was man ihr sagte. Wenn sie auf ihre Mum und die Nannys hören würde.

Warum gelang ihr das nicht?

Warum war das so schwer?

Langsam drehte sie sich auf die Seite, rollte sich ein und kaute auf ihrem Daumen, bis ihre Lider so schwer wurden, dass sie zufielen.

Am nächsten Morgen kitzelte ein vorwitziger Sonnenstrahl ihre Nase. Mit einem herzhaften Niesen erwachte Calandra und musste direkt lachen.

Sie blinzelte in den neuen Tag.

„Guten Morgen, du Lieber. Was bringst du denn heute Schönes?“ Lächelnd lauschte sie in die Stille hinein. „Ach so, heute ist ein besonderer Tag? Na, wenn du das sagst, so will ich dir glauben.“

Fröhlich sprang sie auf. „Ein neues Abenteuer beginnt! Yo-Ho Piraten und verstecktes Gold, heute komme ich euch suchen. Seht her, wie ich auf der Planke dieses Schiffes balancieren kann!“ Leichtfüßig hüpfte sie auf das hölzerne Fußteil ihres Bettes und setzte behutsam einen Fuß vor den anderen. Auf der linken Seite angekommen sprang sie mit einem Satz an den Pfosten und kletterte diesen hinauf. Hier und da gab er ein gequältes Knarzen von sich – zu oft schon war Calandra an ihm emporgestiegen.

„Report vom Ausguck.“ Sie legte sie flache Hand an ihre Stirn und scannte das Zimmer. „Melde, heute ist freie Sicht. Die Schatzsuche kann ungehindert und wie geplant starten. Aber zunächst ...“ Sie ließ den Pfosten los und sprang zurück auf das Bett. „Gibt es Frühstück!“ Damit ging sie in die Knie und sprang so hoch, dass sie mit der Hand gegen den Stoffhimmel ihres Bettes schlagen konnte. Es folgte vereinzelt dumpfes Klopfen auf dem Teppichboden. Zufrieden betrachtete Calandra die bunte Pracht auf dem Boden: Einzelne *Wine Gums* lagen nun dort verteilt – ihr heimlicher Vorrat.

Sie hüpfte hinunter und griff unter das Bett. An dem Lattenrost hatte sie mit zwei Gürteln eine kleine Aufhängung gebaut, damit von außen nicht erkennbar war, was sie versteckte. Gezielt öffnete sie eine der Gürtelschlaufen und zog einen kunterbunt bemalten Pappkarton hervor. Darin befanden sich selbstgemalte

Bilder, gepresste Blätter und Blüten, ein Stein, der aussah wie Frida Kahlo, und ihre erste Schnitzerei. Es hatte eine Holzfigur werden sollen, jedoch war nicht mehr herausgekommen als verkorkstes Stück Ast ohne Rinde. Mit viel Fantasie eine der Figuren von den Osterinseln. Unentwegt hatte sie sich in die Finger geschnitten. Doch sie würde nicht aufgeben, ehe es ihr gelungen war, ein Pferd zu schnitzen.

Unter all den Sachen befand sich ein selbstgebautes Holzschwert, das sie bedächtig herauszog. Ihre Eltern durften nie erfahren, dass sie in der Werkstatt gewesen war und Nägel und einen kleinen Hammer entwendet hatte, der ebenfalls in dem Karton war. Die Werkstatt war schließlich kein Ort für eine junge Dame.

Beim Anblick ihres hölzernen Excaliburs schlich sich ein Grinsen auf ihre Lippen. „Schatz gefunden", flüsterte sie. „Jetzt kann ich frühstücken."

Mit dem Holzschwert in der Hand sammelte sie die ersten *Wine Gums* ein und stopfte sie sich direkt in den Mund, als sie überraschend Stimmen im Flur vernahm, sie sich rasch näherten. Es gelang ihr gerade noch, das Schwert in den Karton zu werfen und diesen unter das Bett zu kicken, bevor ihre Zimmertür geöffnet wurde. Hart schluckte sie das halbgekaute Weingummi hinunter. „Guten Morgen, Mutter."

„Dein Rumpeln ist im ganzen Haus zu hören. Du kannst nicht einmal leise aus dem Bett aufstehen", sagte sie und holte gerade Luft, als sie Calandras *Frühstück* bemerkte. „Darüber werden wir noch sprechen." Ihre Kiefermuskeln zuckten. „Zunächst zu gestern: Dein Verhalten war absolut inakzeptabel. Mr.

Vandal wäre beinahe gestürzt, weil du ihm ins Knie gerannt bist."

„Das tut mir sehr leid, Mum." Sie sah auf ihre Füße.

„Du hast auf diesen Veranstaltungen nichts zu suchen."

„Ich weiß, Mum."

„Wo du auftauchst, herrscht das reinste Chaos."

„Ich weiß, Mum."

„Warum begreifst du das nicht? Dein Vater arbeitet schwer für die Mine und ich organisiere die gesellschaftlichen Events. Das ist ebenso harte Arbeit."

Kurz sah Calandra auf. Die Augenbrauen ihrer Mutter waren jetzt so weit zusammengezogen, dass sich eine tiefe Falte in deren Mitte bildete. Schnell richtete sie den Blick wieder auf den Boden.

„Das ist *wichtig* für uns. Das ist wichtig für diese Familie!"

„Ich weiß, Mum." Ihr Stimmchen wurde schwächer. Diese Rede kannte sie mittlerweile beinahe auswendig.

„Für dich ist das alles nur ein Spiel, aber hier geht es um unser Ansehen und um unseren Stand in der Gesellschaft."

So oft hatte ihre Mutter diesen Satz gesagt, doch Calandra hatte nie begriffen, was das eigentlich bedeutete.

Ihre Mum seufzte. „Cybill haben wir gehen lassen müssen. Sie war unfähig."

Schuldbewusst nickte Calandra. Sie hatte es geahnt.

„Dein Vater und ich haben beschlossen, dass wir noch einen letzten Versuch wagen. Solltest du dich weiterhin nicht benehmen können, werden wir dich aufs Internat schicken."

Auch das war ihr nicht neu. „Ja, Mum."

„Gut. Den Rest überlasse ich deiner neuen Kinderfrau." Damit wandte sie sich zum Gehen. „Lorraine, Sie sind dran."

„Ja, Ma'am", erklang eine feine Stimme. Fein, nicht bestimmend oder streng.

Gleichermaßen verwundert wie interessiert sah Calandra auf. In der Tür, der davonstürmenden Mutter Platz machend, stand eine zierliche junge Frau mit langen dunklen Haaren. Die Sonne schien ihr geradewegs ins Gesicht, doch sie verzog es nicht, als wäre es ihr unangenehm. Sie ließ die Sonne einfach scheinen.

Und auf ihren Wangen, war das etwa ...? Calandra riss die Augen auf. Ein Hauch von Glitzer? In diesem Augenblick war sie sich sicher, dass diese Frau ein Zauberwesen war. Es musste so sein.

Kaum waren die energischen Schritte im Flur verhallt, öffnete sie den Mund. „Hallo, ich bin Lorraine. Ich darf ab jetzt Zeit mit dir verbringen und bin überzeugt, dass wir viel Spaß zusammen haben werden." Ein Lächeln, freundlich und offenherzig, zauberte kleine Grübchen in ihre Wangen.

Calandra legte den Kopf schief. Hatte sie gerade *Spaß* gesagt? So hatte sie noch keine Nanny begrüßt.

„Als erstes wollen wir uns mal um die Süßigkeiten kümmern, oder was meinst du? Schließlich sind die zum Essen da, nicht dafür, sie im Zimmer zu verstreuen."

„Ja, ich weiß", murmelte Calandra automatisch und senkte erneut den Kopf. Enttäuschung begann sich in ihr breitzumachen.

„Dann lass sie uns essen.“ Mit diesen Worten hüpfte sie ins Zimmer und sammelte ein *Wine Gum* nach dem nächsten ein und steckte sie sich in den Mund. „Die sind wirklich lecker!“, rief sie mit vollen Backen. „Du solltest auch mitmachen, sonst habe ich alle vor dir aufgegessen.“

Ein Strahlen entspannte Calandras Gesichtszüge. Ihr Herz machte einen kleinen Satz. In Windeseile tat sie es ihrer neuen Nanny gleich und hopste Süßigkeiten essend durch das Kinderzimmer.

„Na, und wo ist der Rest?“, fragte Lorraine, als der Boden süßigkeitenfrei war.

Ehe Calandra es verhindern konnte, war ihr Blick zu ihrem Betthimmel gehuscht. *O nein*, das wäre ihr Ende.

Lorraine nickte anerkennend. „Nicht schlecht. Da hätte ich sie auch versteckt.“

Staunend sah Calandra dabei zu, wie Lorraine ihre Schuhe in hohem Bogen durch den Raum fliegen ließ, auf das Bett stieg und einen erneuten *Wine-Gum*-Regen über sie brachte. Ja, sie musste ein Zauberwesen sein!

Ihr Spiel ging in eine ausgelassene nächste Runde, bis Lorraine sich unbedarft bückte, um ein Gum aufzuheben, das unter das Bett gefallen war.

„Nein, nicht da schauen“, rief Calandra sofort. Der Gedanke, ihre Mutter könnte von ihrem Schatz erfahren und ihn wegwerfen, schnürte ihr die Brust zu.

Doch es war zu spät.

„Was ist das?“ Lorraine zog den offenen Karton bereits hervor. Ihre Miene erhellte sich. „Das ist ja ein tolles Holzschwert!“ Sie nahm Calandras stümperhaft zu einem Schwert zusammengenagelte Holzlatten in die Hand und hielt es in die Höhe.

Calandra wusste nicht, was sie sagen sollte.

„Hast du das selbstgemacht?“ Ihre Augen leuchteten förmlich.

„Ähm, ja.“

„Alleine?“

„Mhm.“ Sie nickte.

Mit fachkundigem Blick betrachtete Lorraine das Schwert. Dann sah sie Calandra entschlossen an. „Das bekommen wir besser hin.“

Calandra glaubte, ihren Ohren nicht zu trauen. „Wie ... wie meinst du das?“

„Hat dein Vater Werkzeug?“

„Ja, draußen.“

„Ich bin bei meinem Dad aufgewachsen. Wir haben viel aus Holz gebaut. Wenn du möchtest, zeige ich es dir.“

Calandra verschlug es die Sprache. Der neue Tag hatte nicht zu viel versprochen. Dies war schon jetzt der schönste ihres Lebens. Und er schien immer besser zu werden.

Sie strahlte, dass ihre Wangen schmerzten. „Ja, bitte. Zeig mir, wie man ein richtiges Holzschwert baut.“

„Yo-Ho, Piratin Calandra, seid Ihr bereit für eine neue abenteuerliche Schatzsuche?“ Mit verstellter Stimme kam Lorraine in das noch dunkle Zimmer.

Während sie die Vorhänge vor den bodentiefen Rundbogenfenstern aufzog, riss Calandra grinsend die Augen auf und sprang aus dem Bett.

„Selbstverständlich, Captain Lorry! Ich habe gestern bereits eine Karte angefertigt.“ Sie lief zu ihrem Schreibtisch und kramte zwischen den darauf liegenden Zetteln ein Bild hervor. Triumphierend hielt sie es in die Höhe. Neben vielen Punkten und Strichen prangte in der Mitte ein großes rotes Kreuz.

Lorraine klatschte in die Hände. „Perfekt. Dann lass uns sofort loslegen. Morgendstund hat Gold im Mund. Ich habe auch schon die ideale Idee, wo wir mit unserer Suche beginnen können."

„Aber was ist mit Frühstück?"

Lorraine stemmte einen Arm in die Hüfte und neigte den Kopf. „Bekommen echte Piraten morgens ihr Frühstück? Womöglich noch ans Bett? Nein, sie müssen es sich erst erbeuten, so wie wir."

Lachend rannte Calandra zu ihrer Nanny. Drei Monate war sie nun schon da und es hatte noch keine einzige Standpauke ihrer Mutter gegeben. Mit Lorraine war alles einfach. Sie musste sich ihre Abenteuer nicht mehr selbst suchen, nun gingen sie gemeinsam. Oft waren sie draußen im Wald. Und wenn der Regen an die Scheiben klopfte wie heute, blieben sie drinnen, wandelten durch die Räume des Hauses und suchten nach verborgenen Schätzen.

Zwar war Calandra noch immer nicht wie einer der Sterne auf ihrem Betthimmel, doch fühlte sie sich auch nicht mehr als das einzige bunte Einhorn mit Flügeln auf dieser Welt. Sie war nicht mehr allein.

Auf Zehenspitzen schlichen sie über den langgezogenen Korridor im Erdgeschoss.

„Wo lang müssen wir jetzt?", flüsterte Lorraine.

Calandra studierte die Zeichnungen auf ihrer Karte. „Noch etwa zehn Schritte, dann links."

„Mhm, okay. Das ist das Lesezimmer. Eine ausgezeichnete Wahl. Da werden wir bestimmt fündig. Das Bücherregal ist für Verstecke ein echter Klassiker.“

Wie immer, bevor sie einen neuen Raum und damit eine neue Welt betraten, stellten sie sich zunächst an die Tür und lauschten. Lorraine legte den Zeigefinger auf ihren Mund, ehe sie langsam die geschwungene Messingklinge hinunterdrückte und die Tür einen Spaltbreit öffnete. Vorsichtig spähten sie hinein. Der Lesesaal war einer von Calandras Lieblingsräumen im ganzen Haus. Sie liebte die Ruhe und den Frieden, den die Bücher ausstrahlten, das viele Licht, das durch die großen Fenster hereinfiel, die Gemütlichkeit und den Geruch der Lesesessel.

Doch dieses Mal war es anders.

„Was ist hier los?“, flüsterte Calandra.

Überrascht und fassungslos betraten sie den Raum. Die Sessel, die kleinen Beistelltische für den Tee und die Stehlampen waren verschwunden. Sogar die Teppiche waren fort. Nackt und kalt erstreckte sich der Parkettboden durch den gesamten Raum.

Calandra sah sich weiter um. In den ewig langen deckenhohen Regalen stand kein Buch mehr. Hohl, wie mit offenen Mündern, standen die leeren Regale an der Wand – ihres Zwecks beraubt.

Alles war weg.

Einzig der goldene Kronleuchter hing in gänzlichem Kontrast zur Kahlheit des Raums von der Decke.

„Was ist hier passiert?“, fragte Calandra und klammerte sich Schutz suchend an Lorraine.

„Ich weiß es auch nicht." Sie legte ihre Hand auf Calandras Rücken. Es beruhigte sie, dennoch konnte sie den besorgten Unterton in Lorraines Stimme hören.

Das verhieß nichts Gutes.

Genau so war es. Welche Krankheit auch immer es war, die das Haus befallen hatte, sie breitete sich weiter aus. Einen Raum nach dem nächsten erwischte die Leere. Den Polstern, die blieben, wurden Laken übergeworfen.

Nach dem Teezimmer, dem Jagdzimmer, dem Billardraum und dem Grünen Salon hatte es nun auch das Wohnzimmer erwischt. Auch hier bot sich derselbe gespenstische Anblick: Regale und Vitrinen ohne Inhalt, fehlende Möbel und Teppiche, kahle Wände. Lediglich die kleine Bar mit den Getränken, die mit ihren sonderbaren Flaschen, Gläsern und Flüssigkeiten an eine Hexenküche erinnerten, stand unangerührt an ihrem Platz.

Ungläubig stand Calandra an diesem Morgen mitten in dem Raum, der zwar nie viel familiäre Atmosphäre geboten hatte, jedoch immer behaglich gewesen war.

Ihre Mum saß auf einer Zweisitzercouch, eine von der unbequemen Sorte mit dem harten Polster. Doch das Polster konnte man nicht sehen, da auch dieses Sofa von einem Tuch bedeckt war. Unter dem Bademantel ihrer Mutter schaute ihr Schlafanzug hervor. In der Hand hielt sie ein Glas mit einem durchsichtigen Getränk, den Blick hatte sie ins Leere gerichtet. Ihre Haare waren nicht gekämmt und Make-up aufgelegt hatte sie ebenfalls nicht. Der Anblick war für Calandra derart fremd, dass sie sich nicht sicher war, ob diese Frau tatsächlich ihre Mutter war.

„Ähm", versuchte sie sich dezent, bemerkbar zu machen. Doch zeigte ihre Mutter keine Reaktion. „Lorraine hat mich heute Morgen nicht geweckt."

Sie verharrte weiter regungslos.

„Ist alles in Ordnung mit ihr?"

„Begrüßt man so seine Mutter?", lautete schließlich ihre Antwort.

Calandra senkte den Blick. „Entschuldige, Mum. Ich meinte natürlich: Guten Morgen, Mutter."

Noch immer blickte sie Calandra nicht an. „Dein Vater und ich haben andere Sorgen als deine Nanny."

„Wo ist sie denn?"

„Sie hat uns verlassen." Die Stimme ihrer Mutter war ohne Emotion.

Calandras Brust schnürte sich zusammen. Sie versuchte zu verstehen oder zu atmen. Beides wollte ihr nicht gelingen. „Aber warum?", japste sie. „Es ist nichts vorgefallen. Wir haben uns immer an die Regeln gehalten."

Zugegeben, der zweite Punkt entsprach nicht der Wahrheit. *Wir sind nie erwischt worden*, wäre die treffendere Aussage gewesen. Doch Calandra war sich sicher, dass ihre Mutter nie etwas von ihren heimlichen Ausflügen in Vaters Werkstatt mitbekommen hatte. Auch nicht, dass Lorraine für ihr Alibi an Calandras Stelle Kissen geknüpft und Tücher bestickt hatte.

Oder hatte Lorraine sie etwa freiwillig verlassen? Hatte sie genug von ihr gehabt und war gegangen, ohne sich zu verabschieden? Tränen schossen ihr in die Augen.

Ein Mundwinkel ihrer Mutter hob sich vage an. „Es geht hierbei um viel mehr als die albernen Regeln für dich. Sieh dich doch nur im Haus um. Alles haben sie uns genommen. Lediglich das Arbeitszimmer deines Vaters haben sie verschont. Und dieses Sofa. Durch den Fleck, den du mit dem Fisch gemacht hast, ist es wertlos geworden.“ Sie nahm einen Schluck. Noch immer hatte sich ihr Blick nicht verändert.

Calandra schluckte hart. „Was ... was ist denn hier los, Mutter? Wer sind *sie*? Wer nimmt uns unsere Möbel weg?“

„Die Menschen, denen wir Geld schulden. Wir sind bankrott, Calandra. Außer diesem Haus besitzen wir nichts mehr.“

„Oh.“ Fragen rauschten wie Schnellzüge durch ihren Kopf. Sie wusste nicht, was all das zu bedeuten hatte. „Wo ist Dad?“

„Im Bett.“

Sie nickte, obwohl sie sich auch darauf keinen Reim machen konnte. Eine Weile verharrten sie in der Situation. Calandra, die mitten im Raum stand und nicht wusste, wohin mit ihren Händen und Armen, und ihre Mutter, die schweigend auf dem Sofa saß und hin und wieder an ihrem Glas nippte.

Schließlich gab sich Calandra einen Ruck und setzte sich neben ihre Mum auf die unbequeme Couch. Keine von beiden sagte etwas. Calandra wusste, dass es nichts gab, was sie sagen oder tun konnte, um ihre Mutter aufzuheitern. Zaghaft legte sie ihren Arm auf den Rücken ihrer Mum, ganz so, wie Lorraine es bei ihr immer gemacht hatte. Es war ein eigenartiges und ungewohntes Gefühl.

Sie dachte an Lorraine, die sie jetzt schon vermisste. In den wenigen Monaten, in denen sie in ihrem Leben gewesen war, hatte Calandra so viel Fürsorglichkeit, Nächstenliebe und Verständnis erlebt wie in all den Jahren davor nicht.

„Was trinkst du da?“, fragte sie in die Stille hinein, um die Traurigkeit zu überspielen.

„Gin.“

KAPITEL 3 – CADIS

Cornwall, England, heute

Ein lauter Knall ließ Cadis aus ihrem Dämmerschlaf hochschrecken. Kerzengerade und mit rasendem Herzen saß sie auf dem Sofa. Ein Blick zur Fensterscheibe gab Gewissheit.

„Nicht schon wieder." Sofort sprang sie auf. Dabei verhedderte sich die Decke um ihre Füße und hätte sie beinahe zu Boden gerissen. Stolpernd erreichte sie die Terrassentür, riss sie auf und trat hinaus.

„Bitte nicht", flüsterte sie. Der Schweiß vergangener Erinnerungen kroch ihr über den Rücken.

Doch es war, wie sie es geahnt hatte. Auf dem Boden lag ein bräunlicher Vogel mit einer hellen, betupften Brust in einer Lage, die keine Zweifel an seinem Tod ließen.

Cadis Schultern sanken. Jedes Mal aufs Neue flimmerten die Bilder der Vergangenheit vor ihrem inneren Auge auf. Sie begann zu zittern.

Um nicht weiter darüber nachzudenken, holte sie eilig einen Spaten und hob im Garten ein kleines Loch aus, in das sie den Vogel behutsam legte. Sie schloss das Grab nicht gleich, denn obwohl sie wusste, dass das arme Kerlchen nicht wieder aufwachen würde, gab sie ihrer Hoffnung noch bis zum nächsten Tag.

„War das ein Vogel?“, fragte Darléne, als Cadis auf der Veranda stand und in den Garten hinaussah. Sie hatte ihre Schwester nicht kommen hören, und doch war sie nicht überrascht. Wie schon früher bewegte sich Darléne nahezu lautlos.

„Ja, eine Nachtigall. Ich habe sie bei den Petunien beerdigt.“

Darléne schwieg. „Hast du dich mal gefragt, warum immer dann Vögel gegen die Scheibe fliegen, wenn du im Wohnzimmer bist? Bei Nigel, mir, Mum und Dad oder David ist das noch nie passiert.“

Statt einer Antwort presste Cadis die Lippen aufeinander.

„Wie dem auch sei. Hast du die Flyer und Buttons für Dads Kampagne schon fertig?“

„Noch nicht.“

Ihre Schwester rollte mit den Augen. „Warum nicht? Cadis, die Wahl ist in fünf Wochen und bislang steht Dad in den Umfragen nur mittelmäßig da. So wird er nie an den Trewins vorbeikommen.“ Ihr Blick verfinsterte sich, ihre Stimme bekam einen bedrohlichen Einschlag. „Seit Jahren halten sie sich für besser als wir, verhöhnen uns bei jeder Gelegenheit, auf jeder öffentlichen Veranstaltung.“

„Das weiß ich auch. Aber auf diesen Veranstaltungen tauchen sie nicht einmal auf.“

„Anwesenheit ist für Spott nicht nötig. Es reicht, wenn sie Hauptsponsor sind oder gigantische Summen spenden. Jedes Mal wieder. Sie tun alles, damit Dad in der Öffentlichkeit bloßgestellt wird.“

„Sie haben nun einmal mehr Geld und wenn sie es für gute Zwecke einsetzen, was spricht dagegen?“ Nicht, dass Cadis Sympathien für die Familie Trewin übriggehabt hätte – im Gegenteil. Aber es war ihr nicht möglich, mit ihrer Schwester einer Meinung zu sein.

Darlénes Blick glomm. „Du willst es nicht verstehen, oder? Wir *müssen* endlich aus ihrem Schatten treten. Wir sind nur die zweitangesehenste Familie im Umkreis, wir werden erst nach den Trewins genannt und geladen. Das ist demütigend!"

„Für dich vielleicht", murmelte Cadis.

Entnervt rieb sich Darléne die Schläfen, ehe sie ruhiger weitersprach. „Wenn Dad Bürgermeister werden möchte – und das muss er, dringend ..."

„Ist das seine Meinung oder deine?"

„... dann brauchen wir mehr Publicity, mehr Öffentlichkeitsarbeit. Und das ist *dein* Job."

„Das ist mir klar. Du musst mich nicht jedes Mal daran erinnern."

Darléne verschränkte die Arme vor der Brust. „Das ist wieder typisch für dich, Cadis. Du nimmst die Wahl nicht ernst. Nichts, was dieser Familie wichtig ist, interessiert dich."

„Das stimmt nicht", log sie.

„Natürlich stimmt das. Aber das Desinteresse beruht auf Gegenseitigkeit."

Cadis biss die Zähne zusammen. Darléne hatte getroffen. Das wusste sie auch. Sie hob ihre Nase ein wenig höher.

„Erledige deine Aufgaben. Schaden hast du schon genug angerichtet." Damit drehte sie ähnlich schwungvoll wie ihre Mutter um und ging zurück ins Haus.

Cadis wartete, bis Darléne verschwunden war, ehe sie selbst hineinging. Der Teppich auf der breiten Marmortreppe schluckte angenehm den Schall.

Oben am Treppenabsatz empfing sie ein wenig bekleideter David mit eindeutig lädierter Frisur.

„Schäferstündchen?“, fragte sie nur.

„Was du gleich wieder denkst“, sagte er, doch das Zucken seiner Mundwinkel verriet ihn.

„Die Wievielte ist das diese Woche?“

David hob die Schultern, aber Cadis kannte diesen Blick. Diese Woche musste triumphal gelaufen sein. Und heute war erst Donnerstag.

Sie schüttelte den Kopf. „Du warst so ein süßes Baby. Und so ein niedliches Kleinkind. Was ist nur aus dir geworden?“

„Ein heißer Herzensbrecher, ist doch klar“, erklärte er.

Was sollte sie dazu sagen?

„Was war der Krach gerade? Wir haben einen Knall gehört.“

Wir ...

„Ein Vogel.“

Davids selbstgefälliger Blick verschwand. „Und, ist er ...?“

„Ja, leider.“

„Hm. Dann sollte er zu den Petunien. Und lass das Grab lieber offen, nur für den Fall.“

Cadis kam um ein Lächeln nicht herum. Da war er wieder, ihr kleiner Bruder, mit dem sie früher so manchen Vogel zu Grabe getragen hatte. Sie beide waren immer die einzigen gewesen, die sich um die verendeten Tiere scherten und sie nicht einfach in den Müll werfen wollten.

„Schon erledigt."

„Na gut, dann werde ich mal wieder ..." Er deutete auf seine Zimmertür.

„Ja, natürlich. Was stehst du hier rum und quatschst mit deiner Schwester?" Sie scheuchte ihn mit einer Hand weg.

Er zwinkerte ihr zu, dann ging er lässigen Schrittes zurück in sein *Schlafgemach*. Kopfschüttelnd sah sie ihm nach. Er war ihr Bruder, dennoch verstand sie, was die Damenwelt an ihm fand. Er war groß, athletisch gebaut, hatte dichtes, dunkles Haar, das immer gut lag, und markante Gesichtszüge, war charmant und geheimnisvoll. Schade, dass er sich in Sachen Frauen nicht festlegen wollte.

Gerade, als Cadis ebenfalls in ihr Zimmer wollte, klingelte es an der Haustür. Ohne darüber nachzudenken, ging sie hinunter und öffnete.

Perlweiße Zähne leuchteten ihr gleißend hell entgegen. Nigel. Die Ähnlichkeit zu seiner Zwillingsschwester hatte sich im Alter zwar etwas verwachsen, war jedoch nach wie vor unverkennbar. Die blonden Haare, die blassblauen Augen, die makellosen Gesichtszüge.

„Schlüssel vergessen. Machst dich aber gut als Türöffner. Besser als Louisa", sagte er mit aufgesetzter Freundlichkeit. „Du solltest dir wirklich überlegen, ob das nicht ein Beruf für dich wäre, Schwesterlein." Damit schritt er an ihr vorbei, wie es sich für ein Königskind gebot, oder wie es ein Vollidiot tun würde, der sich wie ein Königskind aufspielte. Reichtum bekam nicht jedem.

„Wo sind die Eltern?“, erkundigte er sich an der Garderobe.

„Woher soll ich das wissen? Sieh doch selbst nach.“

„Oho, wir haben heute aber miese Laune. Hast du etwa deine Tage?“ Eines seiner diabolischen Grinsen huschte über sein Gesicht – tatsächlich hatte er mehr als eines davon in seinem Repertoire.

„Wenn du deine Nase noch höher hältst, regnet es rein“, sagte Cadis beiläufig, bereits wieder auf dem Weg in ihr Zimmer. Leider musste sie dazu die Treppe hinauf, was ihrem Bruder Zeit gab zu kontern.

„Ach, Schwesterlein, noch immer dieser Spruch? Hast du denn nicht mal etwas Neues für mich? Das nennt sich Nasendusche und ist eine sehr gesunde Sache. Solltest du auch mal versuchen. Hast du dich schon um Dads Flyer und Buttons gekümmert?“

Cadis antwortete nicht.

In ihrem Zimmer schloss sie die Tür ab und warf sich auf ihr Bett. Die Wut kochte in ihr. Doch anstatt sich über die Zwillinge zu ärgern, betrachtete sie ihre Zimmerdecke. Bereits vor Jahren hatte sie begonnen, sie zu bemalen. Anfangs hatte es deswegen einige wortreiche Auseinandersetzungen mit ihrer Mutter gegeben. Mit der Zeit zeigte sich jedoch, dass dieses bestimmte Malen Cadis guttat und ihre dunklen Gedanken und Gefühle wenigstens für den Moment zum Schweigen brachte. So ließ ihre Mum sie gewähren. Selbstverständlich daraufhin auch die anderen Geschwister, denn es musste schließlich gerecht zugehen. Die Decken der anderen Zimmer waren allerdings mittlerweile wieder weiß gestrichen.

Wann immer es ging, hatte sie mit Plakatfarben gemalt, was ihr in den Sinn kam. Meistens war es nicht erkennbar. Diffuse Kreise und undefinierbare Schattierungen. Es war anstrengend, über Kopf zu malen, und mehr als einmal hatte sie sich schlimme Schulter-Nacken-Verspannungen zugezogen, doch das war es ihr wert gewesen. Sie hatte nie aufgehört. Als die Zimmerdecke keinen Platz mehr bot, malte sie an den Wänden weiter. Es war wie ein Rausch, eine Sucht. Im Malen konnte sie sich regelrecht verlieren. So war ihr Zimmer mittlerweile ein einziges Kunstwerk.

Ihr Vater war es, der ihrem Malen schließlich ein Ende gesetzt hatte, sonst hätte sie wohl noch die Möbel bemalt. Aber es war in Ordnung, denn alles, was sie gemalt hatte, durfte bleiben. So behielt sie die Möglichkeit, jederzeit beim Anblick dieser Bilder in ihre Welt abzutauchen.

Die hellen Farben inmitten des dunklen Hintergrunds waren wie Lichter. Sie wärmten ihr Herz, ließen sie die Familie vergessen. Sie fühlte sich geborgen. Manchmal hatte sie das Gefühl, mehr in die Lichterwelt zu gehören als in ihre eigene.

Gerade, als ihre Lider schwerer wurden, schreckte sie vom nächsten Geräusch hoch.

Das Telefon.

Wie üblich stand Cadis auf und ging hinunter, doch ausnahmsweise war sie nicht die Erste am Hörer. Ihre Mutter hatte bereits abgenommen. Ihre Stimme war dünn, als sie sprach. Die blonden dichten Haare lagen akkurat auf ihren Schultern, das Make-up war perfekt.

Und dennoch schien die Schminke gerade nicht zu ihrem Gesicht zu passen. Sie wirkte wie eine Maske.

Es waren nur wenige Worte, die ihre Mutter sagte, doch mehr bedurfte es auch nicht. Cadis wusste bereits, worum es ging. Ein Stich bohrte sich in ihr Herz. Der Vogel war kein gutes Omen gewesen.

„Grandma?", fragte sie, als ihre Mutter das Gespräch beendet hatte.

Sie nickte. „Sie sagen, wir sollen uns langsam verabschieden."

In Cadis' Bauch krampfte es.

Abschied.

Wie sollte sie sich von ihrer Granny verabschieden? Sie war doch ihre Granny. Die einzige, die sie je verstanden hatte. Die einzige, der sich Cadis je richtig verbunden gefühlt hatte.

Mitten in diesen Gedanken spürte sie eine Hand auf ihrer Schulter und sah auf. Es war ihre Mutter, die sie mitfühlend ansah. „Sie ist schon vor langer Zeit gegangen, Cadis. In dem Krankenbett liegt nur noch ihr Körper. Eine leere Hülle."

Cadis unterdrückte ein Stirnrunzeln. Ihre Mutter hatte noch immer eine eigenwillige Art, sie aufzumuntern. Aber sie meinte es gut. Oder?

„Innerlich starb sie schon vor vielen Jahren. Erinnerst du dich?"

Schuldbewusst senkte sie den Kopf.

„Ich weiß nicht, was du ihr damals erzählt hast, aber daraufhin bekam sie doch diesen Schlaganfall. Von dem hat sie sich nie ganz erholt."

Cadis' Atmung beschleunigte sich.

„Das war ihr eigentlicher Todestag. Jetzt folgt der Körper der Seele."

Sie presste die Lippen so fest zusammen, dass es schmerzte. Sie musste warten, bis ihre Mutter ging, wie sie es nach solchen Kommentaren immer tat.

Wie auf Stichwort warf ihre Mutter ihr noch einen vorwurfsvoll-besorgten Blick zu, ehe sie sich entfernte. Ihre Schritte hallten von den kalten Wänden wider.

Die Übelkeit meldete sich so schnell, dass Cadis rennen musste, um noch rechtzeitig zur Toilette zu gelangen. Sie schaffte es gerade noch, sich über die Schüssel zu beugen, ehe sie ihr Mageninhalt unehrenvoll verließ.

Kraftlos spülte sie sich den Mund aus, kämpfte sich die Treppe nach oben und holte dort ihre Tasche aus ihrem Zimmer. Dann klopfte zweimal lang und einmal kurz an Davids Zimmertür.

Niemand würde sich von Granny Calandra verabschieden. So waren sie einfach. Dad würde wahrscheinlich gehen – immerhin war sie seine Mutter –, aber erst, wenn er seinen Arbeitstag beendet hatte. Doch sie ging jetzt. Wer wusste, wie viel Zeit ihr noch blieb.

„Also gut, Schwesterherz, wohin fahren wir?" Galant sprang David auf den Fahrersitz. „Und ich *hoffe* für dich, dass es ein Notfall ist. Ich musste Vanessa allein im Bett zurücklassen." Er grinste. Auf seinen Wangen trug er noch immer das verräterische rote Leuchten.

Umso mehr wusste Cadis zu schätzen, dass er sein Vergnügen für sie zurückstellte. „Sie haben gesagt, wir sollen uns verabschieden."

Davids Grinsen erstarb jäh. „Das ist allerdings ein guter Grund“, sagte er leise und startete den Motor.

„Glaub nicht, was Mum, Darléne und Nigel sagen“, durchbrach Davids dunkle Stimme nach einer Weile die Stille.

„Tue ich nicht.“

„Doch, Schwesterherz, das tust du. Ich sehe dir an, dass dich einer der drei wieder getroffen hat. Vielleicht sogar alle drei. Es ist nicht deine Schuld, was damals passiert ist. Kein Schlaganfall wird durch etwas Gesagtes ausgelöst. Das weißt du.“

Cadis schwieg. Sie wusste es. Und dennoch ...

Tränen krochen in ihre Augen. „Dieser Tag war schlimm, David. Du warst nicht dabei. Du hast nicht erlebt, was ich erlebt habe. Du hast den Jahrmarkt nicht gesehen. Du hast *sie* nicht gesehen, als ich ihr davon berichtete. Und du musstest ihren Zusammenbruch nicht miterleben. Diese weit aufgerissenen Augen, das Zittern, das Weinen ...“ Eilig schüttelte Cadis die Erinnerungen von sich.

David blieb gelassen. „Aber der Tag hatte auch sein Gutes.“

Sie presste die Lippen aufeinander. „An diesem Tag gab es rein gar nichts Gutes.“

„Doch, seither haben dich die Zwillinge in Ruhe gelassen.“

„Nur körperlich.“

„Immerhin.“

Beinahe wäre ihr ein Schmunzeln entfahren. Er gab wirklich alles, um sie aufzumuntern. Darum war er ihr Lieblingsbruder und ihr bester Freund.

„Wirst du dich auch von ihr verabschieden?"

David überlegte, während er sich konzentriert in den Stadtverkehr einfädelte. „Ich denke nicht. Ich habe sie nie so kennengelernt wie du, Cadi. Für mich war sie schon immer diese seltsam apathische Frau. Ich habe nie ein Gespräch mit ihr führen können. Sie hat nie mehr als zwei Worte mit mir gewechselt. Die Frau, die du beschreibst, die du erlebt hast, habe ich nie kennengelernt."

Cadis schluckte. „Verstehe."

„Ich werde mich gewiss von ihr verabschieden", schob David direkt hinterher und klopfte ihr dabei auf das Bein. „So war das nicht gemeint. Aber nicht jetzt. Jetzt bist *du* erst einmal wichtig. Solange Granny halbwegs bei Kräften ist, hast du Vorrang. Vielleicht kannst du noch mit ihr reden. Bei mir ist das nicht mehr so wichtig. Verstehst du?"

Das tat sie. „Danke, David."

„Rechnung kommt." Mit einem Grinsen lenkte er den dunkelblauen Jaguar mit dem hellen Lederinterieur in die Straße, in der sich das Krankenhaus befand. Vor dem Bereich mit der Aufschrift *Ambulance Entry* hielt er an. „Geh du schon mal zu ihr. Jede Minute zählt. Ich werde den Wagen parken."

„Ist gut." Unbeholfen kletterte sie aus dem Auto und ging mit mulmigem Gefühl im Bauch in Richtung Eingang. Nahezu geräuschlos öffneten sich die breiten Schiebetüren. Warme Luft und der Geruch nach Desinfektionsmitteln schlugen ihr entgegen.

Noch einmal drehte sie sich zu David um, der ihr mit einer Handbewegung bedeutete, endlich hineinzugehen.

Cadis schloss die Augen und atmete tief durch, ehe sie das Saint James Hospital betrat.

Es war ein recht neues Krankenhaus. Erst vor ein paar Jahren war es fertiggestellt worden. Bei der Architektur hatte man großen Wert auf eine offene und moderne Atmosphäre gelegt. Die Flure waren breit und gesäumt von hohen Fenstern und Pflanzen. Statt früherer Neonröhren beleuchteten in Decken eingelassene Spots die Wege. Würde nicht hier und dort ein verwaistes Krankenbett auf dem Flur stehen, hätte man diesen Ort durchaus mit einem Hotel verwechseln können.

Cadis war diesen Weg oft gegangen. Jedes Mal war er beklemmend gewesen. Nicht ein Mal hatte sie sich auf die Freundlichkeit dieser Bauweise einlassen können. Heute war es noch schlimmer. Die aufgesetzte Fröhlichkeit machte Cadis regelrecht wütend. Es war der Versuch, darüber hinwegzutäuschen, wie viel Leid und Elend sich hinter den freundlichen Türen verbargen. Es schuf eine falsche Annahme, eine trügerische Sicherheit.

Routiniert bog Cadis mal rechts, mal links ab, ging durch Türen mit Glaseinsätzen, fuhr auf andere Ebenen. Schließlich hatte sie das Zimmer ihrer Grandma erreicht.

Vor der breiten Tür mit Buchefurnier blieb sie stehen. Hier konnte man nicht nur ein Bett hinaus rollen, sondern ebenso einen Sarg. Sie schüttelte sich. Ein furchtbarer Gedanke.

Zaghaft klopfte sie und drückte die Klinke hinunter.

Das Bild, das sich ihr bot, war stets dasselbe: In dem Einbettzimmer lag ihre Granny bis zur Brust unter einer weißen Bettdecke. Alles oberhalb war mit Schläuchen und Messgeräten versetzt. Blutdruck, Herzfrequenz, Tropf. Allerdings war heute etwas anders: Das Beatmungsgerät, das sonst den Großteil ihres Gesichts bedeckte, fehlte.

Hatten sie schon aufgegeben?

Vermutlich.

Leise schloss Cadis die dicke Tür und trat an das Krankenbett. Sie war wirklich alt geworden, ihre Granny, seit sie sich damals gemeinsam Geschichten ausgedacht hatten. Dennoch konnte sie nicht glauben, dass sie bald nicht mehr da sein würde.

Mit weichen Knien setzte sie sich auf den Stuhl neben dem Bett und nahm wie immer die Hand ihrer Großmutter.

„Hallo Granny“, flüsterte sie, während sie liebevoll ihr Gesicht betrachtete. „Ich bin’s, Cadis.“ Sie verstummte und blickte auf ihre ineinanderliegenden Hände. Was sollte sie sagen? *Auf Wiedersehen*? *Es tut mir leid, dass ich vielleicht schuld daran bin, dass du die letzten zwanzig Jahre nicht mehr du selbst warst*?

„Hallo, Liebes“, durchbrach der Hauch einer Stimme Cadis’ trübe Gedanken. Sie erkannte die Stimme sofort, wenngleich sie diese schon zu lange nicht mehr gehört hatte.

Konnte das sein? Ungläubig hob sie den Kopf und sah in die dunklen Augen ihrer Großmutter. Sie war tatsächlich wach.

Ein Lächeln bahnte sich einen längst vergessenen Weg durch die viele Haut und hob ihre Mundwinkel an.

Dieser Anblick verschwamm für Cadis direkt hinter einem Vorhang aus Tränen, die ihr sogleich die Wangen hinunterliefen.

„Nicht doch, Liebes, nicht weinen."

Cadis wollte sich beruhigen, doch es gelang ihr nicht. Immer neue und immer mehr Tränen quollen hervor. Der Weinkrampf durchschüttelte sie regelrecht, sie konnte kaum mehr aufrecht sitzen.

„Komm her", wisperte ihre Granny und hob langsam einen Arm. Schluchzend warf sich Cadis an ihre Brust, atmete ihren Geruch tief ein. Sie roch nach Seife und Desinfektionsmittel und außerdem nach ihrer Großmutter – der beste Geruch der Welt.

„Granny, ich habe dich so vermisst und es tut mir alles so leid", wimmerte sie.

„Schhh, schhhh, Liebes. Es ist alles gut."

Langsam beruhigte sich der Tränenstrom. Cadis hob den Kopf. Das Funkeln in die Augen ihrer Grandma war zurückgekehrt. „Träume ich das alles nur?"

„Nein, du träumst nicht. Du wachst." Sie lächelte wieder dieses wunderschöne Lächeln.

Cadis schluckte die erneut aufkommenden Tränen hinunter und erwiderte ihr Lächeln.

„Ich ..." Granny kniff die Augen zusammen. „Ich muss ..."

Cadis setzte sich auf. „Grandma, so gerne ich dich sprechen höre, schone deine Kräfte. Sie haben gesagt ... Sie haben gesagt, dass ..." Weiter kam sie nicht. Der Kloß in ihrem Hals war zu groß.

„Die sagen allerhand Unfug." Sie atmete rasselnd ein und aus, ehe sie die Augen schwer wieder öffnete. „Cadis, Liebes. Ich muss ... mit dir reden."

„Bitte nicht, Granny. Wenn du dich jetzt schonst, hast du vielleicht ... geht es dir vielleicht ...“ Sie brach ab.

„Schlag ... einer sterbenden Frau ... niemals ihre Wünsche ab.“

Cadis nickte. „Okay, worüber möchtest du mit mir sprechen?“

Ihre grauen Augenbrauen wanderten zueinander, als müsste sie sich konzentrieren. „Erinnerst du dich an den Jahrmarkt?“ Sie holte Luft. „Den du als Kind entdeckt hast?“

Bei diesen Worten überzog sich Cadis' Haut augenblicklich mit kaltem Schweiß. Würde Granny einen erneuten Zusammenbruch erleiden? Wäre es dann wieder ihre Schuld? Obwohl medizinisch ausgeschlossen, war ihre ganze Familie – außer David, jedoch einschließlich sie selbst – davon überzeugt, dass die Erwähnung des Jahrmarktes damals mit dem Anfall in Verbindung stand. Sei es als Auslöser, als Verstärkung oder zusätzlich.

Trotz ihrer Angst blieb sie ehrlich. „Ja, ich erinnere mich.“

„Das ist gut.“ Ihre Grandma lächelte gequält. Ihre Kraft war erschöpft, das Sprechen kostete sie mit Sicherheit die letzten Reserven. Doch sie sprach weiter. „Cadis, hör zu. Der Jahrmarkt ...“ Wieder ein rasselnder Atemzug. „... ist nicht zufällig hinter dicken Planen versteckt. Er ... birgt ein Geheimnis.“ Ihre Schmerzen spiegelten sich in ihrem Gesicht wider. „Ich bitte dich, Cadis, geh diesem Geheimnis auf den Grund. Finde heraus, was damals geschah.“ Die letzten Worte waren nur noch ein Flüstern.

Obwohl Cadis ihre Großmutter seit Jahren nicht so klar erlebt hatte, ergaben deren Worte für sie keinen Sinn. Warum sollte sie ihr das noch einmal antun? Und warum sich selbst? Mit dem Daumen strich sie über die furchige Hand. „Warum erzählst du es mir nicht einfach?"

Geradezu schmerzvoll kniff ihre Grandma die Augen zu. „Das ... kann ich nicht."

Cadis spürte, dass schlimmes Leid und ein geschwächter Körper sie zum Schweigen zwangen. Unentschlossen kaute sie auf ihrer Unterlippe. Sie konnte ihr unmöglich ihren letzten Wunsch abschlagen. Aber allein der Gedanke an den Bauzaun, die dicke Plane darum herum und daran, was sich dahinter verbarg, ließ ihr Herz so schwer werden, dass es sich kaum mehr rühren wollte.

Ihre Granny fasste neue Kraft. „Nur, wenn das Geheimnis gelüftet und Gerechtigkeit gesprochen wurde, kann ich in Frieden von dieser Welt gehen."

Verzweifelt versuchte Cadis, ihren bebenden Unterkiefer unter Kontrolle zu bringen. „Ich kann nicht, Granny", flüsterte sie und verachtete sich direkt für ihre Feigheit. „Ich kann da nicht noch einmal hin."

„Doch, Liebes, du kannst."

„Kann das nicht jemand anders machen?"

„Nein. Nur du." Sanft drückte ihre Granny Cadis' Hand. Ein leises Lächeln hatte sich auf ihr Gesicht gelegt. „Aber du bist nicht alleine. Es gibt eine Person ... Die musst du finden."

Beinahe schlagartig verschwand die Beklemmung von Cadis' Brustkorb. „Eine Person. Nicht ich?"

Ihre Großmutter schüttelte vage den Kopf. „Nein", hauchte sie.

Sie atmete auf. „Wer ist diese Person?"

In diesem Augenblick öffnete sich die Tür und eine Menge Personen in Kitteln und Kasacks kamen hinein. Ihre Mienen waren ernst, ebenso wie ihre Worte. Cadis' Herz setzte einen Schlag aus. Ihre Ohren weigerten sich zu hören, was die Ärzte sagten. Sie nahm die Stimmen nur dumpf wahr, wie in Watte gepackt. Doch ein Wort verstand sie deutlich: *Organversagen.*

„Wir müssen Sie jetzt trotzdem noch einmal mit zur Dialyse nehmen", brüllte eine Ärztin, als sei ihre Granny schwerhörig.

Erschöpft nickte diese. Zwei Schwestern lösten mit einem lauten Geräusch, das an einen Peitschenhieb erinnerte, die Feststellbremsen des Bettes.

Cadis suchte den Blickkontakt zu ihrer Großmutter. War sie wieder zurück in ihrer Trance? Das durfte nicht sein. Sie wusste nicht einmal, wo sie diese Person finden sollte.

Doch ihre Grandma schloss die Augen, der uralten Morla ähnlich. Auch der Griff um ihre Hand lockerte sich.

Cadis schniefte. „Ist gut, Granny", sagte sie und strich ihr sanft über die Wange. „Ich finde das Geheimnis. Aber du musst noch etwas durchhalten." Damit nickte sie der Schwester zu, die nur auf ihr Okay gewartet hatte.

Das Bett wurde aus dem Zimmer geschoben. Der mitfühlende Blick einer Schwester huschte flüchtig zu Cadis.

KAPITEL 4 – CALANDRA

Cornwall, England, 1960

„Schhht, du musst leise sein." Mit strengem Blick legte Calandra den Zeigefinger auf ihre Lippen. „Willst du etwas zu fressen oder nicht?"

Kater Lupo setzte sich hin und funkelte sie mit seinen gelben Augen an.

„Eben. Und wenn sie uns erwischen, wird das nichts mit dem Thunfisch." Waghalsig auf einem kleinen Holztritt balancierend angelte sie nach den Dosen, die sie hinten im obersten Regalfach versteckt hatte. „Hab eine", flüsterte sie triumphierend und sprang leise von der Erhöhung. „Los, komm schnell, bevor wir ertappt werden." Damit huschte sie wieder aus der Speisekammer, als es hinter ihr krachte und schepperte. Erschrocken fuhr Calandra herum. Lupo hatte versehentlich einen Besen samt Kehrschaufel umgestoßen.

„Du ungeschicktes Katzentier", zischte sie.

„Ist da jemand?", schallte es prompt ein paar Räume weiter.

Ohne zu zögern, klemmte sich Calandra den Kater unter den Arm und eilte mit wenigen Schritten durch die Küche nach draußen und im Schutz von Hecken und Büschen in den Wald.

Vom sicheren Grün verschluckt, ließ sie den Kleinen wieder auf seine Pfoten.

„Himmel noch eins. Ich will dich nicht beleidigen, aber du bist der wohl tollpatschigste Kater, den es gibt."

„Mau", bekam sie zur Antwort.

„Ich habe dich damals einfach behalten, als ich dich als hilfloses Kätzchen gefunden habe. Vielleicht hätte ich dir eine neue Katzenfamilie suchen sollen", überlegte sie, während sie tiefer in den Wald hineingingen und routiniert einem Weg folgten, der nicht zu erkennen war.

„Mau."

„Es tut mir wirklich leid, aber diese Katzensachen kann ich dir nicht beibringen. Ebenso wenig, wie ich dir beibringen kann, wie man nachts im Dunkeln sieht oder seine sieben Leben einsetzt."

„Mau."

„Ja, ich weiß, du hast Hunger. Wir sind gleich da."

Sie bogen zwischen zwei Buchen rechts ab, dann standen sie vor einer dickstämmigen Eiche. Auf der von neugierigen Blicken abgewandten Seite befanden sich ein paar kurze Holzlatten, die in den Stamm genagelt waren – gerade breit genug, dass man einen Fuß darauf setzen konnte. Genau das tat Calandra geschickt, bis sie inmitten der ersten Äste eine kleine Holzhütte erreichte. Sie schob die große Spanplatte zur Seite, die den Eingang verschloss, und schlüpfte hinein.

Kater Lupo nahm den direkten Weg, indem er seine Krallen in die dicke Baumrinde bohrte und sich daran hochzog.

Der Unterschlupf hatte zwei Fensteröffnungen. Trotz seiner geringen Größe bot er Platz für ein kleines

Tischchen in der Mitte, eine Matratze in der einen Ecke und eine provisorisch zusammengezimmerte Küchenzeile an der Seite. Hier befanden sich in einer Holzkiste einige Küchenutensilien. Calandra kramte darin herum, bis sie ein Porzellanschüsselchen mit zartem Blumenmuster fand – Relikte einer längst vergangenen Zeit. Teepartys hatte es im Hause Hemmett nicht mehr gegeben, seit damals die Möbel verschwanden. Etwa ein Jahrzehnt war das nun her. Überhaupt hatte es seitdem kein Leben mehr in dem Haus gegeben. Die Mutter war dem Gin verfallen, der Vater nur selten aus dem Schlafzimmer gekommen. Keine Bediensteten, niemand, der ihnen Essen kochte oder die Wäsche wusch. All das hatte Calandra übernommen. Ein Wort des Danks hatte sie nie erhalten.

„So, da hast du dein Fresschen“, sagte sie sanft und schob Lupo das Schälchen mit dem Fisch hin. „Lass es dir schmecken.“

Der Kleine machte sich gierig über seine Mahlzeit her.

Zufrieden beobachtete Calandra den schwarzen Kater. „Ich hab dich lieb“, wisperte sie. „Wenn ich dich nicht hätte, wäre ich in den letzten zehn Jahren, seit sie Lorraine fortgeschickt haben, völlig vereinsamt.“ Bei dem Gedanken an ihre letzte Nanny legte sich ein warmes Gefühl um ihr Herz. Sie hatte schon lange nicht mehr an Lorraine gedacht, dabei war sie die wichtigste Person in ihrem jungen Leben gewesen. „Ich vermisse sie. Sie hat sich nicht verabschiedet. Und ich habe nie wieder von ihr gehört. Das sieht ihr nicht ähnlich, oder?“

Weiter genüsslich schmatzend ließ Lupo keine Antwort verlauten.

„Vielleicht hat Mum ihr verboten, Kontakt aufzunehmen. Wäre doch möglich." Das hoffte sie zumindest. „Irgendwann, mein lieber Freund, werde ich sie suchen und finden. Mir hat niemand Kontakt untersagt."

Lupo hatte unterdessen seine Schüssel leergeputzt und schleckte sich über das Näschen.

„Ich werde sie wiedersehen oder?"

„Mau."

„Ganz genau." Zufrieden ließ sich Calandra auf die dünne Matratze fallen, die sie heimlich aus dem Zimmer für die einstigen Angestellten entwendet hatte – gesonderte Qualität hatte es für Bedienstete im Hause Hemmett nicht gegeben.

„Hier bin ich glücklich, Lupo. Nur wir zwei in unserem Häuschen."

Der Kater stieg neben sie auf die Matratze und rollte sich an ihrer Flanke ein. Liebevoll streichelte sie ihn, wofür er sich mit einem Schnurren bei ihr bedankte.

„Oh, Mist!" Selbst gerade am Einnicken fuhr Calandra hoch. „Ich habe vergessen, den Tritt wegzustellen!"

Schläfrig sah Lupo auf. Diese Art von Aufregung so kurz nach dem Fressen war nichts für ihn.

„Wir müssen noch einmal zurück!" Sie sprang auf. „Los, komm. Sie werden sonst wissen, dass ich in der Vorratskammer war, und dann werde ich ihnen von dir erzählen müssen, oder von einer heimlichen, unglaubwürdigen Thunfisch-Abhängigkeit. So ein Ärger." Damit war sie bereits an der Türöffnung. Auf den ersten Stufen sah sie noch mal ins Häuschen. „Kommst du?“

Doch der Kater dachte überhaupt nicht daran, sich in Bewegung zu setzen.

„Bitte, wie du meinst. Gehe ich eben allein.“ Damit schob Calandra das Holzbrett vor den Eingang, kletterte geschickt an den Brettern hinunter und lief zurück zum Haus.

Eigentlich wollte sie auf demselben Weg in die Vorratskammer, wie sie diese verlassen hatte: über die Veranda in die Küche und von dort in den Raum. Doch als sie die angelehnte Terrassentür vorsichtig zur Seite schob, ließen unbekannte Stimmen sie in ihrer Bewegung stocken. Es waren mehrere und sie kamen aus Richtung der Eingangshalle.

Angestrengt lauschend verharrte sie in ihrer Position. Sie erkannte die tiefe Stimme ihres Vaters, der in seiner lang nicht mehr gehörten Geschäftsmannart sprach. Das konnte Calandra sagen, auch ohne ein Wort zu verstehen. Zudem hatte seine Stimme einen Ausdruck inne, den sie von ihm nicht kannte: Euphorie.

Ihre Mutter konnte sie ebenfalls klar heraushören. Es war dieses Lachen, das sie auf ihren Teepartys und anderen Veranstaltungen immer erklungen lassen hatte. Es war mindestens eine Oktave höher als ihr gewöhnliches Lachen – wenn sie ein gewöhnliches Lachen gehabt hätte.

Die anderen Stimmen kannte sie nicht.

Calandra runzelte die Stirn. Hatten ihre Eltern Gäste? Das war ungewöhnlich.

Als sie sicher war, dass sich die Stimmen entfernten, schob sie die Tür leise ganz auf und schlich ins Haus.

Sie hatte Glück, der Tritt stand noch genau dort, wo sie ihn vergessen hatte. Unwahrscheinlich also, dass ihn jemand bemerkt hatte. Behutsam klappte sie ihn zusammen und stellte ihn in seine Ecke.

Gerade, als sie zurück in die Küche gehen wollte, flog die Küchentür auf und mit ihr ihre Mutter hinein. Sie lächelte und ihre Wangen waren gerötet. Reflexartig machte Calandra einen Satz zurück und presste sich an eines der Regale. Nach einem holzigen Gespräch mit ihrer Mum war ihr gerade nicht zumute, auch wenn es sie brennend interessierte, um wen es sich bei ihren Gästen handelte.

Mit angehaltenem Atem wagte sich Calandra vor und spähte durch den Spalt in der Schwingtür. Summend holte ihre Mum gerade einige Utensilien und Lebensmittel aus den Küchenschränken. Machte sie etwa Sandwiches? Noch nie hatte Calandra ihre Mutter Sandwiches oder überhaupt Essen zubereiten sehen.

Anschließend drapierte ihre Mutter die dreieckigen Brote geschickt auf einer Servierplatte, die vor ewigen Zeiten das letzte Mal benutzt worden war. Danach lief sie, die Platte balancierend, leichtfüßig zur Küchentür, stieß diese mit einer Hüfte auf und verließ mit einer Halbdrehung den Raum. Was war hier los?

Langsam kam Calandra aus dem Vorratsraum, ließ ihren Blick über Messer, Brett, Toast, Käse und Co. gleiten. Diese Frau, die gerade in der Küche gewesen war, war zwar ihre Mutter gewesen, doch hatte sie sich völlig fremd verhalten. Irritiert von der Situation vergaß Calandra, dass sie eigentlich zurück zum Baumhaus wollte, und verließ die Küche ebenfalls in den Flur.

Die Stimmen, bekannt wie unbekannt, hallten durch den langen Korridor. Wie hypnotisiert folgte Calandra ihnen. Sie musste wissen, wer der Besuch war, und was sie besprachen. Das Raunen führte sie bis zum Arbeitszimmer ihres Dads. Auf Zehenspitzen näherte sie sich der Tür. Doch gerade, als sie zum Lauschen ansetzen wollte, wurde diese geöffnet.

Ihr blieb keine Zeit zum Nachdenken. Reflexartig duckte sie sich, bekam jedoch gleich darauf einen Tritt in die Seite.

„Huch!", rief ihre Mutter. „Kind, jetzt wäre ich beinahe über dich gestolpert. Was machst du hier auf dem Boden?"

Schwerfällig richtete sich Calandra wieder auf, rieb sich die schmerzende Seite. „Ich ... ähm ... Ich habe etwas gesucht." Reichlich unoriginell, doch es war das Erstbeste, das ihr einfiel.

Eine Augenbraue ihrer Mutter schnellte in die Höhe. „Soso, du suchst etwas? Ausgerechnet hier vor der Bürotür deines Vaters?" Mit diesen Worten schloss sie ebendiese. Ein Blick in den Raum und die darin befindlichen Personen blieb Calandra damit verwehrt.

„Ja, ich ... wollte meine Murmeln holen. Dabei ist mir eine heruntergefallen." Das war wohl eine der schlechtesten Lügen, die Calandra ihrer Mutter jemals aufgetischt hatte. Sie war von Natur aus keine gute Lügnerin, aber dies war selbst für ihre Verhältnisse jämmerlich.

„Deine Murmeln?" Ihre Mutter reagierte erwartungsgemäß mit skeptisch gekräuselten Lippen. „Du bist zwanzig Jahre alt, nächstes Jahr bist du volljährig, und spielst ausgerechnet hier und heute mit Murmeln?"

„J-ja?"

Die Lippen ihrer Mutter wurden noch schmaler. „Geh in dein Zimmer."

„Aber ich ..."

„Ich will keine Widerworte hören und erst recht keine deiner Märchengeschichten!" Unerbittlich zeigte sie mit strengem Finger Richtung Treppe.

Mit hängenden Schultern tat Calandra, wie ihr geheißen worden war.

„Gerade, als ich dachte, wir hätten all den Ärger mit dir endlich hinter uns gelassen", hörte sie ihre Mutter murmeln, ehe diese energischen Schrittes in der Küche verschwand.

Calandra erklomm die ersten kalten Stufen der Marmortreppe. Doch noch bevor sie die Hälfte erreicht hatte, wurden ihre Beine unerträglich schwer. Hatte ihre Mum recht? Würde es wieder so werden wie früher? Würde sie wieder vor der angesehenen Gesellschaft versteckt werden, damit sie niemanden blamierte?

Nachdenklich setzte sie sich auf die Stufen.

Hatte sie sich in den vergangenen zehn Jahren nicht weiterentwickelt? Hatte sie sich nicht als einzige in diesem Haushalt um alles gekümmert? Einkauf, Essen, Wäsche? Jahrelang hatte sie die Dienstmagd für ihre depressiven, alkoholgetränkten Eltern gespielt, nur um jetzt bei der erstbesten Gelegenheit wieder in den Hintergrund abgeschoben zu werden? Hatte sie nicht mehr verdient? War sie nicht mittlerweile ein gleichwertiges Mitglied dieser Familie?

Mit den Ellenbogen auf den Knien und den Kopf in die Hände gestützt war Calandra so in ihre Grübeleien versunken, dass sie zunächst nicht bemerkte, wie die Tür zum Arbeitszimmer ihres Dads geöffnet wurde.

Neben ihrem Vater traten noch drei weitere Männer in den Korridor: ein untersetzter Herr mit eindeutig zu viel Pomade in seinen dunklen, lichten Haaren. Sein rundes Gesicht zierte ein Schnäuzer, der aus der Entfernung wie eine fette Raupe wirkte, gleichsam wie seine Augenbrauen, die sich beinahe berührten. So lächerlich Calandra seine äußere Erscheinung fand, musste sie doch zugeben, dass er eine noch autoritärere Ausstrahlung als ihr Vater hatte.

In seiner Begleitung waren zwei junge Herren, die ebenso wenig an Pomade gespart hatten. Ein dunkelhaariger großgewachsener Mann mit langen Koteletten und ein blonder mit leicht gewellten Haaren, der ausgerechnet in diesem Augenblick zu Calandra hinübersah, in dem sie noch immer wie gebannt durch die verschnörkelten Streben des Geländers spähte. Er war glattrasiert und seine Gesichtszüge waren weich, nicht so kühl und starr wie die der anderen beiden Männer.

Calandras Dad begleitete die Herrschaften zur Tür und damit unweigerlich auf Calandra zu. Unsicher, wie sie sich verhalten sollte, verharrte sie sitzend auf der Treppe. Vielleicht würden sie einfach an ihr vorbeigehen und sie ignorieren, wie es stets alle getan hatten.

Doch diese Überlegung hatte sie ohne den blonden Mann gemacht. Während sich die Älteren die Hände gaben und sich auf die Schultern klopften, sah der

Blonde zu Calandra herauf. Seine fesselnd grünen Augen raubten ihr den Atem, ihr Herz fing in ihrer Brust wie wild an zu klopfen. Ein solches Gefühl hatte sie noch nie erlebt.

„Wie ich sehe, gibt es ein weiteres Haushaltsmitglied“, erklang im selben Moment seine Stimme, so melodisch und klar, dass Calandra die Ohren rauschten. Er wandte den Blick nicht von ihr ab. „Möchten Sie uns nicht bekannt machen, Mr. Hemmett?“

Calandras Vater blickte nun ebenfalls zu ihr, sichtlich unentschlossen, ob er sie wirklich vorstellen sollte. „Nun ... Gewiss doch“, gab er schließlich der Höflichkeit nach. „Dies, meine Herren, ist meine Tochter Calandra.“

Alle vier Blicke richteten sich auf sie. Sie wollte aufstehen, aber ihre Knie versagten einfach. Sie waren zu wackelig, als dass sich Calandra auf ihnen hätte halten können. Etwas Derartiges hatte sie noch nie erlebt. Was geschah mit ihr?

Ihr Vater presste die Lippen zusammen und zog die Brauen tief in die Nasenwurzel.

Mit Hilfe des Treppengeländers schaffte Calandra es endlich auf die Beine. Die Miene ihres Vaters entspannte sich ein wenig.

„Calandra, das hier ist Clifford Trewin. Lord Trewin.“ Er deutete auf den untersetzten Herrn im braunen Anzug, der lediglich nickte. Calandra schluckte. Ein Gesandter des Trewin-Adels. Ihnen gehörte das Anwesen auf der nordöstlichen Seite. Hier war gerade wirklich hoher Besuch zugegen. Beinahe hätte sie vor Überanstand oder Ehrfurcht geknickst.

„Und dessen Sohn Grayson Trewin." Der blonde junge Mann trat vor und streckte ihr die Hand entgegen.

Grayson, dachte Calandra, konnte sich jedoch nicht bewegen. Ihr Körper war wie gelähmt. Doch sie wusste, dass sie hinunterkommen musste, wollte sie nicht den Zorn ihres Vaters auf sich ziehen.

Sie krallte sich ungeschickt am Treppengeländer fest und kam Stufe für Stufe hinunter, immer weiter auf ihn zu. Grayson ließ sie dabei nicht aus den Augen. Ihr Herz klopfte lauter als nach jedem Wettrennen mit Kater Lupo und ihr war auch heißer als nach jedem dieser Rennen.

Schließlich hatte sie die letzte Stufe erreicht und nahm mit unendlich zitternder Hand die seine. Sie war warm und gab ihr direkt ein Gefühl von Geborgenheit.

„Freut mich, deine Bekanntschaft zu machen." Sein herzliches Lächeln ließ sein Gesicht noch schöner und harmonischer aussehen.

„Äh ... ja", gab Calandra zurück. Sie wollte mehr sagen, doch ihr Mund war staubtrocken. Mit brennenden Wangen zog sie ihre Hand wieder zu sich.

Noch immer lächelnd trat Grayson zurück zu den anderen.

„Und das ist Albert Penrose, ebenfalls ein sehr vielversprechender Geschäftspartner von Mr. Trewin." Der Stolz in der Stimme ihres Vaters war kaum zu überhören. Als wäre dieser Mann sein eigener Sohn. Er schien große Stücke auf ihn zu halten.

Nur mit Mühe konnte Calandra ihren Blick von Grayson abwenden und zu Albert Penrose wandern lassen. Auch er reichte ihr die Hand, die sie aus Anstand nahm. Ein Lächeln hatte er nicht für sie übrig.

Kapitel 5 – Cadis

Cornwall, England, heute

„Wenn Granny dich darum gebeten hat, warum tust du es nicht einfach?“

David und Cadis saßen gemeinsam im Schein des Halbmondes auf ihrem Lieblingsplatz auf dem Dach. Nur hier konnten sie ungehört neugieriger Ohren reden. Eine leichte Brise ließ die Blätter des Waldes rauschen und wehte eine Strähne Cadis’ unbändiger Locken in ihr Gesicht. Unwirsch strich sie diese weg.

„Du verstehst das nicht, David. Ich … Allein der Gedanke …“ Bei diesen Worten verselbstständigten sich ebendiese und prasselten auf Cadis ein:

Die überwucherten Buden und Fahrgeschäfte,

der gespenstische Anblick der Karussellpferde,

der tote Vogel,

Granny, die Tränen, das Zittern, der Zusammenbruch, die Sanitäter.

„Ich kann das nicht“, schloss Cadis, den schweren Kloß in ihrem Hals hinunterschluckend. Es fröstelte sie. Trotz der langsam wieder steigenden Temperaturen erinnerte sie die Nacht, dass der Winter gerade erst vorbei war. Die Jacke, die sie trug, war zu dünn.

„Aber du hast es ihr versprochen.“

„Ich weiß.“

„Und sie wird vermutlich schon bald nicht mehr sein."

Cadis zog die Knie eng an ihren Körper und legte den Kopf darauf. „Ich weiß."

„Du hast keine Wahl."

Sie schnellte wieder hoch. „Und wenn ich es nicht schaffe? Was ist, wenn es mir nicht gelingt, das Rätsel des Jahrmarkts zu lösen oder diese Person zu finden, die es kann?" Tränen füllten ihre Augen. „Was, wenn sie stirbt, bevor ich ihr Erlösung bringen kann? Weißt du, was für ein Druck das ist?"

David zuckte ungerührt mit den Achseln. „Wenn du es nicht schaffst, nehme ich an, dass ihre rastlose Seele so lange auf dieser Welt verbleiben und dich verfolgen wird, bis du es herausgefunden hast." Er grinste.

Ungewollt schmunzelnd wischte sich Cadis eine verirrte Träne von der Wange boxte ihrem Bruder gegen die Schulter.

„Au!"

„Das ist nicht witzig!"

„Komm schon, Cadi. Sie hat dir die Aufgabe gegeben, weil sie dein Potenzial kennt und weiß, dass du es schaffen kannst und wirst. Du bist stark, rebellisch und abenteuerlustig. Das sind die besten Voraussetzungen."

„Das war ich vielleicht vor vielen Jahren. Heute nicht mehr." Wieder legte sie den Kopf auf die angezogenen Knie.

David musterte sie, ehe er weitersprach. „Das glaubst du, weil du nur oberflächlich schaust."

Sie sah auf.

„Dieser ganze Vorfall damals mag dich gebrochen haben, aber er hat dich nicht zerstört. Ich bin mir sicher, dass alle deine Schatzsuchereigenschaften noch da sind. Die wahre Cadis steckt noch in dir. Und auch Granny ist davon überzeugt."

„Kannst du mir nicht bei der Suche helfen?"

„Ich helfe dir, indem ich dir hier den Rücken freihalte. Ich mache die Flyer und Buttons für Dads Wahl fertig. Einer von uns muss diese Aufgaben übernehmen, damit es keine Fragen gibt. So kannst du ungestört auf die Suche nach der Wahrheit oder dieser Person gehen. Wobei ich finde, dass du niemanden brauchst. Was soll das überhaupt für eine Person sein?"

„Du sagst es. Ich weiß nicht einmal, wonach oder wen ich suche." Mutlos ließ sich Cadis nach hinten sinken und betrachtete die Krater, die auf dem Halbmond zu erkennen waren. „Geschweige denn, wo ich anfangen soll."

„Das findest du schon heraus."

„Damals war es so einfach. Ich hatte ein Ziel und bin losgelaufen. Warum ist es jetzt nicht mehr so?" Sie kniff die Augen zusammen, versuchte, sich in die Zeit von früher zu versetzen. Die Zeit, als sie noch so war, wie David sie beschrieben hatte.

„Was hat dich denn vor zwanzig Jahren angetrieben?"

„Ich wollte die Wahrheit herausfinden", flüsterte sie. „Ich wollte wissen, wer ich war und woher ich kam. Ich war überzeugt, kein Teil dieser furchtbar perfekten aristokratischen Familie zu sein."

„Das Gefühl kenne ich. Und trotzdem bin *ich* nie auf die Suche nach Antworten gegangen." Er sah zu ihr. „Warum du?"

„Bei dir war es anders. Du wurdest immer akzeptiert, David."

Er schnaufte und legte sich neben sie. Eine Hand stützte seinen Kopf, die andere ruhte auf seinem Bauch. „Akzeptiert würde ich das nicht nennen. Ignoriert wohl eher. Von mir hat niemand gesondert Notiz genommen."

„Doch, ich."

„Und genau da liegt der Unterschied. Ich hatte jemanden, der für mich da war, mich gelobt und getadelt hat, dem ich nicht egal war, der mich beschützt und nicht schikaniert oder vorgeführt hat. Du musstest all deine Schlachten allein kämpfen."

Das stimmte. Cadis musste schlucken. „Warum musste ich in dieser Familie immer kämpfen, David?"

Er zuckte mit den Schultern. „Vielleicht liegt die Antwort hinter einem Bauzaun mit einem kleinen Loch in der Plane?"

Obwohl sie es nicht wollte, musste Cadis schmunzeln. „Da liegen nur Ruinen eines Jahrmarktes."

„Das ist aber sehr oberflächlich gesprochen, liebe Schwester."

„Wie würdest du es denn sagen?"

„Ich würde sagen, dass hinter diesem Zaun die Vergangenheit liegt. Eine Vergangenheit, die Antworten gibt. Die aber immer weiter in Vergessenheit gerät und die sich die Natur Stück für Stück zurückholt. Und wenn ihr das gelungen ist, bleiben keine Antworten mehr übrig."

Etwas ungläubig drehte Cadis den Kopf zu ihrem Bruder. „Ist das die Art, mit der du deine Frauen rumkriegst?"

„Vielleicht“, sagte er nebulös. Bevor sie jedoch etwas erwidern konnte, stand er auf. „Apropos. Wenn du mich nun entschuldigst, ich erwarte noch Besuch.“

„Du bist wirklich unmöglich, kleiner Bruder.“

Er grinste, ehe er durch das Dachfenster stieg. „Ich weiß.“

Seufzend zog Cadis ihre Hände weiter in die Jackenärmel und betrachtete die halbe Scheibe am Abendhimmel. „Kannst du mir sagen, was ich tun soll, lieber Mond?“

Es blieb still.

„Hab mir schon gedacht, dass du etwas in die Richtung sagen würdest“, murmelte sie.

Aus der Ferne schallte der Ruf einer Eule aus dem Wald.

Seit Grannys Schlaganfall war Cadis nur so weit in den Wald gegangen, dass sie ihr Haus noch sehen konnte. Tiefer hinein zu gehen oder gar wieder den alten Schienen zu folgen, war unvorstellbar. Doch die Zeit drängte. Sie musste eine Entscheidung treffen und dabei bleiben.

„Ich habe nie eine Antwort auf meine Frage erhalten, warum ich so anders bin als meine Familie. Und statt unermüdlich weiter nach der Wahrheit zu suchen, habe ich mich meinem Schicksal ergeben und meiner ungewollten Stellung in dieser Familie. Warum habe ich das getan?“ Ihre Augenbrauen wanderten zueinander. „Weil meine Großmutter einen Schlaganfall erlitten hat und zusammengebrochen ist. Aber warum habe ich in dem Moment aufgegeben, alles zu sein, was ich war? Inwiefern war ihr damit geholfen?“

Ein schwarzer Wolkenfetzen schob sich vor das helle Licht des Mondes. Doch das kümmerte ihn nicht. Er leuchtete deswegen nicht weniger schön. So sollte sie auch sein.

Entschlossen richtete sie sich auf. „Ich werde gehen. Ich werde nach den Antworten suchen. Nach Grannys Antworten und nach meinen."

Zurück in ihrem Zimmer klappte Cadis als erstes ihren Laptop auf und durchforstete das Internet. *Jahrmarkt in Cornwall*, tippte sie in das Suchfenster oder *Jahrmarkt Cornwall 1950s 1960s* und was ihr sonst noch einfiel. An die einhundertsechzigtausend Treffer erhielt sie – doch keiner davon war brauchbar. Kein Bild von der Gegend, in der sie lebte, kein bekannter Name, nichts, das nur im Entferntesten zu dem Jahrmarkt in ihren Wäldern passte. Das Internet, das Medium, das nichts vergaß, kannte keinen Jahrmarkt in Cornwall in den Fünfzigern oder Sechzigern. Das bedeutete, dass es nie davon gewusst hatte.

Was auch immer sich dort ereignet hatte, es war nicht dramatisch genug gewesen. Cadis runzelte die Stirn und ließ sich auf ihrem Schreibtischstuhl gegen die Lehne fallen. Wenn es aber nichts Schlimmes von dem Jahrmarkt zu berichten gab, warum hatte ihre Großmutter dann so heftig reagiert? Und warum hatte sie nie darüber gesprochen?

„Was ist bloß geschehen, Granny?", flüsterte sie. „Ich wünschte, du könntest mir deine Geschichte einfach erzählen."

In dieser Nacht schlief Cadis unruhig. Albträume von verrosteten Fahrgeschäften plagten sie, die zum Leben erwachten und sie verfolgten. Sie wollten ihr Geheimnis nicht preisgeben. Schon gar nicht an Cadis. Statt wie damals vor den Rehen wegzurennen, lief sie im Traum vor untoten Plastikpferden und Karussells davon, stolperte fortwährend und fiel hin. Und sie verlor wieder die kleine Holzfigur ihrer Grandma.

Die Holzfigur ...

Als die ersten Sonnenstrahlen ihr Zimmer erhellten, öffnete Cadis die schweren Lider. Trotz der wenigen Momente unruhigen Schlafs war sie schnell hellwach.

Was auch immer dieser Tag bringen würde, er würde bedeutsam werden.

Unter der Dusche ließ sie das warme Wasser über ihren Kopf prasseln, in der Hoffnung, Zweifel und Ängste fortzuspülen, die sie hemmen könnten, nun, da sie ihre Entscheidung getroffen hatte.

Leider war sie weder die erste noch einzige beim Frühstück.

„Guten Morgen, Euer Hochwohlgeboren. Wünsche, wohl geruht zu haben“, begrüßte Nigel sie belustigt, als sie das Esszimmer betrat. Er studierte gerade den Wirtschaftsteil der Tageszeitung.

Selbstverständlich hatten die Zwillinge ihr Frühstück einschließlich der obligatorischen Grapefruit bereits eingenommen.

Kommentarlos ließ sich Cadis auf ihren Stuhl fallen. Sofort eilte Louisa herbei. „Guten Morgen, Cadis“, sagte sie mit derselben sanften Stimme, mit der sie ihr seit über zwanzig Jahren einen guten Morgen wünschte.

„Guten Morgen“, gab Cadis lächelnd zurück und erhielt ebenfalls ein Lächeln. „Lass nur, ich schenke mir selbst ein.“ Schnell griff sie nach der Thermoskanne, konnte jedoch nicht verhindern, dass Louisa ihr in der Zwischenzeit mit einer silbernen Gebäckzange ein Scone auf den Teller legte. Cadis mochte es nicht, bedient zu werden, erst recht nicht von Louisa, die für sie schon zur Familie gehörte. Aber so oft war sie von ihrer Mutter gescholten worden, weil sie sich ihr Essen selbst gemacht hatte, dass sie es, so gut es ging, erduldete.

„Cadis, du hast dich falsch geschminkt“, bemerkte ihre Schwester, während sie sorgfältig den silbernen geschwungenen Löffel durch ihren Kaffee zog.

Mit gerunzelten Augenbrauen sah Cadis zu ihr. Im Gegensatz zu dem Vogelnest, das sie vorhin nur mit einem Zopfgummi hatte bändigen können, teilten sich Darlénes glatte Haare lediglich akkurat vor und hinter ihren Schultern. Sie rührte weiter in ihrer Tasse.

„Weißt du, der Lidschatten gehört *auf* die Lider, darum heißt er so. Nicht unter die Augen.“

„Danke für den Hinweis“, brummte Cadis und beschmierte ihr Scone dick mit Butter.

„Gerade *dunkler* Lidschatten ist unterhalb der Augen äußerst ungeschickt.“

„Was du nicht sagst.“

„Vielleicht solltest du mal duschen oder so“, stimmte Nigel ein, während er seine Zeitung zusammenfaltete.

„Und dann leg gleich neues Make-up auf. Oder klingel bei den Trewins, die geben dir bestimmt etwas Geld, weil sie denken, eine arme Bettelmagd stehe vor ihrer Tür.“

„Warum muss das Tischgespräch schon wieder auf die Trewins fallen?“ Mit lautem Klirren ließ Nigel seinen Kaffeelöffel auf den Teller fallen. „Das verdirbt mir den Appetit.“

„Du bist doch ohnehin fertig“, merkte Darléne ungerührt an.

„Noch nicht ganz. Und diese selbstverliebten Schnösel, die sich immer für etwas Besseres halten, vermiesen mir die letzten Schlucke von meinem Kaffee.“

Ein großzügiger Löffel Marmelade landete auf Cadis’ Butterscone. Ihr war es nur recht, wenn sich ihre Geschwister gegenseitig angifteten. So kam sie aus der Schussbahn. Lustlos verschmierte sie das rote Jelly.

„Wir können nichts gegen sie machen, Nigel. Wir müssen die Wahl gewinnen. Dann können wir ihnen endlich zeigen, wie man sich als ewige Nummer zwei fühlt. Das wird für sie bitterer sein, als für dich die Grapefruit. Zu viele ungesättigte Fettsäuren sind nicht gut für deinen Cholesterinspiegel.“ Der letzte Kommentar galt Cadis, die gerade ihr Scone zum Mund geführt hatte.

„Meinem Cholesterinspiegel geht es gut, danke“, murrte sie. Allein aus Trotz würde sie diese Kalorienbombe essen. Darlénes angewiderter Blick mitsamt kraus gezogener Nase war es allemal wert. Doch ihr Magen war zugeschnürt und verweigerte jedwede Nahrungsaufnahme. Resigniert legte sie das Frühstück zurück auf den Teller.

Mit einem triumphierenden Grinsen hob Darléne ihr Näschen an. „Geht doch, sehr schön. Und jetzt der Lidschatten.“

Ohne ein weiteres Wort erhob sich Cadis und verließ das Esszimmer.

Ihren Rucksack mit den nötigsten Utensilien gepackt – Messer, Schere, Block, Stift, Wasserflasche, Handy, eine Tüte für eventuelle Beweismittel – und geschultert, stand Cadis in ihrem Zimmer, die Beine bleiern. Es wollte ihr nicht gelingen loszulaufen. Sie ließ ihren Blick über die bunten Wände und die Decke wandern. Was war, wenn sie keine Antworten auf all dies fand? Und was, wenn doch? Was war, wenn ihr diese nicht gefielen? In der Vergangenheit hatte sie sich hunderte Szenarien ausgemalt, in denen ihre Familie – abgesehen von David – die Bösen waren. Seit jeher war Cadis überzeugt, ihre Familie hatte anderen Menschen Unrecht getan, sie hintergangen, ja, vielleicht sogar ermordet.

Aber was, wenn dem nicht so war? Wenn ihre Familie guten Herzens war? Würde das bedeuten, dass sie nicht in der Lage war, hinter Fassaden zu schauen? Menschen richtig einzuschätzen? Sie voreingenommen war? Sich von einer festgefahrenen Meinung nicht abbringen ließ? Bislang hatte sie sich für die einzig wirklich menschliche Person gefühlt. Wenn sie aber in Wahrheit die einzig oberflächliche war?

Ihr Magen begann zu krampfen, kalter Schweiß bildete sich auf ihrem Rücken.

Sie wollte diesen Schritt nicht gehen. Und doch musste sie.

Sie sah zum Bücherregal, das neben den Klassikern und den großen Namen der Literatur nahezu hundert Märchenbüchern Platz bot. Märchen und Geschichten – eine Leidenschaft, die sie mit ihrer Granny Calandra teilte und verband. Ihre Granny hätte ihr nie eine Aufgabe gegeben, die sie nicht bewältigen konnte oder die sie in ihren Grundfesten zerstören würde.

Vor den Büchern standen die Holzfiguren, die sie geschnitzt hatte. Allesamt Märchenfiguren: Frau Holle, Schneewittchen, Rotkäppchen, Goldlöckchen und die drei Bären. Doch eine fehlte, die vermutlich noch immer irgendwo im Wald lag.

Cadis atmete tief durch. „Ich habe es ihr versprochen. Man hält sich an seine Versprechen. Sie hat es verdient, die Ruhe und den Frieden zu finden, den sie braucht." Unweigerlich blieb ihr Blick an dem Bild ihrer Großmutter auf ihrem Nachttisch hängen. „Die letzten zwanzig Jahre hast du in Qual gelebt, liebe Granny. Nicht zuletzt wegen meiner Unüberlegtheit. Es war kein Zufall, dass du seit dem Schlaganfall nicht mehr die Alte warst." Sie straffte die Schultern. „Das Mindeste, was ich tun kann, ist, dir diese Erlösung zu verschaffen. Egal, auf welche Antworten ich stoßen werde. Ich werde das Geheimnis des Jahrmarktes aufdecken, Granny. Ich verspreche es dir. Gib mir ein wenig Zeit."

Mit einem Kuss, den sie auf Zeige- und Mittelfinger gab und anschließend auf das Bild tupfte, verabschiedete sie sich und verließ entschlossen ihr Zimmer, ehe sie einen erneuten Rückzieher machen konnte.

Bevor sie ging, vergewisserte sie sich, dass niemand ihren Aufbruch bemerkte. Doch die Korridore waren ruhig. Wie immer wirkte dieses riesige Haus unbelebt. Cadis war dies heute nur recht. Leise öffnete sie die

Haustür, schlüpfte hindurch und schloss sie lautlos hinter sich.

Der Weg über den Rasen zum Wald lag offen da, auch hier begegnete sie niemandem.

Als sei sie gestern erst hier gewesen, fand sie sofort die Stelle, an der die stillgelegten Bahnschienen starteten. Alles war genauso wie damals. Mit einem Stock ertastete sie das rostige Metall und die morschen, teilweise verrotteten Bahnschwellen unter vielen Schichten von altem Laub. Allerdings war der Weg dieses Mal überwucherter von Büschen und stellenweise behindert durch umgekippte tote Bäume, Äste und Zweige. Mehr als einmal musste Cadis über oder unter das Gehölz klettern oder die Bereiche ganz umlaufen.

Nach etwa drei Meilen wurden der salzige Geruch des Meeres und das Geräusch der Brandung deutlicher. Kaum gewahr, erhob sich die grünlich dunkle Wand vor Cadis aus dem Boden, die sie in so vielen Albträumen heimgesucht hatte: der Bauzaun.

Sie blieb stark. Mit geballten Fäusten marschierte sie darauf zu. Sie würde sich von dieser Plane nicht unterkriegen lassen. Sie war keine sieben Jahre mehr. Sie war jetzt eine erwachsene Frau mit einer Großmutter, die im Sterben lag. Und vor ihr war nur eine Plane – nicht mehr als ein Tuch aus Kunststoff.

Langsam streckte sie die Hand aus, berührte das kalte, flexible Material, das dennoch unnachgiebig war. Etwas tiefer befand sich das kleine Loch, das sie vor zwei Jahrzehnten in diese Barriere gebohrt hatte.

Die aufkommenden Emotionen schob sie sofort beiseite und betrachtete das Hindernis, das es zu überwinden galt.

„Dieses Mal hältst du mich nicht auf", flüsterte sie mit Bestimmtheit und lief, die Hand weiter über die Plane gleitend, um das Gelände herum, auf der Suche nach einer Schwachstelle, die Wind und Wetter möglicherweise in den vergangenen Jahren hinterlassen hatten.

In ihre Untersuchung vertieft, stolperte sie plötzlich über etwas und fiel unsanft auf den blätterbedeckten Boden.

„Au!" Sich die angeschlagene Schulter haltend richtete sie sich auf. Was war das gewesen?

„Entschuldige, das wollte ich nicht", vernahm sie unerwartet eine fremde Stimme. Erschrocken riss sie die Augen auf. Vor ihr stand ein Mann, etwa in ihrem Alter, mit dunkelblonden Haaren und warmen dunklen Augen. Kannte sie ihn irgendwoher? Er streckte ihr die Hand entgegen. „Lass mich dir helfen."

Ohne sein Angebot anzunehmen, stand Cadis auf. „Wer bist du und was willst du hier?", fragte sie, während sie sich Blätterreste und Erde von der Kleidung zupfte.

Einen Moment schaute er ihr zu, ehe er antwortete: „Ich bin Fin. Und du?"

„Und was willst du hier? Das ist Privatgelände." Sie verschränkte die Arme vor der Brust.

„Ach, wirklich?" Mit hochgezogenen Augenbrauen wie Schultern sah er sich um. „Das habe ich nicht gewusst. Ich bin einfach im Wald spazieren gegangen."

Eine Lüge.

Das Grundstück war komplett eingezäunt. Das wusste sie mit absoluter Sicherheit. Ihr Vater ließ zudem die Unversehrtheit des Zauns einmal im Monat überprüfen. Zu oft hatte es Vorfälle gegeben, in denen urplötzlich wildfremde Menschen in ihrem Garten standen. Zumeist verirrte Touristen, aber seit der Bürgermeisterkandidatur ging ihr Vater lieber sicher, dass sich keine unbefugten Personen Zugang zum Grundstück verschafften und seine Wahlstrategie ausspionierten.

„Dann habe ich diesen Bauzaun gesehen und mich gefragt, was sich wohl dahinter befindet." Er sah sie an. „Weißt du das zufällig?"

Ganz in Manier von Darléne hob Cadis die Nase. „Ja, das weiß ich durchaus. Aber das geht dich nichts an. Und du solltest jetzt gehen, ehe ich die Security rufe."

Fin grinste. „Soso, hier im tiefsten Wald gibt es Security, die du jetzt von hieraus verständigen kannst?"

Kurz hielt sie seinem Blick stand. „Nein, gibt es nicht", murrte sie. „Trotzdem. Geh jetzt."

„Warum bist *du* hier? Wohl kaum zufällig."

Diese Frage traf Cadis unerwartet. Die Verschränkung ihrer Arme löste sich von allein. „Ich ... äh ..."

Amüsiert kniff er die Augen zusammen. „Du hast keine Ahnung, was sich dahinter befindet, oder?"

„Natürlich habe ich das."

„Dann verrat es mir."

„Nein!"

„Wir könnten auch gemeinsam nachsehen."

„Auf keinen Fall."

Er betrachtete die Plane und strich einmal darüber. „Aber wenn du auf die andere Seite willst, wird es ohne meine Hilfe nicht gehen."

„Wer sagt, dass ich auf die andere Seite will?" Sie stutzte. „Moment, wie meinst du das?"

„Ganz einfach." Er deutete auf einen Baum dicht an dem Zaun. Cadis folgte seinem Blick und verstand, worauf er hinauswollte. Einer der Äste dieses Baums ragte nicht nur über die Plane, sondern auch bis auf das abgesperrte Gelände. „Die Sache ist die, dass man allein nicht auf diesen Baum kommt. Aber zu zweit könnten wir es schaffen und dann sehen wir beide, was sich dahinter befindet."

Ich weiß, was sich dahinter befindet und dich geht das nichts an, wollte Cadis entgegnen, doch leider musste sie einsehen, dass die Idee nicht ganz verkehrt war. Unschlüssig betrachtete sie den Baum.

„Wenn ich dir helfe, will ich mitkommen. Das ist mein Angebot. Was meinst du?"

Sie schüttelte den Kopf. „Wie ich schon sagte, das hier ist Privatbesitz und nicht für fremde Augen oder die Außenwelt gedacht."

„Heißt ...?"

„Das heißt, dass ich noch einmal komplett um den Zaun herumgehen werde. Mit Sicherheit gibt es eine andere Möglichkeit, rüberzukommen. Und wenn ich die gefunden habe, bist du hier verschwunden."

„Nur zu, versuch dein Glück. Ich werde hier solange warten, weil du gleich meine Hilfe brauchen wirst." Er zwinkerte ihr zu.

Kopfschüttelnd setzte Cadis ihren Marsch um die Plane herum fort. Sie bahnte sich einen Weg durch

Brombeersträucher, an denen sie immer wieder mit Haaren, Kleidung und der Haut hängenblieb. Dennoch untersuchte sie akribisch jeden Quadratinch der Plane, versuchte jedes einzelne Zaunelement aus seinen Betonschuhen zu heben, aber nichts bewegte sich.

Je näher sie dem Steilhang kam, zu dessen Fuß das Meer rauschte, desto schwieriger wurde ihre Suche. Sie konnte sich nirgendwo festhalten. Ihr Herz schlug schneller, ihre Atmung wurde flach.

Das letzte Zaunelement ragte bis fast zur Hälfte über den Abhang. Auch ohne ihre Höhenangst war es undenkbar, um den Zaun herum auf die andere Seite zu klettern.

Doch noch gab sie nicht auf. Sie kehrte um, kämpfte sich den Weg zurück, an dem wartenden Fin vorbei, bis zum anderen Ende, das sich wieder am Steilhang befand. Auch hier führte der Zaun bis weit über den Abhang.

In sicherem Abstand blieb sie stehen. Es war nichts zu machen. Dieser Zaun war ebenso undurchdringlich und unüberwindbar wie vor zwanzig Jahren.

Mutlos sah Cadis auf die Weite des Meers hinaus. Das Grau des wolkenverhangenen Himmels spiegelte sich auf der Wasseroberfläche wider. Mit einem bewussten Atemzug sog sie die salzige Luft ein. Der Blick in die Ferne tat gut. Sie durfte nur nicht nach unten sehen, sonst übermannte sie der Schwindel. Die Brandung in der Tiefe rauschte friedlich, die Meeresbrise spielte mit den Haarsträhnen, die sich durch die Brombeerbüsche aus ihrem Zopf gelöst hatten.

Rund um das Gelände gab es keinen weiteren Baum, den sie als Überstieg hätte nutzen können.

„Es tut mir leid, Granny“, flüsterte sie in den Wind. „Ich weiß, es ist deine Geschichte, vielleicht auch unser beider Geschichte. Niemand sollte sich einmischen, aber ich werde seine Hilfe brauchen.“ Tosend brach eine Welle im seichteren Wasser. „Vergib mir.“

Sie ließ ihren Blick noch einmal über die Wolken gleiten, die sich gemächlich über den Himmel schoben, ehe sie zu Fin ging.

„Okay, du hast gewonnen.“

Ein Lächeln stahl sich auf seine Lippen. „Natürlich habe ich das.“

Cadis runzelte die Augenbrauen.

„Ich habe selbst nach einer anderen Möglichkeit gesucht, bevor du hier aufgetaucht bist. Aber es gibt nur diese eine.“ Mit der flachen Hand klopfte er an den Stamm.

Es widerstrebte Cadis, das zuzugeben, doch wollte sie seine Hilfe, musste sie ihm wohl entgegenkommen. „Na ja, ohne dich wäre ich wahrscheinlich nicht mal auf *diese* Möglichkeit gekommen“, räumte sie mit einem Blick zum Baum kleinlaut ein. „Ich habe mich nur auf Plane und Zaun konzentriert.“

„Habe ich zuerst auch gemacht. Aber manchmal braucht man einen anderen Blickwinkel.“

„Genug der schlauen Sprüche. Wenn du mir hilfst, darüber zu kommen ...“

„Ja?“

Kurz presste Cadis die Lippen zusammen. „Darfst du mich begleiten, wenn es sein muss.“

Fin stieß ein spöttisches Lachen aus. „Na, vielen Dank.“

„Du solltest mir in der Tat dankbar sein. Ohne mich kommst du da ebenso wenig rüber wie ich ohne dich. Allerdings könnte ich zurücklaufen und eine Leiter holen. Nur leider drängt die Zeit …“ Sie schluckte. „Darum, wenn du mir hilfst, kannst du mitkommen. *Aber*: keine Fotos oder Videos und kein Wort zu irgendwem. Das ist meine Bedingung.“

Fin sah zur Seite, schien abzuwägen. „Na gut“, sagte er schließlich. „Deal.“

„Okay, dann gib mir als erstes dein Handy.“

„Ist das dein Ernst?“

„Natürlich.“

„Vertraust du mir nicht?“

„Nein.“

Resigniert zog er das Smartphone aus der Hosentasche und gab es ihr. „Wenigstens bist du ehrlich.“

„Warum sollte ich nicht ehrlich sein?“ Ungerührt ließ sie das Gerät in einer Seitentasche ihres Rucksacks verschwinden.

„Vielleicht um einen besseren Eindruck zu machen?“

„Dafür gibt es keinen Grund. Und jetzt los. Räuberleiter.“ Damit ging sie zum Baum und drehte sich erwartungsvoll zu Fin um, der sich noch nicht vom Fleck gerührt hatte und sie kopfschüttelnd beobachtete.

„Du bist wirklich ein ganz spezieller Fall, was?“

„Tja, du wirst leider wenig Freude mit mir haben.“ Unweigerlich schossen ihr Darlénes gehässige Aussagen durch den Kopf. Wie oft hatte sie Cadis als stur, bockig und nicht liebenswert bezeichnet? Wie lange es wohl dauern würde, bis Fin herausfand, dass sie so war? Sie schob diese Gedanken beiseite. „Kommst du jetzt?"

„Na klar." Neben dem Baum verflocht er seine Finger ineinander. Cadis stellte ihren Fuß hinein und ließ sich von Fin weiter hinaufschieben, bis sie einen Ast erreichte, der stark genug war, sie zu tragen. Mit aller Kraft zog sie sich hinauf.

Als sie einigermaßen fest und sicher saß, reichte sie Fin ihre Hand. Es wäre ein Leichtes gewesen, von hier aus den Rest allein zu gehen, doch sie hielt sich an ihr Wort. Eine weitere Eigenschaft, die sie von ihrer Familie unterschied – mit Ausnahme von David, auf den ebenfalls stets Verlass war.

Fin ging einige Schritte zurück, nahm Anlauf und sprintete auf den Baum zu. Zwei Schritte konnte er sogar auf der Rinde machen, verfehlte allerdings Cadis' Hand und rutschte ab. Cadis beugte sich weiter vor, auch wenn sie damit etwas an sicherem Halt einbüßte. Beim zweiten Mal klappte es. Fin bekam ihre Hand zu fassen und gemeinsam zogen sie ihn auf den Ast.

„Danke", sagte er leicht außer Atem und fuhr sich durch seine wuschigen Haare.

Er saß dicht neben ihr. Fasziniert betrachtete sie seine dunklen Augen, die mit goldenen Sprenkeln durchzogen und von langen Wimpern eingerahmt waren.

„Was ist?", fragte Fin.

Erschrocken wollte Cadis ein Stück nach hinten rutschen, doch der Stamm des Baumes versperrte ihr den Weg.

„Nichts, was sollte sein?", gab sie unschuldig zurück.

Er schmunzelte. „Ehrlich gestanden, war ich mir nicht sicher, ob du Wort halten würdest.“

„Natürlich halte ich Wort.“

„Gut zu wissen.“ Er sah hinauf zu den nächsten Ästen. „Wollen wir dann weiter, Milady?“

Milady? Eigentlich hätte Cadis ihm untersagt, sie so zu nennen, doch Fin war ohnehin nur noch etwa eine Stunde in ihrem Leben, dafür lohnte sich die Mühe nicht.

Ächzend kletterte sie weiter.

„Sport ist nicht so dein Ding, was?“, fragte Fin unter ihr amüsiert.

„Ich laufe viel, aber zum Klettern braucht man ganz andere Muskelgruppen.“ Warum rechtfertigte sie sich vor ihm?

Er schwieg daraufhin zum Glück.

„Okay und jetzt?“, fragte Cadis, als sie auf dem Ast angekommen war, der über den Zaun reichte. Von hier oben hatte man einen guten Ausblick auf das Gelände. Außer einer Menge Grün von unkontrolliert wuchernden Büschen, Gräsern, Moos und Bäumen war kaum etwas zu erkennen. Doch sie wusste, was sich darunter verbarg und atmete geräuschvoll aus.

„Wow, das ist ja spannend.“ Fin hatte ebenfalls den Ast erreicht.

„Das kannst du dir gleich in Ruhe ansehen. Können wir jetzt erst einmal hier runter?“ Der Blick nach unten ließ Cadis’ Knie weich werden.

„Warum so eilig, hast du Höhenangst?“

Cadis antwortete nicht, konzentrierte sich nur auf ihre Atmung, die sich wie ihr Puls beschleunigte.

„Gut, pass auf. Ich klettere vor, dann kannst du sehen, wie man es macht ... oder eben nicht, sollte ich runterfallen." Er lachte über seinen eigenen Witz. „Und wenn du dran bist, bin ich schon unten und fange dich auf, in Ordnung?"

„Nein, ich gehe als Erste", presste Cadis hervor.

„Vertrau mir. Ich halte mich genau so an mein Wort wie du." Bevor Cadis etwas entgegnen konnte, tastete sich Fin bereits an dem Ast weiter vor, der sich unter dessen Gewicht gefährlich bog.

„Komm zurück, das ist es nicht wert!", rief Cadis. Es musste einen anderen Weg geben. Und wenn sie zurückgehen und einen Trennschleifer holen musste, um dem störrischen Metall zu Leibe zu rücken.

Fin hatte den Abzäunung bereits passiert. Der Ast bog sich immer weiter unter der Last, lag nun sogar auf dem Gitter.

„Sei vorsichtig", flüsterte Cadis.

Als sich der Ast so weit gebogen hatte, dass Fin nur noch etwa sechs Fuß über dem Boden schwebte, ließ er sich fallen.

Vor Schreck schlug Cadis die Hände vor die Augen.

„Alles gut, du kannst wieder hinsehen", rief er von unten. Tatsächlich stand er munter und augenscheinlich unversehrt auf der anderen Seite.

Cadis fasste Mut. Wenn er das geschafft hatte, konnte sie das ebenso.

Behutsam arbeitete sie sich vor. Auch bei ihr neigte sich der Ast gefährlich.

„Hab keine Angst, wenn er bei mir nicht gebrochen ist, wird er bei dir schon gar nicht brechen!", rief Fin.

„Aber vielleicht wurde er durch dich geschwächt und bricht jetzt erst recht!“, rief sie zurück.

„Das stimmt. Das hatte ich nicht bedacht.“

„Was?“

„Dann solltest du dich lieber beeilen! Du hast es fast geschafft. Noch ein Stück und dann spring einfach.“

In ihrer Verzweiflung kniff Cadis die Augen zu. Es war besser, wenn sie nicht sah, was geschah. Langsam tastete sie sich weiter vor.

„Sehr gut. Du bist in der richtigen Position. Von da aus kannst du runterspringen. Aber mach die Augen auf.“

Cadis dachte allerdings nicht daran. Mit nach wie vor zusammengekniffenen Augen setzte sie sich in Position und ließ sich fallen, ohne vorher bis drei gezählt zu haben. Fin würde sie fangen, oder?

KAPITEL 6 – CALANDRA

Cornwall, England, 1960

„Lupo, wo willst du hin? Bleib stehen!“ Panisch rannte Calandra hinter dem kleinen schwarzen Kater hinterher, der sich in einem unbeobachteten Augenblick Zutritt zum Haus verschafft hatte und sich nun einen Spaß daraus machte, durch die Räume zu stromern. Räume, die sich in den vergangenen Wochen nicht nur mit Leben, sondern auch wieder mit Möbeln gefüllt hatten.

„Nein, nicht *darein*!“ Zielsicher steuerte der Kleine auf das Arbeitszimmer ihres Vaters zu. Auch wenn Calandra mittlerweile wesentlich älter war, würde es gehörig Schelte geben. Dads Büro durfte sie nicht betreten und Tiere wurden im Haus nicht geduldet – ob Katze oder Kakerlake machte für ihre Mutter keinen Unterschied. Beides zusammen würde den Super-GAU geben. Sie wollte sich gar nicht ausrechnen, wie lange sie dafür Hausarrest bekommen würde.

So schnell sie konnte, rannte Calandra hinter Lupo her, doch der war zu flink und wendig. Und ehe sie es verhindern konnte, war er in das verbotene Zimmer geschlüpft. Mit einem Hechtsprung stürzte sie durch die Tür und auf den Kater, den sie sogleich in ihren Armen verbarg.

Regungslos und mit zusammengekniffenen Augen verharrte sie auf dem Boden. Erst als sie kein Geräusch vernahm, wagte sie es, die Augen zu öffnen. Das Büro schien tatsächlich leer zu sein. Dabei hätte sie schwören können, dass ihr Vater heute wieder Besuch von seinen Geschäftspartnern gehabt hatte.

Seit ihrer ersten und einzigen Begegnung mit Grayson vermied sie weitere Zusammentreffen. Es machte ihr Angst, was allein sein Blick in ihr und mit ihrem Körper auslöste. Dennoch konnte sie sich ihm nicht gänzlich entziehen. Wenn er mit den anderen Herren kam oder ging, beobachtete sie ihn aus sicherer Entfernung und mit klopfendem Herzen. Blieben sie zum Essen, aß Calandra nicht mit. Ihren Eltern war ihr Drang nach Abwesenheit allerdings nur recht.

Erleichtert atmete sie aus und entließ den zappelnden Kater aus der Schraubzwinge ihrer Arme. „Na, da haben wir aber wirklich Glück gehabt, dass dich niemand gesehen hat, Lupo." Streng sah sie den schwarzen Unruhestifter an.

„Nicht ganz", hörte sie eine bekannte Stimme direkt hinter sich und erstarrte.

Grayson.

„Ich habe ihn schon gesehen."

Calandras Mund wurde staubtrocken. Sie wollte etwas sagen, doch nur ein Krächzen verließ ihre Kehle.

Grayson schien derlei Probleme nicht zu haben. „Möchtest du dich nicht umdrehen?"

Nein, wollte sie nicht.

„Es ist viel angenehmer, wenn man sein Gegenüber ansehen kann, findest du nicht auch?“ Seine Stimme war sanft und gleichzeitig fest.

„Ich ... ähm ...“ Hilfesuchend sah sie zu Lupo, der sich kommentarlos hinsetzte, den Schwanz um seine Beine schlang und sie aus seinen gelben Augen vermutlich ebenso erwartungsvoll ansah wie der Mann hinter ihr. Sie musste einsehen, dass es kein Entkommen gab. Grayson zu ignorieren oder in Schockstarre zu verfallen, würde ihr nicht weiterhelfen.

„Soll ich dir aufhelfen?“, fragte er.

Noch einmal schloss Calandra die Augen, dann ließ sie sich auf die Situation ein. Sie drehte sich zu dem hinreißenden Mann um, nahm die Hand, die er ihr entgegenstreckte, und ließ sich von ihm hochziehen.

Allerdings ließ Grayson ihre Hand anschließend nicht los. Ein Gefühl, das kribbelnde Wärme von ihrem Bauch in die Wangen schickte.

„Keine Sorge“, sagte er leise. „Ich werde niemandem von deiner Katze erzählen. Dein Geheimnis ist bei mir sicher.“

„Es ... es ist ein Kater“, war alles, was Calandra darauf einfiel.

Ein liebevolles Lächeln breitete sich auf seinem Gesicht aus. Es war wunderschön. Er war wunderschön.

„Natürlich, entschuldige. Du nanntest ihn Lupo. Da hätte es mir klar sein müssen.“ Noch immer hielt er ihre Hand.

Doch so schön das Gefühl war, das sich mehr und mehr in ihrem Inneren ausbreitete, konnte sie dieser

Intensität nicht länger standhalten und zog ihre Hand wieder zu sich.

„Wenn du einen Kater hast, den aber niemand sehen darf, woher hast du ihn und wo versteckst du ihn?"

Obwohl sie darauf brannte, ihm seine Fragen zu beantworten, mit ihm und zum ersten Mal überhaupt mit jemandem über ihr Findelkind zu sprechen, fühlte sich Calandra wie ein Reh im Scheinwerferlicht. Sie konnte sich nicht überwinden.

Mit einem Mauzen strich Lupo um ihre Beine. „Ich habe ihn als kleines Kätzchen im Wald gefunden", hörte sie sich mit zartem Stimmchen sagen.

Grayson nickte interessiert.

„Es begann gerade der Winter, als ich dieses herzzerreißende Miauen hörte. Ich weiß nicht, wie er dorthin gekommen ist. Aber er war allein und hing in einem Brombeerbusch fest – halb erfroren, abgemagert und mit einigen bösen Wunden. Wahrscheinlich ist ihm seine Abenteuerlust zum Verhängnis geworden." Zärtlich betrachtete sie den Kleinen, der sich nun seine Pfote schleckte.

„Also hast du ihn gerettet und wieder aufgepäppelt?"

Calandra nickte. „Ich habe ..." Sollte sie es ihm wirklich erzählen? „Ich habe ein Baumhaus im Wald. Das ist unser Unterschlupf und dort halte ich ihn versteckt."

Er nickte. „Das ist wirklich ungewöhnlich. Auch das Baumhaus. Hat dein Vater es gebaut? Das kann ich mir gar nicht vorstellen." Ein Schmunzeln legte sich auf seine Lippen.

„Nein, das ..." Sie knetete ihre Finger. Wie würde er über sie denken, wenn er es wüsste? Es schickte sich nicht für eine Frau – eine *Dame* – Hammer und Nägel in die Hand zu nehmen. Bestenfalls als Dekoration für eine Handwerkergesellschaft, wenn es so etwas geben würde.

„Das?“, durchbrach Graysons Stimme ihre Gedanken.

Sie sah ihn an, verlor sich in seinen fesselnd grünen Augen. Wenn sie ehrlich mit ihm war und er sich von ihr abwandte, würde das zwar schmerzhaft sein, doch hätte sie dann wenigstens Gewissheit darüber, wie es um sein Interesse bestellt war. Dieser Weg war ihr lieber, als zu lügen, damit sie ihm gefiel.

Sie straffte die Schultern und hob den Blick. „Das ist von mir. Ich habe das Baumhaus gebaut.“

Graysons Augenbrauen wanderten empor. „Wirklich? Allein?“

„Natürlich allein. Wer sollte mir denn dabei helfen? Meine letzte Nanny, Lorraine, brachte mir bei, wie man mit Holz arbeitet. Wir bauten Schwerter, ein Floß, ein Holzpferd und vieles mehr. Aber als sie fort war …“ Die Muskeln ihres Körpers spannten sich bei dieser Erinnerung an. „War es hier nicht mehr auszuhalten. Ich brauchte einen Rückzugsort. Einen Ort, an dem ich für mich sein konnte. Und eines Tages dachte ich: Wenn ich ein Floß gebaut habe, wie schwer kann dann ein Baumhaus sein?“

„Und? Wie schwer war es?“

Warum hörte sie nicht auf zu erzählen? Er war der Geschäftspartner ihres Vaters. Information dieser Art in den falschen Händen könnten ihren Untergang bedeuten, das Ende jeglicher Freiheiten. Doch aller Skepsis zum Trotz vertraute sie ihm.

„Sehr schwer. Die passenden Bretter finden – kaufen konnte ich ja keine –, zusägen, in den Wald tragen, zusammennageln und das alles ohne, dass jemand etwas hört oder sieht oder bemerkt."

Eine Weile schwieg Grayson. „Ich würde es gerne mal sehen", sagte er schließlich sanft.

„Mein Baumhaus?", fragte Calandra verdutzt.

„Natürlich nur, wenn du es mir zeigen möchtest."

Sie schwieg. Ihre Wangen brannten ebenso wie ihre Augen, die sie weit aufgerissen hatte.

„Jetzt muss ich leider los. Mein Vater und Albert warten draußen auf dem Hof. Ich sollte nur diese Unterlagen holen." Er hielt eine lederne Mappe hoch. „Die haben die Herren vergessen und ich durfte den Laufburschen spielen. Aber so habe ich wenigstens die Gelegenheit bekommen, mich mit dir zu unterhalten." Sein Blick ruhte auf ihrem.

Calandras Herz schlug ihr bis zum Hals.

Grayson neigte sich vor. „Es hat mich sehr gefreut, Calandra Hemmett. Ich hoffe, dass wir eine Unterhaltung wie diese öfter führen können", flüsterte er ihr wie ein Geheimnis ins Ohr. Dann ging er zur Tür. „Bis zum nächsten Mal." Seine Schritte verhallten im Flur.

Fassungslos sah Calandra zu Lupo, der sie aufmerksam beobachtete. „Ist das gerade wirklich passiert?"

„Mau", bekam sie zur Antwort.

„Ja, das denke ich auch."

Die nächsten Tage war Calandra wie ausgewechselt. Sie war gut gelaunt, schwebte geradezu durch die

Korridore. Sie schlief kaum, aß kaum und konzentrieren konnte sie sich ebenfalls nicht. Das Tadeln ihrer Mutter nahm sie nur am Rande wahr. Alle ihre Gedanken drehten sich um Grayson: diese Augen, dieser Blick, seine Worte, seine Nähe. Fand er sie tatsächlich interessant? Wenn ja, warum? Oder war seine Annäherung am Ende nur eine Strategie, die Gunst ihres Vaters zu erlangen? Doch wenn Grayson ihre Familie oder sie auch nur ein wenig kannte, wusste er, dass er die Gunst ihres Vaters am ehesten erlangte, wenn er Calandra mied.

Was also fand er an ihr? Sie war nicht die klassische vorzeigbare Dame. Sie war für gesellschaftliche Anlässe absolut unbrauchbar, das bläute ihre Mum ihr zumindest immerfort ein.

Und was war, wenn er das nächste Mal zu Besuch kam? Sollte sie auf ihn zugehen? Das würde ihr Dad mit Sicherheit nicht gern sehen. Oder sollte sie warten, bis Grayson zu ihr kam? Aber würde er überhaupt die Möglichkeit haben, wenn er mit den Herren unterwegs war?

All diese Fragen hielten Calandra auch wenige Tage später noch beschäftigt. Sie zog sich gerade in der Eingangshalle ihren Mantel an, als es an der Tür läutete. Mit dem Zuknöpfen ihres Mantels beschäftigt, öffnete sie. „Kleinen Moment, es kommt gleich jemand“, sagte sie, ohne aufzusehen.

„In Ordnung, ich warte“, erklang Graysons Stimme.

Mit großen Augen riss sie den Kopf hoch. Ihr Herz setzte sofort einen Schlag aus. „Was ... was machst du denn hier?“

Seinen Mund umspielte ein zauberhaftes Lächeln. „Ich wollte dich besuchen. Aber wie ich sehe, brichst du gerade auf?“

„Ich ... Äh ... Ja.“ Sie schob sich eine Strähne aus dem Gesicht. „Ich bin auf dem Weg in den Wald.“

„Darf ich dich begleiten?“

Durfte er? Sie wusste es nicht. Was würden ihre Eltern dazu sagen, wenn sie allein mit einem Mann in den Wald ging? „Ich weiß es nicht“, gab sie zu.

„Sei gewiss, dass ich nur die edelsten Absichten verfolge.“

„In dem Fall ... ist es wohl in Ordnung, schätze ich.“

Das Lächeln in Graysons Gesicht vertiefte sich. Ein Lächeln, in das man sich verlieben konnte. Ein Lächeln, in das sie sich längst verliebt hatte.

„Das freut mich. Wollen wir dann direkt los?“ Er hielt ihr seinen Arm hin. Wie von allein hakte sie sich bei ihm ein, behielt ihn dabei im Blick.

Ein leises Klacken ließ sie wissen, dass sie die Tür hinter sich zugezogen hatte.

Gemeinsam traten sie auf den Hof. Die Kieselsteine knirschten unter ihren gleichmäßigen Schritten – ein wunderschönes Geräusch, wie Calandra fand.

„Klingt es nicht großartig, wenn man auf Kies läuft?“, fragte Grayson.

„Ja, das finde ich auch“, hauchte sie und sah auf ihre Schuhe.

„So wie über Laub zu laufen.“

„Oder Schnee.“ Sie wagte es nicht, ihn anzusehen, doch sie spürte seinen Blick.

„Ganz genau.“

Obwohl sie nur nebeneinander über den Hof liefen und nicht einmal viele Worte wechselten, fühlte sich Calandra ihm so nah, so verbunden, so vertraut wie niemandem zuvor. Ein unfassbares Gefühl, das sie in der Form noch nie erlebt hatte.

Im Wald mussten sie ihr Laufarrangement jedoch auflösen. Der Pfad war zu schmal. Calandra blieb stehen.

„Zeigst du mir jetzt dein Baumhaus?“, erkundigte sich Grayson.

Sie knetete ihre Hände. „Möchtest … möchtest du es denn sehen?“

„Unbedingt.“

Sollte sie sich über diese Antwort freuen oder Angst bekommen? Noch nie hatte sie ihr Versteck jemandem gezeigt. Was, wenn er sie auslachte? Was, wenn er sie bei ihrem Vater anschwärzte?

„Du kannst mir vertrauen“, sagte Grayson weich, als hätte er ihre Gedanken erraten. „Ich werde niemandem ein Sterbenswörtchen davon erzählen. Dein Geheimnis ist bei mir sicher.“

Sie glaubte ihm.

Mit einem Nicken ging sie voraus. Den schmalen Trampelpfad verließen sie schnell. Calandra schlüpfte zwischen Büschen hindurch, durchquerte Farnlandschaften und tauchte immer tiefer in den Wald, bis sie ihr Ziel erreicht hatten.

„Das ist es.“ Schnörkellos deutete sie auf den Betterbau in der Krone einer Eiche.

Andächtig lief Grayson um den Baum herum. „Das hast du wirklich ganz allein gebaut?“

„Ja.“

„Das ist …“

Calandra zog den Kopf ein. Wollte sie hören, was er jetzt sagen würde? Würde er sie für eigenartig halten?

„… absolut beeindruckend.“

Vorsichtig ließ sie ihre Schultern wieder sinken. „Findest du?“

„Vollkommen. Ich bin sprachlos.“ Das Strahlen in seinem Gesicht ließ keinen Zweifel an seinen Worten. „Können wir rauf?“

Sie zögerte.

„Oder möchtest du das nicht? Immerhin ist es so etwas wie dein Zimmer. Dein privates Gemach.“

„Ich denke … Ich glaube …“ Sie holte Luft. „Ich würde es dir gerne zeigen.“

„Danke“, sagte Grayson. „Für dein Vertrauen. Ich weiß das sehr zu schätzen.“ Er machte eine ausladende Handbewegung. „Ladys first.“

Mit heißen Wangen und ein verlegenes Lächeln unterdrückend erklomm Calandra den Aufstieg, schob das Türbrett zur Seite und kletterte in den Unterschlupf. Grayson folgte ihr.

„Hallo mein Lieber!“, begrüßte sie Lupo, der ihr bereits freudig entgegenkam. „Hast du mich vermisst?“

Sanft strich er um ihre Beine.

„Ich habe dir ein bisschen vom Essen gestern mitgebracht: Leber.“ Mit gerümpfter Nase öffnete sie die kleine Glasschüssel, die sie in ihrer Manteltasche versteckt hatte, und stellte sie auf den Boden. Sofort machte sich der Kater über den Schmaus her.

Calandra wandte sich zu Grayson, der noch im Eingang wartete. „Tada?“

„Das kannst du laut sagen." Anerkennend nickend ließ er den Blick durch das Haus wandern. „Es ist richtig gemütlich. Du hast Teppich, Vorhänge und eine Matratze hier. Und sogar ein Bücherregal." Er zeigte auf eine Leiste an der Wand, auf dem ein paar alte Schmöker standen. „Und was machst du, wenn es regnet?"

„Dann befestige ich die Läden vor dem Fenster." Sie zeigte auf zwei quadratische Bretter, die unter dem *Bücherregal* lehnten. „Das mache ich normalerweise jeden Abend, bevor ich gehe." Etwas missmutig sah sie nach oben. „Leider ist das Dach undicht. Wenn Sturm ist, kann es hier ganz schön ungemütlich werden, sodass ich Lupo ins Haus schmuggeln muss."

„Ist das Dach nur aus Holz?"

Sie zog die Schultern hoch. „Ich kann nur mit dem arbeiten, was ich in Vaters Werkstatt finde. Und Dachpappe gehörte leider nicht dazu."

„Dann bringe ich dir beim nächsten Mal welche mit."

Ihr Blick erhellte sich. „Wirklich? Das würdest du tun?"

„Es wäre mir eine Ehre."

Dieses Mal brannte ihr ganzes Gesicht vor Hitze. Schnell ging sie geduckt zur Matratze und setzte sich. „Möchtest du reinkommen? Man kann leider nicht stehen, aber wenn man den Kopf etwas einzieht, geht es."

Grayson ließ sich nicht zweimal bitten. Galant stieg er in die Hütte und setzte sich im Schneidersitz auf den Boden.

Lupo hatte unterdessen sein Mahl beendet und sprang auf Calandras Schoß. Sich das Näschen schleckend ließ er sich von ihr streicheln, wobei er genüsslich schnurrend die Augen schloss.

„Es gefällt dir also?“

„Ich beneide dich sogar darum. So einen Rückzugsort hätte ich manchmal auch gerne.“

„Ach, wirklich?“

Er nickte und sah sie fest an. Schmetterlinge tanzten in ihrem Bauch, sodass sie das Streicheln des Katers vergaß.

„Du hast mir vertraut und mir dein geheimstes Versteck gezeigt. Darum möchte ich dir auch etwas anvertrauen, wenn das für dich in Ordnung ist.“

„Natürlich ist es das.“ Sie war froh, mittlerweile ganze Sätze in seiner Gegenwart hervorbringen zu können.

„Ich soll das Geschäft meines Vaters übernehmen“, erklärte Grayson, während er sich weiter umsah. Er betrachtete das aufgemalte Blumenmuster der Wände eingängig. „Ich soll in seine Fußstapfen treten, den Familiennamen in die Welt tragen. Allerdings ... ist es nicht unbedingt das, was ich möchte. Ich möchte meinen eigenen Weg gehen. Aber er sagt, die Geschäfte müssen in Trewin-Händen bleiben. Darum bin ich sein Partner und muss bei allen Angelegenheiten dabei sein, mir praktisches Wissen aneignen.“

Calandra runzelte die Stirn. „Und was macht dieser Albert dann bei euch?“ Allein bei dem Gedanken an den hageren, lieblosen Menschen schüttelte es sie. „Ist er ein dritter Geschäftspartner oder ein Konkurrent?“

Etwas blitzte in Graysons Augen auf. „Du hast eine bemerkenswerte Beobachtungsgabe, Calandra.“

Mit brennend heißen Wangen heftete sie ihren Blick sofort wieder auf den Kater auf ihrem Schoß.

„Er war sein Berater und hatte auf den Posten als Nachfolger spekuliert, oder tut es immer noch."

Sie sah ihn an. „Ist er nicht etwas jung, um Berater zu sein?"

„Er wurde fünf Jahre lang von seinem Vorgänger angelernt. Aber ja, er arbeitet unermüdlich, behält alles genau im Auge, kennt Markt und Menschen. Der Mann ist eine Maschine."

So kam es Calandra auch vor.

„Er hat wesentlich mehr Know-how und wäre der geeignete Kandidat für Dads Nachfolge. Es würde ihm obliegen, all unsere Geschäftskontakte zu übernehmen und fortzuführen. Dennoch besteht mein Vater darauf, dass ich die nötigen Einblicke in das Familienbusiness bekomme."

„Was ist denn euer Familienbusiness?"

Grayson überlegte kurz. „Möglichst langfristig gewinnbringende Geschäfte abzuschließen."

„Ach so." Sie kraulte den Kater zwischen den Ohren. „Und das ist nichts für dich?"

„Nicht auf die Art, wie ..." Er brach ab, schüttelte den Kopf. „Genug von mir geredet. Wenn du es dir aussuchen könntest, welcher Arbeit würdest du gerne nachgehen?"

„Hausfrau und ehrenvolle Mutter", kam es wie aus der Pistole geschossen.

Grayson stutzte. „Das glaube ich dir nicht. Für viele Frauen mag das ein Ziel sein, aber nicht für dich, liebe Calandra. So viel weiß ich bereits über dich. Also, raus mit der Sprache."

Auch da brauchte sie nicht lange zu überlegen. „Am liebsten würde ich an einer Universität im Ausland studieren und später in der Natur arbeiten“, brach es aus ihr hervor. „Als Biologin das Meer erforschen vielleicht. Forstwirtschaft könnte ich mir auch gut vorstellen.“

Ein Lächeln erhellte sein Gesicht. „Ja, das passt schon eher zu dir.“

Calandra wusste nicht, wo sie hinsehen sollte.

„Du bist eine sehr starke und sehr beeindruckende Frau, Calandra Hemmett, weißt du das?“

Ungewollt klappte ihr Mund auf.

„Das meine ich so“, sagte er zärtlich. „Ich habe von Anfang an gemerkt, dass du anders bist. Das gefällt mir.“

„Wirklich?“

Er nickte, was Calandra sich nicht erklären konnte. Jahre, Jahrzehnte lang hatte ihre Mutter ihr eingetrichtert, dass etwas mit ihr nicht stimmte, dass sie falsch war und nicht in die Gesellschaft und erst recht nicht zum Adel passte. Und ausgerechnet das sollte nun Gefallen finden? Das war nicht möglich.

„Ich gehe jetzt lieber.“

„Geh nicht“, flüsterte sie.

Grayson rappelte sich jedoch bereits hoch. „Glaub mir, es ist besser, wenn ich jetzt gehe.“

Die Art, wie er diesen Satz sagte, löste ein wohliges Kribbeln in ihr aus. Damit er die Röte nicht sah, die ihr vermutlich gerade ins Gesicht gestiegen war, senkte sie den Blick zu ihrem Kater und ließ ihre Haare dabei etwas ins Gesicht fallen. Lupo genoss nach wie vor schnurrend und mit geschlossenen Augen ihre Streicheleinheiten. Ein ebenso friedlicher wie beruhigender Anblick. Plötzlich spürte sie Graysons

Anwesenheit ganz nah und ehe sie begriff, was geschah, hatte er ihr einen zarten Kuss auf die Wange gehaucht.

„Keine Sorge, ich komme wieder“, wisperte er, ehe er sich an den Abstieg machte.

Calandras ganzer Körper schien geradezu in Flammen zu stehen.

Ein letzter Blick seiner schönen grünen Augen, ein letztes Lächeln, das über seine Lippen huschte.

„Bis bald.“

Bewegungsunfähig sah sie einen blonden Schopf verschwinden. Ihr Herz klopfte wie noch nie. Sogar Lupo stellte das Schnurren ein und sah sie aufmerksam an.

Ein Gefühl stieg in Calandra hoch, das sie kaum kannte. Es war, als wäre sie nicht mehr vollständig, als würde sich ein Teil von ihr gerade auf dem Rückweg durch den Wald befinden.

„Er fehlt mir jetzt schon“, sagte sie zu Lupo.

KAPITEL 7 – CADIS

Cornwall, England, heute

„Bist du gerade wirklich mit geschlossenen Augen aus über sechs Fuß Höhe gesprungen?“, fragte Fin entsetzt direkt neben ihrem Ohr.

Cadis öffnete die Augen und fand sich in seinen Armen wieder. „Sieht ganz danach aus.“

„Das kannst du nicht machen. Wenn ich dich nicht gefangen hätte ... Du bist echt verrückt, weißt du das?“

Ein kleines Kribbeln breitete sich in Cadis’ Bauch aus. Sie war verrückt – ein wunderbares Kompliment.

Langsam stellte Fin sie auf die Beine.

„Danke“, murmelte sie, während sie ihre Kleidung, Rucksack und Haare in Ordnung brachte.

„Keine Ursache.“

Erst jetzt drehten sie sich zu dem Inneren des Bauzauns um.

„Das gibt es doch nicht“, entfuhr es Fin.

Auch Cadis war wie gebannt, obwohl sie die Bilder von früher noch klar vor Augen hatte.

Im Zwielicht dieses trüben Tages erstreckte sich vor ihnen ein Areal, etwa von der Größe zweier Fußballfelder. An den Seiten befanden sich die Überreste verschiedenster Attraktionen. Der Rhododendron, der die Anlage vermutlich einst eingrenzte, wuchs unkontrolliert in Höhe wie Breite, bahnte sich seine Wege quer durch die Bauten und Fahrgeschäfte.

Wie ferngesteuert setzte Cadis behutsam einen Fuß vor den anderen. Fin blieb dicht neben ihr.

Als erstes erkannte sie das Pferdekarussell, das sie schon als Kind gesehen hatte. Dieser Anblick vermischte sich mit den Erinnerungen der Vergangenheit. Galle stieg sauer ihre Speiseröhre hinauf. Schnell schluckte sie diese hinunter, versuchte, stark zu bleiben. Viele der Pferde hatten sich aus den Aufhängungen gelöst und lagen auf dem bemoosten Boden des Fahrgeschäfts oder im kniehohen Gras daneben, die leblosen Augen ebenso wie die Mäuler weit aufgerissen. Die Trensen wirkten wie Knebel oder Maulsperren.

Etwas weiter stand ein Kettenkarussell. Auch hier hatte der Rost die Halterungen einiger Gondeln gelöst, sodass die Sitze schief und verdreht herunterhingen wie schlaffe Akrobaten.

Trotz der Nähe zum Meer regte sich kein Lüftchen, als würde die Zeit stillstehen.

Diesen beiden Karussells gegenüber befand sich ein schienengeführtes Fahrgeschäft, deren verwaiste Wägen mitunter umgekippt abseits der grasüberwachsenen Schienen lagen. Cadis war sich nicht sicher, doch das ganze Karussell wirkte irgendwie schief.

Zwischen den Attraktionen standen Buden, ihre Läden wie müde Augen geschlossen. Jedoch waren diese von Rissen durchzogen, teilweise sogar ganz abgerissen und gaben einen kleinen Blick in den dunklen Schlund frei.

Zögerlich gingen Fin und Cadis weiter. Die starren Augen der Karussellpferde verfolgten sie dabei. Ein Schauer so kalt wie das Wetter jagte über ihren Rücken.

Sämtliche Farben an Fahrgeschäften und Buden waren verblichen und abgeplatzt und stattdessen an vielen Stellen durch Rost oder Grünspan ersetzt. Der Gehweg in der Mitte war von Gras, Brombeerranken, jahrealtem Laub, Flechten und Jungbäumen bedeckt.

Bei jedem Schritt mussten sie aufpassen, nicht über herumliegende Trümmerteile oder Stühle zu stolpern oder an den Dornen der Brombeeren hängenzubleiben.

Weiter in Richtung Steilhang kamen sie an dem Skelett eines Pressluftfliegers vorbei. Die Innenräume der Gondeln, bei denen der Rost noch keine Löcher ins Blech gefressen hatte, waren mit grünalgendurchzogenem Wasser gefüllt.

Den Schluss – und damit das größte Fahrgeschäft auf dem Platz – bildete ein heruntergekommener Autoscooter. Auch hier war die Überdachung marode und stellenweise gebrochen, der Fahrbelag aufgeplatzt, was Farn, Brennnesseln und kleinen Eiben Platz zum Wachsen bot. Den Boxautos war zwar dieselbe Witterung wie den anderen Gondeln zu Leibe gerückt, doch offensichtlich waren sie schwer genug, um nicht umgekippt worden zu sein. Wie tapfere Zinnsoldaten standen sie in Reih und Glied, überdeckt mit einer Schicht aus Staub und Pollen.

Gespenstische Überreste eines Ortes, an dem sich einst das Leben tummelte, der erfüllt war von Lachen, Freude und Spaß.

„Was für ein apokalyptischer Anblick“, fand Fin als erster seine Sprache wieder. Kopfschüttelnd sah er sich noch einmal um.

„Schon post-apokalyptisch“, hauchte Cadis und machte ein paar Schritte zurück. Die Nähe zu dem Steilhang bereitete ihr Unbehagen.

„Wahr. Die Karussells sind der Wahnsinn. Merkst du auch diesen Schauer, wenn du sie ansiehst?“

„Schon.“

Er war schier nicht zu bremsen. „Ich möchte wetten, in einigen von ihnen steckt noch Leben. Stell dir vor, wie schön sie damals gewesen sein müssen.“

„Bestimmt ...“

Sie spürte Fins musternden Blick auf sich.

„Und was machen wir jetzt?“, erkundigte er sich.

„*Wir* machen nichts. Sieh du dich einfach noch etwas um, präg dir alles ein. Denn es wird das letzte Mal sein, dass du das hier siehst.“ Damit wandte sie sich wieder dem Jahrmarkt zu. Die erste und größte Hürde war genommen. Sie hatte es tatsächlich geschafft. Sie hatte ihre Angst sowie den Bauzaun überwunden. Aber was jetzt? Wie sollte sie herausfinden, was hier vor Jahrzehnten geschehen war? Wo sollte sie die Suche beginnen?

„Lass mich dir helfen“, kam es unverhofft von Fin.

Überrascht sah sie zu ihm. Das sanfte Braun seiner Augen war ehrlich. Für einen Moment war Cadis geneigt, ihn einzuweihen. Doch ihr Verstand verbat es. „Nimm es nicht persönlich, aber das muss ich alleine machen.“

„Warum genau bist du denn hier?“

„Das weiß ich selbst noch nicht", gestand sie und hoffte, damit nicht schon zu viel verraten zu haben.

Fin nickte. „In Ordnung. Dann werde ich mir die Karussells noch ein wenig genauer ansehen. Die sind wirklich atemberaubend. Vielleicht ist sogar noch etwas zu retten." Seine Augen leuchteten. „Wenn du Hilfe brauchst, sag Bescheid."

Kurz beobachtete sie ihn, wie er sich einen Weg über den unebenen Untergrund bahnte und dabei zielstrebig das Kettenkarussell ansteuerte.

Wer war er?

Ehe sie jedoch in ihre Grübeleien verfiel, schüttelte sie den Kopf und ließ ihren Blick wieder über die heruntergekommenen Attraktionen gleiten.

„Was ist dein Geheimnis?", wisperte sie. „Und wo finde ich denjenigen, der es kennt?"

Ohne zu wissen, was sie erwarten würde, ging sie zur ersten Bude. Behutsam strich sie über die verstaubte, rissige Oberfläche. Was hier wohl angeboten worden war? Sie machte einen Schritt zurück und sah über die Verkaufstheke, doch wie bei den anderen Buden fehlte auch hier das Schild auf dem Dach. Es könnte einst ein Spielstand für Dosenwerfen oder für Naschereien gewesen sein. Vielleicht war es sinnvoll, eine Skizze des Jahrmarktes zu erstellen, um dem Geheimnis auf die Spur zu kommen. Es könnte eine besondere Anordnung der Karussells oder der Buden geben.

Entschlossen kramte Cadis Block und Stift aus ihrem Rucksack und begann, den Jahrmarkt zu zeichnen. Als nächstes galt es, die Zwecke der einzelnen Buden herauszufinden.

„Okay, was war deine Aufgabe, Stand Nummer eins?“ Sie betrachtete die Bude aus etwas Entfernung. Zu ihren Füßen schimmerte es weiß durch Laub und Grün. Als sie es mit dem Fuß freilegte, erkannte sie Schmuckdachkante. Sie musste vom Dach nach vorn heruntergefallen sein. Gespannt befreite sie auch den Rest von dem Bewuchs und dem Unrat. Sie war komplett zerbrochen, sodass sich vor Cadis nun ein Scherbenmeer erstreckte. Entschlossen hockte sie sich hin und begann, jedes Teil umzudrehen, um herauszufinden, was hier angepriesen worden war. Das war jedoch gar nicht so einfach, denn viele der Einzelteile waren bereits fest mit dem Erdboden verwachsen.

„Autsch!“ Bereits beim Umdrehen des dritten Puzzlestücks hatte Cadis in eine der winzigen Scherben einer zerbrochenen Glühlampe gegriffen, mit denen der Untergrund übersät war.

Mit schmerzverzerrtem Gesicht steckte sie sich den blutenden Daumen in den Mund. Der metallische Geschmack, der sich nun ausbreitete, war ihr leider aus Kindertagen noch zu vertraut.

„Was machst du da?“ Fin war so unbemerkt an sie herangetreten, dass Cadis vor Schreck zusammenzuckte.

„Versuchen, die Blutung zu stoppen, was denn sonst?“, nuschelte sie mit dem Finger im Mund.

„Zeig mir mal deinen Daumen bitte.“

Cadis zog die Augenbrauen zusammen, tat dann jedoch zögerlich, was er verlangte.

Ein kurzer Blick auf die Schnittwunde genügte. „Jap, wie ich es mir gedacht hatte.“

„Was meinst du?“

„Der Glassplitter steckt noch. Im Finger ist er schon unangenehm, aber im Mund und im Magen könnte der echt fies werden. Moment, ich ziehe ihn dir gleich raus.“

Während Fin mit der freien Hand in seinem Rucksack kramte, vertiefte sich Cadis' Stirnrunzeln. Doch als sie sich die Wunde genauer ansah, entdeckte sie in dem wieder aufquellenden Blut einen kleinen blauen Spleiß. Es war wirklich unüberlegt gewesen, sich den Finger einfach in den Mund zu stecken. So kopflos handelte sie doch sonst nicht.

„Bist du bereit?“ Er hielt die Pinzette bereits klackernd zwischen den Fingern.

„Ja, okay.“ Nicht ohne Gegenwehr verließen diese Worte ihre Lippen.

„Dann halt jetzt kurz still.“

Das Blut rann von ihrem Daumen und tropfte zwischen sie auf den hellen Untergrund, als sich Fin langsam mit der Pinzette näherte. Cadis kniff die Augen zusammen und zwang sich, es einfach über sich ergehen zu lassen.

Ein kurzes Stechen reichte allerdings aus, dass sie ihre Hand ruckartig seinem Griff entriss.

„Hey!“, protestierte Fin.

„Entschuldige, aber ich kann das nicht. Vielleicht sollte ich lieber zu einem ...“ Sie betrachtete den Schnitt und stutzte. „Wo ...?“

„Suchst du den hier?“ Triumphierend hielt Fin die Pinzette samt Glassplitter in die Höhe.

„Oh. Wow. Äh ... Danke.“

Er sprühte Wunddesinfektion auf den Schnitt und hielt ihr ein Pflaster entgegen. „Hier, das darfst du selbst drauf kleben."

Cadis tupfte mit einem Taschentuch das Blut ab. „Bist du Arzt oder so?"

„Nein, Elektriker."

„Hm. Hast du immer eine Erste-Hilfe-Ausrüstung dabei?" Etwas ungeschickt klebte sie das Pflaster auf die blutende Stelle.

„Ja, habe ich. Sollte man immer, wenn man länger in der Natur ist, Wandern geht und so."

„Also gehst du gerne Wandern?"

„Wenn es sich ergibt ..." Er betrachtete das freigelegte Schild. „Was hattest du hier vor?"

Cadis seufzte. Die Stelle an ihrem Daumen brannte und pulsierte gerade zu sehr, um sich aufzulehnen. „Ich wollte wissen, was das hier für eine Bude war." Das war noch keine dramatisch geheime Information, die sie unüberlegt ausgeplaudert hatte, redete sie sich ein.

„Damit du es in deine Zeichnung eintragen kannst?" Er deutete auf den Block, der noch aufgeschlagen neben ihr lag.

„Genau", sagte sie leicht ertappt.

„Wir könnten versuchen, uns Zugang zu der Bude zu verschaffen und ihre Bestimmung auf diese Art herauszufinden. Es gibt bestimmt Türen, die vielleicht nicht einmal abgeschlossen sind. Was meinst du?"

Sie wollte *nein* sagen. Sie sollte *nein* sagen. Doch als er ihr seine Hand entgegenstreckte, um ihr aufzuhelfen, sandte sie lediglich eine weitere Entschuldigung an ihre Grandma. Sie würde es sicher verstehen. Wenn die Zeit nicht derart drängen würde, hätte sie es Fin niemals gestattet, einen Fuß in dieses Areal zu setzen, geschweige denn, ihr nun auch noch bei der Anfertigung der Karte des Jahrmarktes zu helfen.

Sie nahm den Block und ließ sich von ihm hochziehen.

Als erstes versuchten sie es am Seiteneingang. Cadis ergriff den metallenen Griff und zog an der Tür. Zwar war hier alles marode, die Schlösser waren jedoch überraschend intakt. Noch einmal rüttelte sie beherzt, aber es tat sich nichts.

„Keine Chance“, erklärte sie.

„Darf ich mal?“

Cadis verschränkte die Arme vor der Brust, als sich Fin an ihr vorbeischob.

Auch er rüttelte an der Tür. Das Knarzen und Ächzen des müden Materials waren zu vernehmen, lauter als bei ihr, doch auch bei ihm tat sich nichts. Nicht ohne eine gewisse Genugtuung reckte sie das Kinn. Hatte er wirklich angenommen, sie wäre nicht fähig einzuschätzen, ob die Tür nachgeben würde oder nicht?

„Die Tür gibt nach“, sagte Fin in diesem Augenblick.

Cadis fiel ihr Grinsen aus dem Gesicht. „Was? Nein, das stimmt nicht.“

„Das Schloss nicht. Das würde wahrscheinlich einem Bombenangriff standhalten. Aber die Angeln sind sehr verrostet.“ Er zeigte auf die metallenen Scharniere. „Und das Holz ist einigermaßen verrottet. Ich möchte wetten, wenn wir zu zweit mit aller Kraft an der Tür ziehen, könnten wir sie rausbrechen.“

„Lieber nicht. Bei solch brachialer Gewalt fällt der Stand am Ende ganz auseinander.“

Fin lachte. „Wäre durchaus möglich. Was schlägst du also vor?“

„Wir machen es uns einfacher. Warum bin ich darauf eigentlich nicht gleich gekommen?“ Damit ging sie nach vorn zur Verkaufsöffnung. Diese war nur von einem einfachen Holzgestell mit einer Stoffplane bedeckt. Das Material der Plane war kein Vergleich zu dem robusten Stoff der Bauzaunplane und schon ein einigen Stellen eingerissen. Cadis suchte sich eines der größeren Löcher und zog daran. Beinahe ohne jeden Widerstand gab der Stoff nach. Schnell war das Loch so groß, dass es ihnen locker als Einstieg diente.

„Ich gehe rein.“ Gerade, als sie hineinklettern wollte, hielt Fin sie zurück.

„Warte. Du hast selbst gesagt, der Stand könnte zusammenbrechen. Lass mich vorgehen.“

Prüfend kniff Cadis die Augen zusammen. „Du willst dich freiwillig opfern? Warum?“

„Ich opfere mich nicht. Zumindest hoffe ich das. Ich teste nur. Und ich könnte versuchen, die Markise von innen ganz öffnen. Dann hast du es einfacher.“

„Und du denkst, dass ich das nicht kann?“

Er musterte die Öffnung. „Das Holzgestell könnte ein bisschen was wiegen ...“

Erneut verschränkte Cadis die Arme vor der Brust.

„Ich will damit nicht sagen, dass du nicht stark genug wärst!“, schob Fin eilig hinterher.

Sie ließ die Arme sinken. Dafür hatte sie keine Zeit. „In Ordnung, geh du vor. Besser, das Dach fällt dir auf den Kopf als mir.“ Sie warf ihm einen spitzbübischen Blick zu.

Ein Grinsen, das an seinen Mundwinkeln zupfte, war der einzige Kommentar von ihm. Etwas behäbig machte er sich an den Einstieg.

„Und? Kannst du etwas erkennen?“, fragte Cadis ungeduldig.

„Ja, ich glaube, das hier war mal eine Schießbude. Moment, ich versuche sie zu öffnen.“

Mit einem unheilvollen Knarzen, das sogar einige Vögel aus den Bäumen auffliegen ließ, hob sich die Markise zaghaft.

„Ich glaube, das ist keine gute Idee. Lass das lieber“, rief sie gegen die Lautstärke an und trat sicherheitshalber ein paar Schritte zurück.

Fin entgegnete etwas, doch das war nicht mehr verständlich, als das Holzgestänge brach und die Seite der Markise, die er zu öffnen versucht hatte, komplett herunterkrachte.

Mit rasendem Herzen starrte Cadis zunächst auf die Trümmer auf dem Boden, dann auf Fin, dessen Augen weit aufgerissen waren. Allerdings war ein Blick auf sie ausreichend, um sich wieder zu fangen.

„Et voilà, der Eingang zu ihrem Schloss, Milady.“ Er machte eine ausladende Handbewegung.

Obwohl sie es nicht wollte, musste sie lachen.

„Vielleicht hätte man die Markise zu zweit und von beiden Seiten gleichzeitig anheben sollen“, überlegte Fin.

„Ja, das wäre eventuell ratsam gewesen“, sagte sie, während sie über den Tresen ins Halbdunkel des Standes kletterte. „Damit sind wir übrigens quitt.“ Auf Fins verwunderten Blick hin erklärte sie: „Erst rettest du mich, dann erschlägst du mich beinahe.“

„Sorry“ Er klang ehrlich bedauernd. „Ich habe unterschätzt, wie heruntergekommen die Buden sind. Das muss die salzige Meeresluft sein, die das Material noch schneller zersetzt.“

Im Inneren sah sich Cadis um. Die Rückwand war bedeckt mit eingeschlagenen Nägeln. An einigen von ihnen hingen noch Schießsterne, doch die meisten von ihnen lagen zerbrochen auf dem Boden, sodass es knirschte, als sie darüber lief. Zwei verrostete Gewehre lagen ebenfalls auf dem Boden.

„Irgendwie witzig, mal auf der anderen Seite zu stehen, oder was meinst du?“ Fin schien regelrecht verzaubert, während Cadis das gesamte Inventar einem kritischen Blick unterzog.

„Du hörst mir nicht zu, oder?“

„Hm?“

Er musterte sie. „Was beschäftigt dich so?“

Stirnrunzelnd drehte sie sich zu ihm. „Ehrlich gesagt, weiß ich das gerade selbst nicht. Aber etwas stimmt nicht.“

Nun sah auch er sich noch einmal um. „Was meinst du?“

„Na ja, wenn wir uns auf einem Jahrmarkt befinden und das hier eine Schießbude ist, wo sind dann die Preise? Die Plastikrosen, die Stofftiere oder was man damals gewinnen konnte.“

„Das stimmt.“ Fin durchsuchte das Regal unterhalb des Tresens. „Keine Munition, keine Kasse, nichts.“

„Es war also auf jeden Fall *keine spontane* Schließung des Jahrmarktes. Sie müssen die Zeit gehabt haben, alles wegzuräumen“, mutmaßte Cadis.

„Du suchst nach dem Grund für die Schließung?"

Sie biss sich schmerzlich auf die Lippen. „Was auch immer ...", gab sie unwirsch zurück und untersuchte, ob es in den Regalen oder Schubfächern doppelte Böden oder Geheimfächer gab. Doch wie es aussah, gab es hier nichts zu entdecken.

Lässig lehnte sich Fin gegen eine Wand und verschränkte die Arme vor der Brust. „Vielleicht ist dieser Schießstand auch nur ein spontaner Ersatz gewesen."

„Was meinst du?" Stirnrunzelnd sah sie zu ihm.

Er zuckte mit den Achseln. „Ist dir nicht aufgefallen, dass dies hier ein Wagen ist? Warum sollte ein fahrbarer Schießstand auf einem festen Jahrmarkt stehen?"

Das war ihr in der Tat nicht aufgefallen. „Mit Sicherheit hätte ich das gesehen, wenn ich nicht gerade von Scherben zerschnitten und Markisen erschlagen worden wäre."

„Kein Zweifel."

Missmutig schob Cadis einige der zersplitterten Sterne mit dem Fuß über den Boden, als es ihr ins Auge stach. Begraben unter weißen Scherben und altem Laub lag ein Bild. Wie in Zeitlupe bückte sie sich, um es vorsichtig hervorzuziehen.

Es war eine Schwarzweißfotografie. Viel mehr konnte sie jedoch nicht erkennen.

„Was hast du da?"

„Das weiß ich noch nicht." Eilig kletterte sie aus dem Wagen hinaus. Im Licht des tristen Tages betrachtete sie es genauer. Es war eine verblasste und befleckte Fotografie des Jahrmarkts.

„Meinst du, dass es dieser Jahrmarkt ist?", erkundigte sich Fin dicht hinter ihr.

„Absolut." Sie drehte sich zu den Fahrgeschäften. „Siehst du, es sind dieselben Karussells in der gleichen Anordnung. Hier der Autoscooter, der Flieger, das Schienenkarussell, Kettenkarussell und Pferdekarussell. Alles identisch." Sie sah auf. „So sah es hier einmal aus", hauchte sie und drückte das Foto an ihre Brust, als sei es ihr wertvollster Besitz.

Eine Weile betrachtete Fin sie. „Auch auf die Gefahr hin, die bezaubernden Sterne in deinen Augen zu zerstören, muss ich dir ganz ehrlich sagen, dass ich nicht glaube, dass es dieser Jahrmarkt ist."

„Ach, und warum nicht?"

„Ein winziges Detail." Sanft drehte er Cadis Richtung Steilhang und deutete auf die Fotografie. „Ein etwa fünfundsechzig Fuß hohes Riesenrad?"

An der Stelle, an der sich das Riesenrad auf dem Foto befand, sahen sie lediglich das Grau von Meer und Himmel in weiter Ferne. Natürlich hatte Cadis das Riesenrad nicht einfach übersehen.

„Es wird demontiert worden sein", gab sie ihren Verdacht preis und fragte sich erneut, warum sie das tat. Auf diesem verlassenen Jahrmarkt herrschte eine gespenstische Stimmung, die sie mehr Vertrauen zu diesem fremden Mann fassen ließ, als sie es sonst gehabt hätte.

„Möglich." Fin schwieg, blickte über die Ruinen des einstigen Marktes. „Was glaubst du, was hier passiert ist?"

„Ich weiß es nicht", flüsterte sie und ergänzte in Gedanken ein *noch nicht*. Ja, Granny hatte ihr aufgetragen, eine Person zu finden. Aber das bedeutete nicht, dass sie nicht weiter nach der Wahrheit suchen konnte. Etwas hatte sie gepackt. Sie wollte wissen, was hier vorgefallen war. Und sie wollte es selbst herausfinden.

„Vermutlich ein Unfall. Eine Gondel, die abgerissen ist, ein Kind, das dabei starb."

Entsetzt starrte Cadis ihn an. Derartige Überlegungen hatte sie noch nicht gehabt. „Warum muss es ausgerechnet ein Kind sein?"

„War nur eine Spekulation. Wir könnten auch einfach im Internet suchen."

„Habe ich längst. Da gibt es nichts."

„Oder wir gehen ins Stadtarchiv und suchen dort nach Zeitungsartikeln."

„Entschuldige bitte, aber *wir*?"

Fin schwieg.

„Mal abgesehen davon wäre ein solches Unglück doch bestimmt etwas, von dem man irgendwann gehört hätte. Und wenn es nur gerüchtehalber ist. Wie eine Gruselgeschichte, die man sich am Lagerfeuer erzählt. Hast du je von einem solchen Vorfall gehört?"

Die Augenbrauen weit zusammengezogen tippte er sich ans Kinn. „Nicht, dass ich wüsste."

„Siehst du? Ich auch nicht. Es ist also unwahrscheinlich, dass ein Kind hier gestorben ist und weder wir noch das Internet je davon etwas mitbekommen haben. Der tragische Jahrmarktsunfall auf dem Anwesen einer hoch angesehenen Familie ..."

„Hoch angesehen? Ich habe gehört, die Trewins stehen im Ansehen ganz oben." Fin warf ihr einen kecken Blick zu, den Cadis mit einem Augenrollen quittierte.

„Jetzt fang du nicht auch noch damit an. Ich will nicht über die Trewins reden, wenn es okay ist. Wir hassen die Trewins und damit Ende."

„Alles klar."

„Gut."

„Wenn dieser Unfall nun aber schon viele Jahrzehnte her ist und damit vergessen?"

„Eine tragische Geschichte wie diese verschwindet nicht aus den Köpfen der Menschen."

„Mhm", murmelte Fin. „Weißt du, wie lange der Jahrmarkt hier schon steht?"

„Nein, ehrlich gestanden weiß ich das nicht. Er war schon weit heruntergekommen, als ich vor etwa zwanzig Jahren hier war. Aber meine Granny kennt ihn." Sie betrachtete die Boxautos des Autoscooters, die trotz verblichener Farbe einen ganz bestimmten Charme versprühten. „Ich nehme an, fünfziger, sechziger Jahre."

„Darf ich mal fragen, warum ihr überhaupt einen Jahrmarkt auf eurem Grundstück erbaut habt? Ist das nicht ein wenig dekadent?"

Sie warf ihm einen Seitenblick zu. „Ich bin mir sicher, dass er einst für die Öffentlichkeit bestimmt war."

„Warum sollte deine Familie auf ihrem Grundstück eine Vergnügungsinsel für die Öffentlichkeit bauen?"

Und noch eine gute Frage, auf die sie keine Antwort hatte.

„Vielleicht war dieser Teil ja mal öffentliches Gelände und meine Familie hat es irgendwann aufgekauft?" Cadis wusste selbst, dass das eigentlich nicht sein konnte. Man kaufte nicht einfach einen öffentlichen Platz mit einem darauf stehenden Jahrmarkt und ließ diesen dann verwildern.

Mit hochgezogenen Augenbrauen blies Fin seine Wangen auf, ehe er die Luft geräuschvoll durch den Mund entweichen ließ. „Tja, dann müssen wir mal in alten Unterlagen stöbern, würde ich sagen."

Wir. Schon wieder dieses Wort. Ein Wort, das in ihrem Wortschatz so nicht existierte. Sie hatte sich bislang immer allein durchschlagen müssen. Das einzige *Wir* waren sie und David. Doch auch das war anders. Lange Zeit hatte sie sich mütterlich um ihren kleinen Bruder gekümmert: Sie wechselte seine Windeln, fütterte ihn, versorgte seine Schürfwunden, wenn er mal wieder unbedarft losgerannt war. Heute gab er sich im Kreis der Familie lässig und unnahbar, auch Cadis gegenüber. Nur wenn sie allein waren, war er er selbst. Da sie jedoch nicht gemeinsam an einem Strang zogen, so wie Fin es nun vorschlug, war das *Wir* mit ihrem Bruder anders.

Bislang hatte sich Fin als recht nützlich erwiesen, doch sie blieb dabei, dass ihn ihre Familiengeschichte und die dieses Jahrmarktes nichts angingen.

„*Wir* werden sehen", gab sie zurück. „Wenn du mich entschuldigst, ich möchte mir gerne noch die anderen Buden ansehen. Vielleicht finde ich irgendwo noch eine interessante Spur."

„Wie ihr meint, Milady." Mit diesen Worten verneigte er sich. Cadis gefiel es noch immer nicht, dass er sie so nannte. Doch sie musste zugeben, dass er ziemlich charmant dabei war.

Kapitel 8 – Calandra

Cornwall, England, 1961

„Ich habe dir einen Kuchen gebacken." Nicht ohne einen gewissen Stolz stellte Grayson ein kleines mit einer roten Schleife umwickeltes Päckchen auf den provisorischen Tisch in Calandras Baumhaus. Es war in den vergangenen vier Monaten zu ihrem heimlichen Treffpunkt geworden. Dabei saßen sie immer, so wie jetzt, an dem Tischchen und tranken den Tee, den Grayson mitgebracht hatte. Sie konnten stundenlang miteinander reden, während Lupo auf Calandras Schoß schlief. Mehr als einmal hatten sie die Zeit völlig aus den Augen verloren, sodass Grayson schließlich übereilt fortmusste. Ihr Herz schmerzte bei jedem Abschied aufs Neue und bei jedem Abschied ein klein wenig mehr.

Er nickte in Richtung der Schachtel. „Nur zu, mach auf."

„Wirklich?"

„Natürlich."

Mit bereits feuchten Augen zog sie an einem der Bänder. Sanft öffnete sich die Schleife, der Samt glitt lautlos hinunter. Sie hob den Deckel hoch. In diesem Moment klappten die Seitenwände der Box hinunter und gaben einen etwa handgroßen dunkelbraunen Kuchen mit Schokoglasur frei. Kleine weiße Sterne aus

Zucker strahlten ihr aus dem Dunkel ihrer Umgebung entgegen. Oben in der Mitte des Kuchens prangte ein Gänseblümchen.

„Den hast du wirklich für mich gebacken?“ Sie spürte, wie sich eine Träne aus ihrem Auge löste und ihre Wange hinunterlief. Behutsam strich Grayson sie mit dem Daumen fort, ließ anschließend jedoch seine Hand an ihrer Wange.

„Ja, das habe ich. Du inspirierst mich, Calandra Hemmett. Und wenn du alleine eine Holzhütte im Wald bauen kannst, kann ich auch einen Kuchen backen.“

Nie hätte Calandra es für möglich gehalten, dass sich jemals ein Mann für sie interessieren würde. Noch viel weniger hätte sie zu glauben gewagt, dass eine Eigenschaft, die sie ebenso ausmachte, wie sie angeblich immer falsch an ihr war, einem Mann gefiel.

Grayson sah ihr tief in die Augen. Ihre Blicke verschmolzen.

Calandras Herz klopfte wild in ihrer Brust und ihr wurde beinahe schwindelig, als er sich ihr langsam näherte. Nicht ein einziger Gedanke kreiste mehr in ihrem Kopf. Raum und Zeit hörten auf zu existieren.

Sie spürte seinen warmen Atem auf ihrer Haut, roch den herrlich herben Geruch seines Aftershaves. Ihre Augen schlossen sich von allein. Das Gefühl seiner Lippen, die sich liebevoll auf ihre legten, war das schönste, das sie je gespürt hatte. Wogen puren Glücks brachen über sie herein, übermannten sie beinahe. Während sich ihre Lippen zaghaft miteinander vertraut machten, legte Grayson eine Hand an ihre Taille – eine Berührung, die sie noch nie zuvor gefühlt hatte. Ein Kribbeln wie der Schweif einer Sternschnuppe ging von dieser Berührung aus und breitete sich in ihrem gesamten Körper aus. Sie fühlte sich wie auf Wolken. Sie nahm nichts mehr wahr außer seinen Lippen auf ihren und all die neuen Gefühlswelten, die damit einhergingen.

Ganz zaghaft lockerte er den Druck seiner Berührung, ehe er sich von ihr löste.

Sofort fühlte sich Calandra leer und unvollständig.

„Es ist besser, wenn wir jetzt aufhören", flüsterte er.

Sie war sich nicht sicher, ob sie wirklich verstand, was er damit meinte, doch die Art, wie sich sein Mund zu einem Lächeln formte, und die dezente Röte auf seinen Wangen, sagten ihr, dass sie zumindest nichts falsch gemacht hatte.

„Wollen wir uns dem Kuchen widmen?"

Erst jetzt nahm Calandra den wohlig schwersüßlichen Geruch von Schokolade wahr, der bereits das ganze Baumhaus eingenommen hatte. Sie nickte und griff nach ein paar Untertellern, einem Messer und zwei Gabeln – altes Besteck aus der Küche. Sie reichte Grayson das Messer, während sie die anderen Sachen verteilte.

Sorgfältig ließ er die Klinge durch den Kuchen gleiten, der dem Druck leicht nachgab.

„Er sieht sehr saftig aus", sagte sie. Ihr lief bereits das Wasser im Mund zusammen.

„Ich gestehe, dass ich etwas Hilfe von Miranda, unserer Köchin, hatte. Es war ihr Familienrezept. Aber die Idee kam von mir und ich habe auch alles selbst gemacht. Und auf die Idee mit den Seitenwänden bin ich allein gekommen."

„Weiß dein Vater oder sonst jemand aus deiner Familie davon?“

„Gott bewahre.“ Er lachte. „Nein, das weißt nur du.“

„Und Miranda.“

„Stimmt.“ Vorsichtig hob er das erste Kuchenstück heraus und balancierte es auf Calandras Teller. Es gelang ihm sogar, dass das Stück stehenblieb. Gar nicht so einfach bei dem geringen Durchmesser des Untertellers.

„Ich bin beeindruckt.“

Grayson lächelte, dann schob er das Messer unter die Blume, die er nicht durchschnitten hatte, und drapierte sie zusätzlich auf Calandras Stück. „Die ist übrigens aus Marzipan.“

Die Hitze wollte ihr nicht mehr aus den Wangen weichen. „Danke“, sagte sie leise, als er sich bereits dem nächsten Stück widmete. „Wenn der Kuchen nur halb so lecker schmeckt, wie er aussieht, wird er köstlich sein.“

„Warte mit Lobeshymnen erst einmal, bis du probiert hast.“ Damit platzierte er das zweite Stück auf seinem Teller. „Guten Appetit, meine Blume.“

Bereits das erste Stück war zum Niederknien. Es war der schokoladigste Schokoladenkuchen, den sie je gegessen hatte. Miranda musste ein Genie am Backofen sein. Wenn Calandra nicht gerade den schönsten und charmantesten Mann der Welt geküsst hätte, wäre dieser Kuchen zweifellos das Highlight dieses Tages gewesen.

„Schmeckt er dir?“, fragte Grayson nach den ersten Bissen.

Begeistert nickte sie. Zum Sprechen war ihr Mund zu voll.

Er lachte. „Das ist schön“, sagte er und stocherte mit der Gabel in seinem bislang unangetasteten Kuchenstück herum.

Etwas beunruhigt beobachtete Calandra ihn. Ihr Magen begann, sich zu verschließen.

„Ich habe den Kuchen nicht ohne Grund gebacken“, sagte er schließlich.

Als sich daraufhin ihre Blicke trafen, lag etwas darin, das Calandra einen kalten Schauer über den Rücken jagte. Seine Miene war ernst. Zu ernst. Augenblicklich schnürte sich Calandras Kehle zu. Hatte er sie nur ausgetrickst, um sich einen Kuss zu stehlen? Und nun, da er hatte, was er wollte, würde er sie sitzen lassen? Es war diese Stimme im Hinterkopf. Die Stimme ihrer Mutter, dass sie niemals einen Mann abbekommen würde, wenn sie so war, wie sie war. Niemals. Wie ein Mantra kreiste es mittlerweile durch ihre Gedanken, zerschnitt jede Hoffnung, sobald sie zu keimen begann.

Grayson schien auf eine Reaktion zu warten.

Schmerzhaft würgte sie das Stück Schokoladenkuchen hinunter. Ein Wort brachte sie nicht mehr heraus.

„Calandra, ich weiß nicht recht ... Es ist so ...“ Er brach ab.

Der Kuchen rebellierte sauer in ihrem Magen.

„Ich glaube, es gibt keinen geschickten Weg, das zu sagen, und wenn doch, kenne ich ihn nicht.“

Möglichst unauffällig legte Calandra die Hand auf ihren Bauch, versuchte, ihn gedanklich zu beruhigen.

Beinahe verzweifelt sah Grayson sie nun an.

Sie schluckte schwer. Sie würde zerbrechen. Wenn er sie jetzt verließ, würde sie zerbrechen. Aber war es normal, einen Kuchen zum Abschied zu backen? Vielleicht schon. Sie hatte noch nie eine Trennung erlebt.

„Calandra, ich möchte mit dir zusammen sein."

Die Worte trafen mit Verzögerung in ihrem Bewusstsein ein und wurden erst real, als Grayson ihre Hand nahm, aus der bereits jedes Gefühl gewichen war. Er legte sie an seine Brust und sah sie eindringlich an.

„Und damit meine ich, ich möchte offiziell mit dir zusammen sein. Vor unseren Eltern, vor unseren Familien."

Calandras Augen begannen zu brennen, so weit hatte sie diese aufgerissen. Ihr Mund stand vermutlich ebenso offen.

„Ich finde unsere Treffen und die Zweisamkeit hier wirklich schön, glaub mir. Das möchte ich auch beibehalten. Aber ich möchte gerne alle Zeit mit dir verbringen und mich nicht vor unseren Familien verstecken müssen. Darum muss ich dich jetzt etwas fragen." Er hielt kurz inne, betrachtete ihr Gesicht. „Möchtest du meine Frau werden?"

„Ich ... Ähm ..." Sie runzelte die Stirn, versuchte zu begreifen, was er gerade gesagt hatte. Es war die Erfüllung all der Träume, die sie nie zu träumen gewagt hatte. „Warum ich?", brachte sie schließlich hervor. Sie konnte sich beim besten Willen nicht vorstellen, was ein gutaussehender und angesehener Mann wie er an ihr interessierte.

Und genau das war der Moment.

Das war der Moment, in dem Calandra endgültig begriff, dass das nicht ihre Gedanken, sondern die ihrer Mutter waren.

Liebevoll strich Grayson ihr eine Strähne ihrer dunklen Haare hinter das Ohr. Wie schon zuvor verweilte seine Hand danach an ihrer Wange. Am liebsten hätte sie ihre Augen geschlossen und ihren Kopf in seine Hand gelegt, doch sie wollte aufmerksam zuhören und sich genau einprägen, was er ihr auf diese Frage antworten würde.

„Weil du mich faszinierst", begann er. „Du bist einfach anders. Wie eine Blume in der Dörre. Meine Blume." Er deutete auf die Mitte des Kuchens, wo sich vorher das Gänseblümchen befunden hatte.

Calandra biss sich auf die Lippen, um ihren bebenden Unterkiefer zu stoppen.

„Schon bei unserer ersten Begegnung habe ich gemerkt, dass du besonders bist. Du trägst dieses Funkeln in deinem Herzen. Das Funkeln eines Menschen, der nachts den Sternenhimmel betrachtet und mehr sieht als weiße Punkte. Du siehst Welten, Abenteuer, Erlebnisse." Sein Daumen fuhr sacht über ihre Wange. „Und je besser ich dich kennengelernt habe, desto mehr hat sich meine Einschätzung von dir bestätigt. Du lässt dich nicht einschränken und wenn doch, dann nur soweit, dass du den Menschen gerecht wirst, die du liebst."

War das so?

„Du wirst noch Großes vollbringen, Calandra Hemmett. Das weiß ich. Und ich möchte ein Teil davon sein. Wenn ich darf?"

Außerstande, Worte hervorzubringen, nickte sie vage. Doch Grayson hatte diese kleine Geste mitbekommen, denn ein Lächeln strahlender als die Sonne entfaltete sich auf seinem Gesicht.

Als er ihr daraufhin einen Kuss auf die Lippen hauchte, stand für Calandra fest, dass sie den Worten ihrer Mutter nie wieder Glauben schenken würde. Niemals wieder würde sie glauben, dass sie falsch war, oder versuchen, anders zu sein. Sie würde sich nie wieder kleinmachen lassen. Sie war, wer sie war. Und so war sie genau richtig. Im Grunde ihres Herzens hatte sie das schon immer gewusst, dank Lorraine. Doch so lange war sie seither den giftigen Einträufelungen ihrer Mutter ausgesetzt gewesen. Das würde sich ab jetzt und für alle Zeit ändern.

Gerade, als sie nach dem Kuss in Graysons Augen versinken wollte, schlich sich Lupo auf samtenen Pfoten heran, kletterte zum ersten Mal auf Graysons Schoß, rollte sich ein und schloss die Augen.

„Ich glaube, das ist sein Segen." Grayson grinste.

Calandra betrachtete den schwarzen Kater, der so entspannt und friedlich bei ihm schlief wie sonst bei ihr. „Ganz sicher sogar."

Mehr als ein Paar ungläubiger Augenbrauen schnellte in die Höhe, nachdem Grayson am darauffolgenden Sonntag beim Fünf-Uhr-Tee vor den Hohen Rat der Hemmetts und Trewins getreten und seine Absichten deutlich vorgetragen hatte. Es herrschte ein solches Schweigen, dass man eine Stecknadel hätte fallen hören können.

Calandra wusste nicht, ob sie diesen Anblick genießen oder sich unbehaglich fühlen sollte. Dennoch liebte sie es, dass die Augenbrauen, die am höchsten gewandert waren, die ihrer Mutter waren. Sie verschwanden beinahe in ihrem Haaransatz.

Sich das Kichern verkneifend stand Calandra auf, um ihren Teller auf den Geschirrwagen zu stellen.

Der einzige, der nahezu regungslos geblieben war, war Albert. Unweigerlich fragte sie sich, ob dieser Mensch überhaupt Gefühle besaß.

Lord Trewin ließ einen musternden Blick über Calandras Körpermitte gleiten, die unter einem hohen Wickelrock mit Blumenmuster verborgen war. Ausreichend gebärfreudiges Becken, und eine verräterische Wölbung ihres Bauches war nicht zu erkennen. Er nickte und wandte den Blick wieder ab.

„Es gibt wohl eine schlechtere Partie als eine Hemmett“, brummte er. „Außerdem hilft es dir vielleicht endlich bei deiner Geschäftstüchtigkeit, wenn du eine Familie zu ernähren hast.“

Geschäftstüchtigkeit? Wie meinte er das? Fragend sah Calandra zu Grayson, doch der wartete nun konzentriert auf die Antwort ihres Vaters. Nichtsdestotrotz erkannte sie in Graysons Mimik, dass er genau wusste, wovon sein Vater gesprochen hatte.

Calandras Vater schien ähnlich verständnislos wie ihre Mutter zu sein. Er sandte Grayson mehr als eine nonverbale Frage zu, die dieser jedoch mit festem Stand und Blick beantwortete.

Schließlich veränderte sich der Ausdruck in seinen Augen. Ihr Vater hatte seine Entscheidung getroffen. Calandra krallte sich an ihrem Teller fest und hielt den

Atem an. Sein Segen war es, den sie brauchten. Seine Worte würden über ihr weiteres Leben entscheiden.

„Nun ja“, begann er. „Das scheint mir eine gute Verbindung zu sein. Unsere Tochter und der junge Trewin, ein geschätzter und vielversprechender Geschäftspartner.“ Eindringlich sah er nun zu Calandra. Sein Tonfall wurde schneidend. „Die Geschäftsbeziehung zu den Trewins ist uns außerordentlich wichtig. Ich hoffe, jedem in diesem Raum ist das klar und auch, was eine Auflösung dieser Verbindung zur Folge hätte.“

„Bei allem Respekt, Arthur“, unterbrach Grayson das Drohen ihres Vaters. „Ich beabsichtige nicht, die Verbindung zu Calandra aufzulösen.“

„Man sollte sich da nie zu sicher sein, Bursche. Du kennst sie weder lang noch gut.“

Grayson öffnete den Mund für eine Antwort, als sich sein Vater einschaltete.

„Du solltest deine Worte mit mehr Bedacht wählen, Arthur. Immerhin sprichst du hier mit meinem Sohn.“ Mr. Trewin hatte seinen kurzen fleischigen Zeigefinger erhoben.

Auch Calandras Mutter warf ihrem Gatten mit zusammengepressten Lippen einen mahnenden Blick zu.

Arthur Hemmett schwieg.

„Sei versichert, dass ich sie gut genug kenne, um mir meiner Entscheidung absolut sicher zu sein. Und selbst wenn unsere Verbindung vorzeitig gelöst werden sollte, werde ich die volle Verantwortung für alles Geschäftliche tragen.“

Calandras Vater überlegte. Schließlich nickte er. „Nun gut. Dann habt ihr unseren Segen."

Ohne seine Miene zu verziehen, sah Grayson hinüber zu Georgina, Calandras Mutter, die ebenfalls nickte.

Nun breitete sich ein erleichtertes Strahlen auf seinem Gesicht aus und auch Calandra hätte vor Aufregung beinahe ihren Teller fallen lassen. Ihre Blicke trafen sich. Grayson bedeutete ihr, zu ihm zu kommen.

Obwohl sie streng genommen eigentlich bereits verlobt waren, tanzten die Schmetterlinge in ihrem Bauch und ihre Beine wurden weich wie Jelly.

Mit glänzenden Augen ging Grayson in die Knie und zog eine kleine Schachtel aus der Innentasche seines Jacketts, die er sogleich öffnete. Zum Vorschein kam ein zarter Ring aus Weißgold. Die Mitte bildete ein Rubin, umgeben von einigen Diamanten im Baguetteschliff und mehreren verschiedengroßen Brillanten. Noch nie hatte sie einen so außergewöhnlichen und schönen Ring gesehen.

„Calandra Hemmett", sagte Grayson mit bebender Stimme. „Ich liebe dich. Mit dem Segen unserer Familien frage ich dich: Möchtest du meine Frau werden?"

Erst jetzt wurde es für Calandra real. Bislang war es nur ihr Geheimnis gewesen – wie eine Geschichte, die niemand kannte. Nun trugen sie es in die Welt hinaus.

Mit vor den Mund geschlagener Hand nickte Calandra. Ihr Körper weigerte sich, ihr zu gehorchen, schüttelte sich in Weinkrämpfen. Endlich hatte ihr Albtraum ein Ende, der nun schon beinahe einundzwanzig Jahre währte. Endlich würde alles gut werden. Endlich würde sie sich nicht mehr verstellen müssen, würde gesehen, geachtet und geschätzt werden, würde gemeinsam mit Lupo endlich das Leben leben dürfen, das sie sich so unendlich gewünscht hatte.

Bevor Calandra gänzlich vor Glück zusammenbrach, sprang Grayson wieder auf die Beine und nahm sie fest in den Arm.

„Ich liebe dich", flüsterte sie dicht an seinem Ohr.

KAPITEL 9 – CADIS

Cornwall, England, heute

Verträumt betrachtete Cadis das Schwarzweißfoto des Jahrmarkts.

„Ich habe mir alles ganz genau angesehen. War in allen Buden und habe mir die Karussells angeschaut. Aber ich kann mir noch überhaupt nichts erklären. Mal abgesehen davon, dass es mehr als nur heruntergekommen ist, scheint nichts ungewöhnlich zu sein. Aber trotzdem werde ich das Gefühl nicht los, dass mir etwas entgeht“, murmelte sie in Gedanken.

„Du hattest übrigens recht. Hier ist wirklich kein Unfall passiert“, sagte Fin unverhofft hinter ihr. „Zumindest steht nichts davon im Internet. Überhaupt steht hier nichts von dem Jahrmarkt. Als hätte es ihn nie gegeben.“ Er warf ihr einen schelmischen Seitenblick zu. „Oder als sei er nie für die Öffentlichkeit bestimmt gewesen.“

Cadis überging das. „Hast du ein zweites Handy?“

„Natürlich. Du nicht?“

Für einen Moment fiel ihr nichts ein, was sie darauf entgegnen sollte. Ob er auch so ein versnobter Schnösel war wie die Zwillinge, dem Statussymbole wichtiger war als Menschlichkeit? Wenn er hier aus der Gegend kam, war das nicht unwahrscheinlich.

„Wenn euereins seinen eigenen privaten Jahrmarkt baut, darf unsereins doch wohl ein zweites Handy besitzen?"

Gerade, als sie sich ärgern wollte, zuckten Fins Mundwinkel. „Nein, quatsch. Ich habe es aus deinem Rucksack gezockt. Aber ich verspreche hoch und heilig, keine Fotos damit zu machen. Siehst du?" Er zeigte ihr seine Galerie. Obwohl sie nicht genau hinsah, erkannte Cadis dennoch viele Bilder irgendwelcher Menschen und Natur. Kein Jahrmarktfoto.

„Und was hat deine Analyse der Fahrgeschäfte ergeben?"

„Alles hinüber. Die Elektronik hat es eindeutig hinter sich. Sicherungen und Leitungen sind völlig korrodiert. Da kommt kein Strom mehr durch. Allerdings besteht noch etwas Hoffnung. Das Pferdekarussell lag ganz gut geschützt. Wenn man da ein bisschen was macht, könnte es wieder in altem Glanz erstrahlen. Vielleicht wenn ich ..."

„Nein!", unterbrach Cadis ihn.

Verwundert sah er sie an.

Sie bremste sich. „Bitte. Du kannst nicht noch einmal wiederkommen und ich wäre dir dankbar, wenn du alles so lassen würdest, wie es jetzt ist."

„Und was ist damit?" Er deutete auf die zerbrochene Markise der Schießbude.

„Das ist was anderes. Das waren unvermeidliche Ermittlungsopfer."

„Aha."

Bedauernd sah Cadis hinüber zu dem Pferdekarussell. Es war gruselig, keine Frage, aber wie mochte es vor vielen Jahren ausgesehen haben, als es noch intakt war? Mit Sicherheit war es wunderschön gewesen. Wie zur Bestätigung sah sie wieder auf das Foto und betrachtete die liebevollen Details, die in jedem Karussell steckten.

In diesem Augenblick entriss Fin ihr das Bild.

„Hey, was soll das?“ Sie versuchte, es sich zurückzuholen, doch er hielt es so hoch, dass sie nicht rankam. „Was soll das? Sind wir jetzt in der fünften Klasse oder so?“

„Nein, aber du solltest dich mal von der Vergangenheit lösen. Du bist ja geradezu besessen davon.“

„Das stimmt nicht.“

„Die Antworten, die du suchst, findest du nicht auf diesem Foto.“

„Und wenn doch? Vielleicht findet sich darauf ein Hinweis.“

„Du hast es dir so lange angesehen, dass du mittlerweile jedes Detail kennst und auch jeden Hinweis gefunden haben müsstest, wenn es welche gegeben hätte.“ Er sah sie an. „Pass auf. Ich werde jetzt eine Zeitlang der Hüter des Bildes sein, in Ordnung? Damit du dich wieder auf das Hier und Jetzt konzentrieren kannst.“

„Aber hier ist nichts. Ich habe doch gesagt, dass ich alles abgesucht habe. Ich war bei allen Karussells: Pferde, Ketten, dem Flieger, dem Himalaya oder wie es mal hieß, Autoscooter und …“ Sie drehte sich Richtung Steilhang und verstummte.

„Und?“

Cadis reagierte nicht. Sie wusste selbst nicht, was mit ihr geschah. Wie hypnotisiert setzte sich ihr Körper in

Bewegung. Schritt für Schritt ging sie auf den Steilhang zu.

„Äh, Cadis, da hinten kommt die Klippe. Darf ich fragen, was du vorhast?"

Aber sie hörte ihn nicht mehr.

Es war, als würde sie jemand rufen, sie zu sich ziehen.

Je näher sie dem Abgrund kam, desto mehr pfiff ihr der Wind um die Ohren, versuchte, sie zu warnen. Ebenso, wie es auch Fin tat, der noch immer dicht neben ihr lief.

„Halt mich fest", sagte sie und reichte ihm ihre Hand. Plötzlich ahnte sie es. Es war nur eine vage Idee in ihrem Kopf, doch sie musste wissen, ob etwas dran war.

Ihre Knie wurden weich, das Laufen instabil. Die Höhenangst bremste sie. Aber sie musste sich überwinden, mit aller Kraft vergessen, wovor sie Angst hatte – nur für einen Moment. Nicht für sich. Für einen Menschen. Der Wichtigste in ihrem Leben.

Für dich, liebe Granny, dachte sie. *Wenn ich abstürze, sehen wir uns schon bald wieder.*

Sie spürte Fins festen Griff um ihre Hand und ihren Oberarm. Nun war auch ihm klar, was sie vorhatte.

Die letzten Schritte wurden schwer. Ihr Herz klopfte laut und schnell. Angst schoss durch ihre Adern. Doch sie musste weiter.

Der Wind wurde kräftiger, trug das Salz des Meeres durch die Luft und legte es auf ihre Lippen.

Nur noch zwei Schritte, dann würde sie direkt am Abgrund stehen. Versehentlich trat sie gegen ein kleines Steinchen, das über den Abhang in die Tiefe fiel. Cadis schluckte und hoffte, nicht wie das Steinchen zu enden.

Nur noch einen Schritt. Diesen ging sie nicht mehr, sie schob ihren Fuß über den erdigen Boden vor. Ihre Handinnenflächen waren schweißnass, Fin musste seinen Griff immer wieder lösen, um die Hand an seiner Hose abzutrocknen. Irgendwo in der Ferne war der Ruf einer Möwe zu hören.

Nun war der Zeitpunkt gekommen. Cadis' Zehenspitzen befanden sich in einer Linie mit der Kante. Von hier aus ging es bestimmt dreißig Fuß in die Tiefe.

Die Brandung unter ihr rausche gefährlich.

Mit der freien Hand fasste sie ihre Haare zusammen. Dann atmete sie noch einmal tief durch, umklammerte Fins Hand fester und wagte es schließlich, sich langsam vorzubeugen.

Zunächst sah sie nur das Meer. Grautrübes Wasser, das zornige Wellen Richtung Land schickte. Ihr Blick folgte den Wellen, bis sich diese kurz vor dem Ufer brachen.

Und dann ...

Cadis stieß einen spitzen Schrei aus.

Ein Schmerz durchzuckte ihren Körper wie ein Blitz, ließ sie die Kontrolle verlieren. Schwärze umnebelte ihren Blick.

Fin reagierte sofort und zog sie ein paar Inches zurück. Keine Sekunde zu früh, denn Cadis sackte bereits in sich zusammen.

„Ganz ruhig", sprach er ihr zu.

Doch das ging nicht. Sie zitterte am ganzen Leib, Tränen stiegen in ihre Augen, ihre Atmung gehorchte ihr nicht mehr.

Behutsam nahm Fin sie in den Arm, strich ihr über die Haare. „Beruhig dich. Alles ist gut", wiederholte er unaufhörlich.

Sie wusste nicht, wie lange sie so dort gesessen hatten, bis ihr Körper Fins Worte anzunehmen begann. Atmung und Puls entspannten sich allmählich und auch wenn die Tränen noch liefen, hörte zumindest das Zittern auf.

Fin hielt sie noch immer fest im Arm.

„Es liegt da unten, oder?", fragte er, als sie sich wieder halbwegs gefangen hatte.

Sie nickte.

„Ist es in Ordnung für dich, wenn ich es mir auch ansehe?"

„Muss ich dich festhalten?"

Sie hörte, wie er lächelte. „Das ist nicht nötig. In deiner Verfassung wäre das auch für uns beide lebensgefährlich."

Ein Kichern löste sich aus ihrer Anspannung. Es war geradezu befreiend.

„Darf ich ein Foto machen? Also von dem Riesenrad meine ich, nicht von dir. Du siehst gerade grauenvoll aus. Süß, aber grauenvoll."

Wieder musste sie schmunzeln. „Nur zu", sagte sie resigniert, während sie sich die Nase putzte.

Nur wenig später saß Fin wieder neben Cadis. Wenngleich der Schock bei ihm nicht so ausgeartet war, lag doch eine leichte Blässe um seine Nase.

Kopfschüttelnd sahen sie sich die Fotos an, die Fin gemacht hatte. Die rostzerfressenen Überreste eines riesigen Rads ragten dort unten aus der seichten

Brandung heraus. Die meisten der Gondeln waren verschwunden, vermutlich hatte das Meer sie fortgetragen.

Warum lag es da? Wusste niemand davon oder kümmerte es niemanden?

„Also doch ein Unfall“, unterbrach Fin Cadis’ Gedanken.

„Das wissen wir noch nicht. Wir sollten keine voreiligen Schlüsse ziehen.“

„Was ist deine Einschätzung?“, fragte er interessiert.

Cadis dachte an das letzte Mal, als sie hier gewesen war. Auch damals stand der Zaun über dem Abgrund. Und auch damals stand dort kein Riesenrad mehr. Das wäre ihr aufgefallen. Es musste also schon vorher von der Klippe gestürzt sein. Die Frage war, wann.

„Wir sollten mehr über dieses Riesenrad herausfinden“, schloss sie.

„Entschuldige bitte, aber *wir*?“

„Wenn es ein Unfall war, erst recht, wenn dabei etwas passiert ist, werden die Zeitungen berichtet haben. Dann müsste man im Stadtarchiv etwas finden.“

„Wenn dieser Jahrmarkt allerdings nur für das Privatvergnügen deiner Familie bestimmt war und niemand davon wusste, wird auch keine Zeitung berichtet haben, selbst wenn es einen Unfall gegeben hat.“

Cadis warf ihm einen vernichtenden Blick zu. „Diese Theorie kannst du gleich wieder verwerfen. Mit Sicherheit war der Jahrmarkt für die Öffentlichkeit.“ So gern sie ihrer Familie diesen Schuh angezogen hätte, sah ihnen diese Art von Dekadenz nicht ähnlich. Dafür waren sie zu berechnend und zu sehr darauf bedacht, was die Öffentlichkeit von ihnen hielt. Heimlich einen Jahrmarkt nur für sich zu bauen, passte nicht in diese Vorgehensweise.

Fin grinste dennoch. „Also nächster Halt Stadtarchiv?"

„Es wäre auf jeden Fall ein möglicher Halt. Das Naheliegendste ist jedoch, wenn wir erst einmal bei uns suchen. Vielleicht finden wir in den Unterlagen meines Vaters etwas Brauchbares."

„Hm. Diese Unterlagen müssten dann aber schätzungsweise fünfzig bis siebzig Jahre alt sein. Meinst du, jemand bewahrt seine Papiere so lange auf?"

Cadis zuckte mit den Schultern. „Es gibt nur einen Weg, das herauszufinden."

„Allerdings."

„Du bist Elektriker, hast du gesagt?"

„Mit Schein und Papieren."

„Dann wirst du mich begleiten. Du musst die Alarmanlage von Dads Büro in unserem Haus außer Kraft setzen. Meinst du, du bekommst das hin?"

„Dein Vater hat eine Alarmanlage für sein Büro? Obwohl es in eurem Haus ist?"

„Verdächtig, oder? Hatte Granddad aber auch schon. Also, meinst du, du kannst sie überlisten, sodass wir heute Nacht unbemerkt einsteigen können?"

Etwas blitzte in Fins Augen auf, als er lächelte. „Für dich bekomme ich alles hin, Milady."

Cadis drehte sich schnell weg, damit er nicht sah, wie verräterisch ihre Wangen brannten. Warum ließ sie sich so leicht beeindrucken? Es konnte eine billige Masche sein, um Frauenherzen zu erobern und anschließend zu brechen, so, wie David sie nutzte. Das war nicht gut. Sie musste einen kühlen Kopf bewahren.

„Wie kommen wir hier eigentlich wieder raus?“, fragte sie schließlich, als ihr der Ast ins Auge fiel, über den sie ins Jahrmarktareal gelangt waren.

„Jetzt, wo du es sagst … Darüber habe ich mir noch keine Gedanken gemacht.“ Er betrachtete den Bauzaun. „Aber da wir auf der Innenseite sind, können wir am Zaun hochklettern.“

„Und dann? Von oben runterspringen?“

„Nein, aber von da aus kommen wir auf den Ast.“

„Hm.“

„Oder“, überlegte Fin laut. „Wir versuchen, den Zaun auszuhebeln. Von dieser Seite und mit Hilfsmitteln könnte es klappen.“

„Aushebeln. Gutes Stichwort. Warte hier.“ Damit rannte Cadis zurück zu dem Stand, an dem sie sich die Schnittwunde zugezogen hatte. Wenn ihre Erinnerung sie nicht im Stich ließ, gab es dort auch längere Stücke des heruntergefallenen Schildes.

Stelzbeinig watete sie über die Scherben, bis sie etwas Längliches erblickte und zog es mit Bedacht heraus.

„Wir könnten das benutzen“, sagte sie, als sie wieder zurück bei Fin war.

„Versuchen wir es mal.“

Zunächst machte sich Fin die Mühe, an den Füßen sämtlicher Elemente zu rütteln, um zu sehen, ob eines lose war. Tatsächlich fand er eins hinter dem Autoscooter. Er schob die Kunststofflatte zwischen die einbetonierten Füße und das Metallgitter. Cadis hing sich an das hochstehende Ende, um es herunter zu ziehen. Ächzend bog sich der Kunststoff.

„Ich glaube, das Material ist schon zu porös", rief sie.

„Ja, lass gut sein, bevor ..."

Im selben Moment knallte es schon und der Widerstand, den Cadis bis eben noch gespürt hatte, war schlagartig verschwunden. Unsanft fiel sie auf den Boden.

Mit großen Augen sahen sie sich an, dann prusteten sie gleichzeitig los.

„Hat sich am Zaun wenigstens etwas getan?", fragte Cadis, während sie sich eine Träne aus dem Augenwinkel wischte.

„Ein wenig. Aber es war noch nicht ausreichend. Ich hätte eine Idee, was wir alterativ nehmen könnten."

„Gut, dann machen wir das."

„Es wird dir aber nicht gefallen."

Cadis zog die Augenbrauen zusammen.

Nur wenig später war es ihnen mit viel Ruckeln, Wackeln, Hebeln und Muskelkraft gelungen, eines der beiden Metallrohre des Zaunelements aus seinem Sockel zu befreien. Ein Karussellpferd hatte dafür herhalten müssen. Bei der massiven Gewalteinwirkung brach ihm ein Huf, ein Bein und der Schweif ab und hinterließ hässliche hohle Öffnungen. Doch dieses Opfer mussten sie bringen. Fin hatte recht: Es gefiel Cadis tatsächlich nicht.

Mithilfe der Schere, die sie mitgebracht hatte, zerschnitt Fin anschließend mühsam den schweren, dicken Stoff der Plane.

Auf diese Weise hatten sie einen kleinen Durchgang geschaffen.

„Okay, also heute um Mitternacht steigen wir in das Büro meines Dads ein. Bring mit, was du zum Deaktivieren der Alarmanlage brauchst."

„Wird gemacht, Boss."

„Ich wohne in dem Herrenhaus am anderen Ende des Waldes. Findest du das? Mein Nachname ist ..."

Weiter kam sie nicht, denn Fin hielt ihr bereits sein Smartphone unter die Nase, auf dem eine Landkarte geöffnet war. Ein roter Pin steckte in ihrem Haus.

„Ich denke, ich werde es finden", sagte er sanft.

Mit einer Mischung aus Überraschung und Unwohlsein nickte sie. „Sieht so aus. Am besten, wir treffen uns hinter dem Haus auf der Veranda."

„Geht klar, Boss."

Unmerklich zuckte Cadis zusammen. *Boss.* Sie war eine Menge, aber niemandes Boss. Das war ja noch schlimmer, als ...

„Es ist dir lieber, wenn ich dich *Milady* nenne, stimmt's?" Spitzbübisch grinste er sie an.

„Nein", gab sie möglichst ungerührt zurück. „Aber alles ist besser, als *Boss* zu sein." Sie warf noch einen letzten Blick auf den Jahrmarkt, als sie unerwartet eine Wärme an ihrer Wange spürte.

„Bis später, Milday", flüsterte Fin an ihr Ohr, dann drehte er sich um und verschwand auf der anderen Seite des Waldes.

Cadis zwang sich, ihm nicht nach zu sehen.

Punkt Mitternacht schlich sich Cadis in schwarzen Klamotten ins Wohnzimmer. Leider hatte die Zeit nicht gereicht, um David einzuweihen. Es war spät gewesen, als sie nach Hause gekommen war, da war ihr Bruder bereits auf dem Weg zu seinem nächsten Date. Auf seine Hilfe konnte sie damit nicht hoffen. Umso wichtiger war Fin. Doch sie kannte ihn nicht. Im Grunde vertraute sie einem völlig Fremden. Das war riskant und möglicherweise töricht. Bevor sie allerdings ernsthafte Zweifel an ihrer Menschenkenntnis überkommen konnten, erkannte sie draußen auf der Veranda eine dunkle Gestalt.

Auf Zehenspitzen schlich sie zu der Glastür und öffnete diese leise.

Schales Mondlicht schien gelb am schwarzen Nachthimmel und beleuchtete dezent das Wohnzimmer.

„Guten Abend, Milady“, flüsterte er, doch Cadis legte den Zeigefinger auf die Lippen. Sie machte eine Geste, woraufhin Fin ihr folgte.

Vorsichtig streckte sie ihren Kopf in den Korridor und lauschte. Es war nichts zu hören und niemand zu sehen. Mit klopfendem Herzen trat sie in den Flur.

Sie wusste selbst nicht, warum sie derart nervös war. Zumindest bislang tat sie nichts Verbotenes – mal abgesehen davon, dass sie einen fremden Mann dabeihatte. Aber wenn David damit durchkam, würde sie das auch.

Sie passierten einige Holztüren mit beeindruckenden Türblättern und geschwungenen Klinken, bis sie schließlich vor einer modernen Tür standen, gänzlich ohne Verzierungen und Schnörkel.

„Hm, ich frage mich, was sich hinter dieser Tür verbirgt. Vielleicht das Poolbillardzimmer?“, scherzte Fin und erntete sofort einen mahnenden Blick von ihr.

Schhht, formte Cadis mit den Lippen. Die Angst, erwischt zu werden, schlang seine eisigen Griffe von Sekunde zu Sekunde enger um sie. Mit zitternden Fingern zeigte sie auf eine rechteckige Apertur mit Knöpfen und einem blinkenden Licht neben der Tür, die Alarmanlage.

Fin nickte und zog als erstes eine kleine Taschenlampe aus seiner Jacke, die er Cadis gab. Dann holte er eine Art Mäppchen hervor.

Sie leuchtete ihm, während er sich die Anlage ansah und sich an der Schaltung zu schaffen machte. Immer wieder sah sie den Flur hinauf, um sicherzugehen, dass niemand kam. Dass sie niemanden hörte oder sah, beruhigte sie allerdings keineswegs.

Ein leises Piepen riss sie aus ihren Gedanken. Das Licht der Anlage wechselte auf grün. Das war die Freigabe. Er hatte es geschafft.

Schnell huschten sie hinein und schlossen die Tür hinter sich. Cadis atmete auf. „Geschafft. Danke für deine meistereinbrecherlichen Fähigkeiten."

„Stets zu Ihren Diensten, Milady." Fin verneigte sich.

„Genug geplaudert. Wir haben keine Zeit zu verlieren." Mit diesen Worten ging sie zum Aktenregal und leuchtete mit der Taschenlampe über die Beschriftungen, die jedoch alle wenig aussagekräftig waren. „Also offenkundig steht hier nichts. Dann sollten wir als erstes im Safe nachsehen."

„Den kann ich aber nicht knacken."

„Brauchst du auch nicht. Ich war hier als Kind schon so oft eingesperrt, ich weiß, wo der Schlüssel ist."

„Du warst *was*?"

Doch sie hatten keine Zeit für Fragen. Cadis krabbelte unter den Schreibtisch und zog an einem der kurzen knubbeligen Tischfüße. Ein Teil des Fußes löste sich dabei – eine Attrappe. An der Unterseite des Fußteils befand sich eine kleine Klappe. Cadis öffnete sie routiniert und entnahm dem versteckten Fach den Schlüsselbund.

„Beeindruckend“, sagte Fin. „Und dein Vater klettert wirklich immer unter den Tisch, wenn er an seinen Tresor möchte?“

Cadis lachte leise. „Natürlich nicht. Er hat seinen eigenen Schlüsselbund, aber den trägt er immer bei sich.“

„Verstehe.“

Sie trat an den großen Safe, schob die Abdeckungen aller drei Schlüssellöcher nach oben und öffnete ein Schloss nach dem anderen mit dem jeweils dazugehörigen Schlüssel.

„Du machst das nicht zum ersten Mal, habe ich recht?“, erkundigte sich Fin.

Cadis antwortete nicht. Aus gutem Grund.

Im Safe befanden sich Aktenordner und Papiere, tatsächlich sogar Umschläge mit Geld – die waren stets prall gefüllt, sahen jedoch nach mehr aus, als sie waren. Denn größere Noten als die fünfzig-Pfund-Note gab es in ihrer Währung nicht, dadurch sahen ein paar hundert Pfund bereits nach großem Reichtum aus.

„Okay, fangen wir mit den Papieren an.“ Sie zog einen der Stapel heraus und gab ihn Fin zusammen mit seiner Taschenlampe.

Den nächsten nahm sie sich selbst und blätterte ihn im schwachen Schein ihres Handylichts mit nervösen

Fingern durch. Hier drin befanden sich die Geburtsurkunden aller Kinder, die Heiratsurkunde ihrer Eltern, Abschlusszeugnisse und ... Sie stockte. Ein Brief von einem Labor. Ungläubig starrte sie auf das Schriftstück. Sie las nur drei Dinge: den Namen ihres Vaters, ihren eigenen und die Zahl Neunundneunzig Komma neun, neun, neun Prozent. Das war die Wahrscheinlichkeit, mit der das Labor eine Vaterschaft zu ihr bestätigte. Hastig schob sie den Brief wieder zurück, zwang sich, nichts zu denken, schluckte die aufkommenden Emotionen hinunter. Hier ging es nicht um sie. Hier ging es um ihre Grandma, um ihre letzte Bitte und die Zeit drängte.

Viel weiter unten im Stapel befand sich ein zusammengefaltetes Blatt. Dafür musste sie ihr Handy weglegen. „Leuchte mir mal“, bat sie Fin, während sie das Papier behutsam auseinanderfaltete.

Es war ein Bauplan. Ein großes Areal in einem Wald. Darin waren verschiedene Fahrgeschäfte und Buden eingezeichnet.

„Das ist der Stellplan für den Jahrmarkt“, wisperte Fin.

An den Rändern waren handschriftliche Notizen, wie etwa: *Kettenkarussell und Pferdekarussell tauschen* oder *Alternativ über Mathews Angebot einer Schiffschaukel nachdenken.*

„Mathew. Vielleicht ist das die Person, die ich finden soll“, überlegte Cadis, doch dann sprang ihr eine weitere Notiz ins Auge, die sie diese Idee augenblicklich vergessen ließ: *Besprechung mit Notar Alfons Hill verschoben auf Freitag, 15 Uhr – Grayson Trewin.*

„Grayson“, flüsterte sie. War das etwa der Grayson, dessen Namen Granny bei ihrem Zusammenbruch immer wieder gesagt hatte? Sie wandte sich an Fin, der ebenfalls wie gebannt auf diese eine Notiz starrte. „Das ist eine Spur. Meine Großmutter und er standen in irgendeiner Verbindung zueinander.“

„Wirklich?“ Endlich löste auch er den Blick und sah sie an.

„Sie wusste von dem Jahrmarkt, kannte Grayson, der offensichtlich auch in dem Jahrmarktprojekt involviert war. Wir sollten diesen Grayson Trewin aufsuchen. Mit Sicherheit ist er die Person, die uns helfen wird.“

„Cadis, seither sind etliche Jahre vergangen“, sagte Fin ruhig. „Wir wissen weder von wann diese Notiz ist, noch wie alt er damals war. Vielleich lebt er schon gar nicht mehr. Und wenn doch, erinnert er sich möglicherweise nicht mehr. Und wenn doch ...“

„... ist er noch immer ein Trewin. Und damit feindliches Terrain.“ Sie seufzte. „Ich werde ihn trotzdem im Hinterkopf behalten. Aber vielleicht ist es dann klug, als nächstes zum Haus meiner Grandma zu gehen. Je mehr wir Grayson später vorlegen könnten, desto besser.“

„Sie wohnt hier nicht mit euch zusammen? In ihrem Alter? Genug Platz hättet ihr doch, wenn ich mich so umsehe.“

„Soweit ich weiß, zog sie aus, als meine Eltern heirateten und eine Familie gründen wollten. Oder ... nein, das war anders ...“

„Schhht“, machte Fin plötzlich und griff ihren Arm.

Cadis gefror das Blut in den Adern. Wenn jetzt jemand hereinkäme, wäre es das Ende ihrer heimlichen Ermittlungen. Mitten in der Nacht mit einem Unbekannten vor dem geöffneten Safe zu sitzen – dafür gab es keine gute Erklärung.

Es rauschte in ihren Ohren, während sie angestrengt horchte. Ihre Kehle war trocken. Zu trocken. Sie spürte einen Hustenreiz aufkommen. Verzweifelt versuchte sie, dagegen anzukämpfen.

„Okay, ich glaube, die Luft ist rein", sagte Fin gerade noch rechtzeitig, denn sie konnte das Husten nicht mehr unterdrücken und verkroch sich in ihren Pulli, um sich gedämpft Linderung zu verschaffen.

Fin beobachtete, wie sie wieder aus ihrem Pullover auftauchte. „Eine sehr interessante Art zu husten."

„Lass uns weitersuchen." Cadis hatte noch immer Tränen des Hustenreizes in den Augen. „Wir sollten hier so schnell wie möglich raus. Also, alles, was wir finden, nehmen wir erst einmal mit." Damit faltete sie den Plan zusammen und legte ihn zur Seite.

„Aber dann müssten wir noch mal wiederkommen, um alles wegzubringen."

„Das müssen wir in Kauf nehmen. Wir brauchen schließlich auch Beweise."

„Recht hast du."

Sie suchten weiter, blieben jedoch erfolglos. Keine Informationen mehr zum Jahrmarkt, Dokumente, die von Grayson oder einem Trewin unterschrieben worden waren oder ähnliches.

„Das gibt es doch nicht", schimpfte Cadis. „Warum haben sie nur den Stellplan aufbewahrt?"

„Hier, schau mal. Was ist das?“ Fin tippte auf den Briefkopf eines Schriftstücks, das die Unterschrift von Arthur Hemmett trug, ihrem Urgroßvater.

Stirnrunzelnd las Cadis ein Wort, das sie bis jetzt in ihrer Familie noch nie gehört hatte: *Zinnmine.*

Sie öffnete den Mund, um etwas zu sagen, als ein Geräusch sie zusammenfahren ließ. Dieses Mal gab es keinen Zweifel. Da war jemand auf dem Flur. Auch Fin hatte es gehört.

Panisch räumten sie die Zettel zusammen und stopften sie in den Safe. Cadis schob die schwere Tür zu, als sie eindeutige Geräusche vor der Bürotür vernahmen. Jemand gab von außen den Pin der Alarmanlage ein.

Schweißgebadet und zitternd verriegelte Cadis die Tür und ließ den Schlüsselbund in ihre Hosentasche gleiten.

Ein schmaler Lichtstrahl erschien im Zimmer. Flüchten konnten sie nicht mehr. Dafür war es zu spät.

Fin hatte das noch nicht erkannt und sah sich weiter nach einer Versteckmöglichkeit um. Der Lichtkegel wurde immer größer. Cadis erkannte bereits einen Schatten darin.

Einer plötzlichen Eingebung folgend zog sie den überraschten Fin ruckartig zu sich, legte ihre Arme um seinen Hals und presste ihre Lippen auf seine.

KAPITEL 10 – CADIS

Cornwall, England, heute

Das war wohl das Verrückteste, was Cadis je getan hatte – und dabei war sie gerade im Büro ihres Vaters eingebrochen.

Die Arme um den Hals eines Mannes gelegt, den sie kaum kannte. Ihre Lippen auf seinen.

Würde er mitspielen?

Wenn nicht, müsste er wenigstens solange regungslos verharren, bis sie gesehen worden waren.

Für den Bruchteil einer Sekunde geschah nichts. Fin reagierte nicht. Sie hatte ihn einfach überrumpelt. Nun schien die Zeit still zu stehen. Unsicherheit überkam Cadis, doch ehe diese überhandnahm, spürte sie, wie Fin seine Hände an ihre Taille legte. Noch zaghaft erwiderte er ihren Kuss. Seine Lippen waren weich und warm, seine Bartstoppeln kitzelten in ihrem Gesicht.

Ein ungekanntes Gefühl kam in ihr auf, verbreitete sich rasch in ihrem Körper, ließ ihre Lippen im Einklang miteinander tanzen und wurde stärker, als er sie enger an sich zog.

Nun fiel die Zurückhaltung auch von Cadis. Sie stellte sich auf die Zehenspitzen und drückte sich noch dichter an seinen Körper. So ließ sie sich von dem Kuss forttragen.

„Was ist hier denn los?“, riss die Stimme ihrer Schwester sie schneidend wieder zurück.

Erschrocken ließ Fin sie los wie eine zu heiße Kartoffel. Wie aus einer Trance erwacht, musste sich Cadis erst einmal sammeln. In diesen paar Augenblicken hatte sie die Welt um sich herum völlig vergessen.

„Hallo Darléne“, sagte sie mit rauer Stimme. Ihr Gesicht und ihre Lippen prickelten noch immer.

Ihre Schwester stand im Lichtkegel. Überraschenderweise allein, wie es schien. Das Licht aus dem Flur in ihrem Rücken ließ sie wie eine Erscheinung wirken. Ihr Gesicht lag im Dunkeln, sodass Cadis die Mimik nicht erkennen konnte.

„Darf ich fragen, was du hier tust? Mitten in der Nacht? In Dads Büro? Mit einem *Kerl*?“ Ein gefährliches Schweigen legte sich über die Situation.

„Wonach sieht es denn aus? Wir wollten ungestört sein.“

„Du hast ein Zimmer. Aber ich verstehe schon, dass du da niemanden reinlassen möchtest. Ich würde mich auch schämen, wenn ich meine Wände und Decken so vollgekritzelt hätte.“

„Wenn du jetzt so nett wärst, und die Tür hinter dir schließen könntest, wenn du rausgehst ...“

Sie verschränkte die Arme vor der Brust. „Ich gehe nirgendwo hin, ehe du mir nicht die Wahrheit gesagt hast.“

„Das habe ich.“

„Versuch jemanden anders für dumm zu verkaufen, Cadis. Du gehörst zu den Unbefugten, die hier keinen Zutritt haben. Darum kennst du auch den

Sicherheitscode nicht. Also, wie bist du hier reingekommen?“

Ungerührt zuckte sie mit den Achseln. „Wie wohl? Die Tür war nicht verschlossen.“

„Wieder gelogen. Ich war die Letzte in diesem Raum und bin sichergegangen, dass alles abgeschlossen ist.“

Cadis schluckte. Darauf konnte sie nichts entgegnen. Sie wusste, dass Darléne in diesen Dingen äußerst gründlich war. Und wo war eigentlich Nigel? Er verließ den Dunstkreis seiner Schwester für gewöhnlich nicht.

„Du bist wirklich armselig, Cadis. Das Einzige, das du in dieser Familie tun musst, ist, uns nicht im Weg zu stehen. Wir anderen machen den Rest, arbeiten tags und nachts, damit Dad die Wahl gewinnt. Nur das ist wichtig. Niemanden interessiert, was du treibst und mit wem. Also hör auf, dich in den Vordergrund zu drängeln. Dein Heischen nach Aufmerksamkeit ist wirklich erbärmlich.“

In diesem Augenblick musste sie an das Schreiben von dem Labor denken. Den Vaterschaftstest. Und zum ersten Mal glaubte sie Darléne. Niemanden interessierte, was sie machte. Sie konnten sich auch nicht erklären, wie Cadis zur Familie gehören konnte. Wahrscheinlich hatten sie gehofft, sie gegen eine bessere Tochter einzutauschen, wäre das Ergebnis ein anderes gewesen.

In unendlicher Erschöpfung senkte sie den Kopf.

„Und damit noch nicht genug, bringst du jetzt auch noch deinen Einbrecherfreund mit, damit ihr gemeinsam Dads Wahlkampf boykottieren könnt?“

Cadis antwortete nicht mehr.

„Wenn Dad gewinnt, kommt dir das auch zugute. Du profitierst von seinem Sieg, ohne einen Finger dafür krumm gemacht zu haben. Er hat dir nichts getan, Cadis. Nie. Und du willst sein Ansehen ruinieren. Du solltest dich schämen."

Langsam überwand Cadis den Stich in ihrem Herzen – darin hatte sie schließlich Übung. Sie ballte die Fäuste. „Dads Wahlkampf hat nichts hiermit zu tun."

„Natürlich hat es das. Ich kann es sogar verstehen. Es ist schon eine ausgebuffte Idee, Dads großen Traum zu zerstören, die monatelange Arbeit aller zunichtezumachen. Die perfekte Rache für all die Jahre als Aschenputtel, nicht wahr?"

„Das stimmt nicht!"

„Natürlich stimmt das!"

Plötzlich nahm Fin ihre Hand und zog sie Richtung Fenster. „Wir sollten dringend verschwinden", raunte er ihr zu.

Erst jetzt sah Cadis den zweiten Schatten im Flur. Sie hatte geahnt, dass sich Nigel in der Nähe befand, doch hatte Darléne es mal wieder zu verstehen gewusst, sie auf eine falsche Fährte zu locken. Sie abzulenken, um den richtigen Augenblick abzupassen, sie zu überwältigen oder ihr ein Geständnis rauszuleiern oder zumindest eine Aussage, die die beiden anschließend gegen sie verwenden konnten. Es wäre nicht das erste Mal.

Fin hatte unterdessen das Fenster geöffnet, was durch die abgeschaltete Alarmanlage ohne weiteres möglich war. Das hatten die Zwillinge nicht bedacht.

Darléne schien jetzt erst klar zu werden, dass, wenn Cadis floh, sie nichts mehr gegen sie in der Hand hatte, und stürzte auf sie zu. Nigel direkt hinter ihr.

Fin gelang es jedoch rechtzeitig, Cadis vom Fenstersims nach draußen zu ziehen. Gemeinsam rannten sie in den Wald.

Als ihnen nach einigen hundert Yards der Atem endgültig wegblieb, gingen sie hinter einer großen Eiche in Deckung. „Ich denke, die Luft ist rein. Sie sind uns nicht gefolgt“, keuchte Fin.

„O nein, die Karte vom Jahrmarkt!“, fiel es Cadis siedend heiß ein. „Ich habe sie auf dem Boden liegenlassen. Wenn sie die finden, wissen sie ganz genau, was wir im Büro gemacht haben.“ Noch immer rang sie nach Luft.

„Meinst du diese Karte?“ Gewitzt hob er seinen Pullover so weit an, dass Cadis das vergilbte Papier trotz der Dunkelheit erkannte.

„Wow, du bist wirklich super!“ Am liebsten hätte sie ihn vor überschwänglicher Freude in den Arm genommen. Doch bremste sie sich im letzten Moment und lehnte sich stattdessen an die tieffurchige Rinde des Baumes.

„Und was machen wir jetzt? Wie lautet dein Plan?“

Obwohl ihre Gedanken rasten und das Geschehene verarbeiten wollten, zwang sich Cadis, bei der Sache zu bleiben. „Also, zurück kann ich erst einmal nicht. Mit Sicherheit werden sie dort schon auf mich warten und ich werde mich erklären müssen. Vielleicht haben sie in der Zwischenzeit auch den Safe überprüft und festgestellt, dass die Karte fehlt.“

„Warum sollten sie das tun?“

Wortlos zog Cadis den Schlüsselbund aus ihrer Tasche und hielt ihn in die Höhe, sodass er fröhlich klimperte. „Der Schreibtischfuß liegt auch noch immer unter dem Schreibtisch. Sie werden wissen, dass wir am Safe waren. Damit ist mein Zuhause vorerst tabu." Die nächste Frage kostete Cadis alles an Überwindung. „Kann ich ... vielleicht ... bei dir unterkommen? Nur so lange, bis wir das Rätsel gelöst haben." Sie versuchte, es so beiläufig wie möglich klingen zu lassen. Als würde es sie nicht stören, wenn er verneinte oder an dieser Stelle aus ihrer Mission aussteigen würde, die im Grunde nie seine Mission gewesen war.

Der Ruf einer Eule unterbrach die unbehagliche Stille. Fin verzog das Gesicht. Damit hatte Cadis ihre Antwort. Sie spürte einen Stich in ihrer Brust.

„Okay, kein Problem", sagte sie schnell, jedoch brach ihre Stimme dabei, verriet ihre wahren Gefühle. Verärgert räusperte sie sich. „Ich denke, dann werde ich heute Nacht auf dem Jahrmarkt schlafen. Und morgen sehe ich weiter."

„Cadis ..."

„Ich danke dir für deine Hilfe", unterbrach sie ihn, froh um die Finsternis, die ihre Mimik verschleierte und damit ihre Enttäuschung verbarg. „Wenn du mir dann jetzt die Karte gibst, bin ich auch schon verschwunden."

„Es ist nicht so, wie du denkst. Es hat was damit zu tun, wer ... Auf dem Plan, da ..."

Während Fin nach Worten rang, streckte sie die Hand aus. Sie wollte keine lahmen Ausreden, keine schlechten Begründungen hören. Dafür war sie zu müde und zu verletzt.

Fin nahm ihre Hand und schob sie runter. „Auf keinen Fall lasse ich dich da alleine schlafen. Ich komme mit, okay?"

Cadis schwieg.

„Ich kann dich nicht mit zu mir nehmen. Und wenn du den Grund kennst, wirst du es verstehen."

Kommentarlos schaltete sie das Licht ihres Handys ein und ging tiefer in den Wald Richtung Jahrmarkt.

„Ist es in Ordnung, wenn ich mitkomme?", fragte Fin, der ihr gefolgt war.

„Wie du meinst."

„Ich werde dir alles in Ruhe erklären, wenn wir dort sind. Einverstanden?"

Cadis reagierte nicht. Sie war gerade zu sehr mit sich und ihren eigenen Gedanken beschäftigt: was Darléne gesagt hatte, der Laborbrief, Erinnerungen an ihre Kindheit. All das kam zusammen, vermengte sich zu einem Strudel, der sie vollkommen beschäftigt hielt, während sie sich in der Dunkelheit schweigend ihren Weg durch Äste und Gestrüpp bahnten.

Bei Nacht war der Jahrmarkt noch unheimlicher als am Tag. Der Wind pfiff über das Gelände, ließ es hier und dort knarzen und quietschen, ohne, dass man ausmachen könnte, woher das Geräusch kam. Cadis fröstele unbehaglich. Sie zwang sich, ihr Licht nicht auf die heruntergekommenen Fahrgeschäfte zu richten, sondern einfach ihren Weg zu gehen.

„Die Bude dort hinten ist verhältnismäßig gut in Schuss." Fin deutete auf einen Stand hinter dem Schienenkarussell, dem *Himalaja*. „Da dürfte es nicht ganz so zugig werden."

Noch immer im Wulst von Erinnerungen und Erkenntnissen gefangen, stimmte sie zu. Sie hätte wohl gerade jeden Vorschlag angenommen. Fin legte seinen Arm wärmend um sie. Wieder eine Geste, die ihr wenig vertraut war. Sie wusste nicht mehr, was sie denken oder fühlen sollte, und ließ sich überfordert von Fin zu der alten Bude führen.

„Nach dir, Milady." Galant hielt er ihr die Tür auf.

Die Luft in dem Stand war kalt und feucht und es roch modrig. Nicht gerade der ideale Platz für eine entspannte Nachtruhe. Sie setzte sich in eine Ecke, die ihr noch am wenigsten heruntergekommen erschien, und hoffte, dass sie sich nicht gerade in ein Spinnennetz oder Käfernest gesetzt hatte. Fin lief draußen noch herum. Als er schließlich hereinkam, hatte er ein paar der zerbrochenen Plastikteile bei sich.

„Hier, setz dich darauf, nicht auf den kalten Boden."

Während er die Tür so fixierte, dass sie halbwegs verschlossen war, stapelte Cadis die Teile zu einer kleinen Anhöhe.

„Das war gerade ganz schön knapp, was?", fragte er, als er sich neben sie gesetzt hatte. Sie antwortete nicht, also fuhr er fort. „Was ich dir eigentlich schon vorhin im Büro sagen wollte ..."

„Ich hätte es wissen müssen", platze es da aus Cadis hervor. „Ich hätte den Hinterhalt erkennen müssen." Sie verengte die Augen. „Darléne ist berechnend und manipulativ. Nigel ist auch nicht besser. Sie ist nie *zufällig* irgendwo. Sie plant, agiert strategisch. Dass ich mich tatsächlich in ihr Ablenkungsmanöver habe reinziehen lassen ..." Sie schüttelte den Kopf.

„Du warst in einer Ausnahmesituation. Wir wurden gerade bei einem Einbruch erwischt. Da einen kühlen Kopf zu bewahren, ist eine Hochleistung."

Tränen stiegen in ihre Augen. Sie kämpfte nicht dagegen an. „Vielleicht hat sie recht mit dem, was sie gesagt hat", sprach sie die so quälenden Gedanken aus. „Ich habe mich meiner Familie nie zugehörig gefühlt. Ihre Denkweise, ihre Lebensweise, ihre Prioritäten. Alles war immer so anders als meine. Sie waren anders. Aber vorhin habe ich ein Schreiben gefunden, in dem mein Vater zu neunundneunzig Komma neun, neun, neun Prozent als mein leiblicher Vater bestätigt wird. Verstehst du?"

Fins Gesicht verschwamm hinter einem Vorhang aus Tränen. Dennoch riss sie sich zusammen, denn sie wollte es aussprechen. Alles. Sie wollte jemandem erzählen, wie sie fühlte. Und sie wollte es Fin erzählen.

„Dein Vater hat testen lassen, ob du wirklich sein leibliches Kind bist?"

„Ja! Das bedeutet, dass nicht nur ich das Gefühl hatte, nicht zur Familie zu gehören, sondern auch umgekehrt meine Familie glaubte oder sich vielleicht sogar gewünscht hat, dass ich nicht zu ihnen gehöre. Das war genau das, was Darléne gemeint hat. Vielleicht wusste sie sogar davon. Vielleicht war es sogar ihre Idee und sie hat ihm so lange ihr Gift eingeträufelt, bis er ihr glaubte."

„Bevor du so schwarz denkst: Es ist auch möglich, dass er diesen Test für jedes Kind hat machen lassen. Du weiß schon. Um Erbstreitigkeiten vorzubeugen, oder wegen eventueller Alimente im Fall der Fälle ..."

Cadis kramte ein Taschentuch aus ihrer Hosentasche und schnäuzte sich ausgiebig. Fin legte seinen Arm um ihre Schultern und zog sie dichter an sich. Seine Wärme tat ihr gut.

„Das glaube ich nicht“, sprach sie etwas ruhiger weiter. „Da war nur dieser eine Befund und ich habe den ganzen Stapel durchgesehen. Weißt du …“ Der nächste Schwall Tränen kündigte sich an. „Ich wollte auch immer anders sein, habe nach Antworten oder meiner echten Familie gesucht. So bin ich vor fast zwanzig Jahren zum ersten Mal hier gelandet. Ich hätte meiner sogenannten *Familie* alles zugetraut. Sogar, dass sie Serienmörder waren, zu einer Sekte gehören oder mit dem Teufel im Bunde stehen. Was ich mir alles ausgemalt habe …“

„Das sind aber düstere Gedanken für ein Kind.“

„Schon, aber wenn man von seinen Geschwistern psychisch und physisch misshandelt wird, trägt man nicht nur äußere Narben davon.“

„Sie haben dich *misshandelt*?“, fragte Fin fassungslos.

Daraufhin erzählte Cadis ihm all die Dinge, die die Zwillinge ihr als Kind antaten. Dazu zählten Schläge, Tritte, Einsperren, Fesseln, Knebeln und weitere Grausamkeiten. Zumindest diese körperlichen Misshandlungen hatten nach dem Zusammenbruch ihrer Großmutter ein Ende gefunden. Wenngleich Cadis’ vermeintliche Schuld an ihrer anschließenden Wesensveränderung ihnen noch mehr Stoff für Demütigungen gegeben hatte, denen sich auch die Eltern gerne angeschlossen hatten. Sie erzählte von David, ihrem einzigen Lichtblick, und ihrer selbst ernannten Aufgabe, ihn vor einem solchen Schicksal zu bewahren, ihn abzuschirmen und sich schützend vor ihn zu stellen, sollte sich der negative Fokus ihrer Familie doch mal auf ihn richten.

„Warum kann sich mein Vater nicht vorstellen, dass ich von ihm abstamme? Weil sie oberflächlich sind. Die ganzen Aristokraten und die gesellschaftlich Hochgestellten akzeptieren nur ihresgleichen."

Fin nickte. „Ich weiß, was du meinst."

„Wer sich anders verhält, wer anders denkt, kann unmöglich zu ihnen gehören." Sie ballte die Fäuste. „Ich wette, wenn die Untersuchung ergeben hätte, dass ich nicht sein leibliches Kind bin, hätte er mich längst zur Adoption freigegeben oder in ein Internat gesteckt."

„Das glaube ich nicht. Deine Mutter wäre ja immer noch deine Mutter und hätte das bestimmt nicht zugelassen."

„Oder sie hätte auch einen Test gemacht – möglicherweise hat sie das sogar. Aber dann hätten sie mich auf eine Militärschule geschickt. Sie sind furchtbar, alle." Sie schniefte, während ihre Finger mit dem Taschentuch spielten. „Ich verachte sie so sehr. Überhaupt den ganzen Adel aus Cornwall mit seinem engstirnigen und intoleranten Denken."

„Nicht alle sind so", sagte Fin nach einer Pause.

„Doch, sind sie. Ich habe viele von ihnen kennengelernt und alle sind genau so. Bislang hat mich noch jeder angesehen, als wäre ich ein Wackelpudding zwischen ihrem teuren Kaviar. Allen voran die Trewins. Meine Familie hasst sie, ebenso wie ich. Das ist das einzige, das wir gemeinsam haben." Gedankenverloren rupfte sie ein Stück des Taschentuchs in ihrer Hand ab, knüllte es zu einem kleinen Ball und warf es weg. Fin beobachtete sie schweigend.

„Und jetzt scheint es eine Verbindung zu den Trewins zu geben. Vielleicht werden wir sogar auch bei ihnen einbrechen müssen. Dafür könnte ich dann wieder deine Hilfe gebrauchen."

„Kein Problem", antwortete er sanft.

„Eins steht jetzt auf jeden Fall fest." Entschlossen richtete sie sich auf. „Sobald das Rätsel des Jahrmarktes gelöst ist, werde ich diese Familie verlassen. Ich werde mir mein eigenes Leben aufbauen, fernab von Goldlöffeln und Herrenhäusern." Diese Entscheidung fühlte sich für Cadis unfassbar gut an. David, der einzige Grund, aus dem sie diesen Schritt nicht schon vor Jahren gegangen war, war längst aus dem Alter raus, in dem er sie brauchte. Es war an der Zeit.

Sie trocknete die letzten Tränen. „Danke, dass du mir zugehört hast."

„Immer gerne, dafür bin ich da. Du hattest ein sehr heftiges Leben bislang."

Ein wenig rang sie mit sich, doch die Worte kamen ihr dann doch einfach über die Lippen. „Ich habe das alles noch nie jemandem erzählt. David kennt die meisten Geschichten, aber auch er kennt sie nicht in dieser Ausführlichkeit. Ich hoffe, ich habe dich nicht zu sehr verstört."

„Ganz und gar nicht. Mach dir keine Gedanken."

Erst jetzt, wo alles gesagt war, wurde Cadis überdeutlich bewusst, wie müde sie eigentlich war und dass Fins Arm noch immer auf ihren Schultern lag.

„Wie spät ist es eigentlich?", erkundigte sie sich beiläufig und kramte nach ihrem Handy, nicht zuletzt, um sich dadurch unauffällig aus Fins Arm zu winden. Obwohl sie es genoss, dass er da war und ihr zugehört hatte, schnürte ihr die Nähe plötzlich die Luft ab.

„Schon zwei Uhr", sagte sie nach einem flüchtigen Blick auf das Display. „Wir sollten versuchen, etwas zu schlafen. Morgen gehen wir dann alles durch, was wir bislang wissen, und überlegen uns, wo wir als nächstes suchen."

„Wir könnten auch da weitermachen, wo wir vorhin unterbrochen wurden", schlug er mit einem schiefen Grinsen vor.

Im ersten Augenblick wusste Cadis mit dieser Aussage nichts anzufangen. Erst Fins vielsagender Blick und die hochgezogenen Augenbrauen riefen ihr den Kuss wieder in Erinnerung. Die Berührung ihrer Lippen, wie fest er sie an sich gezogen hatte. Sofort kroch die Hitze in ihre Wangen.

„Das ... das war nur ein Ablenkungsmanöver, wie du weißt", sagte sie, ohne ihn anzusehen.

„Es war ein sehr schönes Ablenkungsmanöver." Seine Stimme klang tiefer und sanfter als gewöhnlich.

Eine Gänsehaut überzog Cadis' Körper. „Wir ..." Ihre Stimme versagte, sodass sie einmal husten musste. „Wir sollten uns auf die Mission konzentrieren. Auf unsere nächsten Schritte. Planen, überlegen, strategisch denken."

„Das klingt aber wenig spaßig."

„Es ist die Bitte meiner Grandma. Sie liegt im Sterben. Allein der Himmel weiß, wie viel Zeit ihr noch bleibt. Ich muss das Rätsel schnellstmöglich lüften. Da kann ich mir keine Ablenkung erlauben. Verstehst du das?"

Fin nickte. „Natürlich." Damit breitete er seine Arme aus. „Komm, wir sollten jetzt wirklich schlafen."

„In deinen Armen?"

„Rein aus praktikablen Gründen. Es ist nicht gerade warm, du trägst keine Jacke und hier drin zieht es wie Hechtsuppe."

Fin hatte recht. Cadis fror, seit sie hier angekommen waren. Dankbar, wenngleich mit einer großen Portion Unbehagen im Bauch, legte sie sich auf seine Brust. Seine Arme umschlossen sie sanft. Begleitet von Fins ruhigem Herzschlag schlief sie schließlich ein.

Das überlaute Klingeln ihres Handys zerrte sie unsanft aus einem traumlosen Dämmerzustand. Wirklich geschlafen hatte sie vergangene Nacht nicht. Ihr Nacken, ihr Rücken und ihr Po hatten durchgehend geschmerzt. Fin hingegen schien zwischendurch sogar in den Schlaf gefunden zu haben. Zumindest hatte er sich kaum geregt und schien völlig entspannt gewesen zu sein.

Mit noch geschlossenen Augen tastete sie nach dem Gerät und nahm ab.

„Ja?", murmelte sie.

„Cadis, wo bist du?", donnerte ihr Davids Stimme entgegen.

„Wir haben uns versteckt ..." Beinahe wäre sie wieder eingenickt. Sein energisches „Wo?", ließ sie wieder hochschrecken.

„Hä?" Sie gähnte ausgiebig.

„Cadis, du musst jetzt wirklich aufwachen und gut zuhören. Ich weiß nicht, was du gestern gemacht hast, aber was auch immer du tust, komm nicht nach Hause.“

Schlagartig war sie hellwach und richtete sich auf. „Warum? Was ist los?“

„Ich weiß es nicht genau.“ Er schwieg, als würde er sichergehen wollen, dass niemand lauschte. „Die Zwillinge sagen, du hast dich gestern mit einem Mann in Dads Büro vergnügt.“

Cadis verbarg mit einer Hand ihre brennende Wange. „Das stimmt.“

„Respekt, Schwesterlein. Das hätte ich dir gar nicht zugetraut“, kam es anerkennend von ihm.

„Hast du deswegen angerufen?“

„Nein. Darléne sagt, du hättest rumgeschnüffelt und versucht, Dads Wahlkampf zu boykottieren. Was bedeutet, dass sie hier auf dich warten. Dad ist stocksauer.“

Cadis rieb sich den schmerzenden Nacken. „Aber das stimmt nicht. Ich habe doch mit dem Wahlkampf nichts zu tun und selbst wenn ich das vorgehabt hätte, hätte ich nichts erreicht. Es ist doch noch immer alles an Ort und Stelle, nichts fehlt.“ Sie sah zu Fins Bauch, wo sich der Plan gestern befunden hatte. „Fast nichts.“

„Sie wissen, dass du am Tresor warst.“ Bei diesen Worten zog sich Cadis' Magen zusammen. Wie konnte sie nur so unachtsam gewesen sein? Alles, was sie hätte tun müssen, war, den Fuß gleich wieder unter den Tisch zu schieben, und niemandem wäre etwas aufgefallen. Ob sie bereits bemerkt hatten, dass etwas fehlte, und wenn ja, was es war?

„Sie gehen davon aus, dass der Typ ein Spion ist", fuhr David fort. „Also sprich: dass du Informationen über Dads Kampagne an gegnerische Parteien weitergibst."

„Das traut er mir wirklich zu? Das ist Unsinn!"

„Ich weiß das. Aber Dad nicht. Er glaubt dem, was Darléne sagt."

Natürlich tat er das. Tat er immer. Jedes Wort, ob gelogen oder wahr.

„Ernsthaft, Cadis. Wer ist dieser Typ?"

„Du warst gestern nicht erreichbar, sonst hätte ich es dir erzählt. Ich …" Sie sah hinüber zu Fin, der noch immer schlief – oder sich zumindest schlafend stellte. So laut, wie sie sprach, musste er aufgewacht sein. Einen so tiefen Schlaf hatte niemand. Dennoch rappelte sich Cadis leise hoch, schob die Tür vorsichtig auf und trat hinaus in einen weiteren trüben Tag. Es war feucht und kühl. Feiner Nebel schwebte in der Luft, umgab die verwesenden Leichen der Karussells, die sie mit einem erneuten Schauder begrüßten.

Mal abgesehen von dem Rauschen des Meeres in der Ferne, war nichts zu hören. Kein Vogel sang.

„Er ist …", begann Cadis und entfernte sich sicherheitshalber weiter von der Bude. Scherben knirschten und Ästchen knackten unter ihren Schritten. „Er ist jemand, den ich hier getroffen habe."

„Wo ist denn *hier*?"

„Wir sind auf dem Jahrmarkt."

„Er ist noch bei dir?"

„Ja."

„Okay, nur damit ich das richtig verstehe: Du gehst zum Jahrmarkt, triffst dort einen fremden Mann und der hilft dir dann, in Dads Büro einzubrechen?"

Cadis musste lachen. Es klang absurd, wie er es darstellte, aber so ähnlich war es.

„Wie kannst du ihn dort treffen? Was hatte er auf unserem Grundstück verloren?"

Sie öffnete wie selbstverständlich den Mund, klappte ihn dann jedoch wieder zu. Die Antwort, die sie ihm geben wollte, klang mit einem Mal lächerlich. Vermutlich so lächerlich, wie sie tatsächlich war.

Ihr Bruder fuhr fort. „Cadi, du bist alt genug, du weißt, was du tust. Aber das ist eine Familiensache. Da musst du dir wirklich sicher sein, dass du ihm vertrauen kannst."

Just in diesem Augenblick trat Fin aus dem Stand, gähnte, reckte sich ausgiebig und lächelte Cadis an. Seine Haare waren noch wilder und verstrubbelter als ohnehin schon.

Vage hob sie ihm die Hand. „Ich kann ihm vertrauen."

„Woher weißt du das?"

„Ich weiß es einfach."

David seufzte am anderen Ende der Leitung. „Nun gut. Sei trotzdem vorsichtig und vermeide es tunlichst, hierher zu kommen. Wenn du etwas von hier brauchst, oder ich etwas tun soll, lass es mich wissen."

„Das werde ich. Vielen Dank, Bruderherz."

„Wer war das?", fragte Fin ungeniert, als Cadis storchbeinig zurückgegangen war.

„Mein Bruder. Er hat mich gewarnt, dass ich gerade nicht nach Hause kommen soll. Die Zwillinge haben nun auch meinen Dad gegen mich aufgehetzt."

„Ach so ... und ich dachte schon, er hätte dich vor mir gewarnt." Er lachte.

„Hat er auch."

Fins Lachen verstummte.

„Ernsthaft, was hast du gestern hier im Wald gemacht?“ War es wirklich erst gestern gewesen? Es kam ihr vor, als wäre das schon ein Jahr her. Cadis sah, wie seine Kiefermuskeln arbeiteten.

„Ich habe gedacht, das hier sei ein öffentlicher Wald. Das habe ich dir doch gesagt.“

„Wir beide wissen, dass das nicht stimmt. Also. Wer bist du und was willst du hier?“

KAPITEL 11 – CADIS

Cornwall, England, heute

Fin kratzte sich am Hinterkopf. „Musst du das wirklich alles jetzt wissen? Reicht es nicht, wenn ich es dir später erzähle?“

Cadis verschränkte die Arme vor der Brust. „Nein.“

„Vertrau mir.“

„Das kann ich erst, wenn du mir sagst, wer du bist und was du hier im Wald verloren hattest.“

Er löste ihre Hände aus der Verschränkung und hielt sie ebenso fest, wie er sie daraufhin ansah. „Ich bin dein Freund und helfe dir, wenn du mich lässt.“

„Warum wehrst du dich so vor einer Antwort?“

„Weil sie uns gerade nicht weiterbringt.“

Ihr Blick fiel auf ihre Hände, die einander hielten. Sie stockte. Seine Herkunft zu wissen, würde sie das Geheimnis des Jahrmarktes auch nicht schneller herausfinden lassen, im Gegenteil, auch diese Diskussion raubte ihnen unnötige Zeit. Sie ließ die Schultern sinken. „Ich habe Hunger.“

Fins Gesicht erhellte sich. „Aha, siehst du, dabei kann ich dir schon helfen.“ Er ließ ihre Hände los, ging zurück zur Bude und kam kurz darauf mit zwei Schokoriegeln zurück. Einen gab er ihr.

„Hattest du die dabei?“, fragte sie, während sie gierig die Verpackung aufriss. Das Wasser lief ihr im Mund zusammen, noch bevor der süßliche Duft ihre Nase erreicht hatte. Selbst wenn er sagen würde, er hätte die Riegel in einer Ecke dieser Bude gefunden und sie seien wahrscheinlich seit fünfzig Jahren abgelaufen, würde sie den jetzt essen.

„Nervennahrung. Ich war etwas nervös gestern."

Schmunzelnd biss sie in den Riegel. Dass sie dabei – wie bei allem, was sie hier taten – von den starren Augen der Plastikpferde beobachtet wurden, ignorierte sie.

Nach diesem Frühstück watete Cadis zwischen den Ständen und Karussells umher, folgte den kaputten und verrosteten Schienen des Himalayas durch dessen heruntergekommenen Schlund und nahm die Buden erneut in Augenschein. Sie musste herausfinden, was hier geschehen war. Nicht nur für ihre Granny, auch für sich. Sie brauchte Antworten auf die vielen Fragen, die sich immer weiter in ihr türmten. Derweil genoss sie die Veränderung, die der Jahrmarkt mit sich brachte. Allein diese Aufgabe zu haben, gab ihrem Leben einen Sinn, den sie seit Jahrzehnten nicht mehr gehabt hatte.

„Noch immer auf der Suche, Milady?", erkundigte sich Fin sanft lächelnd vom Pferdekarussell aus, als Cadis gerade den benachbarten Stand inspizierte.

„Vielleicht haben wir gestern etwas übersehen."

„Haben wir nicht."

„Wolltest du dir nicht die Schaltkreise ansehen oder so was? Natürlich ohne etwas kaputtzumachen oder am besten zu berühren."

„Wollte ich. Dieses Karussell ist wirklich atemberaubend und es ist hier noch nicht alle Hoffnung verloren. Trotzdem macht es gerade viel mehr Spaß, dich zu beobachten."

Ein Lächeln wollte sich in ihr Gesicht schleichen. „Nase in die Schaltkreise", sagte sie schnell. Eigentlich gefiel ihr der Gedanke nicht, dass Fin an den Karussellruinen schraubte, aber so war er ablenkt und stellte nicht zu viele Fragen. Außerdem war sie sicher, dass wenn sich hier ein Unglück zugetragen hatte, es vermutlich eher mit abgerissenen Gondeln, Holz- oder Metallteilen zu tun gehabt hatte, weniger mit elektronischen Mängeln, die ohnehin nicht mehr nachweisbar wären. Darum ließ sie Fin die Innereien untersuchen. Das war ihr lieber, als dass er sich am Äußeren zu schaffen machte und eventuelle Beweise vernichtete.

„Mit der Nase? Das könnte aber schmerzhaft werden", scherzte er, verschwand dennoch anstandslos hinter der Mittelsäule des Karussells.

Nun durfte auch das Lächeln kommen. Kopfschüttelnd ging Cadis weiter.

Sie stellte sich vor, wie es hier vor fünfzig Jahren ausgesehen haben mochte. Die Karussells in Farbe und Bewegung, das ausgelassene Kinderlachen, die fröhlichen Gesichter. Hatte es damals wohl schon Popcorn, Zuckerwatte und Gasballons gegeben? Wie hatte ihre Grandma mit Petticoat und Zöpfen ausgesehen? War sie oft hier gewesen? Und wer war Grayson? War er ein Freund? Oder war er einfach nur ein Geschäftspartner, der den Überblick hatte? Sollten sie sich vielleicht doch an ihn wenden?

Mit diesen Fragen beschäftigt war sie wieder zurück am Pferdekarussell.

Zu viele Pferde lagen verstreut auf dem Boden, hatten ihre Aufgabe verloren. Statt Reiter anmutig im Kreis zu führen, lagen sie wie Gruselgestalten herum.

Das war nicht in Ordnung. Sie waren einst stolze Tiere gewesen und verdienten es nicht, hier zu verrotten und zufälligen Besuchern einen Schrecken einzujagen.

Entschlossen nahm sie eines der Pferde und stellte es auf einen der freien Plätze im Karussell. Es war schwerer, als sie angenommen hatte. Fixieren konnte sie das Plastiktier zwar nicht, aber so sah es wenigstens nicht ganz so verloren aus.

„Hattest du nicht gesagt, wir sollen nichts anfassen?“, fragte Fin amüsiert.

„Ich weiß und das sollten wir auch nicht. Aber ich konnte die Pferde nicht so armselig ihrem Schicksal überlassen.“

„Du magst dieses Karussell wirklich, oder?“ Seine Stimme wurde sanft.

Cadis nickte und betrachtete das Fahrgeschäft. Ein Pferdekarussell. Das hatte ihre Granny bestimmt auch am liebsten gemocht. Es hatte etwas Romantisches und zugleich Anmutiges. Und die Pferde ... die Pferde ... Sie sah zu dem Pferd, das sie gerade aufgestellt hatte. Sie kannte es. Sie hatte es schon einmal gesehen. Aber wo?

Fieberhaft dachte sie nach. Dieses Pferd, aber ohne Farbe. Und kleiner. Holz. Ein Holzpferd.

Jetzt fiel es ihr ein. Eine geschnitzte Figur. Sie hatte viele Figuren, die ihre Granny geschnitzt hatte. Auch Pferde. Und zwar genau diese Pferde.

Und das bedeutete ...

Urplötzlich ertönte ein höllisches Quietschen. Vor Schreck schrie sie auf.

Der Untergrund, auf dem sie stand, bewegte sich. Beinahe hätte Cadis den Halt verloren. Dann knallte es und der Spuk war beendet.

Cadis hielt die Hand auf ihr trommelndes Herz.

„Was? War? Das?", fragte sie mit weit aufgerissenen Augen.

Fin streckte den Kopf hinter dem Pfeiler hervor. „Sorry, ich wollte dich nicht erschrecken. Ich habe gestern schon ein paar Sicherungen getauscht und jetzt ein paar Leitungen neu gemacht."

„Warum tust du das?"

„Ich wollte nur wissen, ob die alte Lady noch was draufhat. Aber ich fürchte, jetzt ist sie endgültig hinüber." Bedauernd sah er auf den Sicherungskasten.

Cadis überlegte. „Meinst du, wenn man die Elektronik neu machen würde, bekämst du sie wieder zum Laufen?"

„Für dich alles, Milady. Aber ich fürchte, das wird unmöglich sein. Dafür ist schon zu viel zerfressen. Nicht nur von der Elektronik, auch von der Mechanik. Leider ist nicht mehr viel erhalten."

„Schade."

„Mal abgesehen davon, stell dir mal vor, diese gruseligen Zombiepferde würden sich wieder drehen. Wie unheimlich wäre das?"

„Ein neuer Anstrich und sie sind wieder so gut wie neu. Was machst du da?"

Fin hatte eines der Pferde genommen und tat so, als würde es auf Cadis zu galoppieren. Obwohl es in seinen Armen war, war der Anblick dennoch schaurig.

„Hey, lass das!“ Cadis ging einige Schritte zurück.

Fin folgte ihr mitsamt dem Pferd. „Caaaadiiiiiissss ...“, sagte er mit krächzender Stimme. „Ich bin es, dein Lieblingspferd. Bleib stehen und gib mir Haaaaafer.“

„Fin, das ist nicht witzig. Hör auf damit!“ Sie stolperte die zwei Stufen des Fahrgeschäfts hinunter. Gerade diesem Pferd fehlte zu allem Überfluss der Unterkiefer. Ein ewig aufgerissenes Maul, zusammen mit dem starren Blick und der verblassten Farbe in dieser Umgebung war nach den ganzen Albträumen, die sie von diesen Fahrgeschäften bereits gehabt hatte, mehr, als sie ertragen konnte. Ihr brach der Schweiß aus, ihr Körper begann zu zittern.

„Wenn du mir keinen Hafer gibst, werde ich dich verfolgen.“ Genau das tat er. „Dich und deine Kinder und deine Kindeskinder.“ Mit einem Satz sprang auch er vom Karussell.

Cadis quiekte auf.

Etwas verdutzt ließ Fin das Pferd sinken. Nun schien auch er begriffen zu haben, dass sie diesen Humor gerade nicht teilte. „Okay, ich höre auf“, sagte er und stellte das Ungetüm hinter sich auf die Stufen. „Sorry.“

Cadis war allerdings noch gefangen in ihrer Angst und lief weiter rückwärts.

„Es tut mir leid, wirklich.“

Er kam auf sie zu, wollte sie offensichtlich in den Arm nehmen, doch auch das war gerade zu viel für sie. Dieser Jahrmarkt mitsamt den Vermutungen, was hier geschehen sein mochte, waren beklemmend und jagten ihr eine Heidenangst ein. Sie fühlte nichts als Enge in ihrer Brust. Die Bäume um sie herum wirkten ohne ihre Blätter immer mehr wie Klauen. Die Brombeerranken auf dem Boden stachen ihr ins Bein, krallten sich an ihr fest, ließen sie nicht entkommen. Die Luft war zu dick zum Atmen.

Cadis japste.

„Hey, ganz ruhig. Ich bin hier. Nimm meine Hand."

Sie konnte diese nicht nehmen. Obwohl er sie ihr entgegenstreckte, schien sie sich immer weiter von ihr zu entfernen.

Beim nächsten Schritt zurück stolperte Cadis über etwas. Beinahe wäre sie rücklings in Brombeeren und Brennnesseln gefallen, doch Fin reagierte blitzschnell, fing sie auf und zog sie an sich.

Ihre ganze Panik entlud sich daraufhin in einem Schwall Tränen. Sanft streichelte er ihr über den Rücken, während sie sich fest an ihn klammerte. Er sagte nichts, doch Worte waren auch nicht nötig.

Nach ein paar tiefen Schluchzern hatte sie sich wieder gefangen und löste sich etwas unbehaglich von ihm. „Entschuldige, das ist gerade alles etwas viel für mich", murmelte sie und trocknete sich verstohlen die Wangen und Augen.

Fin schob seine Hände tief in seine Hosentaschen. „Natürlich ist es das. Mach dir keine Gedanken."

„Mann, auf diesem Boden kann man wirklich nicht laufen", sagte Cadis und drehte sich zu der leicht hochstehenden Bodenplatte, die sie gerade hatte zu Fall bringen wollen. „Du Unhold." Sie trat dagegen. Dabei stellte sie fest, dass die Platte locker war. Kam das von ihr gerade, oder war sie einfach lose? Wenn ja, warum?

Stirnrunzelnd lief Cadis etwas weiter, schob mit dem Fuß das Grün von dem Untergrund.

„Was machst du da?", erkundigte sich Fin.

„Mir den Boden anschauen. Hilf mir mal."

Sie kümmerte sich nicht um die Kratzer und Risse, die ihr die empörten Brombeeren nun zufügten. Auch das Brennen spürte sie nicht.

Zu zweit legten sie eine etwa zwölf Quadratyards große Fläche frei.

Es war, wie sie vermutet hatte: Der Beton war an vielen Stellen rissig und gebrochen, mitunter waren Platten sogar abgesackt.

Abgesackt.

Nichts sackte einfach so ab.

Es sei denn ...

Alarmiert sah Cadis zu Fin.

Er schien ihre Gedanken zu erraten oder gerade denselben Gedankengang gehabt zu haben. „Das kann nicht ...", sagte er nur und schüttelte den Kopf.

„Doch. Es kann. Und es ist."

„Bist du dir sicher?"

Tränen schossen erneut in ihre Augen, als sie nickte. Wie hatten sie das nur tun können?

Fin weigerte sich noch immer, es zu glauben. Darum musste sie es aussprechen. Auch für sich selbst.

„Fin, unter uns befindet sich die Zinnmine." Ihr Unterkiefer bebte. Sie brachte die Wörter kaum hervor. „Sie haben einen Jahrmarkt auf einer ehemaligen Zinnmine gebaut."

Nun schien auch der ewig lockere und charmante Fin seine Haltung zu verlieren. Er fuhr sich durch seine wuschigen Haare, lief dabei auf und ab: zwei Schritte nach rechts, zwei nach links, schüttelte unentwegt den Kopf. „Das ist grob fahrlässig. Der Untergrund ist niemals stabil genug für Fahrgeschäfte und Menschen. Das wäre eine reine Todesfalle.“

„Genau das war es“, hauchte Cadis, als ihr die Erkenntnis kam. „Das Himalaya steht nicht einfach schief, es ist abgesackt. Und für ein Fahrgeschäft war der Untergrund zu instabil, weil es mehrere Tonnen wiegt und dicht an einem Abgang stand ...“ Sie biss sich auf die Unterlippe.

Beide sahen in Richtung Meer, zu der Stelle, an der das Riesenrad gestanden hatte.

Die Bilder liefen wie ein Film vor ihrem geistigen Auge ab. Bilder, die sie nicht kennen konnte. Und doch waren sie plötzlich da und gestochen scharf: Das sich drehende Riesenrad. Die untergehende Sonne, die sich an den gläsernen Gondeln spiegelte. Bröckelnde Teile des Abhangs, die unbemerkt in die Fluten stürzten – stille Vorboten der sich anbahnenden Katastrophe. Die Erde, die ungehört unter der Last ächzte. Schließlich ein dumpfer Schlag, ein Ruck und der Teil des Steilhangs, auf dem das Riesenrad stand, brach ab, riss das tonnenschwere Fahrgeschäft mit sich. Das orangefarbene Licht des Sonnenuntergangs tanzte fröhlich über die Kabinen, während das Karussell, sich immer weiter auf die Seite neigend, in die Tiefe stürzte. Das letzte Geräusch war ein ohrenbetäubender Krach. Metallisches Knarzen vermengte sich mit einem Geräusch, als würde man eine Werkzeugkiste auskippen. Wasserfontänen schossen mehrere Yards weit in die Höhe.

Als sich das Wasser beruhigt hatte, blieb nichts als Stille. Nur die gleichmäßige Brandung des Meeres war noch zu hören.

Cadis musste schwer schlucken. Ihre Augen brannten, das Atmen fiel ihr schwer.

Das durfte nicht wahr sein.

War es das, was sie herausfinden sollte?

„Wer tut so etwas?“, erklang Fins schwache Stimme. „Wer baut in vollem Wissen einen so gefährlichen Ort und warum?“

„Das liegt doch auf der Hand. Es ist unser Grundstück. Und meine Familie würde nie jemandem gestatten, ihr wertvolles Anwesen zu bebauen, erst recht nicht für die Öffentlichkeit. Es ergibt überhaupt keinen Sinn, aber es kann nur meine Familie gewesen sein“, antwortete Cadis kraftlos. Sie konnte nicht weinen. Der Schmerz saß zu tief, als dass Tränen ihn erreichen konnten. „Und Grayson Trewin.“

Ohne Vorwarnung zog Fin sie in eine feste Umarmung. Sie spürte, dass er weinte. Nahm ihn das Schicksal unbekannter Menschen auch so mit?

Sie für ihren Teil fühlte gerade nur Leere. Eine gespenstische Gleichgültigkeit. Alles, was sie als Kind vermutet hatte, war wahr. Ihre Familie bestand aus abscheulichen Monstern und sie hatte es immer gewusst.

Als sich Fin langsam löste, sah sie ihn entschlossen an. „Was vergangen ist, ist vergangen. Wir können es nicht mehr ungeschehen machen. Aber wir können die Verantwortlichen finden. Und genau das werde ich jetzt tun.“

„Wir. Ich werde dir bei deiner Suche helfen.“ Seine Augen blitzten dunkelbraun. Die Goldsprenkel waren aus ihnen verschwunden.

„Es ist meine Familiengeschichte, vergiss das nicht. Und du weißt schon zu viel.“

Fin sah noch einmal zum Abgrund. „Nein“, sagte er. „Jetzt geht es mich auch etwas an.“

Zwar war Cadis froh, Hilfe und Unterstützung zu haben, doch wo sollte es hinführen, wenn sie noch mehr der dunklen Seiten ihrer Familie aufdeckten? Würde Fin sie irgendwann noch ansehen können?

„Egal, was dein nächster Schritt ist, Cadis, ich komme mit.“ Seine Worte waren ebenso sanft wie unumstößlich. Sein Entschluss stand fest.

Cadis gab nach. „In Ordnung. Unter einer Bedingung: Wir ziehen das gemeinsam durch. Bis zum Schluss. Und erst dann überlegen wir uns gemeinsam, was wir mit den Informationen machen. Du gehst nicht zwischendrin los und verbreitest Halbwahrheiten. Diese Bedingung ist nicht verhandelbar.“

Fins Gesicht zeigte keine Regung. „Gut. Was ist der nächste Schritt?“

„So wie Grandma damals reagiert hat, als ich ihr von dem Jahrmarkt erzählt habe, wusste sie etwas. Sie wusste von dem Jahrmarkt, von Grayson, vielleicht wusste sie sogar um die Gefahr. Wahrscheinlich sogar. Wir müssen direkt zu ihr nach Hause.“

„Und wie kommen wir darein?“

„Wir haben zu Hause einen Ersatzschlüssel, aber da können wir nicht hin. Darum ist es gut, dass ich den Einbrecherkönig höchstpersönlich dabeihabe. Da brauche ich keinen Schlüssel.“

Ein schiefes Lächeln flog über sein Gesicht. „Ich kann eine Alarmanlage überlisten, aber keine Schlösser knacken oder Fenster aufbrechen.“

Cadis seufzte. „Dann wird uns nichts anderes übrigbleiben, als Granny im Krankenhaus zu besuchen. Wenn wir Glück haben, kann sie uns noch etwas dazu sagen.“

Mit rasendem Herzen klopfte Cadis nur wenig später kaum hörbar an die Tür des Krankenzimmers ihrer Großmutter. Niemand antwortete. Dennoch drückte sie die kalte Klinke hinunter und öffnete die Tür. Durch den Spalt konnte sie sehen, dass niemand anders dort war. Es überraschte Cadis nicht, war sie meist die Einzige gewesen, die Granny besucht hatte.

David hatte sie wieder gefahren. Er war wirklich ein Schatz. Man konnte sich auf ihn verlassen, wenn es drauf ankam.

Dennoch war die Stimmung im Auto gedrückt gewesen. Cadis hatte ihm grob berichtet, was sie herausgefunden hatten und wie. David war allerdings überzeugt, dass das mit der Mine nicht sein konnte. Er nahm die Familie zwar nicht in Schutz, hielt jedoch den Verdacht von Cadis und Fin für zu unwahrscheinlich.

Hinzu kam, dass David Fin während der Fahrt kaum aus den Augen ließ. Er musterte ihn immer wieder, sodass Cadis sich für ihren Bruder entschuldigte.

Beim Aussteigen hielt er sie zurück. „Wer ist er?“, flüsterte er ihr zu.

„Fin“, sagte sie.

„Ich kenne ihn irgendwoher. Aber ich komme gerade nicht drauf.“

Obwohl sie die Bedenken ihres Bruders ernst nehmen wollte, blieb ihr keine Zeit für langes Rätselraten. Unruhig drehte sie sich zu Fin um, der bereits beim Eingang war. „Verbindest du mit ihm etwas Positives oder etwas Negatives?“

„Das kann ich dir leider nicht sagen und merke gerade selbst, wie wenig hilfreich ich bin.“

„Sag das nicht, Bruderherz. Aber er kommt aus der Gegend. Wahrscheinlich bist du ihm einfach schon mal irgendwo über den Weg gelaufen?“

„Das ist möglich. Ich überlege noch etwas weiter. Aber jetzt musst du erst einmal los. Und ich auch.“

Sie unterdrückte ein Augenrollen. „Dann viel Spaß bei deinem Date.“

„Dir auch.“ Mit einem Zwinkern verabschiedete er sich.

Nun stand Cadis vor ihrer Grandma. Diese hatte die Augen geschlossen, die Atmung war flach, der Herzmonitor piepte gleichmäßig.

„Granny?“ Sanft berührte sie die zarte Hand ihrer Großmutter. Mit den Jahren war sie viel zu dünn geworden. Die alte, fleckige Haut spannte sich mühsam um die hervorstehenden Knöchel. „Grandma, bist du wach? Ich bin es, Cadis.“

Keine Regung.

Fin bedeutete Cadis, weiterzusprechen.

„Ich wollte dir nur erzählen, dass wir ... ich die Person noch nicht gefunden habe. Aber ich war auf dem Jahrmarkt.“ Daraufhin berichtete Cadis ihr von dem Riesenrad und der Zinnmine. „War es das, was ich herausfinden sollte, Granny? Weißt du mehr darüber?“

Noch immer zeigte ihre Großmutter keine Reaktion. Auch die Vitalparameter änderten sich nicht. Kein erhöhter Puls oder Blutdruck. Vielleicht hörte sie Cadis doch nicht.

Dennoch sprach sie weiter. „Hab keine Sorge, Granny. Ich werde den oder die Verantwortlichen finden. Bevor du von uns gehst, werde ich herausgefunden haben, was genau sich dort zugetragen hat, und dafür sorgen, dass alle davon erfahren." Sie drückte die Hand fester. „Darum hast du mir diese Aufgabe überlassen, stimmt's? Weil ich die Einzige bin, die bereit ist, sich gegen die Familie zu stellen." Ein stolzes Lächeln schlich sich auf Cadis' Gesicht. „Du hast die Richtige ausgewählt. Ich werde dich nicht enttäuschen. Aber bitte halte noch etwas durch. Wir ... Ich werde als nächstes in deiner Wohnung suchen. Vielleicht hast du noch mehr Unterlagen als Dad." Sie strich ihr über die Hand. „Ich bitte dich nur, noch etwas zu warten. Du wirst die Lösung noch erleben. Das verspreche ich dir."

In dem Moment überschlug sich das Herz ihrer Großmutter für einen Schlag. Cadis wertete das als Zustimmung und suchte aus dem Patientenschrank ihren Haustürschlüssel.

„Bis zum nächsten Mal, Granny", sagte sie und tupfte ihr einen Kuss auf die Stirn. „Wir sehen uns wieder."

Fin führte sie an der Schulter hinaus. „Wie fühlst du dich?"

„Aufgewühlt, aber gut, würde ich sagen."

„Das ist gut."

Sie waren gerade um die nächste Ecke gebogen, als plötzlich ein bekanntes Engelsgesicht vor ihnen auftauchte. Darléne. Im Schlepptau wie immer ihren Bruder Nigel.

Cadis ärgerte sich, keinen Umweg gegangen zu sein. In einem Krankenhaus gab es unzählige Möglichkeiten, von einem Ort zum anderen zu gelangen, und sie hatte schon viele ausprobiert. Aber dieses Mal war sie zu sehr in Gedanken gewesen und hatte den direkten Weg genommen.

„Na, du hast ja Nerven, hierher zu kommen“, begann Nigel.

Darléne schwieg. Noch. Sie musterte Cadis, wie sie es immer tat, bevor sie zum Angriff überging – ein durchleuchtender Blick, als könnte sie so ihre Schwachstelle erkennen, um dann in diese Kerbe zu schlagen. Ebendieser Blick wanderte nun langsam zu Fin. Unwillkürlich presste Cadis die Kiefer zusammen.

KAPITEL 12 – CALANDRA

Cornwall, England, 1961

Calandra saß an dem gedeckten Tisch in ihrem Baumhaus. In den vergangenen Tagen hatte sie Teil für Teil des hübschen Geschirrs und Besteck aus dem Herrenhaus entwendet und hierher geschmuggelt. Zum Glück nahm ihre Mutter es mit dem Inventar nicht ganz genau. Viel schwieriger war es gewesen, unbemerkt ein Drei-Gänge-Menü zuzubereiten und es aus dem Haus zu schaffen. Heute, an dem Tag, an dem ihr Kennenlernen genau ein halbes Jahr her war, hatte sie einen kleinen Salat, Tomatensuppe und Yorkshire Pudding gezaubert und war gespannt auf Graysons Reaktion. Natürlich könnten sie auch bei ihnen zu Hause essen, aber noch immer wurden sie skeptisch bei jeder Bewegung beäugt. Allen voran ihre Mutter, die nur auf die nächste Katastrophe wartete, die Calandra verursachen würde. Damit fühlte sie sich nicht wohl, darum aßen sie mindestens einmal die Woche Dinner zu zweit im Baumhaus, wo sie ganz sie selbst sein konnten.

Sie streckte die Beine aus und wackelte mit ihnen hin und her, drehte ihren Verlobungsring und blickte zum wiederholten Mal auf die Uhr.

Lupo sah träge zu ihr auf. Er spürte ihre Unruhe. „Er verspätet sich", sagte sie und setzte etwas leiser hinzu: „Schon wieder."

Ihr Blick huschte über die Speisen, die nach und nach immer kälter wurden. Ob sie schon mal allein anfangen sollte? Ein eigenartiges Gefühl machte sich in ihr breit, das sie mittlerweile immer öfter spürte und dennoch nicht zuordnen konnte. Es fühlte sich an wie ein Cocktail aus Enttäuschung, Wut, Verletztheit, dem Gefühl, versetzt worden zu sein, aber auch einer immensen Portion Sorge. Sorge um ihre Zukunft – würde es von nun an immer so sein? Sorge um seine Liebe – liebte er sie überhaupt noch genug? Und Sorge um seinetwegen – er arbeitete so hart und viel, das konnte nicht gut für ihn sein. Aber wie konnte sie ihm helfen?

Sie sprachen nicht über seine Arbeit. Er war froh, wenn er zu ihr kam, und wollte bei ihr nicht über Geschäftliches reden. Natürlich verstand Calandra das, aber nun tappte sie mit ihren Vermutungen im Dunkeln. Eine Ohnmacht, die ihr nicht gefiel. Sie spürte geradezu, wie das Gefühl von Freiheit, das sie zusammen mit ihm hatte, zu schwinden begann.

„Ich bin kein kleines Frauchen, das man dumm halten kann", murmelte sie verärgert. „Dann hätte er sich eine andere Frau aussuchen müssen. Er weiß, dass ich anders bin. Und er hat immer gesagt, dass ihm genau das an mir gefällt." Nachdenklich schaute sie zu Lupo, der seinen Kopf wieder auf seine Pfoten gelegt hatte.

„Vielleicht ist es genau das. Vielleicht muss ich anders reagieren, als es normal wäre. Keinen Ärger und keine

Ignoranz." Entschlossen schlug sie mit der Faust auf den Holztisch, sodass das Besteck schepperte. Auch der Kater schreckte auf. Sie presste die Lippen aufeinander und nickte ihrem schwarzen Freund zu. „Wir werden etwas tun. Jetzt. Und ich weiß auch schon, was."

In unguter Vorahnung zog Lupo den Kopf ein.

Nur wenig später befanden sich die beiden wieder im Haus der Eltern. Im Schutz der Dunkelheit stand sie vor der Bürotür ihres Vaters, die noch nie so mächtig gewirkt hatte wie jetzt. Sogar der sonst furchtlose Kater blieb eng an Calandras Beine geschmiegt.

Sollte sie da einfach reingehen und in den Unterlagen herumschnüffeln? Auf der anderen Seite: Was hatte sie für eine Wahl? Wollte sie die Wahrheit kennen, musste sie sich offensichtlich selbst auf die Suche danach begeben. Dennoch würde sie Grayson die Möglichkeit geben, ihr alles zu erklären, ob sie es nun schon vorab wüsste oder nicht.

Entschieden drückte sie die Klinke nach unten. Zu zweit betraten sie das mit mächtigen dunklen Möbeln bestückte Büro, die in dem spärlichen Mondlicht wirkten wie breitschultrige Soldaten, deren Zweck es war, diesen Raum und sämtliche seiner Geheimnisse zu bewahren. Statt sich von ihnen einschüchtern zu lassen, straffte sie die Schultern und streckte den klobigen Bewachern im Vorbeigehen die Zunge heraus.

Zielstrebig steuerte sie den Schreibtisch an und schnappte sich den ersten Stapel Papiere, den sie ohne zu zögern durchblätterte.

Allerdings konnte sie kaum etwas erkennen und die Schreibtischlampe war zu hell. Wie es aussah, handelte es sich um verschiedensten Schriftverkehr mit Notar, Amtsgericht, Stadtverwaltung und Versicherungen. Außerdem fand sie Bankbelege und Rechnungen. Jedoch alles ohne ersichtlichen Zusammenhang.

Frustriert blätterte sie schneller in der Hoffnung, etwas Handfestes zu finden, das sie nicht erst entziffern und sich dann erschließen musste, während Lupo mit einem Satz auf den Schreibtisch sprang, vermutlich, weil er helfen wollte.

„Shoo, runter mit dir“, flüsterte Calandra.

Doch der Kleine begann, Papiere aus einem Ablagefach zu ziehen. Kurzerhand packte sie ihn und setzte ihn wieder auf den Boden.

„Ich weiß, du hast deinen Spaß, aber so geht das nicht“, wisperte sie entschuldigend. Sie mochte es nicht, derart streng mit ihm zu sein, vor allem dann nicht, wenn er sie betrübt mit seinen gelben Augen ansah, wie er es jetzt tat.

Sie seufzte und schob die ausgeräumten Zettel einen nach dem anderen zurück in das Fach. „Es tut mir wirklich leid, Lupo, aber das ist Menschenzeug. Davon verstehst du...“ Sie stockte. Der letzte der ausgeräumten Zettel war ein Plan. Bedächtig faltete sie ihn auf.

Trotz des schummrigen Lichts konnte sie ein großes Areal erkennen, das von Kreisen umgeben war. Ganz eindeutig handelte es sich dabei um Bäume. Innerhalb dieses Areals waren verschiedene Rechtecke und weitere Kreise verschiedenster Größe eingezeichnet, wie bei einem Grundriss.

„Was ist das?“ Sie drehte und wendete den Plan, bis sie lesen konnte, was in den Rechtecken stand. Kater Lupo war derweil auf das Sideboard hinter dem

Schreibtisch gesprungen, und trieb dort sein Unwesen, doch das kümmerte Calandra nicht mehr.

„Lose?“, las sie kaum hörbar. „Schießen, Flugapparat, Himalaya ...“ Sie runzelte die Stirn. „Was hat das zu bedeuten?“ Ihr Blick huschte zum oberen Rand des Plans. Obwohl die Schrift dünn wie Seidenfäden war, konnte sie die Überschrift erkennen: *Bauplan Jahrmarkt Hemmett-Grundstück*.

Ihr Kinn klappte nach unten. Ein Jahrmarkt hier auf ihrem Grundstück? Euphorisches Kribbeln kletterte in ihr empor.

„Das ist ja der Wahnsinn“, hauchte sie mit piepsiger Stimme. „So viel Sinn für Spaß und Unterhaltung hätte ich den grauen Männern gar nicht zugetraut.“ Grinsend faltete sie den Plan wieder zusammen. Das waren auf jeden Fall gute Neuigkeiten und erklärten Graysons Laune und seine Verspätungen ebenso wenig wie das hohe Arbeitspensum, das er stets als Grund angab.

„Moment mal ...“ Einer plötzlichen Eingebung folgend, faltete sie den Plan wieder auf. „Hier steht *Hemmett-Grundstück*. Das kann ja nur hier bei uns im Wald sein.“

„Mau“, machte Lupo, der mittlerweile auf eines der hohen Aktenregale geklettert war und auf ihm entlangbalancierte.

„Wenn ich es aber richtig in Erinnerung habe, wurde der Wald damals angelegt, um die Zinnmine zu verbergen – oder damit die Baumwurzeln den Untergrund stabilisieren. So etwas hat Vater mal erwähnt.“

„Mau“, kam es erneut von dem Kater.

„Aber das würde ja bedeuten, dass der Jahrmarkt über der Zinnmine gebaut wird. Das kann nicht sein. Das ergibt keinen Sinn.“ Noch einmal studierte sie den Plan in aller Ausführlichkeit. Es gab keinen Zweifel. Vom Haus aus gesehen lag der Wald westlich bis nördlich und es gab auch nur diesen einen Wald und genau unter diesem hatte sich über Jahrzehnte die Zinnmine befunden. Calandra erinnerte sich an die großen Bau- und Schienenfahrzeuge, die immer mal wieder an ihrem Haus vorbeigefahren waren, wenn die eigentliche Zufahrt gesperrt gewesen war.

„Das muss ich jetzt wissen.“ Mit diesen Worten wollte sie gerade alle Dokumente dieses Ablagefachs herausziehen, als es plötzlich schepperte. Vor Schreck machte Calandra einen Satz nach hinten und hielt sich die Hand an ihr rasendes Herz.

Auf dem Boden vor einem der Regale lagen Scherben einer Vase, die bis gerade noch auf dem Regal gestanden hatte. Katerchen Lupo stand oben und sah mindestens ebenso erschrocken aus, wie Calandra es war.

„Was machst du denn da?“, zischte sie.

„Hast du das Geräusch gehört? Es kam aus deinem Büro“, drang die hysterische Stimme ihrer Mutter dumpf an ihr Ohr.

„Nichts wie weg hier.“ Panisch angelte sie das verunsicherte Kätzchen vom Regal, hechtete zum Fenster, sprang samt Kater hinaus und schloss es so leise wie möglich, ehe sie im sicheren Dunkel des Waldes verschwanden.

Zurück im Baumhaus sah noch alles genau so aus, wie sie es zurückgelassen hatten. Grayson war also noch immer nicht da gewesen. Dabei war er mittlerweile eine Stunde zu spät. Gerade hatte Calandra es sich mit Lupo auf der Matratze in der Ecke gemütlich gemacht, als sie das vertraute Knarzen von Holz vernahm, das es gab, wenn er die Sprossen erklomm.

„Showtime", flüsterte sie und richtete sich auf.

In diesem Augenblick wurde die Eingangstürpalette verschoben und Grayson steckte seinen blonden Schopf hinein.

Sein Blick blieb an dem gedeckten Tisch hängen, ehe zu er Calandra sah. „Es tut mir so leid, dass ich zu spät in, meine Blume." Er kletterte in den Unterschlupf und setzte sich neben sie auf das Sofa.

Besorgt musterte Calandra ihn. Seine Wangen waren eingefallen, die Augen in dunklen Höhlen gefangen. Er nahm ihre Hand und streichelte sie.

Einen Augenblick betrachtete sie diese liebevolle Geste. „Ist alles gut bei dir?", fragte sie sanft, gab ihm die Chance, von sich aus zu erzählen, was ihn derart erschöpfte. Doch als er keine Anstalten machte, sich ihr anzuvertrauen, drehte sie behutsam seinen Kopf zu sich.

„Grayson, sag mir endlich, was los ist. Ich möchte wissen, was genau dich so fertig macht."

„Es ist gerade ... sehr viel Arbeit", gab er zur Antwort, nicht zum ersten Mal.

Calandra musterte seine grünen Augen. Wenigstens die sagten ihr die Wahrheit. „Nein, das ist es nicht."

„Du weißt, dass unsere Väter mich seit unserer Verlobung komplett einspannen. Dein Vater möchte, dass ich würdig bin, eines Tages das Hemmett-Erbe anzutreten, und mein Vater möchte nach wie vor, dass ich das Familiengeschäft der Trewins fortführe. All das soll ich jetzt in diesem Projekt unter Beweis stellen."

Ein Gefühl der Erleichterung stieg in Calandra auf. So viel wie jetzt hatte er die ganzen letzten Abende nicht gesagt. Er ließ mit sich reden. Das war gut.

„Was ist das für ein Projekt?", fragte sie vorsichtig, obschon sie die Antwort längst kannte.

Grayson entzog sich Calandras Händen und rieb sich über die Augen. „Das glaubst du mir nicht."

Feurig funkelte sie ihn an. „Versuch es doch mal."

„Na schön." Er holte tief Luft. „Was würdest du sagen, wenn ich sage, unsere Väter errichten einen Jahrmarkt auf eurem Grundstück?"

„Okay?"

Graysons Augenbrauen schnellten zu seinem Haaransatz. „Okay? Du sagst dazu *okay*? Du erinnerst dich an unsere Väter?"

„Du meinst die beiden sturen, verbohrten Anzugträger mittleren Alters mit Zornesfalten, eine tiefer als die andere?"

„Genau die."

„Durchaus. Die sind mir bekannt."

Nun kniff Grayson die Augen zusammen. „Du weißt von dem Projekt, habe ich recht?"

Calandra ließ ihre Finger durch das schwarze Fell des Katers auf ihrem Schoß gleiten. „Nun ja ... Es wäre im Bereich des Möglichen, dass Lupo und ich gerade in Dads Büro waren und ein paar *Nachforschungen* angestellt haben."

Lachend schüttelte Grayson den Kopf. „Du bist wirklich einmalig, meine Blume. Ich weiß schon, warum ich dich heiraten will."

Hitze schoss ihr ins Gesicht.

„Du hättest mich auch einfach fragen können."

„Das habe ich. Immer wieder. Aber du wolltest über nichts sprechen. Du hast nur gesagt, dass du müde bist, weil du so viel und lange arbeitest. Was hatte ich also für eine Wahl?"

„Hm", sagte er. „Das stimmt."

„So ein schönes Bauprojekt will so überhaupt nicht zu ihnen passen. Vor allem nicht auf unserem Grundstück."

„Ich weiß." Graysons Blick floss ins Leere.

Calandra wusste, dass sie auf der richtigen Spur war. „Und vor allen Dingen nicht in den Wäldern. Wusstest du, dass sich eine Zinnmine darunter befindet?"

Er schwieg.

„Bitte sag mir, dass sie keinen Jahrmarkt auf der alten Mine bauen."

Seine Kiefer mahlten.

Das war es also. Es war, wie sie befürchtet hatte. Sofort kochte die Wut in ihr hoch. Sie verlor die Fassung. „Aber die Fahrgeschäfte wiegen Tonnen und die Menschen ...! Es wäre eine schreckliche Gefahr. Stell dir mal vor ..." Horrorszenarien flackerten vor Calandras geistigem Auge auf, bis die merkte, dass sie nicht mehr atmete und nach Luft japste. „Grayson." Sie sah ihren Verlobten eindringlich an und nahm seine Hand. Sie war klamm. „Das darfst du nicht zulassen. Du musst etwas dagegen tun."

Seine Schultern sanken tiefer. „Was glaubst du, was ich seit Wochen versuche? Ich habe lange nicht einmal gewusst, dass sich unter dem Gelände eine Mine verbirgt, sonst wäre ich gleich ausgestiegen."

„Weiß dein Vater es?“

„Alle wissen es. Und sie nehmen es in Kauf.“

„Aber warum?“

„Profitgier?“

Calandras Magen krampfte. Dass ihr Vater kein Wohltäter war, hatte sie angenommen, aber dass er bereit war, für Geld Menschenleben zu riskieren, verschlechterte das Bild ihrer Familie noch einmal ungemein. „Das ... das kann ich mir nicht vorstellen“, wisperte sie.

„Konnte ich anfangs auch nicht. Auch mein Vater ist darin verwickelt, vergiss das nicht.“

„Und Albert?“

„Ts.“ Grayson schüttelte den Kopf. „Mich würde nicht wundern, wenn der Vorschlag, das alte Minengelände für einen öffentlichen Jahrmarkt zu nutzen von ihm gekommen wäre.“

Eine quälende Frage hakte in Calandras Innerem. Sie versuchte, sie zu ignorieren, doch es wollte ihr nicht gelingen. „Seit wann weißt du davon und warum bist du noch dabei?“ Den Vorwurf in ihrer Stimme konnte sie dabei nicht verbergen. Sollte sie sich in Grayson geirrt haben?

„Ich weiß, woher diese Fragen kommen, meine Blume.“ Damit nahm er ihre Hände in seine und sah ihr fest in die Augen. „Aber bitte glaub mir, dass ich ahnungslos war. Sie haben mir diese Information so lange vorenthalten, bis sie mich vertraglich soweit in das Projekt verwickelt hatten, dass ich nicht mehr raus kam.“

„Das ist furchtbar!“ Wut und Verzweiflung brodelten weiter in ihr.

„Es kommt noch schlimmer. Willst du es wissen?"

Sie biss sich schmerzlich auf die Lippen, nickte dennoch.

„Laut der Verträge bin ich …" Er schluckte. „Hauptverantwortlicher."

Calandra sog scharf die Luft ein. Einen schlimmeren Albtraum konnte es gerade nicht geben. Doch dann kam ihr eine Idee. „Aber wenn du die Verantwortung hast, dann sag das Projekt ab."

Der Ausdruck auf Graysons Gesicht veränderte sich daraufhin allerdings nicht. „So einfach ist das leider nicht. Sie haben gemeinsam noch immer den Großteil der Entscheidungsbefugnis." Er seufzte. „Ich habe mich reinlegen lassen. Von meinem eigenen Vater. Wie ein Grünschnabel."

„Wir müssen etwas dagegen unternehmen, Grayson. Wir boykottieren den Aufbau, die Eröffnung. Alles. Wir können das nicht zulassen."

Ein müdes Lächeln erschien auf seinem Gesicht. „Glaub mir, ich habe schon alles versucht. Sie lassen nicht mit sich reden. Das ist ein Haufen sturer Geldgeier, die ausnahmslos von sich überzeugt sind. Mein Vater ist sogar davon überzeugt, dass mir diese geschäftliche Erfahrung guttun wird."

„Was? Das darf doch wohl nicht wahr sein!", entfuhr es Calandra außer sich vor Zorn. Im Versuch, sich zu bremsen, atmete sie tief ein. „Und was ist, wenn ich mitkomme und wir gemeinsam mit ihnen reden?"

Grayson sah sie mit einem liebevoll-mitleidigen Blick an. „Meinst du, dass sie auf dich hören würden?", fragte er vorsichtig.

Calandras Wut nahm überhand. Sie öffnete den Mund, doch bevor ein Wort über ihre Lippen kam, hatte sie begriffen, was Grayson gemeint hatte. Natürlich würde niemand der Herren sie ernstnehmen. Wenn sie Grayson schon kein Gehör schenkten, warum dann ihr?

„Aber wir müssen doch etwas tun können“, sagte sie stattdessen. „Wir gehen zur Polizei.“

Er lächelte matt. „Wie gesagt, ich bin der Hauptverantwortliche. Und im Ernstfall steht meine Aussage gegen die von drei anderen. Da ist auch vertraglich nichts anzufechten. Unsere Väter haben ihre Hausaufgaben wirklich gründlich gemacht.“ Kopfschüttelnd strich er sich über die Stirn, ehe er Calandras Hände nahm. Sag mir, was ich noch tun kann, meine Blume. Sag es mir und ich mache es sofort.“

„Du könntest zumindest Zeit schinden, indem du jede Entscheidung ausdiskutierst.“

„Das mache ich schon. Das hat allerdings nur zur Folge, dass es abends später wird, weil die Herren keine Entscheidung auf den nächsten Tag zu vertagen pflegen. Und dann muss ich meine Verlobte, die sich solch eine Mühe gegeben hat, uns ein zauberhaftes Dinner zuzubereiten, versetzen.“ Mit großen Augen sah er sie an, was Calandras Herz schmelzen ließ. Das Essen hatte sie schon beinahe vergessen.

„Ist schon gut“, sagte sie sanft.

„Nein, das ist es nicht. Leider ist nichts mehr gut.“ Seine Schultern sanken herab. „Ich kann nichts dagegen tun, dass unsere Väter einen großen Fehler begehen, und bin in der Verantwortung, was mich sogar ins Gefängnis bringen könnte. Und dann habe ich nicht einmal mehr Zeit für meine Verlobte und wenn doch, bin ich unausstehlich."

„So schlimm bist du nicht", beschwichtige sie ihn. Obwohl er mit seiner Einschätzung gar nicht so daneben lag.

„Ich bin nicht so, wie du es verdient hast, behandelt zu werden. Und das tut mir unendlich leid."

Calandra kaute auf ihrer Unterlippe. So gern sie es wollte, konnte sie ihm keine Widerworte geben.

„Siehst du, du weißt genau, wovon ich spreche." Er setzte sich wieder aufrecht hin, nahm ihre Hände in seine. „Aber ich danke dir, dass du darauf vertraut hast, dass es eine Erklärung für mein Verhalten gab, und es angesprochen hast." Sein Blick wurde sanft. „Darum liebe ich dich so und kann es kaum abwarten, dass du meine Frau wirst."

Wärme stieg in ihre Wangen. Seinem Blick standzuhalten, wurde deutlich schwerer. „Darauf freue ich mich auch schon."

„Jeden Tag neben dir aufzuwachen, mit dir zu frühstücken, mit dir abends auf dem Sofa zu sitzen, oder hinter den Kindern herzujagen ..."

Ein Kloß bildete sich in ihrem Hals. „So weit denkst du schon?", brachte sie hervor.

Graysons Blick war endlich wieder so unendlich liebevoll, wie sie es gewohnt war. Sofort breitete sich ein Kribbeln in ihrem Bauch aus.

„Ich hätte dich nicht um deine Hand gebeten, wenn ich nicht so weit denken würde. Du wirst eine fabelhafte Mutter sein – ganz anders als alle anderen Mütter. Und wir werden eine großartige Familie sein, die sich von niemandem etwas sagen lässt." Kurz überlegte er. „Ich werde die Nachfolge meines Vaters nicht antreten. Ich möchte seine Art, Geschäfte zu machen, nicht fortführen. Dann werde ich lieber Gärtner oder Briefzusteller. Hauptsache, ich bin immer bei dir und bei euch."

Der Kloß in Calandras Hals schwoll weiter an. „Das klingt perfekt", sagte sie und schlang in Liebe und Dankbarkeit ihre Arme um seinen Hals. Auch wenn sie es nicht aussprachen, wussten beide, dass es eine solche Realität für sie niemals geben würde. Für diesen Augenblick war es jedoch ihre Wahrheit, ihr Wunsch und ihr Traum.

Auf ihre Umarmung folgte ein Kuss und daraus wurde mehr.

KAPITEL 13 – CADIS

Cornwall, England, heute

Ein schier endlos langer farbloser Flur, an dessen Seiten vereinzelt leere Krankenbetten standen, und künstliches Neonlicht umgaben Cadis und Fin, während das schweigende Anstarren mit den Zwillingen in die nächste Runde ging.

Cadis wurde die Situation zunehmend unangenehmer. Die triste Krankenhausatmosphäre beklemmte sie, ebenso das Wissen, dass Darléne sie beinahe nach Belieben steuern und manipulieren konnte, auch wenn Cadis immer geglaubt hatte, ihre Schwester hätte keinen Einfluss auf sie. Spätestens seit gestern war ihr klar, dass sie sich geirrt hatte.

Auch jetzt hatte Darléne sie mit ihrem Blick so fest fixiert, dass Cadis das Gefühl bekam, sie könnte ihre Gedanken lesen.

„Du und dein Freund, ihr kommt jetzt mit uns nach Hause. Dad hat ein paar Fragen an euch ...“, brach Nigel als erster das Schweigen. Vermutlich hatte er die Anspannung nicht einmal bemerkt oder sie schlicht ignoriert.

„Werden wir nicht“, sagte Cadis standhaft. Nichts und niemand würde sie von ihrer Suche nach der Wahrheit abbringen. Was wollten sie auch schon ausrichten? Sie waren keine Kinder mehr. Die Zwillinge würden sie nicht in den nächsten Lagerraum einsperren können. Zumal sie dieses Mal nicht allein war.

„Wer sich dreist in Dads Wahlkampf einmischt, hat Rede und Antwort zu stehen und Extraarbeit zu verrichten." Er erhob den Zeigefinger gegen sie und beugte sich drohend vor. „Du wirst arbeiten, bis du umfällst. Da kannst du dir sicher sein." Die Aggression in seiner Stimme war nicht zu überhören.

Darléne schwieg noch immer, ging nur kurz einen winzigen Schritt zur Seite, um einem durchlaufenden Krankenpfleger Platz zu machen. Gerade so viel, dass er hindurchpasste.

„Wir gehen jetzt", kam Fin Darléne zuvor, die gerade den Mund geöffnet hatte, um endlich etwas zu sagen.

Giftfunken sprühten aus ihren blassblauen Augen. Niemand fuhr Darléne über den Mund. Und wer es doch tat, würde es bereuen.

„Ihr geht nirgendwohin", presste Nigel zwischen perlweißen Zähnen hervor.

„Was wollt ihr denn machen? Uns zwingen? Uns in Handschellen legen und uns hieraus schleppen? Das hat früher vielleicht funktioniert, heute nicht." Düster fügte Cadis hinzu: „Ihr habt euch wirklich kein bisschen verändert."

„Du dich auch nicht. Du bist noch immer dieselbe kleine Made, die nur gegenlenkt, obwohl sie nicht einmal weiß, worum es geht, und die niemand haben will."

Cadis ballte die Fäuste.

Drei Ärzte in wehenden weißen Kitteln, die geschäftig miteinander diskutierten, bahnten sich einen Weg zwischen die vier hindurch. Diese

Gelegenheit nutzte Fin und schob Cadis kommentarlos den Ärzten hinterher an den Zwillingen vorbei.

„Irgendwann wirst du nach Hause kommen müssen, du Made. Und dann wirst du dein blaues Wunder erleben!“, rief Nigel ihr hinterher. Etwas leiser hörte sie noch ein „Was denn? Ist doch so“. Wahrscheinlich hatte er eine Unterweisung von Darléne erhalten.

„Danke, dass du mich aus der Situation geholt hast“, sagte Cadis matt, als sie allein im Fahrstuhl waren.

„Hey, das ist kein Problem. Ich kann deine Schlachten nicht für dich kämpfen. Aber ich kann dich von ihnen fortbringen.“

Cadis senkte den Kopf. „Ich weiß nicht, warum die beiden so eine Macht über mich haben. Manchmal ist es, als wären wir noch immer Kinder.“

„Ein Grund mehr, dass du endlich aus dieser toxischen Familienkonstellation rauskommst.“

„Das werde ich. Verlass dich drauf. Aber jetzt müssen wir erst einmal zu Grannys Haus.“

Der 913er Bus brachte sie bis fast vor die Haustür. Von der Bushaltestelle waren es nur noch ein paar wenige Yards zu laufen.

„Wow“, sagte Fin beim Anblick des Hauses und blieb wie angewurzelt stehen. Cadis schmunzelte.

Das Haus ihrer Granny war klein und eckig. Es hatte drei Etagen, eine jede ein Stück weiter nach hinten versetzt, sodass es aussah wie aufeinander gesteckte Legosteine. Die so entstandenen Dachterrassen des ersten und zweiten Obergeschosses waren begrünt, ebenso wie das Garagendach. Bodentiefe Fenster waren in die Fronten eingelassen. Auf dem Dach befand sich zusätzlich ein kleiner Turm, der zu allen vier Seiten große Fenster hatte. Hier hatten Cadis und ihre Granny viele Abende verbracht, und sich bis spät in die Nacht die Sterne oder ein vorüberziehendes Gewitter angeschaut und sich Geschichten dazu erzählt.

Doch das war nicht das einzige, das Fin zum Staunen gebracht hatte. Auch der Naturgarten war eine Augenweide. Das Haus kuschelte sich in ein Bett aus Bäumen und Büschen, die im seichten Wind raschelten. Auf den ersten Blick erkannte man Akazien, Buchen, Ahornbäume, Azaleen, Magnolien und Hortensienbüsche. Dazwischen wanden sich kleine Mauern aus Naturstein, Steinplatten und Findlinge. Nichts war geschnitten, gestutzt oder in irgendeine Form gezwungen. Auf manche Menschen mochte dieser Garten verwildert wirken, doch für Cadis war er geradezu magisch.

„Es war ihr Zufluchtsort", begann Cadis. „Sie nannte es *ihr Baumhaus*."

Fin nickte. „Das passt."

„Als mein Grandpa noch lebte, war es ein sehr gepflegter Ziergarten. Granny fand das furchtbar. Nachdem er gestorben war, ließ sie ihn endlich gedeihen. Wie viele Diskussionen hatte sie dann noch mit meinem Vater geführt, oder mein Vater vielmehr mit ihr, weil der Garten in die Nachbarschaft zu passen hat." Sie sahen auf die umliegenden Häuser, allesamt mit perfekt gepflegten Vorgärten, Akzenten und wertvollen Stilelementen. „Er hatte Sorge, was die Leute von ihr und infolgedessen auch von ihm denken würden."

„Ist doch egal, was andere von einem denken."

„Nicht, wenn man plant, Bürgermeister zu werden." Sie tippte sich an die Nase. „Auch in der Nachbarschaft gab es deswegen lange Zeit Ärger, doch Granny hat sich nie unterkriegen lassen." Eine Woge des Stolzes überkam sie. Sie hatte immer gewusst, dass ihre Granny phantastisch war. Nun wusste sie es noch ein kleines bisschen mehr.

Dennoch kam Cadis dieser Ort heute etwas anders vor. Auf eine seltsame Art erinnerte sie dieses Haus gerade an ...

„Geht es nur mir so, oder hast du auch ein Gefühl, als würden wir noch immer auf dem Jahrmarkt stehen, wenn du das Haus ansiehst?", sprach Fin Cadis' Gedanken aus.

„Ja", wisperte sie. Ein Schauer kroch kalt ihren Rücken hinauf, ließ sie sich kurz schütteln. „Das liegt daran, dass es hier ähnlich verwildert ist." Damit bedeutete sie Fin, nach rechts zu gehen, wo eine schmale Treppe aus terracottafarbenem Stein hinaufführte.

Oben angekommen erwartete sie eine große Eingangstür aus dunklem Holz.

„Der Zauberstab ist mir gegeben. Ich muss ihn nur zu gebrauchen wissen", las Fin, was darüber in den Stein gemeißelt und durch jahrelange Verwitterung mittlerweile kaum mehr zu erkennen war.

„Tolstoi", ergänzte Cadis.

„Deine Grandma war eine faszinierende Frau."

„Ist sie noch." Sie öffnete die Tür. „Willkommen in meinem persönlichen Zauberreich. Oder dem, was es einst war."

Zögerlich betraten sie das Haus. Die Atmosphäre von draußen setzte sich auch hier fort. Unzählige Grünpflanzen wie Efeu, Porzellanblumen, Gummibäume, Palmengewächse, Fikusbäumchen und noch mehr standen in großen Töpfen, rankten sich Regale und Wände hinauf oder hingen in Blumenampeln von der Decke. Der große Wohnbereich lag im Vergleich zu den anderen Räumen des Erdgeschosses wie in einer Senke drei Stufen tiefer als die angrenzende offene Küche oder der Treppenaufgang. Schmale Säulen stützen die Decke der darüberliegenden Etage.

„Das gibt es doch gar nicht", entfuhr es Fin, während er seinen Blick schweifen ließ. „Steht da hinten im Wintergarten eine Bananenstaude?"

„Nicht schlecht, oder? Granny hat das mit dem Wintergarten wörtlich genommen."

„Hat sie das alles alleine gemacht?"

Cadis nickte. „Die Pflanzen gaben ihr nach dem Schlaganfall einen inneren Frieden, den ihr kein Mensch mehr geben konnte. Sie war schnell so weit rehabilitiert, dass sie wieder selbstständig allein leben konnte, dennoch war sie wie in Trance, wenn es um Menschen ging."

„Und wer kümmert sich jetzt um die Pflanzen, wenn deine Granny im Krankenhaus liegt?"

„Louisa kommt einmal die Woche – als hätte sie nicht schon genug zu tun."

Sie gingen weiter. Das Herzstück des Wohnzimmers bildete ein großer, der Länge nach aufgesägter Baumstamm, der als Esstisch diente und gut zwölf

Personen Platz bot. Die Stühle waren bunt zusammengewürfelt. Keiner glich dem anderen.

„Wir sollten keine Zeit verlieren“, mahnte Cadis, als sie bemerkte, dass sich Fin an dem Anblick festsaugte.

„Ja ... Ja, du hast recht.“ Er sah sich noch einmal um, ehe er sich endgültig losriss. „In Ordnung. Wo sollen wir anfangen?“

„Ich würde vorschlagen, wir teilen uns auf und suchen jeden Raum ab. Wir schauen in alle Schubladen und Regale. Ich bin mir sicher, dass Granny hier irgendwo Unterlagen oder zumindest Hinweise versteckt hat.“

Fin runzelte die Stirn. „Warum sollte sie die Unterlagen überhaupt verstecken? Sie kann sie doch einfach in eine Schublade legen und fertig – oder in einen Safe.“

„Nicht, wenn sie wollte, dass nur ganz bestimmte Menschen sie finden. Und bei dem, was wir bislang herausgefunden haben, würde es mich nicht wundern, wenn es zumindest Menschen gab, die nichts wissen *sollten*.“

„Wusste dein Grandpa davon?“

„Kann ich mir nicht vorstellen. Er hatte mit Jahrmärkten oder überhaupt Vergnügen wenig am Hut. Ich kann mir auch nicht vorstellen, dass sie sich ihm anvertraut hat. Soweit ich es in Erinnerung habe, war er sehr bestimmend. Nicht uns gegenüber, da war er meist nur etwas mürrisch. Aber er hat Granny oft gesagt, was sie darf und was nicht.“ Die letzten Worte murmelte Cadis nur noch. Warum war ihr das als Kind nie aufgefallen? Sie hatte sein Verhalten einfach hingenommen. Er war eben so.

„Klingt nach keiner guten Ehe“, riss Fins Kommentar sie aus ihren Überlegungen.

„Welche Ehe war das damals schon? Ich vermute, dass die ganze Jahrmarktgeschichte vor seiner Zeit war. Vielleicht in Grannys Kindheit.“

„Wann ist er gestorben?“

„Er starb recht früh. Das war etwa ein Jahr vor dem Schlaganfall. Da war ich sechs.“ Sie legte ihre Stirn in Falten. „Und sie wohnten schon hier.“

„Dann sollten wir mal auf die Suche gehen.“

Cadis suchte sorgfältig das gesamte Erdgeschoss ab, Fin das Obergeschoss samt Astrozimmer. Danach tauschten sie. Doch leider blieben die Ergebnisse aus.

Wütend schlug Cadis später so heftig auf den Tisch, dass ein Schluck ihres frisch gebrühten Tees aus der Tasse schwappte.

„Das gibt es doch nicht.“ Sie fuhr sich durch die Haare. „Es dämmert bereits. Wir haben den ganzen Nachmittag gesucht und rein gar nichts gefunden. Na ja, außer Massen von diesem Zeug.“ Sie griff in die geöffnete *Wine-Gum*-Tüte, stopfte sich welche in den Mund und kaute verärgert darauf herum. „Es kann doch nicht sein, dass hier keine Hinweise zu finden sind. Ich weigere mich, das zu glauben.“

Gleichmäßig in seinem Tee rührend grübelte Fin. „Natürlich nicht. Warum sollte sie es uns leicht machen?“

Cadis schob ihm die Tüte hin. „Hier, nimm einen. Granny hatte eine Schwäche für dieses klebrige Zeug.“ Als er nicht reagierte, betrachtete sie ihn genauer. Etwas hielt ihn beschäftigt. Ein Gedanke? Bilder? Seine dunklen Augen waren in die Weite gerichtet. Er hatte durchaus schöne Augen, bemerkte Cadis. Sehr schöne sogar. Augen, in denen man sich verlieren konnte. Außerdem einen wunderbaren Blick: spitzbübisch und doch ehrlich. Eine Mischung, die Cadis sehr gefiel.

Ihr Blick wanderte zu seinen ebenfalls dunklen Augenbrauen, den markanten Wangenknochen und dem Dreitagebart, der in einem schönen Kontrast zu seinen sanften Gesichtszügen stand und ihm etwas Verwegenes verlieh. Ehe sie sich bremsen konnte, hatte ihr Blick auch seinen Mund erreicht. Sofort spürte sie wieder seine Lippen auf ihren. Sie hatte schon Männer geküsst – natürlich hatte sie das. Doch noch nie hatte sich ein Kuss so weltverändernd angefühlt. War es nur die Situation gewesen?

In diesem Moment verzog sich Fins Mund zu einem Schmunzeln. Erst jetzt bemerkte Cadis, dass sie starrte, und heftete ihren Blick auf die *Wine Gums*. Der heiße Dampf des Tees war eine kühle Brise im Vergleich zu der Hitze in ihrem Gesicht. Eilig versuchte sie sich an einem Schluck und bereute es. Da Fin sie noch immer beobachtete, schluckte sie die brühend heiße Flüssigkeit wie auch sie aufkommenden Tränen tapfer herunter.

„Ich trinke ihn gerne heiß“, ließ sie ihn wissen.

„Ja, das sehe ich.“ Er grinste.

Unbehaglich tippte Cadis mit dem Fingernagel gegen die Tasse. Worüber sollte sie nun mit ihm sprechen?

„Wenn ich ehrlich bin, wundert es mich nicht, dass wir nichts gefunden haben. Aber ich glaube nach wie vor, dass hier Hinweise versteckt sind.“

Dankbar um den Themenwechsel atmete sie auf. „Was genau meinst du?“

„Ich bin mir nicht sicher. Zum einen wissen wir, dass es einen Grund hat, dass *du* dem Geheimnis auf den Grund gehen sollst. Und es ist mit Sicherheit nicht nur, weil du bereit bist, dich gegen deine Familie zu stellen. Vielmehr glaube ich, dass sie die Verstecke hier so gewählt hat, dass nur *du* sie finden kannst. Verstehst du, wie ich das meine?"

Cadis nickte. Der Gedanke war ihr auch schon gekommen. Jeder konnte einen doppelten Boden in einer Schublade finden. Bestimmt wollte sie sichergehen, dass die richtige Person den richtigen doppelten Boden fand.

„Zweitens", fuhr Fin fort, „finde ich die Architektur dieses Hauses seltsam."

Nun hörte es bei Cadis auf. „Das ist nicht seltsam. Es ist innovativ und magisch, du Banause."

„Das meine ich nicht. Ich meine, dass die Raumaufteilung eigenartig ist, beziehungsweise die genutzte Fläche. Ist dir das nie aufgefallen?"

„Nein."

„Ich habe das Gefühl, uns entgeht etwas Elementares." Er verfiel in erneutes Grübeln.

Cadis nahm noch einen weiteren Schluck. Dieser war nicht mehr ganz so heiß. Sie betrachtete den Wohnraum, die Küche und den Treppenaufgang zum Obergeschoss. Ihr Leben lang war sie hier ein und aus gegangen und wusste beim besten Willen nicht, wovon Fin sprach.

„Vielleicht sind die Pflanzen nicht nur da, weil deine Grandma sie gerne mochte. Möglicherweise verbergen oder vertuschen sie auch etwas."

Nun musste Cadis schmunzeln. „Diese Suche steigt dir langsam zu Kopf, was?"

„Kann sein." Er schüttelte die Gedanken ab und genehmigte sich auch einen Schluck Tee und einen *Wine Gum*. „Also zurück zu den Hinweisen, die nur du finden kannst."

Seufzend griff sie ebenfalls zu der Nascherei.

„Versuchen wir es mal anders: Was hat die Beziehung zwischen dir und deiner Grandma besonders gemacht?"

„Wir waren uns immer recht ähnlich. Auch sie zog Ehrlichkeit der perfekten Fassade vor."

„Und was habt ihr gemeinsam unternommen?"

„Wir haben uns viele Geschichten erzählt."

„Dann lass doch mal eine hören."

Sie schluckte das Gummizeug runter. „So ad hoc fällt mir keine ein."

„Wirklich nicht? Bei dem ganzen Zauberzeug um dich herum?"

Cadis sah sich um. Dabei spürte sie, wie sich etwas in ihr regte, das sie aber noch nicht greifen konnte. Ohne weitere Worte stand sie auf. Ihr Blick glitt über Bücher, Regale und Pflanzen. Schließlich blieb er an einem kleinen Holzkarussell hängen, das auf einem Wandboard stand. Es war ein Pferdekarussell mit weißrotem Schirm. Fünf weiße Pferde, filigran geschnitzt, mit bunten Sätteln waren an goldenen, in sich selbst gewundenen Stangen befestigt. Aber sie waren nicht nur detailgetreu geschnitzt. Es war, wie Cadis es sich gedacht hatte: Die Pferde sahen haargenau so aus wie die Pferde auf dem Jahrmarkt, wenngleich das Karussell selbst anders war. War das Zufall?

„Nach dem Tod meines Granddads hat meine Granny gerne Figuren geschnitzt“, sagte sie und nahm das Karussell behutsam in die Hand. Es hinterließ einen Ring auf dem staubigen Holz. Langsam drehte und wendete sie es, um es sich genauer anzuschauen. „Vielleicht gibt es hier einen geheimen Mechanismus, mit dem man das Karussell öffnen kann.“ Vorsichtig zog sie hier und dort, drückte und drehte.

„Und was glaubst du, darin zu finden?“

„Ich weiß es nicht. Einen Schlüssel für einen Safe oder ein Bankschließfach vielleicht.“

„Schüttel es doch mal. Wenn es klimpert, wissen wir es.“

Cadis warf Fin einen prüfenden Blick zu. „Glaubst du wirklich, sie hätte das Fach dann nicht gepolstert, damit der Schlüssel *kein* Geräusch macht?“

„Schon möglich. Darf ich mal sehen?“

Nur äußerst widerwillig gab sie ihm das Modell. „Sei aber vorsichtig. Es ist für mich sehr wertvoll.“

„Das weiß ich doch.“

„Pass auf“, heischte sie, als Fin es bei seiner Begutachtung einmal zu schwungvoll drehte.

„Keine Panik. Hm. Aber ich kann hier nichts entdecken. Kein Spalt, der auf eine Öffnung hindeuten würde oder ähnliches.“ Er untersuchte das Karussell haargenau. „Das Grundgerüst, also Boden, Drehachse und Pilzhut sind aus einem einzigen Holzteil geschnitzt. Darum ist es nicht drehbar.“

„Was du nicht sagst“, brummelte Cadis und beobachtete missmutig jeden von Fins Handgriffen.

„Die Stangen für die Aufhängungen und die Pferdefiguren sind angeleimt."

„Das weiß ich alles. Das reicht jetzt. Gib her." Unwirsch nahm sie ihm das Karussell aus der Hand und stellte es sorgsam an dieselbe Stelle auf dem Board zurück.

„Oy!", beschwerte sich Fin lachend. „Was soll das?"

„An dem Karussell werden wir nichts finden, nur etwas kaputtmachen."

„Ich war aber noch nicht fertig."

„Nicht?"

„Warum fehlt eines der Pferde?" Er deutete auf die einzige leere Stange an dem Karussell.

„Weil ..." Sie presste die Lippen aufeinander. „Weil ich die sechste Figur als Kind geklaut habe."

Fins Augenbrauen schnellten in die Höhe. „Was hast du? Ist nicht dein Ernst. Warum?"

Seufzend betrachtete sie das Karussell. „Die sechs Pferde standen auf dem Tisch. Grandma sagte, dass jedes Pferd für ein Mitglied unserer Familie stehe: Mum, Dad, Darléne, Nigel, David und ich."

„Verstehe ..."

„Ich wollte nicht, dass es bei den anderen ist."

„Und wo ist es jetzt?"

Erinnerungen durchfluteten Cadis. Sie brauchte einen Moment, um sie zu sortieren. „Ich habe es im Wald verloren. An dem Tag, als ich den Jahrmarkt entdeckte."

„Warum hat deine Grandma kein neues Pferd geschnitzt?"

„Weil es dann nicht mehr dasselbe wäre. Es wäre ein anderes. So, wie man ein Kind nicht einfach austauschen kann."

„Leuchtet ein."

Fins Sarkasmus ignorierend überlegte Cadis. „Granny wusste nicht, dass ich es habe. Sie dachte schon vorher, es sei verloren. Darum haben wir uns Geschichten von dem Pferd ausgedacht, das nun auf großer Reise war. Wir haben uns überlegt, was es wohl gerade erlebt ... Hm ..."

„Was ist?"

„Das sechste Pferd ... Mein Pferd ... Das Cadis-Pferd ..."

„Ja?"

„Es war in unseren Geschichten."

„Das hast du schon gesagt."

„Vielleicht müssen wir ihm folgen." Cadis' Gedanken beschleunigten sich.

„Ich verstehe nicht. Du meinst, wir sollen in den Wald, es suchen?"

„Die meisten Geschichten von dem Pferd haben wir uns..." Mitten im Satz brach Cadis ab und rannte die Treppe hinauf ins oberste Stockwerk und von dort ins Astrozimmer. Ein verwirrter Fin folgte ihr.

„... hier erzählt." Sogleich suchte sie erneut alles ab. Jede Ecke, jeden Winkel. Dieses Mal wusste sie jedoch, wonach sie Ausschau hielt.

„Könntest du mich mal kurz aufklären?" Fin hatte die Arme in die Hüften gestemmt.

„Na, das ist doch vollkommen klar. Das sechste Pferd ist frei und kann überall sein."

„Ich dachte, es ist im Wald und verrottet."

Cadis schnitt eine Grimasse. „Benutz mal deine Fantasie.“ Sie tippte sich an den Kopf. „Wenn es unterwegs ist und Abenteuer erlebt, ist es mit Sicherheit auch hier gewesen. Vielleicht ist es hier sogar gestartet.“

„Ich verstehe kein Wort.“

„Such nach einem Pferd. Kein echtes, nicht aus Holz. Etwas, das so aussieht wie ein Pferd oder an eines erinnert.“

„Na gut.“ Mehr als Frage formuliert, sah er sich im Raum um, während Cadis hochkonzentriert weitersuchte.

Die Decke des Turms war mit Sternen versehen – selbst erdachte Sternbilder und -konstellationen, die ihre Großmutter über die Jahre immer weiter gemalt hatte – ähnlich wie bei Cadis’ Zimmerdecke.

Sie sah sich die Sternbilder genau an. Schließlich entdeckte sie etwas Auffälliges.

„Hast du einen Stift?“, fragte sie Fin, ohne den Blick von ihrer Entdeckung abzuwenden.

„Moment, ich hole einen.“

Während er die Treppen hinab rannte, zog sich Cadis einen Stuhl heran und stellte sich darauf.

In diesem Moment war er auch schon zurück. Mit dem Stift verband sie nun die einzelnen Sterne. Strich für Strich kam so das Bild zum Vorschein. Es war tatsächlich ein Pferd.

„Ich wusste es!“, rief sie begeistert und strich über die Tapete. Dabei fühlte sie, dass die hier dicker war. Etwas Rechteckiges befand sich darunter. Sie warf den Stift auf den Boden und begann, vorsichtig die Tapete von der Decke zu lösen.

Die Anspannung der Situation ließ ihre Knie kribbeln und ihre Hände schwitzen. Ihr Herz klopfte lauter, als sie fühlte, dass etwas von innen an die Tapete geklebt war. Behutsam riss Cadis das entsprechende Stück ab und konnte kaum glauben, was sie in den Händen hielt.

Es war ein Foto. Ein Hochzeitsfoto.

Die junge Frau im weißen Kleid, die überglücklich in die Kamera strahlte, erkannte Cadis sofort. Es bestand kein Zweifel. „Das ist Granny."

„Das ist aber nicht dein Granddad", sagte Fin, der an sie herangetreten war.

Cadis runzelte die Stirn. „Nein, das ist er tatsächlich nicht. Aber wer ist das?"

„Schau mal hinten drauf."

Dazu musste Cadis die Tapete von dem Foto entfernen. Leider löste sie sich nicht gut. Immer wieder blieben Stücke hängen. Dennoch konnte man eine handschriftliche Notiz erkennen.

„Grayson und Calandra, April 1961", las sie vor und starrte ungläubig zu Fin. „Sie waren *verheiratet*? Aber wann? Wie? Warum? Wie war das möglich? Sie war doch mit meinem Granddad verheiratet. Und Grayson ... er hat doch ... er hat ..." Ihre Beine zitterten, drohten nachzugeben.

Fin reichte ihr seine Hand und half ihr von dem Stuhl, auf den sie sich anschließend setzen musste.

„War meine Granny etwa mit einem Mörder verheiratet?" Mit Tränen in den Augen sah sie Fin an. Das Foto schien urplötzlich tausende Pfund zu wiegen. Sie konnte es nicht mehr festhalten und ließ es zu Boden fallen.

„Nein, kein Mörder. Wenn überhaupt war es fahrlässige Tötung ... grob fahrlässig."

Cadis japste nach Luft.

„Und ich bin mir sicher, dass es nicht das ist, was deine Granny dir mitteilen wollte. Das war nicht das, was du herausfinden solltest." Er hob das Foto wieder auf. „Sieh doch nur, wie glücklich die beiden sind."

Eher widerwillig schaute sie auf das Bild und musste zugeben, dass Fin nicht unrecht hatte. Sie hatte schon viele Aufnahmen ihrer Grandma gesehen. Aber keine, auf der sie so ausgelassen strahlte wie auf dieser.

Fins Blick bohrte sich in ihren. „Keine voreiligen Schlüsse, solange wir noch nicht alles wissen, Milady. Es ist nur ein Hinweis. Gib deiner Großmutter die Chance, *alles* zu erklären."

„Aber wo sollen wir als nächstes suchen und nach w...", sie stockte. „Ein Hinweis. Ein Puzzlestück." Erinnerungsfetzen vermischten sich mit Gedanken und ordneten sich mit einem Mal. Cadis kniff die Augen zusammen. „Es ist möglich, dass es genau das ist."

„Was meinst du?"

„Eine Schnitzeljagd. Bevor meine Grandma damals den Schlaganfall hatte und zusammenbrach, hat sie etwas von einer Schnitzeljagd gesagt, die sie mit mir machen wollte. Vielleicht war sie das. Vielleicht wollte sie mir schon damals zeigen, wie ich Hinweisen folge, bis ich etwas finde."

„Aber wenn sie damals schon alle Hinweise zusammen hatte, warum hat sie das Rätsel nicht selbst gelöst, statt alles unauffindbar zu verstecken?"

„Das weiß ich nicht. Ich weiß nur, dass wir dem Pferd durch die Räume des Hauses folgen sollten."

„Worauf warten wir dann noch?"

Cadis erhob sich, als ihr etwas auffiel. „Moment. Woher wusstest du eigentlich, dass der Mann auf dem Foto nicht mein Granddad ist?"

Fin zuckte mit den Schultern. „Das habe ich angenommen."

Cadis zog die Augenbrauen zusammen.

„Weil du gesagt hast, dass es deine Granny ist und nicht, dass es ein Foto deiner Großeltern ist."

„Stimmt. Dann los." Sie krempelte ihre Ärmel hoch. Das Goldsucherfieber hatte sie gepackt.

Der erste Raum auf der nächsten Etage war das Schlafzimmer. Außer dem Bett und einer Kommode befand nichts darin. Doch die dunkelgrünen Tapeten mit den imposanten verschlungenen exotisch-barocken Mustern, die mit feinen goldenen Linien durchzogen waren, sorgten gemeinsam mit dem Naturholzboden dennoch dafür, dass man ehrfürchtig stehenblieb.

„Halt nach Pferden Ausschau. Winzig klein, riesig groß, Formen, Muster, Farben, Hufabdrücke ..."

„Schon klar, was du meinst."

Sie verteilten sich im Raum. Cadis fühlte über den Bettrahmen, untersuchte die Nachttischlampe und schaute sich die Muster auf der Tapete genau an. Doch es war nichts zu finden.

Schwungvoll ließ sie sich auf die Bettkante fallen, betrachtete den Raum im Ganzen. „Was übersehen wir hier?", fragte sie. „Ich kann spüren, dass hier etwas ist."

Direkt neben ihr steckte Fin seinen Kopf unter dem Bett hervor, was Cadis unweigerlich zum Kichern brachte. „Hier unten ist jedenfalls nichts."

Mit dem Finger tippte sie sich ans Kinn. „Oben waren es Punkte", überlegte sie laut. „Aber hier gibt es keine Punkte."

Geräuschvoll bugsierte sich Fin aus seiner Lage. „Na ja, die Astlöcher auf dem Boden vielleicht, aber ..."

„Stimmt!" Euphorisch sprang sie auf und nahm die Dielen genauer in Augenschein.

„Ich glaube nicht, dass deine Grandma zwei Mal ..."

Doch Cadis war bereits eine Idee gekommen. „Hilfst du mir mal, die Kommode wegzuschieben?"

Ihr entfuhr ein Quieken, als sie sah, dass ein paar zusätzliche Punkte zu den Astlöchern im Boden gemalt worden waren. Alle Flecken zusammen ergaben ein ähnlich angeordnetes Muster wie das Sternenbild im Astroraum.

Ohne zu zögern, hob Cadis die Bodendiele an. Sie war locker und ließ sich leicht herausnehmen. Heißes Kribbeln breitete sich in ihrem Bauch aus.

Doch unter der Diele befanden sich lediglich Teile der Unterbodenkonstruktion und Dämmung.

„Was ...?" Stirnrunzelnd fühlte sie in den kleinen Schacht hinein, konnte jedoch nichts finden.

Fin hob weitere Dielen an, unter denen sich ebenfalls nichts befand.

„Das ist nicht möglich." Beunruhigt sah sie zu Fin. „Meinst du, vor uns war schon jemand hier?" Aber wer sollte hier gewesen sein und wann? Wer wusste davon?

„Ich weiß es nicht." Behutsam legte er die Bretter wieder an ihren Platz, als Cadis etwas auffiel.

„Stopp mal." Sie hielt ihre Diele neben die in seiner Hand. Beide waren etwa einen Fuß lang, doch ihre war eindeutig dicker als seine und auch als andere, wie sie bei weiteren Vergleichen feststellten. Sie sah sich ihre Diele genauer an und entdeckte einen winzigen Spalt. Offensichtlich wurde ein gleichlanges Holzstück in derselben Farbe daran geleimt.

Cadis lief in die Küche und begann, vorsichtig mit der Klinge eines Messers die Verbindung zu lösen. Je weiter sie die Bretter auseinander hebelte, desto deutlicher trat ein Stück Papier zum Vorschein. Fin zog es heraus.

„Was ist es?", fragte Cadis.

„Ein Schreiben. Es geht um die Insolvenz der Zinnmine, unterzeichnet von einem Artur Hemmett."

„Mein Urgroßvater", erklärte sie, während sie sich neben ihm das Schreiben durchlas. „Offensichtlich steckte meine Familie in den Fünfzigern in finanziellen Schwierigkeiten."

„Glaubst du, das war der Grund für den Bau des Jahrmarktes?"

Cadis zuckte mit den Schultern. „Kann ich mir kaum vorstellen. Von welchen Mitteln denn? Damit dürfte jetzt auch klar sein, dass, warum auch immer der Jahrmarkt gebaut wurde, Dekadenz nicht der Grund war." Mit einer hochgezogenen Augenbraue sah sie Fin an.

Der lachte. „Das habe ich nie ernst gemeint."

„Ich weiß. Trotzdem. Es muss aber mit dem Jahrmarkt zu tun haben, sonst hätte Granny dieses Schreiben nicht versteckt", überlegte sie weiter, bevor er noch etwas entgegnen konnte.

„Dann brauchen wir mehr Hinweise. Also auf in den nächsten Raum?“ Motiviert wollte er bereits wieder nach oben, als Cadis ihn am Arm festhielt.

„Warte kurz. Wenn wir dem Pferd folgen wollen, über das Granny und ich uns früher Geschichten ausgedacht haben, ist es doch möglich, dass auch in diesen Geschichten Hinweise stecken. Es würde uns eine Menge Zeit ersparen, wenn wir nicht jeden Raum absuchen müssten. Und da bereits der Abend kommt, sollten wir effektiver vorgehen.“

„Macht Sinn. Und fällt dir schon eine Geschichte ein?“

„Ich erinnere mich an einen Dschungel ...“ Ihr Blick blieb am Wintergarten hängen. „Der hat am meisten von einem Dschungel.“

„Oder draußen.“

„Versuchen wir es erst einmal hier.“

Tatsächlich entdeckte Fin schon nach kurzem Suchen eine ungewöhnliche Maserung an einer Wandverkleidung unterhalb eines Fensters, die an einen Pferdefuß erinnerte. Wie sich herausstellte, war es eine doppelte Verkleidung. Ähnlich wie bei den Dielen mussten sie auch hier das angeleimte Holzbrett ablösen.

In dem Zwischenraum befand sich ein Vertrag. „Zwischen Arthur Hemmett, Clifford Trewin, Grayson Trewin und Albert Penrose“, las Cadis. „Jetzt wird es immer verrückter.“

„Damit wissen wir wenigstens, woher sich deine Großmutter und Grayson kannten. Aber was hat das zu bedeuten?“

„Ich weiß es nicht.“ Sie schüttelte den Kopf und starrte ungläubig auf die Namen auf dem Vertrag. Das konnte alles nicht sein. Je mehr Dokumente sie fanden, umso verwirrender wurde es. „Suchen wir einfach den nächsten Hinweis."

Leider war dieser alles andere als einfach. Cadis erinnerte sich an einen Stockkampf. Aber in dem Haus gab es weder einen Raum, der groß genug gewesen wäre, dass man einen Kampf in ihm hätte vollführen können, noch Stöcker.

Unruhig lief sie auf und ab, immer wieder die Unterlagen betrachtend, die sie bislang zusammengetragen hatten. Die Uhr tickte, die Zeit rann ihnen durch die Finger. Fin saß seelenruhig am Tisch und futterte *Wine Gums*.

„Wir können auch einfach weiter die Räume absuchen. Oder vielleicht fällt dir ja noch eine andere Geschichte ein?"

„Wahllos zu suchen, kostet zu viel Zeit. Aber mir fällt auch nichts ein. Meine Gedanken schwirren im Kreis und sind völlig blockiert."

„Du beißt dich fest, Milady. So kommen wir nicht vorwärts. Lass uns in irgendeinem Raum weitermachen. Dann beruhigen sich deine Gedanken vielleicht auch wieder."

„Das Rätsel mit dem Stock werden wir so aber auch nicht lösen können."

„Bist du dir sicher, dass es ein Stockkampf war?"

„Absolut."

„Dann müssen wir nach Stöckern Ausschau halten ... oder nach ..." Er setzte sich aufrecht hin. „Stäben."

Cadis blieb stehen. „Stäbe?"

„Vielleicht welche, die lang genug sind, dass man mit ihnen kämpfen könnte. Sieh dich um. Welche fallen dir da ein?"

Ihr Blick wanderte durch die Wohnung. „Gardinenstangen sind zu lang. Mit den Pfeilern könnte man nicht kämpfen. Bettpfosten sind zu klein." An der Treppe blieb er hängen. „Was aber perfekt geeignet wäre, sind die Stangen ..."

„... des Treppengeländers", vollendete Fin ihren Satz und sprang auf.

Sie wackelten und drehten an den schwungvoll gedrechselten Sprossen. Tatsächlich ließ sich eine von ihnen ohne zu viel Kraftaufwand bewegen. Es machte ein dunkel quietschendes Geräusch.

„Wie bekommen wir die daraus?"

„Wir können jetzt nicht den ganzen Handlauf entfernen", überlegte Fin laut. „Da werde ich etwas Gewalt anwenden müssen." Damit brachte er sich in Position und trat mit voller Wucht gegen die Sprosse, die daraufhin erstaunlich widerstandslos in die Küche flog.

„Das war einfach", stellte er erstaunt fest. „Geht das bei allen so gut?" Doch die nächste, gegen die er trat, bewegte sich überhaupt nicht. Fin presste mit schmerzverzerrtem Gesicht die Lippen zusammen.

Cadis rannte unterdessen in die Küche und untersuchte die herausgelöste Sprosse akribisch.

„Vielleicht musst zu damit irgendwo draufhauen?", schlug Fin vor, als er die Treppe hinunter humpelte.

Aber Cadis hatte es bereits entdeckt. Im unteren Loch befand sich ein kleiner Draht mit einer Öse vorn, nur auffällig, wenn man wusste, wonach man suchte.

Ohne, dass sie etwas sagen musste, reichte Fin ihr einen Schraubendreher.

„Wo hast du den denn her?“

„Ich habe Werkzeug dabei. Den hier habe ich allerdings in einer der Küchenschubladen gefunden. Neben Messer, Tortenheber und anderem Besteck gibt es auch eine Schublade für Werkzeug. Deine Granny ist wirklich außergewöhnlich. Ich glaube, ich verliebe mich gerade in sie.“

Cadis kicherte. „Na, dann wünsche ich euch viel Glück.“

„Wie war das? Bei der Vererbung wird immer eine Generation übersprungen, oder? Demnach müsstest du genau so sein wie deine Granny.“

Die letzten Worte sprach er derart sanft, dass ihr Herz einen Schlag aussetzte. Sein Blick wurde zärtlich intensiv. Cadis spürte, wie ihre Knie an Kraft verloren. „Das mit der übersprungenen Generation ist ein Irrglaube“, sagte sie schnell. „Außerdem haben wir jetzt Wichtigeres zu tun als über Vererbung zu philosophieren.“ Damit schob sie den Schraubendreher durch die Öse und zog behutsam an dem Draht, bis ein stiftgroßer eingerollter Umschlag zum Vorschein kam.

„Unfassbar, wie innovativ deine Granny ist.“ Fin beobachtete sie, wie sie den Umschlag ausrollte und ein Papier herauszog.

Die Buchstaben waren in ihrem Kopf angekommen, ehe sie begriffen hatte, was sie in den Händen hielt.

„Was ist es?“, erkundigte sich Fin fröhlich.

„Eine Sterbeurkunde ...“

KAPITEL 14 – CALANDRA

Cornwall, England, 1961

„Hiermit erkläre ich Sie Kraft des mir verliehenen Amtes zu rechtmäßig angetrauten Ehegatten."

Dieser Satz tanzte geradezu durch Calandras Gehörgang, in ihren Kopf und von dort aus durch ihren Körper. Noch nie hatten sich Worte so schön angehört. Noch nie brachten sie eine solche Erlösung. In diesem Moment, in dem Grayson vor ihr stand, ihre unruhigen Hände hielt, ein stummes *ich liebe dich* auf den Lippen, und sie mit glänzenden Augen anstrahlte, war sie der glücklichste Mensch auf Erden.

„Sie dürfen die Braut jetzt küssen", vernahm sie den Pfarrer aus weiter Ferne. Grayson neigte sich vor. Selbst handlungsunfähig schloss sie die Augen, als sie seine Lippen endlich auf ihren spürte. Damit war es amtlich. Der Kuss besiegelte ihr Versprechen.

Grenzenloses Glück sprühte durch ihren Körper. Nun war sie Mrs. Calandra Trewin. Eine Lady. Mit dem besten Mann an ihrer Seite, den man sich nur vorstellen konnte.

Auf wackligen Beinen schritt sie neben ihm vom Altar zum Ausgang. Das Lächeln wie eingemeißelt.

„Geht es dir gut, meine Blume?", erkundigte sich Grayson im Flüsterton.

„Es ging mir nie besser", wisperte sie zurück.

„Wenn du dich lieber hinsetzen möchtest, ist das kein Problem.“

Das Lächeln grub sich tiefer in ihre Wangen. „Ich schaffe das schon.“

Vor der kleinen Kirche führte Grayson sie zu einem lauschigen Plätzchen, an dem sie sich die Glückwünsche der Gäste angedeihen ließen – so gestelzt sich Calandra dabei auch fühlte, war es doch nur eine kleine Unannehmlichkeit, die sie schnell hinter sich gebracht haben würde. Und dann konnte sie sich hinsetzen. Tatsächlich hatte ihr frisch gebackener Ehemann ein außerordentlich gutes Gespür für sie entwickelt.

Doch sie wollte ihm zeigen, dass sie stark war, und nahm sich ein Beispiel an ihm, der die Gratulationen souverän abarbeitete und sie mit gekonntem Smalltalk würzte. Das war er schließlich gewohnt.

Zum Glück war dies nur eine kleine Zeremonie. Nur ein paar wenige Gäste, auf die ihre Eltern bestanden hatten. Das würde sie schon schaffen. Eine große Feier, die beiden Familien und deren Wohlstand gerecht werden würde, würde es vermutlich erst nächstes Jahr geben, wenn sich der ganze Trubel gelegt hatte und etwas Ruhe eingekehrt war.

Um diese Trauung kam sie dennoch nicht herum.

In ihrem Kopf begann es, sich zu drehen. Calandra versuchte, ruhig zu atmen, doch ihr wurde immer schwindeliger. Dieses Stehen tat ihr nicht gut.

„Du solltest dich wirklich setzen“, raunte Grayson ihr zu und legte seine Hand stützend an ihre Taille.

„Nein, das ist zu auffällig. Unsere Eltern haben uns zur Verschwiegenheit ermahnt, hast du das vergessen?“

„Das ist nicht auffällig. Jede Braut ist an ihrem Hochzeitstag nervös. Du bist es eben ein wenig mehr. Und jetzt komm.“ Ohne Calandras Widerworte abzuwarten, schob er sie zu einer kleinen schmiedeeisernen Bank, auf die er sie mitsamt dem ganzen weißen Tüll, der sie umgab, setzte.

Obwohl sie es eigentlich nicht wollte, musste sie zugeben, dass es ihr im Sitzen durchaus besser ging. Grayson platzierte sich vor ihr, um sie etwas von den Blicken abzuschirmen, und fing die Gratulanten ab. Er erklärte ihnen die Lage seiner Braut, die Anspannung, die Ehre und zugleich Überforderung, jetzt eine Trewin zu sein. Alle hatten großes Verständnis.

Am liebsten hätte Calandra mit den Augen gerollt.

Als sich auch die letzten davongetrollt hatten, setzte sich Grayson laut ausatmend neben sie und legte seinen Arm um ihre Schulter. Automatisch lehnte sie ihren Kopf an ihn. Ihr Kleid raschelte bei den Bewegungen.

„Geschafft, meine Blume“, sagte er und gab ihr einen Kuss auf den Kopf. „Wie fühlst du dich?“

„Ein wenig besser, jetzt, wo ich sitzen kann. Aber geschafft haben wir es noch nicht.“

„Das stimmt. Das Familienessen. Aber das bekommen wir auch hin.“

„Ich vermisse Lupo. Er hätte dabei sein müssen.“

„Ich glaube, das wäre nichts für ihn gewesen. Im Baumhaus geht es ihm besser als zwischen all den trampelnden Menschenfüßen.“

„Da hast du recht."

Sanft strich er über Calandras unteren Bauch. „Ich bin so unfassbar glücklich."

Sie schloss die Augen, genoss die Berührung. Sie versuchte, sie tief in sich zu spüren, sie dort ankommen zu lassen, wo sie hingehörte. „Das bin ich auch."

„Der Fotograf kommt gleich. Aber noch haben wir ein wenig Zeit für uns."

„Dann lass sie uns genießen." Sie hob ihren Kopf und sah noch einmal in Graysons kräftig grüne Augen, ehe sie ihre Lippen auf seine legte.

Das war ihr gemeinsamer Moment. Ein Augenblick puren Glücks, an den sie sich ihr Leben lang erinnern würde. Das spürte sie.

Glück und die Vorfreude auf das gemeinsame Leben, das vor ihnen lag, durchfluteten sie gleichermaßen.

Leider hielt dieses Glück nicht so lange an, wie Calandra es gehofft hatte. Bereits wenige Tage nach der Hochzeit war sie wieder mit den Problemen konfrontiert, die sie zu vergessen versucht hatte.

Den ganzen Nachmittag bis in den Abend hinein hatte Calandra Kochunterricht bei Susanna erhalten. Schließlich war ihre Mutter überzeugt, dass sie nur dann eine würdige Ehefrau abgeben würde, wenn sie sämtliche Arten beherrschte, Kartoffeln zuzubereiten. Calandra erschloss sich diese Theorie nicht, zumal ihre Mutter selbst nie kochte. Nichtsdestotrotz musste Calandra lernen, wie man den perfekten Tee kochte und super fluffige Scones backte. Etwas widerwillig fügte sie sich in dem Wissen, dass sich ihre Mutter wohl noch bis zu ihrem letzten Atemzug in Calandras Leben,

Ehe und Kindererziehung einmischen würde. Dennoch würde sie ihr Regime irgendwann abtreten müssen. Sollte ihre Mum also jetzt ihre Machtposition nutzen, sie würde irgendwann ein Ende haben. Das gab Calandra Hoffnung.

In derlei Gedanken vertieft, knetete sie energisch einen Hefeteig, denn wie ihr beigebracht worden war, musste der Teig stets mit der Hand, nicht mit einer Maschine geknetet werden.

Die Türklingel ließ sie aus ihren Überlegungen aufschrecken. Da sie die Hände voll mit klebrigem Teig hatte, blieb ihr keine andere Wahl, als mitsamt des Klumpens an die Tür zu gehen. Mit beiden Ellenbogen versuchte sie umständlich, den Knauf der weißen Doppeltür mit dem bunten Glaseinsatz zum Drehen zu bewegen.

„Darf ich erfahren, was genau du da tust?“ Ihre Mutter stand am Treppenabsatz, eine Hand elegant auf dem Handlauf, die andere in die Hüfte gestemmt, den Blick tadelnd.

„Den Besuch hereinlassen?“, bemühte sich Calandra um eine Erklärung, wenngleich klar war, dass sie den Unmut ihrer Mutter längst auf sich gezogen hatte.

„Ist das deine Aufgabe?“

„Äh ... nein ...“

„Warum tust du es dann?“

„Weil es geläutet hat.“

Ihre Mutter fuhr sich seufzend über die Stirn. Calandra zog vorsorglich den Kopf ein.

„Wirst du es jemals lernen? Es hat überhaupt keinen Sinn, einem Sturkopf wie dir Sitten und Anstand beibringen zu wollen. Seit Jahren beiße ich mir an dir die Zähne aus, dabei möchte ich nur, dass aus dir eine Dame wird, die sich in der Gesellschaft sehen lassen kann ...“

Calandra war gerührt. Ihre Mutter wollte wirklich nur das Beste für sie? War es das? All die Jahre?

„... ohne, dass es auf uns zurückfällt und wir uns für dich schämen müssen.“

Ja, das sah ihr wieder ähnlich. Beinahe hätte Calandra gelacht.

Das Gleichgewicht des Teigklumpens verschob sich immer weiter und er drohte ihr aus den Händen zu tropfen. Hastig schlug sie den Teig um, versuchte, ihn wieder zusammenzudrücken.

Kopfschüttelnd beobachtete ihre Mutter ihr Tun. „Jetzt bist du eine Trewin – wie auch immer dir das gelungen ist.“ Ein unverhohlener Blick wanderte zu der noch nicht erkennbaren Wölbung unter ihrer weißen Schütze mit der Spitze.

Wie Calandra diese unausgesprochene Anspielung hasste. Als hätte sie Grayson mit dieser Schwangerschaft in die Ehe gelockt. Jeder dachte das. Das war ihr klar. Was sollte Grayson sonst an einer völligen Katastrophe wie ihr finden? Dass sie erst schwanger wurde, *nachdem* sie bereits verlobt waren, wurde dezent unter den Teppich gekehrt. Skandalös genug, dass sie vor der Hochzeit schwanger geworden war. Da mussten sich die Familien mit der Trauung ordentlich beeilen, damit die Leute nicht redeten. Als würden sie das nicht ohnehin tun und als wäre eine überstürzte Hochzeit im kleinen Kreis nicht auffällig wie ein Zebra in einem Hühnerstall.

Dennoch beugten sich Grayson und Calandra brav dem Willen ihrer Eltern – immerhin hatten sie mit ihrer *Unzucht* schon für genug Ärger gesorgt.

„Und jetzt machst du *das.*“ Unwirsch deutete die Mutter auf die widerspenstige Masse in Calandras Hand.

„Na ja, strenggenommen gehört das Backen aber nicht zu meinen Aufgaben. Dafür haben wir …“

„Papperlapapp. Mach dich nicht lächerlich.“ Mit einem Wisch winkte sie Calandras Argument fort. „Eine Ehefrau muss *angemessen* für ihren Mann sorgen können. Und dazu gehört mehr, als ein paar Eier in die Pfanne zu hauen.“

Für eine Sekunde blieb Calandras Herz stehen. Ob ihre Mum wusste, dass sie zu anfänglichen Baumhauszeiten für sich und Grayson Omelette zubereitet hatte? Und wenn ja, was wusste sie noch alles?

„Und in deinem Teig“, fuhr ihre Mutter unbeirrt fort und zeigte auf die Masse, „fehlt eindeutig Mehl. Eine Menge Mehl. Hefeteig darf nicht kleben. Erst recht nicht derart.“ Sie rümpfte die Nase, während Calandra ratlos auf das Zeug in und an ihren Händen blickte. Am liebsten würde sie es jetzt einfach in den vergoldeten Schirmständer schmeißen und gehen. Doch wie immer beherrschte sie sich und ließ ihre Mutter fortfahren.

„Und zu deinen Aufgaben: Wir haben zwar Dienstmädchen, so, wie du später Dienstmädchen haben wirst, aber als Herrin des Hauses – irgendwann einmal – musst du ihnen sagen und zeigen können, wenn sie sich stümperhaft verhalten.“ Sie schnaubte.

„Glaubst du, nur weil ich nicht koche und backe, dass ich dazu nicht in der Lage bin?“

Tatsächlich hatte Calandra bislang immer genau das angenommen.

Ihre Mutter erriet ihren Blick und hob die Nase. „Ich *delegiere*. Das ist meine Aufgabe. Aber ich bin durchaus in der Lage, ein vortreffliches und delikates Fünf-Gänge-Menü zuzubereiten, wenn es sein muss.“

Wohl eher einen vortrefflichen Martini, korrigierte Calandra gedanklich in Erinnerung an ihre Kindheit.

„Ich möchte ja wirklich nicht stören“, kam es von der anderen Seite der Tür. Den Besuch hatte sie bei den ganzen Belehrungen ihrer Mutter beinahe vergessen. Es war Grayson. „Würde mir eine der Damen des Hauses freundlicherweise Einlass gewähren?“

Calandra sah zu ihrer Mutter. Einerseits hoffend, einfach die Tür öffnen zu dürfen, andererseits bittend, sie vor ihrem Ehemann nicht noch länger zu schulmeistern. Als Antwort hob ihre Mutter die Nase noch ein Stück höher, doch dann wandte sie sich ab und ging grazilen Schrittes ins Wohnzimmer.

Erst als sie sicher war, dass ihre Mutter nicht doch noch ein Auge auf sie hatte, machte sich Calandra wieder mit den Ellenbogen am Türknauf zu schaffen. Tatsächlich gelang es ihr nach ein paar Versuchen und einigen beinahe-Teigfluchten, die Tür zu öffnen.

Beim Anblick ihres Mannes fuhr ihr der Schrecken in die Glieder. Seine Augen waren wässrig, seine Wangen eingefallen, seine Stirn von tiefen Sorgenfalten durchzogen.

„Du meine Güte, was ist geschehen?“, hauchte sie. Mit einem *Platsch* landete Teig auf dem Marmorboden. Calandra kümmerte es nicht.

„Können wir reden?“

Sie nickte, wischte sich notdürftig allen Teig in der Schürze ab und entledigte sich dieser, indem sie sie zusammenknüllte und in den Schirmständer warf. Sie würde sich später darum kümmern. Jetzt gab es Wichtigeres.

Am liebsten wäre sie mit Grayson zu ihrem Baumhaus gegangen, denn nur dort waren sie wirklich ungestört. Außerdem vermisste sie Lupo. Seit sie gezwungen war, viel Zeit daheim zu verbringen und sich ehefrau-taugliches Wissen anzueignen, sah sie ihn immer weniger. Der Fokus, in dem sie seit der Hochzeit oder seit der Verkündung der Schwangerschaft stand, gefiel ihr nicht.

Auch Grayson sah es nicht gern, wenn sie *in ihrem Zustand* durch den Wald irrte und provisorisch angebrachte Bretter an einem Baum emporkletterte.

So blieb ihnen nur, in der Speisekammer miteinander zu sprechen. Denn obwohl sie verheiratet waren und ein Baby erwarteten, sahen ihre Eltern sie ungern allein zusammen. Calandra vermutete, dass sie sich noch nicht an den Gedanken gewöhnt hatten, dass nun ein weiterer Mann im Haus ein und aus ging. Auch deswegen musste Grayson stets klingeln wie ein Besucher.

Leise ließ Calandra die Tür hinter ihnen zuschwingen. Zusätzlich schob sie Grayson in die hinterste Ecke neben einem so kleinen Fenster, dass es nicht einmal zu Fluchtzwecken taugte.

„Sag, was ist los mit dir? Ich erkenne dich gar nicht wieder." Besorgt musterte sie ihren sonst so strahlenden Ehemann.

Graysons Kiefer mahlten, er presse die Lippen aufeinander, sein Blick glitt ins Leere.

„Honey?" Sanft berührte sie seine verhärtete Schulter.

Er schluckte, dann wandte er sich ihr endlich zu. „Es gab einen Zwischenfall ..."

Mehr brauchte er nicht zu sagen. Calandras Magen zog sich augenblicklich zusammen. Sie wich einen Schritt zurück. „Nicht schon wieder. Ist jemandem etwas passiert?"

„Noch nicht."

Sie atmete auf.

„Aber das wird es." Er schüttelte den Kopf.

„Was ist passiert?"

„Die Montage des Riesenrads gestaltet sich als kaum möglich. Sie müssen es immer wieder neu ausrichten mitunter sogar ganz verschieben, weil bei dem Gewicht der Boden nachgibt. Heute ist eine Seite plötzlich um etwa drei Fuß abgesackt. Drei Fuß! Bei einer Höhe von zwanzig Yards und diesem Gewicht kann das Riesenrad schon kippen. Stell dir doch nur mal vor ..." Er holte Luft, seine Augen röteten sich. „Stell dir mal vor, das passiert noch einmal. Und zwar genau dann, wenn der Jahrmarkt voll besucht ist. Stell dir vor, es kippt auf die Besucher ..."

Weiter kam er nicht, da hatte sich Calandra bereits in das nächstbeste Gefäß übergeben – ein Zwiebeltopf. Der Geruch von Magensäure und Zwiebeln ätzte sich unangenehm in ihre Nase, wodurch ihr noch übler wurde. Tränen rannen über ihr Gesicht, während sich ihr Magen weiter zusammenkrampfte.

Liebevoll strich Grayson ihr über den Rücken. „So fühle ich mich auch. Ich muss etwas tun. Ich weiß noch nicht, was, aber ich kann mir das nicht länger mitansehen. Hier stehen Menschenleben auf dem Spiel."

Erschöpft ließ sie den Kessel sinken. „Nein, Honey, nicht *du* musst etwas tun. *Wir* müssen etwas tun. Wir sind verheiratet. Wir sitzen im selben Boot. Dein Schicksal ist mein Schicksal."

Grayson lächelte matt. „Die Staatsanwaltschaft wird das anders sehen. Die werden nur mich ins Gefängnis stecken. Und da darfst du auch nicht hin. Du musst dich um unser Kind kümmern. Stell dir vor, es würde bei unseren Familien aufwachsen, das arme Ding." Bei diesem Versuch eines Scherzes verzog er den Mund.

Beinahe hätte Calandra gelacht. Doch zu viel traurige Wahrheit steckte dahinter. „Trotzdem. Ich lasse dich das nicht alleine durchstehen. Ich bin bei dir und ich helfe dir. Ich will auch nicht sagen müssen, dass ich nicht alles versucht hätte."

Endlich wich die Anspannung aus Graysons Gesichtszügen. „Danke", flüsterte er. „Ich weiß schon, warum du die richtige Frau für mich bist." Für ein paar Herzschläge verhakten sich ihre Blicke ineinander. Aus dem krampfenden Magen wurde ein kribbelnder. Ein Kuss kam natürlich aufgrund des Zwiebeltopfs nicht infrage. Dennoch spürte sie ihn imaginär.

„Hast du einen Vorschlag, was wir tun sollen?"

Calandra setzte den Deckel zurück auf den Topf. Ohne diesen beißenden Geruch ließ es sich besser nachdenken. „Wir reden noch einmal mit unseren Vätern“, erklärte sie entschlossen.

Grayson seufzte. „Das habe ich versucht. Unzählige Male.“

„Möglich. Aber dieses Mal müssen sie uns anhören.“

Zwei Falten bildeten sich zwischen seinen Augenbrauen, die sich zum Glück nur selten dorthin verirrten. „Und warum das?“

Vielsagend strich sie über ihren Bauch und Grayson verstand. „Ich trage ihren Enkel in mir. Die Zukunft der Hemmetts und der Trewins“, sagte sie.

„Das ist wahr.“ Lächelnd legte er seine Hand auf ihren Bauch. „Das größte Glück in meinem Leben seid du und unser Baby.“

Nur wenig später hatten sich auf Graysons ausdrückliche Bitte hin alle drei Geschäftspartner im Büro von Calandras Vater eingefunden.

„Bereit?“, fragte Grayson sie vor der Tür.

Calandra nahm seine Hand. „Mit dir immer.“

Dann betraten sie den Raum.

Wie sie es sich gedacht hatte, wurden sie nicht mit der nötigen Ernsthaftigkeit empfangen. Allein der abschätzige Blick ihres Vaters brachte Calandra zur Weißglut.

„Nun gut, Sohn“, begann Mr. Trewin. „Du hast uns am Abend hierher bestellt. Was ist dein Anliegen?“

„Ihr müsst das Bauprojekt stoppen“, entfuhr es Calandra ohne Umschweife.

Mit eng zusammengezogenen Augenbrauen sah Graysons Vater erst zu ihr, dann zurück zu seinem Sohn. „Soso, nun erzählt uns also eine Frau, wie wir unsere Geschäfte zu führen haben? Warum ist sie nicht in der Küche, wo sie hingehört?"

Calandras Hand in Graysons glühte geradezu vor Wut. Doch dieser blieb ruhig. „Sei versichert, Vater, dass Calandras Meinung und Aussagen zu einhundert Prozent die meinen sind. Wenn sie sprechen möchte, kann sie das jederzeit."

„Du sprichst wie ein Angeklagter über seinen Verteidiger", spottete Clifford Trewin weiter.

Ein brummendes Gelächter erhob sich.

„Es reicht jetzt!", rief Calandra aufgebracht. Diese Schwangerschaftshormone ließen sie wesentlich weniger Geduld haben als gewöhnlich, stellte sie dabei fasziniert fest. Obwohl sie ruhig bleiben wollte, hatte sie ihr Ziel erreicht: Zwar von oben herab, doch ihr war die Aufmerksamkeit aller drei Geschäftspartner gewiss. Möglicherweise wollte sich niemand mit einer hysterischen Schwangeren anlegen. Calandra sollte es nur recht sein.

Sie blieb ernst. „Dad, Mr. Trewin, ich trage euer beider Enkel in mir. Und ich möchte, dass er oder sie einen Vater hat, der jeden Abend von der Arbeit nach Hause kommt. Aber wenn ihr dieses Jahrmarktprojekt nicht augenblicklich stoppt, wird etwas Schreckliches passieren."

„Was meinst du?" Die Zornesfalte ihres Vaters war tief in seine Stirn gesunken.

„Dad, der Jahrmarkt ist gefährlich. Wir sind überzeugt, dass früher oder später Menschen zu Schaden kommen werden und Grayson – der Vater unseres ungeborenen Kindes – wird dank euch die alleinige Verantwortung dafür tragen müssen."

„Er soll sich darüber keinen Kopf machen", entgegnete ihr Vater unwirsch. „Es wird schon nichts passieren."

„Warum habt ihr ihm dann die alleinige Verantwortung überlassen? Damit ihr aus dem Schneider seid, sollte doch etwas passieren. Damit habt ihr diesen Fall ja schon einkalkuliert."

„Nein, er hat die Verantwortung, damit er mal ein Projekt richtig in die Hand nimmt und führt, wie es sich gehört", brummte Mr. Trewin ernst

„Aber ich möchte *dieses* Projekt nicht leiten", sagte Grayson.

„Das ist keine Frage des Wollens. Du hast eine Familie zu ernähren, Sohn. Selbstverständlich hättest du mit dem Beischlaf noch warten können, bis eure Verbindung rechtskräftig ist, aber wer sich früh vergnügt, muss auch früh lernen, die Konsequenzen seines Handelns zu übernehmen."

„Ich übernehme die Konsequenzen. Ich werde dem Kind ein guter Vater sein. Besser, als es meiner für mich war. Das hat aber nichts mit diesem Projekt zu tun."

Mr. Trewin überging Graysons Anspielung. „Du wirst lernen, was es heißt, eine Familie zu ernähren. Bislang war es immer einfach für dich, das moralisch Richtige zu tun und mir damit in den Ohren zu liegen, was ich alles nicht machen soll. Etliche gute Geschäfte sind mir deinetwegen durch die Lappen gegangen. Jetzt wirst du endlich verstehen, dass man manchmal Dinge einfach tun muss, weil sie erforderlich sind."

„Das werde ich nie verstehen", konterte Grayson.

Dieses Gespräch artete in eine Grundsatzdiskussion der Trewin-Männer aus. Calandra musste eingreifen.

„Mr. Trewin. Ich bin überzeugt, dass Grayson seinen Teil in der Geschäftswelt lernen wird und dass er einen ebenso guten Vater abgeben wird. Aber, bitte, ich flehe Sie an, nicht für dieses Projekt."

„Es ist alles Ordnung mit dem Projekt. Und es ist auch niemand in Gefahr." Endlich sprach Albert auch mal ein Wort – leider für die falsche Seite.

Schweigend starrte sie den hageren Mann mit den kühlen grauen Augen an. Dann räusperte sie sich. „Bitte, meine Herren, es wird bald dunkel und wir möchten euch etwas zeigen."

Kapitel 15 – Calandra

Cornwall, England, 1961

Der Weg zum Jahrmarkt war trotz der gangbaren Pfade für Calandra unerwartet beschwerlich. Dennoch wollte sie sich vor den Herren nichts anmerken lassen und hielt Schritt, ohne ein Wort zu verlieren.

Liebevoll ruhte Graysons Hand auf ihrem Rücken. Es war ihm alles andere als recht gewesen, dass Calandra mitkam, doch sie hatte sich geweigert, ihm diese Unterredung allein aufzubürden. Weil sie sein Unbehagen spürte, versprach sie ihm jedoch, besonders vorsichtig zu sein.

„Geht es, meine Blume?“

Wie so oft hatte er sie durchschaut. „Natürlich“, flunkerte sie. „Ich schaff das schon.“ Schwer atmend schluckte sie die Aufregung hinunter. Es war das erste Mal, dass sie den Jahrmarkt zu Gesicht bekommen würde. Sie liebte Freizeitparks und Jahrmärkte, überhaupt alles, was mit Vergnügen zu tun hatte. Zu gern hätte sie sich auf die Fahrgeschäfte und Buden gefreut, die im Grunde in ihrem Garten standen. Stattdessen packte sie ein Gefühl der Beklommenheit wie zwei eiskalte Hände, als sie aus der Ferne das Riesenrad erblickte. Augenblicklich versteifte sich ihr Körper, ihre Schritte wurden langsamer.

„Willst du doch lieber umkehren? Oder hier warten?“, flüsterte Grayson.

Sie konnte den Blick nicht von diesem gewaltigen Bauwerk lassen, das spielend leicht und majestätisch die Wipfel der Bäume überragte.

„Sag, steht es schief?“

„Es dürfte eigentlich nicht. Heute Nachmittag wurde noch alles ausgemessen, aber …“ Er nahm das Riesenrad genauer in Augenschein. „Nein, es sieht vermutlich nur so aus, weil einige der Bäume nicht ganz gerade gewachsen sind.“

„Mhm“, murmelte Calandra.

„Ich werde aber trotzdem vorgehen und es vorsichtshalber nachmessen.“

Obschon das mulmige Gefühl in Calandras Innerem mit jedem Schritt weiter anwuchs, vertraute sie ihrem Mann. Sie legte ihre Hand in seine, ihre Finger verflochten sich dabei von allein.

Nun, wo das Riesenrad in Sichtweite war, verschwanden auch die Bäume schlagartig. Hier hatten sie das Areal großräumig gerodet. Dennoch bezweifelte Calandra, dass es gerade in Anbetracht des Riesenrads ausreichend Freifläche war.

Nach einigen weiteren Schritten erblickte sie die ersten Dächer, fröhlichen Schriftzüge und bunten Lampen. Trotz der Gefahr, die von diesem Ort ausging, machte ihr kindliches Herz einen Hüpfer.

Die anderen Anzugträger waren schon vorausgegangen und unterhielten sich brummelnd, während sie an einer Stelle warteten, an der sich die Rhododendronbüsche teilten und ihnen Zugang zum Markt gewährten.

„Bevor wir anfangen, habe ich zunächst noch eine Kleinigkeit zu erledigen. Wenn ihr kurz warten wollt, ich bin gleich wieder zurück", verkündete Grayson und machte sich auf den Weg zum Riesenrad. Nach ein paar Schritten kehrte er jedoch wieder um. „Auf der anderen Seite denke ich, dass es durchaus sinnvoll ist, wenn wir hier bereits anfangen. Folgt mir."

Am Riesenrad durchsuchte Grayson unter den strengen Blicken der Herrschaften das zurückgelassene Werkzeug. Albert trat unablässig von einem Fuß auf den anderen und murmelte etwas Unverständliches.

Als Grayson die Wasserwaage gefunden hatte, erklärte er, dass gerade das Riesenrad ein extrem hohes Sicherheitsrisiko darstellte. Er berichtete, was sich am Nachmittag zugetragen hatte – als Projektleiter verließ er öfter seinen Schreibtisch und war auf der Baustelle, im Gegensatz zu den anderen dreien.

Doch ergaben seine Messungen keinen Grund zur Beanstandung. Das gigantische Fahrgeschäft war einwandfrei ausgerichtet. Das spielte ihm und Calandra leider weniger in die Karten, auch wenn Calandra nun erheblich beruhigter war, was ihren Aufenthalt auf diesem Areal anbelangte.

„Das Problem bleibt dennoch bestehen", fuhr Grayson mit fester Stimme und ernster Miene fort. „Durch den jahrelangen Abbau von Zinn ist der Untergrund unter unseren Füßen beinahe hohl. Es kommt schon einer Mutprobe gleich, sich hier zu bewegen. Fahrgeschäfte aufzubauen und Menschen einzuladen, ist fahrlässige Tötung."

Während Grayson sprach, studierte Calandra die Gesichter der drei Geschäftsmänner und war entsetzt. Egal, was Grayson sagte, zeigte keiner auch nur die kleinste Regung. Kein Anzeichen von Reue oder Mitleid – im Gegenteil. Der ein oder andere Gesichtsausdruck wurde herablassender, während die Nasen weiter in die Höhe wanderten.

Das durfte nicht wahr sein! Dabei waren die Anzeichen für die Instabilität unübersehbar.

„Hier, schaut euch doch nur den Boden an!", rief Calandra beinahe verzweifelt dazwischen. Sämtliche Blicke wanderten gemächlich zu ihr. „Risse! Der Boden ist übersät mit Rissen!"

„Gewöhnliche Erosionserscheinungen", gab Albert kühl zurück und betrachtete seine Fingernägel.

Fassungslos sah Calandra ihren Mann an. Der schüttelte resigniert den Kopf.

Doch sie war noch nicht bereit aufzugeben. „Nein, Albert, das stimmt nicht. Wo Wald steht, gibt es keine Erosion. Ihr wisst, dass Grayson und ich recht haben und diese Anlage lebensgefährlich ist. Die vielen Zwischenfälle, die es allein während des Aufbaus schon gegeben hat, beweisen es."

„Wir wissen von keinen Zwischenfällen", gab Mr. Trewin ungerührt von sich.

Calandra brauchte nicht einmal zu Grayson zu sehen, um zu erkennen, dass das gelogen war. „In Ordnung, wie wäre es dann mit einem kleinen Versuch?" Sie reckte das Kinn. „Wenn hier alles so sicher ist, warum fahrt ihr drei nicht mit sämtlichen Fahrgeschäften? Dad? Mr. Trewin? Albert? Nur zu. Wenn es kein Risiko gibt, worauf wartet ihr dann noch?"

„Das ist doch lächerlich“, brummte Mr. Trewin und schüttelte so vehement seinen Kopf, dass seine Wangen schlackerten.

„Gut, ihr müsst nicht fahren. Lasst die Karussells einfach laufen, während ihr die Besucher spielt.“

„Calandra, halt den Mund!“, schrie ihr Vater plötzlich, als wäre sie fünf Jahre alt. „Jetzt habe ich aber genug von dir!“

„Oy, sprich nicht so mit meiner Frau!“, konterte Grayson sofort.

„Du bist jetzt auch mal ruhig, Sohn!“ Ein Machtwort von Mr. Trewin.

Dies war eine Situation, in der Calandra normalerweise nachgebend zu Boden geschaut hätte. Doch so leicht würde sie es ihnen dieses Mal nicht machen. Sie biss sich schmerzhaft auf die Lippe, denn es war demütigend. Dennoch hielt sie dem Blick des Trewin-Oberhauptes stand.

„Jetzt hört ihr mir mal zu, ihr zwei Besserwisser und Weltverbesserer.“ Graysons Dad trat dicht an sie heran und neigte sich bedrohlich vor. „Ihr habt überhaupt keine Ahnung, worum es hier geht. Es ist weitaus mehr als ein paar Fahrgeschäfte auf einem wackeligen Untergrund. Es geht um ...“

„Clifford, lass gut sein“, unterbrach ihn Albert. „Es ist seine Lektion. Nur so lernt er. Denk daran.“ Solche Worte ... Dabei war er selbst nur unwesentlich älter als Grayson. Vielleicht fünf Jahre, wenn es hochkam. Und dann sprach er so herablassend über sie? Calandra verabscheute diesen Menschen mehr und mehr.

„Albert, das ist meine Familie, meine Angelegenheit und *ich* regle das“, erwiderte Mr. Trewin über die

Schulter, ehe er sich ihnen wieder zuwandte. „Hier geht es um unser aller finanzieller Existenz. Dein Vater ..." Er zeigte so energisch auf Calandra, dass sie das Gefühl bekam, sein Finger würde sich in ihre Brust bohren. „Er bezahlt eure Rechnungen auf Kredit. In der Hemmett-Kasse herrscht gähnende Leere, seit die Mine Insolvenz anmelden musste. Wusstest du das?"

Kurz sah Calandra zur Seite. „Nein, Sir."

„Und du, mein Junge, mein Spross. Von dir bin ich am meisten enttäuscht. In dir will einfach kein Trewin-Blut fließen."

Graysons Kiefermuskeln zuckten.

„Glaubst du, unsere Zeiten sind rosig, wenn die Hemmetts bereits mit dem Bankrott kämpfen?"

„Nein ..."

„Siehst du? Du willst dein Kind großziehen, ihm ein Dach über dem Kopf, Essen und etwas zum Anziehen bieten können? Dann reiß dich verdammt noch mal zusammen und tu, was du tun musst, damit Geld reinkommt."

„Aber ..."

„Kein Aber! Es ist nicht nur für uns. Es ist auch für dich. Für deine Familie." Verächtlich musterte er seinen Sohn. „Der Einzige, der geschäftliches Gespür beweist, und unsere Situation ernst nimmt, ist Albert. Er ist so, wie du sein solltest. Weil er selbst aus furchtbaren finanziellen Verhältnissen kommt und sich hocharbeiten musste."

Nun doch überrascht sah Calandra zu dem stelzbeinigen Mann hinüber.

„Keine persönlichen Details bitte", sagte dieser nur. Ein flüchtiger Blick streifte ihren.

Und wieder kam Calandra nicht umhin, sich zu fragen, wer dieser Mann eigentlich war.

Mr. Trewin fuhr unterdessen fort. „Und im Gegensatz zu dir sieht er dieses Projekt als Chance. Er ist dankbar um die Möglichkeit, die ich ihm gebe, Geld zu verdienen und etwas aus seinem Leben zu machen.“

Das war ganz schön harter Tobak. Calandra ertrug es kaum, dass jemand derart mit ihrem Liebsten sprach. Sie wollte etwas sagen, Mr. Trewin die Stirn bieten, denn Angst hatte sie trotz seines autoritären Auftretens nicht vor ihm. Dennoch musste sie einsehen, dass sie sich jetzt zurückhalten sollte. Sie und Grayson waren frisch verheiratet und im Augenblick waren sie auf die Unterstützung ihrer Familien angewiesen. Grayson hatte in der Geschäftswelt noch nicht Fuß gefasst und sie hatte überhaupt nichts vorzuweisen. In einer Zeit hoher Arbeitslosigkeit und einem Baby unterwegs konnten sie es sich nicht erlauben, es sich mit ihren Vätern zu verscherzen. Ein innerer Zwist tobte in Calandra.

„Wir sagen es euch ein letztes Mal im Guten“, fuhr ihr Dad jetzt nicht weniger streng fort. „Mischt euch nicht in Dinge ein, von denen ihr keine Ahnung habt. Mit dem Jahrmarkt läuft alles nach Plan und entgegen euren Hirngespinsten wird nichts passieren. Und nun verschwendet unsere Zeit nicht weiter mit diesem Unfug.“

„Unschuldiges Blut wird an euren Händen kleben“, presste sie hervor.

Doch die Herren ignorierten es und verließen, über Aktien und Inflation plaudernd, das Gelände.

Kaum waren sie außer Sicht, gaben Calandras Beine unter ihrer Verzweiflung nach und sie sank schluchzend auf die Knie. Die Übermacht ihrer Väter schnürte ihr die Luft ab. Ganz gleich, was in den Verträgen stand, trafen allein sie die Entscheidungen. Grayson war dabei lediglich ihre Spielfigur. Nun waren all ihre Mühe und Hoffnung umsonst gewesen. Nicht einmal mit dem Argument von Menschenleben war den Geschäftsmännern beizukommen gewesen. Sie nahmen es bereitwillig in Kauf. Eine Gleichgültigkeit, die in Calandra Schmerzen verursachte. Sie spürte regelrecht das Leid, das auf sie zukommen würde, und sie konnten es weder verhindern noch aufhalten.

Grayson hockte sich neben sie, strich ihr behutsam über den Rücken.

Es waren keine Worte mehr nötig.

Sie hatten verloren.

Gegen Sturheit, Uneinsichtigkeit und Geldgier.

KAPITEL 16 – CADIS

Cornwall, England, heute

„Von wem?“, fragte Fin.

Cadis biss sich auf die Lippen. „Grayson. Er …“ Ihre Stimme bebte. „Er starb im Juni neunzehnhunderteinundsechzig.“

„Das war nur zwei Monate nach der Hochzeit.“

„Oh, Granny …“ Weinend sank sie auf den Boden. Sie konnte den Schmerz ihrer Großmutter fühlen. Dunkel und schwer überzog er ihr Herz.

Fin setzte sich neben sie und legte einen Arm um sie.

Wie selbstverständlich lehnte sie ihren Kopf an seine Schulter. „Ich weiß nicht, wie viele solcher Nachrichten ich noch aushalte.“

Er gab ihr einen kleinen Kuss auf die Stirn. „So viele, wie nötig sind, bis das Geheimnis aufgedeckt ist.“

„Es wird aber nicht die letzte sein. Und ich bin nicht so stark. Meine Granny hat sich geirrt. Und mein Bruder auch.“

„Cadis, du bist eine so toughe und selbstbewusste Frau, wie ich sie selten getroffen habe. Du weißt, was du willst, und lässt dir von niemandem reinreden – glaub mir, ich weiß, wovon ich spreche, ich habe es versucht.“

Beide schmunzelten.

„Klingt stur.“

„Nein, du lässt dich ja durchaus auf Alternativvorschläge ein. Ich erinnere da nur mal an den Baum neben dem Bauzaun." Kaum merklich streichelte er mit dem Daumen über ihren Arm. Eine zarte Berührung, die eine wohltuende, selten erfahrene Wärme in ihr aufsteigen ließ.

„Dass dich diese Botschaften mitnehmen und du weinst, ändert nicht das Geringste daran. Im Gegenteil. Es macht dich nur menschlicher und damit stärker."

„Danke, Fin", flüsterte sie nach einer Pause und wischte sich die Reste der Tränen von den Wangen. Ein neues Gefühl breitete sich in ihr aus, das den Wunsch aufkommen ließ, ihm näher zu sein. Es wäre so einfach. Er würde es erwidern. Sie müsste sich nur zu ihm drehen ... Doch nach wie vor hielt sie das für keine gute Idee. Es würde sie zu sehr ablenken. Und Ablenkung konnte sie sich nicht erlauben. Sie musste ihr Ziel im Auge behalten. Für ihre Granny. Sie war gerade wichtiger.

„Okay, dann weiter. Jetzt müssen wir noch herausfinden, wann genau das Riesenrad abstürzte, oder?" Mit gestrafften Schultern stand Cadis auf.

„Alles klar. Schon eine Idee, wo es weitergeht?"

Sie überlegte. Schnell kam ihr ein Bild von dem Pferd im Meer. „Wir müssen zu Wasser."

Aber auch dieses Versteck war nicht einfach zu finden. Im Badezimmer gab es keine auffällige Anordnung von Punkten oder Kreisen, keine verdächtige Musterung, nichts.

Der Wille, das Rätsel zu entschlüsseln, und der Zeitdruck zerrten an Cadis' Nerven. Jedes Mal mussten sie von neuem rätseln. Die Tatsache, dass sie bereits

Verstecke gefunden hatten, brachte ihnen keinerlei Wissensvorsprung. Sie schnaufte und fuhr sich durch ihre Haare.

Fin lächelte sie aufmunternd an. „Ganz ruhig, wir werden es schon finden."

„Ich weiß. Die Frage ist nur, wann ..." Damit ging sie zum Waschbecken, um sich Wasser über die Handgelenke laufen zu lassen und ihr heißes Gesicht ebenfalls zu kühlen.

„Warum nimmst warmes Wasser?", fragte Fin, der sie beobachtete.

Cadis sah auf die Waschbeckenarmatur, die wunderschöne Kreuzgriffe mit Keramikbesatz hatte. Der linke Knauf trug den Buchstaben C für *cold*, der rechte W für *warm* – also verkehrt herum. „Granny hat die Knäufe getauscht, weil es sich sonst WC ließt." Sie zuckte mit den Schultern.

„C – W", murmelte Fin.

„Das ist kein Hinweis. Unten im Gäste-WC ist es auch so."

„Wir sollten dennoch jeder Besonderheit nachgehen. Wofür könnte C – W stehen?"

„Cold-warm? Close wishes? ..." Sie stutzte. „Wishes ..."

„Das klingt nach einer Eingebung."

„Wie du sagst, wir müssen unseren Blickwinkel ändern." Sie ging ein paar Schritte zurück und sah sich das Badezimmermobiliar von weitem an. „Der Waschbeckenunterschrank hat zwar dieselbe Front wie die anderen Schränke, trotzdem sieht er anders aus."

„Das liegt am Hintergrund“, bemerkte Fin. „Hier, schau. Der Schrank ist weiß, aber die Leiste hinter den Türen ist dunkel.“

„Das ist eigenartig.“

„Sieht aus, wie ein T – wo wir schon bei Buchstaben sind.“

„C – W – T“, überlegte Cadis.

„Oder W – C – T.“

„W – C – T – *Wishes come true*! Das ist es! Das ist ein Hinweis!“ Mit wild klopfendem Herzen machte sie sich an dem Wasserhahn und den Armaturen zu schaffen. „Es muss irgendetwas mit den Griffen und dem Unterschrank zu tun haben.“

„Lass uns mal versuchen, es hochzuziehen. Du ziehst an den Knäufen, ich hebe gleichzeitig den Schrank an.“

So absurd Cadis die Idee zunächst auch fand, zog sie dennoch mit aller Kraft. Ein kleines Klicken war zu hören und die ganze Konstruktion ließ sich ein paar Inches anheben.

„Das ist es!“, rief sie begeistert.

„Ja, aber wir kommen nicht weiter. Hier bewegt sich nichts mehr.“

„Vielleicht ist es wie eine Tür und wir müssen sie aufschwenken.“

Sie versuchten es, doch es misslang.

„Langsam wird es echt schwer“, ächzte Fin.

Cadis überlegte fieberhaft. „Warte, die Buchstaben sind in einer anderen Reihenfolge. Das könnte bedeuten, dass sich die Tür nicht nach links, also die Leserichtung, sondern nach rechts öffnet.“

Mit aller Kraft zogen in die entgegengesetzte Richtung, als plötzlich die Kreuzgriffe nach rechts abknickten. Cadis erschrak, doch nun ließ sich die Waschbecken-Unterschrank-Kombination mitsamt der angrenzenden Fliesen und dem Wandteil einfach und geschmeidig zur Seite schwenken.

„Das war dann wohl die Entriegelung", stellte Fin fest. „Hatte ich erwähnt, dass deine Granny der absolute Hammer ist?"

Ein stolzes Grinsen unterdrückend, beobachtete Cadis, wie er mit der Hand den nun freien kleinen Hohlraum in der Wand erkundete.

„Hier ist nichts. Doch, warte ... Da ist etwas an der Innenseite der Wand. Es ist aus Papier und zum Teil eingemauert. Ich versuche, es rauszuholen."

Das Knistern von dickem Papier und das Knacken von abbrechendem und herabrieselndem Putz war zu hören. Endlich zog Fin einen weißen Umschlag im A5-Format hervor.

Ungeduldig riss sie ihn auf und holte das Dokument heraus. „Es ist ein Polizeibericht."

„Was steht da?", fragte Fin stirnrunzelnd.

Hastig überflog sie die Zeilen und schlug die Hand vor den Mund.

„Jetzt sag schon."

Nur schwer brachte sie die Worte heraus. „Hier steht: *Absturz eines Riesenrads* und *Unfall mit Todesfolge*."

Fin runzelte die Stirn. „Wer ...?"

„Grayson ... Er kam im Riesenrad ums Leben. Am achtzehnten Juni neunzehnhunderteinundsechzig vermutlich um einundzwanzig Uhr stürzte es in die Tiefe und er mit ihm."

Fin schwieg lange. Auch Cadis wusste nichts mehr zu sagen. Die Bilder des herabstürzenden Riesenrads im

Licht der untergehenden Sonne flimmerten vor ihrem inneren Auge und wurden nun um ein Detail reicher.

„Nur er?“, fragte Fin schließlich vorsichtig.

„Ja, er wird hier als einziger Fahrgast genannt. Und bei *Zeugen* steht: *keine.*“ Sie schüttelte den Kopf, versuchte, ruhig zu bleiben. „Fin, Grayson starb, weil vier Herren unbedingt einen viel zu schweren Jahrmarkt auf einem viel zu instabilen Untergrund bauen mussten. Granny verlor ihren ersten Ehemann und ihre Liebe kurz nach der Hochzeit. Das wäre vermeidbar gewesen!“ Ein weiteres Gefühl mengte sich unter Cadis’ Trauer: Wut. Heiß und glühend schoss sie durch ihre Blutbahn.

„Du weißt, dass Grayson auch an dem Bau des Jahrmarktes beteiligt war?“

„Ja, aber er kann nichts davon gewusst haben, sonst wäre er wohl kaum in das Riesenrad gestiegen.“

„Vielleicht wollte er demonstrieren, wie sicher es ist.“

„Oder vielleicht waren alle Geschäftspartner unwissend und mein Urgroßvater hat sie eiskalt hinters Licht geführt.“

„Warum war Grayson überhaupt in dem Riesenrad und warum alleine?“

Sie deutete auf den Bericht. „Sie gehen davon aus, dass der Unfall zum Großteil eigenes Verschulden war. *Herabgesetztes Reaktions- und Urteilsvermögen aufgrund von Alkoholeinfluss* heißt es hier.“

„Demnach ist er abends alkoholisiert auf den geschlossenen Jahrmarkt getorkelt, hat das Riesenrad eingeschaltet und ist eine Runde gefahren?“

„Davon geht zumindest die Polizei von Cornwall aus. Aber das kann nicht stimmen. Wie hat er das Karussell von der Gondel aus gestartet?“

„Von außen natürlich. Und dann ist er während der Fahrt zugestiegen.“

„Glaubst du das wirklich?“

„Du machst dir kein Bild, was betrunkene Menschen so alles zustande bringen.“ Fin grinste. „Das dachte sich die Polizei von Cornwall mit Sicherheit auch.“

„Ich denke, die Polizei von Cornwall hat es sich ziemlich einfach gemacht. Irgendetwas stimmt nicht.“ Stirnrunzelnd las sich Cadis den Bericht noch einmal durch. „Ich werde die Verantwortlichen finden oder diese geheimnisvolle Person, von der Granny sprach. Allerdings ...“ Sie seufzte. „Weiß ich nicht, wo wir als nächstes suchen sollen. Mir fällt keine Geschichte mehr ein.“

Mit einem gutmütigen Lächeln sah Fin sie an. „Zeit für eine Pause.“

Schweigend gingen sie zurück ins Wohnzimmer, setzten sich an den imposanten Esstisch und starrten auf die Dokumente, die sie bislang zusammengetragen hatten.

„Okay, was wissen wir bisher?“, begann Fin. „Wir wissen, dass Calandra und Grayson verheiratet waren und Grayson zwei Monate nach ihrer Hochzeit in dem Riesenrad ums Leben kam, das auf dem instabilen Untergrund einer alten Zinnmine stand. Und er war allein darin.“

„Genau.“

„Damit wissen wir noch immer nicht, was es überhaupt mit dem Jahrmarkt auf sich hatte und was Grayson in dem Ganzen für eine Rolle gespielt hat.“

„Richtig.“

„Und es ist bereits halb eins nachts.“

„Das war jetzt überflüssig.“

„Da noch so viele Fragen offen sind, gibt es auch noch Unterlagen.“

Cadis legte ihre Arme auf den Tisch und bettete ihren Kopf darauf. „Bestimmt sogar. Aber ich habe keine Idee mehr, wonach wir suchen sollen, wie wir die nächsten finden sollen. Außerdem werde ich müde.“ Ihre Augenlider schlossen sich von allein. Gerade nach der vergangenen Nacht würde ihr etwas Ruhe guttun. „Vielleicht gibt es hier auch nichts mehr und wir müssen als nächstes bei den Trewins einbrechen oder so“, murmelte sie bereits im Eindösen.

„Hey, jetzt wird nicht geschlafen, Milady. Ich mache uns einen Kaffee und dann geht die Suche in die nächste Runde. Das ist ein verzaubertes Haus. Hier muss es noch Hinweise geben.“

Cadis lächelte. In der Tat war dies ein verzaubertes Haus.

Der Kaffee belebte ihre Geister, erweckte ihre inneren Reserven. Voller Tatendrang sprang Cadis auf. „Alles klar, jetzt bin ich bereit für die nächste Runde und die nächste und die nächste. Es darf uns nur der Kaffee nicht ausgehen.“

Fin lachte. „Seit wann belieben wir denn zu scherzen?“

„Seit wir völlig übermüdet und gefüllt mit *Wine Gums* und Kaffee sind. Apropos, reichst du mir noch mal welche?“

Grinsend schob er ihr die mittlerweile dritte Tüte hin. Cadis nahm sich eine große Hand voll und steuerte das deckenhohe Bücherregal an. Sie musste einige Ranken zur Seite schieben, um die Titel auf den Einbänden der Bücher lesen zu können.

„Hattet ihr ein Lieblingsbuch?“, erkundigte sich Fin.

„Natürlich hatten wir das.“ Mit zusammengekniffenen Augen scannte sie die Buchreihen ab. Schließlich fand sie es.

Ächzend zog sie ein übergroßes dickes Buch mit blauem Einband hervor, das sie sogleich auf den Boden legte, weil es viel zu schwer war, um es in der Hand halten zu können. In goldenen Lettern stand darauf: *Sagenhafte und andere Geschichten.*

„Den Titel verstehe ich nicht“, entgegnete Fin.

Cadis grinste ihn an. „Und genau das ist der Punkt.“

„Aber das Buch ist der Wahnsinn. Das ist ja so gewaltig, dass man beinahe darin spazieren gehen könnte.“

„Es kommt noch besser“, sagte sie geheimnisvoll und klappte die erste Seite auf. Mit dieser Seite entfalteten sich Bäume, Tiere, ein Schloss und eine ganze Hügellandschaft aus Pappe. An einem der Hügel lief ein Wasserfall als Glitzerfäden hinunter.

Fins Augen leuchteten. „Ein riesiges Pop-Up Buch! Was für ein Kindertraum!“

Sie nickte und sah gerührt auf die märchenhafte Landschaft.

„Ich hätte sie gerne kennengelernt, deine Granny.“

Als Cadis den Blick zu ihm hob, lächelte er sie liebevoll an. Ein warmes Gefühl strömte um ihr Herz. „Ich glaube, sie hätte dich gemocht."

Er wandte den Blick wieder zum Buch. „Ich sehe gar keinen Text. Gibt es zu den Landschaften auch Geschichten?"

„Texte sind vorgeschrieben. Das war die Schönheit dieses Buches. Wir konnten uns jedes Mal eine andere Geschichte ausdenken. Oder eine bestehende fortführen oder abändern."

„Klingt gut."

„Spannend ist auch, dass alle Welten etwas gemeinsam haben." Damit blätterte sie weiter durch Rosengärten, Schlosstürme und Unterwasserwelten.

„Und was?"

„In jeder Märchenlandschaft verbirgt sich ein geheimer Raum. Siehst du?" Sie zeigte ihm beispielhaft einen verborgenen Lift, einen Schatz unter einem Seestern und ein Gefängnis zwischen Rosenranken.

„Könnte das hier auch sein?"

„Was meinst du?"

„Könnte es hier im Haus auch einen verborgenen Raum geben?"

Gerade wollte sie verneinen, sah sich jedoch um. „Wie war deine Theorie zu den Pflanzen noch gleich?"

„Dass sie etwas vertuschen oder überdecken?"

„Genau. Vielleicht sollten wir dem nachgehen."

Damit suchten sie die Bereiche der Wohnung ab, wo sich auffällig viele Pflanzen befanden. Sie schoben Ranken zur Seite, zogen die Töpfe und Kübel vor.

„Ha!", rief Fin, als sie im Flur im Obergeschoss zwischen Schlafzimmertür und benachbarter

Arbeitszimmertür standen, vor ihnen ein riesiges gerahmtes Mosaikbild von Frida Kahlo vor buntem Hintergrund. „Ich sagte doch, dass die Symmetrie der Räume eigenartig ist. Die Pflanzen und die bunten Kacheln sollten davon ablenken, aber ich habe es dennoch durchschaut."

„Was durchschaut?"

„Hier. Sieh ins Schlafzimmer und ins Arbeitszimmer. Die sind durch eine Wand getrennt. Wenn man jetzt aber genau hinsieht, erkennt man, dass das Schlafzimmer hier endet." Er stellte eine Pflanze an die Stelle im Flur, wo die Wand weiterlaufen würde. „Das Arbeitszimmer fängt aber erst hier an." Er warf einen Blick in das Zimmer, um in etwa die Stelle zu finden, an der die Wand an die Flurwand grenzte. Auch dort platzierte er im Flur eine Pflanze.

„Siehst du? Zwischen den beiden Wänden sind locker zwei Fuß Platz. Das reicht, um gemütlich darin zu stehen." Sie betrachteten das Mosaik. „Also wenn dahinter etwas ist, ziehe ich vor deiner Granny endgültig den Hut", sagte Fin.

Cadis fuhr mit der Hand über die verschieden großen Kacheln. „Und wie finden wir heraus, ob wirklich etwas dahinter ist?"

„Ich könnte aus der Werkzeugschublade Hammer und Meißel holen", schlug Fin achselzuckend vor.

Sie zog eine Augenbraue hoch. „Sehr barbarisch. Wo bleibt da die Raffinesse? Wir müssen irgendwie hinter das Bild gelangen ..."

„Es könnte einen Weg durch das Schlafzimmer oder das Arbeitszimmer geben."

Nachdenklich betrachtete Cadis das Bild. „Das stimmt. Mein Gefühl sagt mir aber, dass wir hier suchen müssen. Ich weiß nur nicht, wo."

„Wahrscheinlich stehen wir zu dicht dran", überlegte Fin. „Eine andere Perspektive, weißt du noch?"

„Aber viel weiter zurück geht nicht. Der Flur ist zu schmal."

„Dann stell dich auf den Kopf." Er grinste.

Cadis gab nur ein „Pfff" von sich und ließ sich erschöpft an der Wand ins Sitzen gleiten, als ihr etwas auffiel. „Kann es sein, dass einige Kacheln ihre Farbe ändern, wenn man sie aus einem anderen Winkel betrachtet?"

Mit gerunzelter Stirn lief Fin vor dem Mosaik hin und her. „Tatsache. Das ist wahrscheinlich eine Art Flip-Flop-Lackierung. Allerdings haben die nur einige Kacheln hier und dort."

„Die Anordnung der Flop-Flop-Kacheln erinnert beinahe an einen Sternenhimmel ..." Cadis hatte das letzte Wort noch nicht ganz ausgesprochen, da war beiden sofort klar, wonach sie Ausschau halten mussten. Konzentriert suchten sie die besonderen Kacheln nach der Konstellation ab, die sie schon den ganzen Abend jagten.

„Ich sehe es nicht!" Cadis Stimme überschlug sich.

Fin hatte seine Stirn in tiefe Falten gelegt. „Ich auch nicht."

Plötzlich kam ihr ein Gedanke. Ungalant senkte sie den Kopf auf den Boden, jedoch so, dass sie das Bild noch immer sehen konnte.

„Darf ich fragen, was Ihr da macht, Milady?", erkundigte sich Fin.

Trotz des belustigten Tonfalls ließ sich Cadis nicht abbringen. „Wonach sieht es denn aus? Ich versuche, mich auf den Kopf zu stellen. So, wie du gesagt hast."

„Nein, komm schon. Das war doch nur ein Witz."

„Hast du vergessen, wo wir sind? Bei meiner Granny. Hier ist alles möglich. Sogar, sich auf den Kopf zu stellen, um den Eingang zu einem Versteck zu finden. Würdest du mir mal kurz assistieren?"

Kopfschüttelnd half Fin Cadis, ihre Füße in die Luft zu heben. „Du bist echt verrückt, weiß du das eigentlich?"

„Jetzt nicht, ich muss mich konzentrieren, ehe mir das ganze Blut in den Kopf rauscht."

„Und?", fragte Fin nach einer Weile. „Ist andersherum mehr zu sehen?"

Ihr Blick flog hin und her, von Punkt zu Punkt. Endlich fand sie, wonach sie gesucht hatte. „Ich sehe es! Es ist das Pferd! Es steht auf dem Kopf."

„Öfter mal was Neues ...", murmelte er.

„Ich habe eine Idee!" Sie löste sich aus Fins Griff, stand auf und wankte, trotz immensen Schwindels ins Schlafzimmer.

Er folgte ihr. „Was hast du vor?"

„Wirst du gleich sehen." Sie zog ihr Handy hervor und machte ein Foto von den Astlöchern in Pferdeform auf dem Schlafzimmerboden, nur um gleich darauf wieder aus dem Raum zu stürmen.

Wieder tapste Fin nur hinterher. „Würdest du mir endlich verraten, was du vorhast?"

Gewitzt grinsend, drehte Cadis ihr Handy auf den Kopf. „So können wir auch ohne Handstand die richtigen Kacheln finden."

„Clever."

„Danke. Also los." Um die umlackierten Steine zu erkennen und mit dem Bild auf ihrem Handy abzugleichen, musste sie sich fortwährend hin und her und hoch und runter bewegen.

„Das sieht aus wie ein total alberner Hühnertanz", kommentierte Fin belustigt.

Cadis überging das und deutete stattdessen auf drei Kacheln, die in einigem Abstand untereinander angeordnet waren. „Das hier müssten Vorderbeine und Rumpf sein. Und das ..."

„Warte, bevor du weitermachst."

Sie blieb stehen.

„Vielleicht müssen wir mit den Kacheln etwas machen." Er ging zu den dreien, auf die sie gerade gezeigt hatte. „Wenn ich ..." Vorsichtig drückte er auf eine der Kacheln die sich tatsächlich eindrücken ließ. Hinter dem Bild war ein leises Klicken zu hören.

„Das ist wie ein Schloss!", bemerkte Cadis begeistert.

„So brillant." Damit drückte er auch die anderen beiden Kacheln ein. „Ich frage mich, was passiert, wenn ich eine falsche eindrücke. Soll ich es mal versuchen?" Fins Hand näherte sich bereits einer anderen Kachel mit der Lackierung, die jedoch nicht zu dem Bild gehörte. Sachte tippte er sie an. „Sie würde sich auf jeden Fall auch bewegen lassen ..."

„Stopp, nicht!", rief sie panisch. „Am Ende sperrt sich dann die Tür."

„Wäre ihr zuzutrauen."

„Wir gehen lieber kein Risiko ein."

Fin nickte und widmete sich den nächsten sieben Kacheln, auf die Cadis zeigte. Als er die zehnte und letzte Kachel eindrückte, sprang das Mosaikbild in seinem Rahmen aus dunklem Holz einen Spaltbreit auf.

„Wahnsinn. Hat sie das alles allein gemacht?“, fragte Fin andächtig.

„Das nehme ich an.“

„Also, mit diesen Fähigkeiten hätte sie richtig was werden können. Warum hat sie nie gezeigt, was sie kann?“

„Na ja, nach dem Schlaganfall war sie völlig verändert. Ich weiß nicht, ob sie solche Sachen anschließend noch konnte, aber ihr Charakter war nicht mehr derselbe. Sie war zurückgezogen, in sich gekehrt, sprach kaum mehr ein Wort.“ Cadis schluckte.

„Zeit nachzusehen, was sich auf der anderen Seite verbirgt, oder?“ Sanft schob er die Tür weiter auf.

Was sie empfing, war die Dunkelheit eines kleinen Raums. Cadis kletterte über den Einstieg. Es roch nach feuchtem Stein und staubiger Luft. Außer den Wänden war zunächst nichts zu sehen. Doch dann entdeckte sie einzelne Bretter, die in die Wand genagelt waren. Mit dem Strahl der Taschenlampe folgte sie den Brettern hinauf bis zu einer Zwischenebene über ihren Köpfen.

„Gefunden“, flüsterte sie und machte sich direkt an den Aufstieg.

Es war nicht einfach, sich an den Latten festzuhalten, da es keinen Zwischenraum zwischen Brett und Wand gab. Aber sie kämpften sich hoch. Cadis kletterte als erste auf die Zwischenebene.

„Komm, es hält“, sagte sie zu Fin.

Er stützte sich auf der Ebene ab. „Lass nur, ich bleibe hier, sonst wird es zu eng.“

„Na gut." Sie leuchtete in die dunkle Ecke, in der mehrere Stapel Zettel gebündelt lagen. Neugierig krabbelte sie hin und wischte die dicke Staubschicht von den obersten Blättern. Dabei brachte sie der aufgewirbelte Staub beinahe zum Niesen.

Es waren Poster und Flyer, die groß die Eröffnung des Jahrmarktes ankündigten. Sie schob Fin den Stapel hinüber. „Siehst du, er *war* für die Öffentlichkeit", sagte sie mit Nachdruck, obwohl sie nie daran gezweifelt hatte.

Trotz des wenigen Lichts sah sie, wie er schmunzelte. „Ist ja gut, du hast gewonnen. Wann sollte er eröffnet werden?"

Sie ließ den Lichtkegel über das gelbliche Papier gleiten. „Am zwanzigsten Juni neunzehnhunderteinundsechzig." Sie überlegte. „Grayson starb am achtzehnten Juni, also nur zwei Tage zuvor."

„Ich nehme an, dass die Eröffnung deswegen verschoben wurde, beziehungsweise abgesagt und der Jahrmarkt gesperrt wurde. Wenn so ein Riesenrad in die Tiefe stürzt, macht das schon Eindruck."

„Mhm. Ein beruhigender Gedanke, dass nie Besucher in Gefahr waren. Trotzdem frage ich mich, warum die ganzen Poster und Flyer dann *hier* sind. Sie hätten längst verteilt werden müssen. So ein Event kündigt man doch Wochen im Voraus an."

Fin runzelte die Stirn. „Das sind bestimmt nur die Reste, die vom Austragen übriggeblieben sind."

„So viele Flyer und Poster? Das sind an die tausend Stück. Vielleicht sogar mehr."

„Oder es ist ein Nachdruck, weil die erste Auflage nicht gereicht hat?“

Cadis tippte sich an die Nase. „Das kann ich mir auch nicht vorstellen. Dann hätten wir im Internet doch etwas von der Eröffnung gefunden.“

„Hätten wir?“, fragte Fin spitzfindig. „Was ist, wenn die Trewins verlangt haben, dass alles, was an den Jahrmarkt erinnert, gelöscht und vernichtet wird?“

„So viel Macht haben die nicht.“

„Glaubst du das wirklich?“

„Nein.“ Ihr Blick verhakte sich in der Abbildung des Riesenrads auf einem der Flyer. Wie es dort stand, groß und majestätisch, ruhig und harmlos. „Trotzdem kann ich mir nicht vorstellen, dass sie so emotional sind.“

„Warum nicht?“

„Weil es die Trewins sind.“

„Und Trewins trauern nicht um den Verlust eines Sohnes?“

Nun runzelte Cadis die Stirn. „Verteidigst du die Trewins etwa gerade?“

„Nein, ich versuche nur, in alle Richtungen offen zu bleiben. Ist da noch mehr?“

Sie leuchtete wieder in die Ecke. „Nichts außer einer Menge Staub und Spinnweben.“ Um sicherzugehen, dass sie nichts übersehen hatte, blätterte sie mit den Fingern durch die Stapel. Zwischen den Flyern war nichts, doch bei den Postern rutschte ihr ein Umschlag entgegen. Mit klopfendem Herzen zog sie ihn aus dem Stapel. Fin übernahm die Taschenlampe, während Cadis den Umschlag öffnete.

„Das sind Quittungsdurchschläge über den Erwerb der Karussells“, stellte sie fest. „Sie kommen alle von demselben Schausteller. Mathew Brown.“ Sie zog die Augenbrauen zusammen. „Dann sind es auf jeden Fall keine neuen Karussells gewesen.“

„Kann ich mir auch nicht vorstellen. Darf ich mal sehen?“

Sie reichte ihm die Durchschläge und zog weitere zusammengeheftete Seiten aus dem Umschlag. „Das ist eine Versicherungspolice“, sagte sie heiser und blätterte sie durch. „Der Jahrmarkt war mit mehreren Millionen Pfund versichert.“

„Unmöglich. Keine Versicherung hätte *diesen* Jahrmarkt versichert.“

„Zumindest nicht, wenn sie davon gewusst hätte, was sich unterhalb befindet.“ Eine vage Ahnung kroch kalt Cadis’ Rücken hinauf. Erneut sah sie in die Police. „Hier sind alle Karussells aufgelistet, die auch auf dem Jahrmarkt stehen. Zum Beispiel ist das Kettenkarussell hier mit fünfzigtausend Pfund dotiert. Was steht auf der Quittung?“

Fin suchte den passenden Durchschlag raus. „Achttausend Pfund“, antwortete er und sah Cadis an. „Das klingt für mich wie ...“

„Versicherungsbetrug“, beendete sie seinen Satz und ließ das Dokument sinken. „Für Geld? Mein Urgroßvater war bereit, für Geld Menschenleben skrupellos zu opfern? Vielleicht sogar Kinder sterben zu lassen? Familien auseinanderzureißen?“

„Das glaube ich nicht.“ Im Halbdunkel strich er über ihre Hand.

„Glaub es“, sagte sie düster.

„Würdest du ihm das zutrauen?“

„So sehr ich meine Familie gerne als die Bösen der Geschichte sehen würde, weil es so viel erklären würde, hoffe ich, dass sie nicht derart niederträchtig waren.“ Erneut sah Cadis zu den Stapeln mit Flyern. „Vielleicht sollte der Jahrmarkt ja nie eröffnet werden? Es könnte doch sein, dass sie den Gutachter geschmiert haben, damit diese Höllenmaschinerie einen Versicherungsschutz erhält.“

„Wenn es reiner Versicherungsbetrug ist, wissen wir trotzdem nicht, warum Grayson gestorben ist.“

„Zumal irgendein Unglück geschehen musste, damit der Versicherungsschutz griff“, überlegte sie.

„Möglicherweise wollte oder sollte Grayson den Unfall inszenieren und kam dabei ums Leben?“

„Du läufst gerade wirklich zur Höchstform auf, was?“ Lächelnd grübelte sie weiter. Es war zwei Uhr morgens – eine schwierige Zeit, um logische Schlüsse zu ziehen. Einer kam ihr dennoch: „Dann sind wir noch nicht fertig. Und ich habe eine Idee, wo wir als nächstes suchen könnten.“

Eine weitere Tasse Kaffee und eine halbe Tüte *Wine Gums* später standen sie wieder vor dem Bücherregal. Es war ein Einbauregal, das in die Wand eingelassen war. „Ich könnte mir vorstellen, dass hier ein Hinweis versteckt ist. Das Bücherregal ist doch ein Klassiker oder nicht?“ Damit fing sie an, die Bücher aus dem Regal auf dem Esstisch zu stapeln. Kurz sah Fin ihr zu, dann zuckte er mit den Schultern und ging ihr zur Hand.

Als das Regal leer war, begann sie, mit aller Gewalt daran zu zerren.

„Halt, halt, halt, was machst du denn da?"

„Keine Zeit verlieren."

„Auch in die Wand eingelassene Schränke sind fest montiert." Kopfschüttelnd reichte er ihr den Schraubendreher.

Es waren nicht viele Schrauben und sie waren schnell gelöst. Das Regal bestand aus zwei Teilen, jedes Teil etwa vier Fuß breit. Mit Mühe zogen sie es gerade so weit nach vorn, dass Cadis dahinter klettern und sich umsehen konnte. Mit zittrigen Fingern tastete sie alles ab: die Rückwand, Seitenwände und über dem Regal.

„Kannst du bitte die Regale nach vorn kippen, damit ich darunter nachsehen kann?", rief sie. Augenblicklich wurde es hell in ihrer Nische. „Dankeschön." Auf dem Boden entdeckte sie einen schwachen Schriftzug.

„Jetzt brauche ich das Hochzeitsfoto von Grandma und Grayson bitte."

„Gerne, Frau Detektivin."

Sie sah sich das Foto an, das Fin ihr gereicht hatte. Beim ersten Mal war sie zu abgelenkt gewesen. Abgelenkt von dem anderen Ehemann und von dem Glück und der Liebe, die die beiden ausstrahlten. Nun betrachtete sie es genauer. Ihre Großmutter trug ein recht schlichtes, knöchellanges weißes Kleid. Ihre langen dunklen Haare flossen in einer seichten Welle über ihre Schultern. Auf ihrem Kopf hatte sie einen zarten Blumenkranz, in den ein paar Strähnen eingearbeitet waren. In der Hand hielt sie einen kleinen Blumenstrauß.

„Alles sehr dezent", stellte Fin fest.

„Sehr dezent. Auffällig dezent, wenn man bedenkt, dass sie Sprösslinge zweier gut betuchter Familien waren."

Grayson stand im Anzug neben Calandra, eine Hand um ihre Taille gelegt. Trotz der Pomade war Grayson Trewin ein äußerst gutsaussehender Mann, fand Cadis. Kein Wunder, dass sich ihre Granny in ihn verliebt hatte. Allein seine Ausstrahlung auf dem Bild war faszinierend. Und er hatte sie geliebt. Das erkannte sie daran, wie er sie ansah, als würde außer ihr nichts anderes auf der Welt existieren.

Dann fiel ihr ein weiteres winziges Detail auf. Sie lehnte sich über das Regal zu Fin.

„Sieh dir das mal genauer an."

Prüfend betrachtete Fin das Bild.

„Achte auf Graysons Hände."

„Die eine an der Taille und die andere ..." Er sah zu ihr auf.

„Ich glaube, sie war schwanger", sagte Cadis mit leuchtenden Augen. „In diesem Bauch ..." Sie zeigte auf das Foto. „... könnte mein Vater sein."

„Heißt das ...?" Er schluckte. „Grayson Trewin ist dein Großvater?"

„Das wäre schön, oder?"

„Nein!", kam es wie aus der Pistole geschossen.

Cadis lachte, wenngleich verständnislos. „Warum sollte das schlecht sein? Dann wäre ich ein Nachkomme dieser unfassbar starken Liebe. Das würde ich mir wünschen."

„Ich nicht."

Nun stutzte Cadis doch. „Was hast du denn auf einmal? Daran ist nichts Verwerfliches."

Unachtsam warf Fin das Foto zurück auf den Tisch.

„Hey! Vorsichtig damit. Das ist wertvoll."

„Ich dachte, ihr hasst die Trewins, *du* hasst die Trewins", sagte Fin tonlos. „Und jetzt willst du plötzlich seine Enkelin sein? Warum?"

„Ich sagte nur, dass ich gerne ein Nachkomme dieser starken Liebe wäre. Und offensichtlich haben sich unsere Familien mal gut verstanden. Ich glaube mittlerweile, dass es der Jahrmarkt war, der uns entzweit hat."

„Möglich. Dann sag mir, warum du die Trewins nicht magst."

„Weil ... sie genau so überkandidelt sind wie der Rest des Adels. Das ist nicht persönlich gemeint. Ich kenne sie nicht. Aber für mich sind sie der Inbegriff einer versnobten Familie."

„Nettes Urteil dafür, dass du sie nicht einmal kennst."

Cadis legte den Kopf schief. „Was ist denn plötzlich mit dir los?"

Fin antwortete nicht. Die einzige Reaktion war ein Zucken seiner Kiefermuskeln.

Er verteidigte den Adel. Mit schwerem Herzen musste sie die Vermutung aufstellen, dass er ebenfalls zum Adel gehörte. Einer Welt, mit der sie nichts anfangen konnte, der sie den Rücken kehren wollte. Und damit auch ihm. Sie räusperte sich, um ihre Gefühle nicht zuzulassen. „Wir haben jetzt keine Zeit für solche Grundsatzdiskussionen, Fin. Es wird immer später. Wir müssen vorwärtskommen. Können wir uns bitte später darüber streiten?"

Er nickte, doch Cadis spürte, dass gerade etwas kaputtgegangen war, wenngleich sie nicht sagen konnte, was genau. Dennoch spürte sie einen kleinen Stich tief in ihrem Herzen, versuchte jedoch, ihn zu ignorieren.

KAPITEL 17 – CALANDRA

Cornwall, England, 1961

„Calandra, Liebes, dein Vater und ich müssen mit dir reden.“ Die ungewöhnlich sanften Worte ihrer Mutter, die auch noch untypischerweise auf ihrer Bettkante saß, ließen Calandra aus einem albtraumgeplagten Schlaf erwachen.

Etwas war anders an diesem Morgen.

Gerade wieder Herrin ihrer Sinne, fühlte sie neben sich. Die Bettseite war leer. War Grayson letzte Nacht etwa nicht heimgekommen? Saure Galle kroch ihre Speiseröhre herauf.

„Wo ist Grayson?“, fragte sie ihre Mutter krächzend.

„Darüber müssen wir reden. Aber bitte unten. Dein Vater wartet auch schon.“

Calandra wollte die befremdlich mitfühlende Art ihrer Mutter nicht wahrnehmen, nicht ahnen, dass etwas Schlimmes vorgefallen sein musste. „Wo ist Grayson?“ Ihr Herz begann zu flattern.

„Liebes, du bist schwanger, reg dich nicht so sehr auf.“

„Wo ist Grayson?“

„Mach dich fertig und komm runter.“

Sie dachte gar nicht daran. „Sag mir bitte endlich, wo mein Ehemann ist!“ Verzweifelt versuchte sie, gegen die Übelkeit und die Tränen anzuschlucken. Es war nur die Ahnung. Eine schreckliche Ahnung ...

„Das sagen wir dir, sobald du runtergekommen bist." Damit stand ihre Mum auf und verschwand aus der Tür. Ihre Schritte verklangen rasch im Flur.

Mit bebender Unterlippe stellte sich Calandra auf ihre wackligen Beine. Ein Anflug von Schwindel ließ sie jedoch schnell zurück auf das Bett sinken. Sie legte die Hand auf ihre Brust, versuchte, langsam zu atmen.

„Ganz ruhig", flüsterte sie sich selbst zu. „Es ist bestimmt nur halb so wild. Es wird alles gut werden, du wirst sehen." Sie zwang sich, noch einmal tief durchzuatmen. Tatsächlich ließen Schwindel und Übelkeit ein wenig nach. Tapfer straffte sie die Schultern, stellte sich hin und ging aus dem Zimmer. Mit etwas Bewegung würde es ihrem schwachen Kreislauf gleich besser gehen.

„Hattest du ihr nicht gesagt, dass sie sich ankleiden soll, Georgina?", fragte ihr Dad an ihre Mum gewandt, als Calandra das Esszimmer betrat. Erst jetzt dämmerte ihr, dass sie noch im Nachthemd war. Üblicherweise ein nicht geduldeter Fauxpas, heute jedoch lediglich von ihrer Mutter mit einer erhobenen Augenbraue quittiert. Wieder krampfte ihr Magen.

„Eigentlich hatte ich ihr genau das aufgetragen", erklärte sie.

Fröstelnd schlang Calandra die Arme um ihren Körper. „Ich möchte wissen, wo Grayson ist."

Ihre Mum seufzte. Dass sie ihrem Blick dabei auswich, gefiel Calandra überhaupt nicht.

„Zieh dir bitte wenigstes etwas über."

„Nein! Sagt mir endlich, was los ist." Ihre Stimme bebte.

Ihre Eltern tauschen einen Blick, der Calandras Herzschlag schmerzhaft beschleunigte.

Unerwartet sprang ihre Mutter auf. „Ich hole ihr schnell eine Jacke.“ Damit eilte sie in ihr vorbei aus dem Esszimmer.

Nein ..., dachte Calandra, der die Tränen in den Augen ihrer Mutter auch im flotten Vorbeilaufen nicht entgangen waren.

Langsam sah sie zu ihrem Vater. Inzwischen zitterte sie am ganzen Körper. „Dad?“

Seine Kiefermuskeln arbeiteten, was im völligen Kontrast zu dem sanften Ausdruck in seinen Augen stand. „Setz dich, Kleines.“

Kleines? Das letzte Mal, als er sie so genannt hatte, hatte sie noch Windeln getragen.

Ihr Brustkorb schnürte sich zu.

Nickend deutete er erneut auf den freien Stuhl ihm gegenüber.

Calandra wusste nicht wie, aber sie erreichte den Tisch. Ohne den Blick von ihrem Vater abzuwenden, tastete sie sich zu dem Platz und setzte sich zögerlich.

Der sonst so stattliche Mann auf der anderen Seite des dunklen Holztisches wirkte in sich eingesunken. Er atmete geräuschvoll aus.

„Was ist geschehen? Was ist mit Grayson?“ Die Hoffnung, dass dieser gleich durch die Tür spazieren würde, hatte sie verloren.

„Es gibt keinen leichten Weg, das zu sagen“, begann ihr Dad schließlich. „Er ... hatte einen Unfall.“

Regungslos saß Calandra auf dem Stuhl. Die Tränen hinterließen brennende Spuren auf ihren Wangen.

„Einen Unfall?“, flüsterte sie erstickt.

Ihr Vater nickte.

Sie traute sich nicht, die nächste Frage zu stellen, denn sie war töricht. Und dennoch würde sie vor der Wahrheit nicht verschont bleiben. „Wie ..." Sie schniefte. „Wie geht es ihm?"

Ihr Vater schüttelte den Kopf. „Lass mich erklären."

Calandra biss sich auf die Lippen und schloss die Augen. *Nein,* flehte sie innerlich. *Bitte nicht.* Doch es war noch nicht vorbei. Noch wusste sie nicht, was genau geschehen war. Mit aller Kraft versuchte sie, Haltung zu bewahren, doch ihr Körper gehorchte ihr nicht. Die Tränen liefen in Rinnsalen ihre Wangen hinab, ihre Unterlippe bebte zu sehr, um sprechen zu können.

„Was ...?", krächzte sie. Mehr war nicht möglich. Ein Weinkrampf durchschüttelte sie.

Geduldig wartete ihr Vater ab, bis sie sich gefangen hatte. Er war ein sehr nüchterner Mensch mit einem Gespür für Zahlen und Gelegenheiten, nicht jedoch für Emotionen. Dass Calandra mit ihrem reichen Schatz an Emotionen und Reaktionen für ihn stets ein Buch mit sieben Siegeln gewesen war, wusste sie.

Auch, wenn seine Augen verrieten, dass ihm ihr Leid naheging, ließ er sich nichts anmerken und blieb sachlich. So oft verurteilt, schätzte sie dieses Verhalten gerade. Jetzt war nicht die Zeit zum Trauern – noch nicht – jetzt war die Zeit für die Übermittlung von Informationen.

So gut es ihr möglich war, versuchte Calandra, sich zu beruhigen und zu sammeln, um genau zuzuhören, was ihr Vater zu sagen hatte.

„Grayson war gestern Abend auf dem Jahrmarkt. Warum, weiß niemand. Alle Arbeiten waren erledigt, es war kein Bauarbeiter mehr da und es musste auch von unserer Seite nichts mehr begutachtet werden."

Calandra wusste, dass er dort gewesen war und auch, warum. Je näher die Eröffnung gerückt war, desto mehr hatte sich Grayson zurückgezogen, hatte mitunter die ganze Nacht wach gelegen, tags so gut wie gar nicht gesprochen. Als er gestern Abend einen Spaziergang machen wollte, hatte sie es sich bereits gedacht.

„Du gehst zum Jahrmarkt, habe ich recht?", hatte sie ihn gefragt. „Aber wir haben Gäste."

„Ich kann nicht tatenlos zusehen, meine Blume. Ich kann es nicht. Ich muss etwas tun."

„Dann lass mich wenigstens mitkommen. Ich sage nur schnell ..." Sie griff bereits nach ihrer Jacke, doch Grayson bremste sie.

„Nein, bitte nicht. Bleib hier. Es ist zu gefährlich dort."

„Aber ich möchte dich begleiten. Ich könnte dir helfen." Die Verzweiflung war ihrer Stimme anzuhören.

„Du hilfst mir, indem du dafür sorgst, dass es unserem Baby gut geht. Und das erreichst du nicht, indem du dich in Gefahr begibst", sagte er mit einem sanften Lächeln und strich ihr liebevoll über die Wange.

„Was hast du vor?"

„Ich weiß noch nicht, wie, aber ich werde dem Ganzen ein Ende bereiten. Vielleicht kappe ich sämtliche Stromleitungen oder ich mache die Karussells eigenhändig dem Erdboden gleich."

„Schade um das Pferdekarussell."

Behutsam legte er die Hände an Calandras Wangen. „Ich werde zügig wieder zurück sein, versprochen."

Sie bemühte sich um glaubwürdiges Nicken.

„Es könnte aber sein, dass unsere Väter und Albert mich verklagen werden und ich eine Zeit ins Gefängnis muss und wir anschließend mittellos sind.“ Bestimmtheit schwang in seinen Worten mit.

Calandra lächelte. „Das ist mir alles egal, so lange wir vier zusammen sind.“

„Wir vier?“

„Ja, wir drei und Lupo.“

Kleine Fältchen tanzten um seine Augen, als er sie mit gehobenen Mundwinkeln ansah.

„Versprich mir nur, dass du vorsichtig bist.“

„Das verspreche ich.“ Mit einem federleichten Kuss verabschiedete er sich. „Bis später, meine Blume.“

Erst ein paar wenige Stunden war dieses Gespräch her und doch kam es ihr vor wie eine Ewigkeit.

„Es ist noch nicht klar, was genau vorgefallen ist“, unterbrach die tiefe Stimme ihres Vaters Calandras Gedanken und holte sie ins Hier und Jetzt zurück – weg von ihrer letzten Erinnerung an ihren Ehemann.

„Fakt ist, dass ...“ Er zögerte. „Der Steilhang, die Stelle, wo das Riesenrad stand, instabil war. Er hat dieser erhöhten Belastung nicht standhalten können. Der ganze Teil des Hangs ist abgebrochen.“

Calandra schlug die Hand vor den Mund, konnte die Worte kaum ertragen, die unaufhaltsam auf sie einprasselten.

Auch ihr Vater rang nun mit seiner Beherrschung. „Das Riesenrad, es ... es ist zusammen mit dem Teil der Klippe ins flache Wasser gestürzt.“ Eine Pause folgte. „Wir wissen nicht, warum, aber Grayson ... befand sich zu dem Zeitpunkt in einer der Gondeln." Er schwieg, ehe er die schlimmsten Worte hinzufügte, die Calandra je gehört hatte. „Er hat den Absturz nicht überlebt."

Nun fiel alle Beherrschung von Calandra ab und entlud sich in einem markerschütternden Schrei. Sie schlug die Hände vor ihr Gesicht. Sie konnte nichts mehr denken, ihre Seele riss entzwei. Ihr Körper krampfte und zitterte, sie krümmte sich auf dem Stuhl. Ihr Herz überschlug sich wieder und wieder, weigerte sich, normal zu schlagen. Tränen quollen unaufhaltsam aus ihren Augen hervor. Immer wieder lösten sich Schreie ihrer inneren Schmerzen.

Irgendwann spürte sie eine Wärme an ihrem Rücken. Ihre Mutter hatte ihr eine Decke über die Schultern gelegt und drückte sie fest, summte ein Lied, das Calandra aus ihrer Kindheit kannte. Dann reichte sie ihr ein Taschentuch. Calandra nahm es und schnäuzte sich.

Tatsächlich wurde sie wieder ruhiger.

Dieser Ausbruch tiefster Trauer hatte ihren Körper völlig erschöpft. In sich zusammengefallen, saß sie mit hängendem Kopf und Schultern weinend an dem Tisch. Sie fühlte sich nur noch wie ein halber Mensch. Alles, was sie sich zusammen aufbauen wollten, was sie sich gemeinsam ausgemalt hatten, ihre gemeinsame Zukunft, war vorbei.

Grayson war tot.

Er war fort.

Für immer.

Ihr Leben würde nie wieder dasselbe sein.

Lange Zeit sagte niemand ein Wort. Schließlich räusperte sich ihr Vater. „Die Bauarbeiter haben das

Unglück entdeckt, als sie in den frühen Morgenstunden die letzten Arbeiten erledigen wollten", sprach er leise weiter.

Eigentlich wollte Calandra nichts mehr hören. Sie wollte aus dem Haus stürmen, weg von diesem Grundstück, fort von dieser furchtbaren Familie, die nicht auf sie hatte hören wollen. Doch ihr Körper war taub und gehorchte ihr nicht mehr. So ließ sie die weiteren Ausführungen ihres Dads über sich ergehen, verzweifelt bemüht, keine Bilder in ihrem Kopf aufkommen zu lassen.

„Muss ein ganz schöner Schock gewesen sein, als sie ihn gefunden haben. Es wurde zwar ein Bergungsteam geschickt, aber niemand ging ernstlich davon aus, jemanden zu finden ..."

Calandra presste die Lippen aufeinander, kniff die Augen zusammen und drehte den Kopf weg.

„Aber sie hatten Glück. Bei diesem Seegang unten an der Küste jemanden zu bergen, ist wahrlich eine Herausforderung. Jedoch meinte es das Wetter heute gut mit uns. Es war windstill. So waren die Wellen händelbar."

Calandras Kiefer mahlten. Wie konnte er an diesem Tag und nach so einem Ereignis von *Glück* sprechen? Die Pietätlosigkeit ihres Vaters weckte neue Lebensgeister in ihr.

„Das habt *ihr* zu verantworten", murmelte sie kaum hörbar.

„Wie bitte?"

„Du, Albert und Mr. Trewin. Ihr tragt die Schuld an Graysons Tod."

Ihr Dad zog die Brauen zusammen, das Mitleid war aus seinen Augen gewichen. „Was redest du da?"

Langsam hob sie den Blick zu ihm. „Wie oft hat er euch gewarnt, dass der Untergrund zu instabil ist? Unzählige Male. Aber ihr habt nicht auf ihn gehört." Sie wurde lauter. „Ihr habt seine Warnungen in den Wind geschlagen, für Geld. Und nun ist er tot! Wegen euch!"

„Sei vorsichtig mit derartigen Anschuldigungen, junge Dame." Warnend erhob er den Zeigefinger. „Misch dich nicht in Angelegenheiten ein, die dich nichts angehen und verurteile nichts, von dem du keine Ahnung hast. Graysons Warnungen waren unüberlegt, ebenso wie seine Handlungen. Sie sprachen aus fehlendem Geschäftsbewusstsein. Nur dadurch ist es zu diesem tragischen Unglück gekommen." Sein Blick verfinsterte sich weiter. „Ich warne dich, Calandra, wag es nicht, derartige Vorwürfe den Trewins gegenüber zu erwähnen. Sie haben ihren Sohn verloren. Was sie gerade durchmachen, ist unvorstellbar."

Calandra schnaufte und schüttelte fassungslos den Kopf. Wieder wurde sie übersehen, wieder überhört. Dennoch zwang sie sich, beim Thema zu bleiben. „Aber ... Dad!" Ihre Stimme war mehr ein Quieken. „Das kann nicht sein! Grayson hätte sich nie in das Riesenrad gesetzt. Nicht freiwillig."

Er seufzte. „Es besteht kein Zweifel an seiner Identität und außer ihm war niemand da, außer einer Flasche Whiskey, die in der Nähe der Absturzstelle gefunden wurde. Er muss ziemlich betrunken gewesen sein. Das ist gut, dann wird er nicht viel mitbekommen haben."

„Das kann nicht sein", empörte sich Calandra. „Er hat nicht getrunken. Schon gar nicht allein."

Ungerührt zuckte ihr Vater mit den Schultern. „Beweise sind Beweise. Ihr wart erst kurz verheiratet. Offensichtlich kanntest du deinen Ehemann nicht so gut, wie du geglaubt hast."

Wie eine Faust schlug diese Aussage in ihren Magen.

„Kümmere dich nicht darum. Die Ermittlungen haben gerade erst begonnen. Noch sind alles Spekulationen."

So sehr ihr Dad den Vorfall und sie kleinzureden versuchte, war Calandra überzeugt, dass etwas nicht mit rechten Dingen zugegangen war.

Die darauffolgenden Tage waren eine Qual. Calandra kam nicht aus dem Bett, auch an Essen war kaum zu denken. Sie würgte nur das Nötigste herunter, zu dem ihre Mutter sie zwang. Oft übergab sie sich anschließend.

Je näher der Zeitpunkt der Beisetzung rückte, desto weniger hielt Calandra es aus, dass ihr Leben einfach weiterging. Sie konnte nicht pausieren oder aussteigen. Sie musste weitermachen. Immerfort. Unbarmherzig erinnerte sie die aufgehende Sonne jeden Morgen daran, dass sich die Welt weiterdrehte – ob sie bereit dafür war oder nicht. Das Gefühl, Mrs. Trewin zu sein, eine starke Frau an der Seite eines atemberaubenden Mannes, war von ihr abgebröckelt wie trockene Erde. Nun fühlte sie sich wieder wie Klein-Calandra Hemmett, Tochter ihrer Eltern und mehr nicht.

Schuldgefühle nagten zudem an ihr, weil sie schon seit Tagen nicht nach Lupo gesehen hatte. Er konnte das Baumhaus frei betreten und verlassen und sich ein Mäuschen fangen, doch mit Sicherheit wunderte er sich über die ungewohnte Einsamkeit.

Dennoch drehten sich beinahe all ihre Gedanken um Grayson. Sie konnte ein Leben ohne ihn nicht akzeptieren. Wie so oft strich sie über sein Kissen. Es war kalt, doch es trug noch seinen Duft, ebenso wie seine Kleider. Ihre Mutter hatte diese bereits der Wohlfahrt spenden wollen, doch Calandra hatte es mit aller Kraft verhindert. Dennoch wusste sie, dass ihre Mutter pragmatisch war und wiederkommen würde. Darum hatte Calandra bereits heimlich seine Lieblingskleidungsstücke zwischen ihren eigenen versteckt. Hin und wieder, wenn sie die Kraft fand aufzustehen, ging sie ins Ankleidezimmer, stellte sich mitten zwischen seine Jacketts, die aufgereiht an der Stange hingen, umarmte sie und vergrub ihr Gesicht in dem weichen Stoff, der seinen Duft so herrlich versprühte, dass sie beinahe das Gefühl hatte, ihn zu spüren.

Glaubte Calandra zu diesem Zeitpunkt noch, ihren absoluten Tiefpunkt erreicht zu haben, wurde sie nur wenig später eines Besseren belehrt. Es begann damit, dass sich die Schmerzen in ihrem ganzen Körper zentrierten, die sie schon seit Tagen spürte. Sie zogen sich aus Armen, Beinen und Rücken zurück und konzentrierten sich in ihrem Oberbauch. Schnell kamen Schwindel und Übelkeit hinzu.

Als ihre Mutter das nächste Mal kam, um ihr das Essen zu bringen – es war ihr Zeichnen der Fürsorge, kein Dienstmädchen zu schicken – konnte sich Calandra bereits kaum mehr bewegen.

„Mum, ich glaube, etwas stimmt nicht", murmelte sie.

Ihre Mutter stellte das Tablett mit dem würzig duftenden Mittagessen, das Calandras Übelkeit weiter verstärkte, auf den Nachttisch und setzte sich auf die Bettkante.

Einen Augenblick musterte sie Calandra, als wollte sie sichergehen, dass sie ihr keinen Bären aufband. Nach einer gefühlten Ewigkeit legte ihre Mutter eine Hand auf ihre Stirn.

„Fieber hast du nicht. Fühlst du dich krank?"

„Mum, bitte. Hol einen Arzt." Sie zwang die Worte über ihre schwachen Lippen.

Tatsächlich schien ihre Mutter abzuwägen, ob sie Calandra Glauben schenken sollte. Ihr Verhalten seit der Nachricht von Graysons Tod, das Zurückziehen und das, wie ihre Mutter es genannt hatte, *Baden in Selbstmitleid*, hatten wohl ihre Nerven gewaltig strapaziert. Darum fügte Calandra hinzu: „Es ist etwas mit dem Baby."

Sofort sprang sie auf. „Rühr dich nicht. Ich rufe Dr. Franklyn an."

Als wäre Calandra in der Lage gewesen, sich zu rühren. Sie spürte, wie sich ihr Zustand beinahe von Minute zu Minute verschlechterte. Zu den Schmerzen im Oberbauch kamen nun auch noch Unterleibsschmerzen und Kopfschmerzen. Verzweifelt schlang sie die Arme um ihren Körper, rollte sich im Bett zusammen.

„Nein, bitte nicht. Bleib bei mir", flüsterte sie, während ihr die aufkommenden Tränen bereits die

Sicht trübten. „Du bist alles, was mir von Grayson geblieben ist.“ Sie schniefte. Die Tränen durchtränkten ihr Kissen. „Ich weiß, ich habe mich die letzten Tage nicht gut um dich gekümmert. Ich war zu traurig. Aber ich verspreche ...“ Wieder schniefte sie. „Ich verspreche, dass ich das ändern werde. Nur du und ich. Wir beide allein gegen den Rest der Welt.“ Ein Weinkrampf durchschüttelte sie.

„Wir haben uns. Wir zwei sind genug“, wimmerte sie, innerlich flehend, dass das Baby sie verstehen konnte. „Wir setzen uns ab, verlassen diese Familie. Ich liebe dich so sehr, mein kleiner Schatz.“

Als sie endlich aufgeregte Schritte aus dem Flur vernahm, wischte sie sich hastig die Tränen aus dem Gesicht. Ihr Kopf schmerzte mittlerweile derart, als würden Spechte darauf einhämmern. Ihr war heiß und sie hatte das Gefühl, aufplatzen zu müssen.

Ihre Zimmertür öffnete sich, Menschen kamen herein. Calandra konnte sie nicht erkennen und auch nicht mehr verstehen. Sie fühlte sich wie in einer Blase. Dennoch spürte sie, dass sie bewegt wurde – Rückenlage. Kühle Hände tasteten ihren Körper und ihren Bauch ab.

Sie verstand das Wort *Krankenhaus* und schloss die Augen in der unendlichen Hoffnung, dass, wenn sie diese das nächste Mal öffnete, dieser Albtraum vorbei und alles wieder gut war.

Wie sich herausstellte, schwebten sie und das Baby in höchster Lebensgefahr. Doch das störte Calandra wenig. So würde sie schnell wieder mit Grayson vereint sein und das Baby nahm sie mit. Beinahe friedlich ließ sie es geschehen, ließ sich aus dem Leben zerren, während um sie herum hektisch gearbeitet wurde. Auf diese Weise würde sich für sie doch noch alles zum Guten wenden.

Geräte wurden angeschlossen und Nadeln in sie gestochen. Immer wieder kam ihre Mutter zu ihr, sagte etwas, das Calandra nicht verstand. Sie traf die Entscheidungen, zu denen Calandra nicht mehr in der Lage war, heischte die Ärzte an, scheuchte sie von hier nach dort.

Calandra bekam all das nur am Rande mit. Die Schmerzmittel taten ihre Wirkung.

Schließlich wurde das Bett bewegt. Die hellen Lichter, die über ihr auftauchten und wieder verschwanden, ließen Calandra vermuten, dass sie über einen Flur geschoben wurde. Ihre Mutter lief neben ihr. Das energische Klackern ihrer Absätze hätte sie in jedem Zustand erkannt.

Sie erreichten einen kalten Raum, an dessen Decke eine gigantische Lampe hing, die den Raum mit mehr Licht durchflutete, als ein Tag es jemals vermochte.

Schwestern in weißen Kitteln bauten Tücherwände um ihren Bauch herum auf. Schlagartig war Calandras Delirium vorbei. Das vorher gleichmäßige Piepen des EKG beschleunigte sich rapide. Hitze schoss durch ihren Körper.

„Mum? Was machen die da?“, fragte sie außer Atmen.

Statt einer Antwort nahm ihre Mutter ihre Hand in beide Hände und neigte sich zu ihr herab. „Schhh. Es wird alles gut werden.“

„Aber ...“ Sie bekam kaum Luft. „Aber was haben sie vor?“

„Sie müssen das Kind holen."

Für einen Moment blieb Calandras Herz stehen. „Nein, das ... nein!" Sie versuchte, sich aufzurappeln, doch ihr Körper ließ sich nicht kontrollieren. Es war, als steckte sie in einem fremdartigen Wesen fest, das sie tonnenschwer herunterdrückte.

„Es geht nicht anders. Sie tun es, um *dich* zu retten."

Tränen sammelten sich in Calandras Augen. „Aber es ist noch zu klein. Es wird nicht überleben."

„Ich weiß."

„Das könnt ihr nicht machen!"

„Wenn sie das Kind jetzt nicht holen, sterbt ihr beide", sagte ihre Mutter bestimmt. „Willst du das?"

Calandra brauchte keine Sekunde zu überlegen. „Ja!"

„Aber *du* triffst hier nicht die Entscheidungen. *Ich* treffe die Entscheidungen."

„Aber ohne Grayson ...", sagte sie, obwohl sie wusste, dass er in den Augen ihrer Mutter kein Argument war.

„Verlang nicht von mir, dass ich meine Tochter zu Grabe trage." Für einen Moment bebte auch ihr Unterkiefer.

Das war das Letzte, an das sich Calandra erinnerte. Danach wurde es um sie herum schwarz.

Sie wusste nicht, wie lange sie in ihrem Bett gelegen hatte. Die Tage verschwammen gleichsam mit ihren Erinnerungen. Weinen konnte sie längst nicht mehr. Es war nicht mehr möglich. Nicht einmal der Beerdigung ihres Ehemanns hatte sie beiwohnen können. Sie fühlte sich, als wäre ihr Herz zu Stein geworden. Hin und wieder tauchten vage Erinnerungsfetzen aus der

Zeit im Krankenhaus auf, die so schmerzten, dass sich Calandra jedes Mal übergeben musste.

Das Bild aus dem Krankenhaus ging ihr nicht mehr aus dem Kopf: viele Frauen in einem großen Zimmer. Sie alle bekamen ihr Baby mehrfach am Tag zum Stillen. Calandra bekam ihres nur einmal. Und es war tot. Wie eine Puppe hatte ihr kleines Mädchen ausgesehen, eine zarte Elfe. Alle Zehen, alle Fingerchen waren schon da – ein fertiger Mensch, nur winzig klein. Zu klein.

Ihre Mutter hatte das Baby noch lebend gesehen. Sie hatte es im Arm halten dürfen, bis ihr kleines Herzchen für immer aufgehört hatte zu schlagen. Das machte Calandra unfassbar wütend. Oblag dieses Recht nicht allein der Mutter? Lieber wäre sie gemeinsam mit ihrer Tochter gestorben, als im OP nur knapp dem Tod zu entkommen.

Aus Gewohnheit strich Calandra über ihren Bauch. Ein Bauch, der nun leer war. Obwohl ihre Tochter noch weit weniger gewogen hatte als ein Karton Milch, hatte Calandra das Gefühl, etwa zwanzig Pfund verloren zu haben. Sie fühlte sich deswegen nicht leichter, sondern unechter.

Sophia.

So hatten sie ihr Mädchen nennen wollen.

Eric, wenn es ein Junge geworden wäre.

Diese Namen hatten sich Grayson und sie gemeinsam im Baumhaus überlegt. Sie hatte in seinen Armen gelegen, während er ihr über den Bauch gestrichen hatte.

Sie waren sich über die Namen schnell einig gewesen. Wie bei allem ...

Mühsam richtete sie sich auf. Ihre Mutter hatte bereits vor einiger Zeit zum Essen gerufen. Sie würde es nicht gutheißen, wenn Calandra sie wieder warten ließ. Für ihre Mutter war eine Fehlgeburt keine große Sache. Sie selbst hatte schon drei gehabt, wie sie ihr erst vor ein paar Tagen erklärt hatte. Zwei vor Calandras Geburt, eine anschließend.

„So etwas passiert", hatte sie nur gesagt, dabei jedoch akribisch die Tischdecke glattgestrichen.

Kopfschüttelnd stand Calandra auf. Wie konnte ihre Mutter nur so kaltherzig sein? Gerade wollte sie ins Bad gehen, als es ihr bei dieser speziellen Erinnerung wie Schuppen von den Augen fiel. Wie angewurzelt blieb sie stehen.

Ihre Mutter *litt*.

Sie litt ähnliche Höllenqualen wie Calandra. Doch sie erlaubte es sich nicht, schwach zu sein. Sie war die Ehefrau ihres Mannes, hatte Aufgaben zu erfüllen und sich um das Ansehen einer Familie zu kümmern. Das war die Funktion, in die sie sich so sehr stürzte, dass sogar Calandra ihr ganzes Leben lang geglaubt hatte, ihre Mutter besäße keinerlei Mitgefühl.

Wie falsch sie gelegen hatte. Diese Art war ein reiner Schutzmechanismus, um nicht an drei tote Kinder denken zu müssen. Drei Geschwister, die Calandra hätte haben können, wenn es das Schicksal besser mit ihnen gemeint hätte.

Georgina Hemmett war keine gefühlskalte Mutter im Schatten eines reichen Mannes. Sie war eine starke Frau und Mutter.

Mit festeren Schritten trat Calandra ins Badezimmer und betrachtete ihr Spiegelbild. Im Krankenhaus hatte sie gemeinsam mit ihrer Tochter sterben wollen. Doch sie hatte überlebt. Ohne Grayson und Sophia.

Warum?

Warum hatte sie die schwere Schwangerschaftsvergiftung und den Notkaiserschnitt in letzter Sekunde überlebt? Warum war sie dazu verdammt, für den Rest ihres Lebens die Bürde ihres Verlustes zu tragen?

Ihre Brüste schmerzten, wollten einen Zweck erfüllen, den es nicht mehr gab. Auch ihr Unterleib krampfte ohne Unterbrechung, als würde er zurückverlangen, was er einst behütete. Manchmal glaubte Calandra, dass die Blutungen nur aus Protest so schlimm waren und kein Ende nahmen.

Auf den Lippen der Frau im Spiegel erschien ein Lächeln. Es war etwas verzerrt und kaum erkennbar, aber es war da.

Es war noch nicht vorbei. Sie mochte alles verloren haben, doch sie hatte überlebt und das aus einem Grund. Einem ganz bestimmten Grund. Sie ballte die Fäuste. Sie würde sich ein Beispiel an ihrer Mutter nehmen, und einer Mission nachgehen. Eine Mission, die nur sie erfüllen konnte.

KAPITEL 18 – CADIS

Cornwall, England, heute

„Wenn es dich tröstet, ich bin ziemlich sicher nicht die Enkelin von Grayson Trewin“, sagte Cadis matt.

Fin horchte auf. „Wie kommst du darauf?“

„Weil ich noch lebe ...“

Als er noch immer nicht verstand, zeigte sie ihm den Schriftzug auf der Rückseite des Regals.

„Du gingst zu früh. Diese Welt war nicht die deine“, las Fin und sah Cadis an. „Damit meinte sie doch bestimmt Grayson.“

„Aber sieh hier, man erkennt noch die Sterne, die sie mit Bleistift daneben gemalt hat.“

Fin beugte sich über das Regal. „Das ist in der Tat merkwürdig.“

„Zumal sie sonst nirgendwo Sterne dazu gemalt hat. Sternenkinder.“

Er hob seinen Blick zu ihrem. Dabei war er so dicht vor ihr, dass sie ihren Gedanken für einen Moment vergaß und sich in dem Braun seiner Augen verlor. Erst, als sie bemerkte, dass sie langsam den Abstand zwischen ihnen zu verringern begann, schreckte sie hoch und räusperte sich. „Sternenkinder“, wiederholte sie fest.

Fin sah aus, als hätte er einen Pumpstoß aus einer Sprühflasche ins Gesicht bekommen. „Was sind Sternenkinder?“

„Kinder, die vor der Geburt sterben“, antwortete Cadis schwach und sah zu dem Bild auf dem Tisch.

„Du glaubst, sie hat das Kind verloren?“

„Ich befürchte es.“

„Aber auf dem Hochzeitsfoto war unter Graysons Hand schon eine Wölbung ihres Bauches zu sehen, oder? Wie weit war sie dann?“

Cadis zuckte mit den Schultern. „Fünfter Monat vielleicht?“ Die Bilder schmerzten, die diese Aussage vor ihrem inneren Auge erscheinen ließen. Sie zwang sich, sich nicht weiter auszumalen, wie das Baby schon ausgesehen hatte und wie sie es verloren hatte.

„Das gibt es doch nicht.“ Fin atmete laut aus und fuhr sich durch die Haare. „Ihren Ehemann verloren, das gemeinsame Kind verloren.“ Er schüttelte langsam den Kopf. „Meinst du, sie und Grayson haben nur geheiratet, weil sie schwanger war?“

Eine Frage, die sich Cadis bislang nicht stellen wollte. „Nein, ihre Gefühle füreinander waren echt. Du hast das Bild gesehen. Das kann man nicht vortäuschen“, sagte sie fest in der Hoffnung, dass es stimmte.

„Na gut. Damit wissen wir noch immer nicht, wie es zu dem Unfall kam.“

Sie seufzte erschöpft. „Und mir fällt kein Versteck mehr ein, wo wir suchen könnten ...“ Ihr Blick verlor sich irgendwo zwischen Tisch und Foto.

„Lass mich dir raushelfen.“ Er reichte ihr eine Hand, die Cadis dankbar nahm. Mit seiner Stütze kletterte sie hinter den Regalen hervor. „Wann haben deine

Großeltern denn geheiratet?“, fragte er, während er das Regal wieder aufstellte und an seinen Platz schob.

„Das weiß ich nicht genau.“

„Ob sie den Verlust von Grayson und ihrem Baby da schon verkraftet hatte?“

„Kann man einen solchen Verlust überhaupt verkraften?“ In traurige Gedanken versunken, räumte sie die Bücher zurück.

Fin half ihr. „Wie viele Kinder hatten die beiden zusammen?“

„Nur eines. Meinen Vater. Er ist Jahrgang dreiundsechzig.“

„Also zwei Jahre nach Graysons ...“ Fin verstummte abrupt und starrte durch die Terrassentür nach draußen.

„Ja, das ist ...“

„Schhht!“

„Wie war das bitte!?“

„Da draußen ist jemand“, zischte er.

Sofort gefror ihr das Blut in den Adern. Sie waren unvorsichtig gewesen, hatten einfach alle Beweismaterialien auf dem Tisch liegen gelassen. Und bei diesen großen Fenstern überall war es ein Leichtes, ins Haus zu spähen und zu sehen, dass sie herumwühlten. Sie hielt die Luft an, wagte nicht, sich zu bewegen.

Doch so angestrengt sie in die Dunkelheit starrten, konnten sie nichts entdecken. Nicht einmal, als Fin das Wohnzimmerlicht kurzzeitig ausschaltete.

„Ich dachte, ich hätte etwas gesehen“, sagte er.

„Du hast mir einen richtigen Schrecken eingejagt.“ Erschöpft von der kurzen Anspannung ließ sich Cadis auf einen der Esstischstühle fallen und griff sich eine Hand voll *Wine Gums*, die sie sich auf einmal in den Mund stopfte. Nervennahrung.

„Wir sollten die Rollos trotzdem schließen."

Geht nicht, wollte Cadis sagen, denn ihre Granny hatte keine Rollläden, weil sie nichts davon hielt, das Licht für sich allein zu behalten, doch ihr Mund war zu voll. Fin würde es schon herausfinden.

Kauend sah sie also zu, wie er vergebens nach Schaltern oder Zügen suchte.

„Du wusstest, dass sie keine Rollos besitzt, stimmt's?", fragte er, als er zurück an den Tisch kam.

Noch immer kauend, nickte Cadis.

„Hast du mir wenigstens etwas von dem Gummizeug übriggelassen?" Er sah in die Tüte und dann zu Cadis, die entschuldigend die Schultern hob.

„Das ist aber nicht sehr ladylike. Ich hole mir noch eine Tüte." Er ging zu diesem einen bestimmten Schrank in der Vorratsecke, der komplett mit *Wine Gums* gefüllt war, eine nahezu unerschöpfliche Quelle, und kam mit drei Tüten zurück.

„Sag mal, findest du es normal, dass deine Grandma so viel von diesem Zeug hortet?"

„Hm, ehrlich gesagt, wundert mich hier gar nichts mehr. Aber ernsthaft darüber nachgedacht habe ich bislang nicht ...", sagte Cadis. „Ehrlich gestanden, wusste ich nicht einmal, dass sie *Wine Gums* so gerne mag ..." Sie zog die Stirn in Falten und betrachtete eine der Tüten genauer. Es war nichts Auffälliges zu erkennen. „Lorraine's Ltd- Die sitzen in Plymouth."

„So ein Unternehmen in Devon? Ungewöhnlich."

„Allerdings."

Nun sah sich Fin die Adresse genauer an, während Cadis ihr Smartphone zückte, um nach der Firma zu suchen. „Im Impressum steht eine Rosie Parsons. Der Name sagt mir nichts“, murmelte sie und klickte sich durch die weiteren Reiter. „Das gibt es ja nicht.“

„Was?“

Ohne Worte schob Cadis ihm ihr Handy hin und stand auf, um sich noch Kaffee nachzuschenken.

Fin warf einen kurzen Blick auf das Display. „Ist die Frau rechts deine Granny?“

„Ja. Das ist die Firmenhistorie.“

„Gründung neunzehnhundertsechzig ... Lorraine Parsons ...“, überflog Fin die Zeilen. „Das müsste die Frau neben deiner Granny sein. Und das Mädchen neben Lorraine ...“

Mit der dampfenden Tasse in der Hand schaute sie über seine Schulter, darum bemüht, ihm nicht zu nahe zu kommen, sein dezentes Deo nicht wahrzunehmen. „... könnte ihre Tochter und damit ...“, sie studierte noch einmal das Impressum, „Rosie Parsons sein.“ Sie scrollte zurück zu dem Foto.

„Also irgendwas hatte deine Großmutter mit dieser *Wine Gums* Firma zu tun.“

„Vielleicht war sie Teilhaberin“, sagte Cadis, war in Gedanken jedoch ganz woanders. Sie kniff die Augen zusammen. „Warum kommt mir dieses Mädchen so bekannt vor?“

„Hm“, machte Fin, öffnete die Suchmaschine und startete eine neue Suche nach *Rosie Parsons*. Die Bilder, die daraufhin angezeigt wurden, ließen ihr die Schuppen von den Augen fallen. „Aber natürlich!“, rief sie, stellte die Tasse ab und lief zum Treppenaufgang.

An der Wand hingen einige Fotos, die sie akribisch absuchte.

„Hier!“ Triumphierend nahm sie ein kleines, unscheinbares Bild in einem Silberrahmen von der Wand und ging damit zurück zu Fin. „Das ist eindeutig Rosie.“

Sofort öffneten sie den Rahmen. Auf der Rückseite des Fotos stand zart eine Handynummer geschrieben. „Vielleicht ist sie die Person, die ich finden sollte.“ Damit tippte Cadis die Nummer in ihr Handy ein und wählte direkt. Es tutete.

„Hey!“ Fin nahm ihr das Telefon aus der Hand und legte auf.

„Selber hey!“, schimpfte Cadis zurück. Übermüdung, Zeitdruck und eine Überdosis an Kaffee und Weingummi sorgten nicht gerade für gute Stimmung. „Was soll das? Wir haben keine Zeit für Spielchen.“

„Du weißt doch gar nicht, was das für eine Nummer ist.“

„Das habe ich ja versucht, herauszufinden.“

„Um drei Uhr nachts?“

Erst jetzt wurde ihr die Uhrzeit wieder bewusst. „Ups ... stimmt ja.“ Müde lehnte sie sich zurück und beobachtete, wie Fin Leisten und Rückwand des Bilderrahmens auf mögliche Hinweise überprüfte.

In dem Moment klingelte ihr Handy. Überrascht sah sie auf das Display. Es war die Nummer, die Cadis gerade gewählt hatte.

„Siehst du, du hast sie geweckt“, stichelte Fin.

„Dann werde ich mich entschuldigen.“ Mit unruhigen Fingern wischte sie über das Display. „Hallo? Es ...“

„Hallo Cadis“, ertönte eine sanfte Stimme auf der anderen Seite. „Ich habe mich schon gefragt, wann du anrufst.“

Mit weit aufgerissenen Augen sah sie zu Fin und schaltete den Lautsprecher ein.

„Hallo? Bist du noch da?“

„Äh ... ja! Ich bin noch da. Entschuldigen Sie, aber kennen wir uns?“

„Nein, nicht persönlich. Aber ich wusste, dass du eines Tages – oder nachts – anrufen würdest.“

„Wo-woher?“

„Dies ist die Nummer, die deine Grandma für dich hinterlegt hat. Ich habe ein extra Handy nur für diese Nummer. Du hast sie hinter einem Bild gefunden, stimmt's?“

„Äh ... ja?“

„Was hast du denn schon herausgefunden?“

Stirnrunzelnd tauschten Fin und Cadis einen Blick. Seine Lippen formten ein: *Das geht sie nichts an*. Und Cadis stimmte ihm vollkommen zu. „Nehmen Sie es mir nicht übel, Mrs. Parsons, aber ...“

„Schon gut“, unterbrach sie. „Du brauchst mir nichts zu sagen. Kommen wir einfach zu deinem Anliegen.“

Obwohl sie nicht wusste, welches Anliegen genau gemeint war, stimmte Cadis zu.

„Also, du weißt von dem Jahrmarkt, oder?“

„Ja.“

„Du weißt von dem Riesenrad und was damit passiert ist.“

Sie zögerte. „Ja ...“

„Und du weißt bereits, dass Grayson der damalige Ehemann deiner Großmutter war und ums Leben kam, als das Riesenrad den Hang hinabstürzte?“

„Ja“, flüsterte Cadis.

„Dann bist du schon weit gekommen und hast viele Unterlagen gefunden. Herzlichen Glückwunsch. Ich weiß auch nicht, wo sie was versteckt hat. Das hat sie niemandem erzählt.“

„Kennen Sie meine Großmutter?“

„O ja, das tue ich. Aber es ist spät, plaudern können wir auch ein anderes Mal. Du fragst dich sicher, warum Grayson zu dem Zeitpunkt in dem Riesenrad war.“

„Ja.“

„Es ist so, dass meine Mutter, Lorraine, die Amme deiner Grandma war. Wegen der Insolvenz der Zinnmine verlor sie jedoch diesen Job bei den Hemmetts. Viele Jahre später nahm deine Grandma Kontakt zu meiner Mutter auf. Ich weiß nicht, wie sie die Adresse herausgefunden hat, aber eines Tages stand sie vor unserer Tür. Ich war noch klein.“

Cadis trat von einem Bein auf andere und versuchte, sich dabei nicht zu fragen, wann der interessante Teil der Geschichte kam.

„Sie besuchte uns gelegentlich und irgendwann traute sie sich auch, uns zu sich nach Hause einzuladen. Es war offensichtlich, dass ihre Eltern nicht begeistert waren, meine Mutter wiederzusehen, aber Calandra war jetzt verheiratet und schwanger, also ließen sie fünfe gerade sein.“

„Aha“, gab Cadis etwas abwesend von sich.

„Ich kenne die Umstände und die Gründe nicht, Calandra wollte sie mir nie erzählen, aber Grayson verabschiedete sich recht früh an dem Abend. Sie besprachen etwas und er ging. Wir blieben noch zum Abendessen. Calandra war bedrückt. Meine Mutter wusste die richtigen Worte zu wählen. Kurz, bevor wir gingen, erzählte sie uns von dem Jahrmarkt und dass sie die Eröffnung um jeden Preis verhindern müssten, aber nicht wüssten, wie. Ich hörte damals das Wort *Jahrmarkt* und wollte ihn unbedingt sehen – ich meine, wer hat schon Karussells in seinem Garten stehen?"

„Das stimmt." Cadis drehte ihren Fuß auf dem Boden.

„Nachdem wir uns verabschiedet hatten, lag ich meiner Mutter mit diesem Jahrmarkt so lange in den Ohren, bis sie schließlich nachgab und mit mir einen kleinen Umweg dorthin machte."

Abrupt stoppte Cadis ihre Hampeleien. Nun wurde es interessant.

„Für mich war es so aufregend. Alle Fahrgeschäfte liefen und dann dieses imposante Riesenrad!"

Cadis sah hinüber zu Fin, dessen Blick genau das widerspiegelte, was sie gerade dachte: Warum waren alle Karussells gestartet?

„Natürlich musste ich zu dem Riesenrad. Aber schon von weitem hörten wir, wie sich zwei Männer lautstark stritten. Einer davon war Grayson. Es kam zu einem Handgemenge."

Cadis' Augen wurden immer größer, ihr Mund trocken. Waren das seine letzten Minuten gewesen?

„Mehr weiß ich nicht, weil meine Mutter mich fortzog. Wir waren unbefugt auf dem Gelände und es hätte Ärger geben können, wären wir bemerkt worden." Sie hielt einen Moment inne. „Grayson starb in jener Nacht in dem Riesenrad. Nur er."

Das Schweigen, das daraufhin folgte, war so laut, dass es ihr beinahe in den Ohren wehtat.

„Mord?“, flüsterte Fin.

Auf ihrem Körper breitete sich eine Gänsehaut aus. Sie presste die Lippen aufeinander. Das konnte nicht sein. „Weißt du“, begann sie krächzend und musste den Kloß in ihrem Hals runterschlucken, „wer der andere Mann war?“

„Leider nicht, Liebes. Irgendwann brach meine Mutter ihr Schweigen und erzählte deiner Grandma, was wir gesehen haben.“

„Und dann? Seid ihr zur Polizei gegangen?“ Die Anspannung stieg in einem Kibbeln ihren Körper hinauf.

„Nein, Calandra bat uns zu warten. Sie hatte etwas vor. Belastendes Material zusammensuchen, glaube ich. Aber es ist nie so weit gekommen. Wir waren überrascht, als wir hörten, dass sie deinen Großvater geheiratet hat. Wir erfuhren es über andere. Und seitdem haben wir nur noch selten von ihr gehört. Sie war wie verändert. Scheute Menschen, mied ihren Kontakt, verlor sich in ihren Geschichten.“

„Kein Wunder“, wisperte Fin.

„Dein Großvater hatte sie gut im Griff ...“

Cadis kniff die Augen zusammen. Sicher war ihr Großvater kein sonderlich herzlicher Mensch gewesen und er war streng zu seiner Frau. Aber er war ihr Granddad. Ein lieber Mensch, oder nicht?

„Warum hat sie dann nichts gesagt, nachdem Grandpa verstorben ist?“

Fin zeigte einen Daumen hoch, als hätte er gerade dieselbe Frage stellen wollen.

„Ach, weißt du, Liebes, manchmal kommen Menschen aus ihren Verhaltensmustern nicht raus, auch, wenn sie es besser wissen. Zum Beispiel weiß ich, dass eine tote Maus nicht wieder aufwacht, und trotzdem tue ich so, als könnte das jeden Augenblick passieren, oder als könnte sich das Löwengitter im Zoo auflösen. Ich denke, Calandra war so verängstigt, dass sie sich nie traute, etwas zu sagen, obwohl sie wusste, dass dein Granddad ihr nicht mehr gefährlich werden konnte. Aber dafür bist du ja jetzt da“, sagte sie fröhlich. „Und ich bin gerne jederzeit bereit, vor Gericht auszusagen, wenn es nötig ist.“

„Dazu müssten wir erst einmal wissen, wer der andere Mann ...“ Ihr Blick blieb an ihrem Lieblingsbuch hängen.

„Das ist wahr. Hast du noch Fragen?“

„Nein ...“, entgegnete Cadis abwesend.

„Na gut, du hast meine Nummer. Sollte dir doch noch etwas einfallen, kannst du mich jederzeit anrufen. Vielleicht beim nächsten Mal nicht mitten in der Nacht.“

„Ja, natürlich. Bitte entschuldige.“

„Kein Grund, sich zu entschuldigen. Ich hätte es genau so gemacht.“ Damit verabschiedete sich Rosie Parsons und ließ Cadis und Fin mit ihren Gedanken allein.

„Was halten wir denn jetzt davon?“, fragte Fin.

Cadis sah ihn starr an. „Ich fürchte, ich weiß, wer der andere Mann war.“

„Was? Wer?“

Mit schweren Schritten ging sie zu dem Bücherstapel und blätterte erneut in ihrem Lieblingsbuch. Zu sehen waren malerische Schlosslandschaften, Wälder, Unterwasserwelten und ... Die letzte Doppelseite war ein Jahrmarkt. *Kirmes* stand auf einem Schild.

„Von wegen Kirmes“, murmelte Cadis. Fin hatte sich zu ihr gesellt und sah ihr über die Schulter. Feine Härchen an ihrem Nacken stellten sich auf. Dennoch konzentrierte sie sich auf das aufgeklappte Bild.

Vor einem kleinen Pappriesenrad mit drei Gondeln standen zwei Männer. Es sah so aus, als würden sie sich unterhalten, aber sie wusste es besser. „Der Blonde könnte Grayson sein“, sagte sie. „Und der Dunkelhaarige mit der Flasche in der Hand ist vielleicht ...“ Sie brach ab, schüttelte den Kopf. „Nein. Ich habe mich geirrt.“

Sie wollte das Buch wieder zuklappen, doch Fin hielt es aufgeschlagen. „Hast du nicht gesagt, dass es in jedem dieser Landschaften ein geheimer Raum ist?“

„Ja. Hier kann man das Riesenrad hochziehen. Siehst du?“ Es entfaltete sich eine kleine Kammer.

„Und was passiert, wenn du das Riesenrad zur Seite schiebst?“

„Man kann es nicht ... oder doch?“ Sie senkte es ab und schob es nach links. Überrascht stellte sie fest, dass es zwar etwas hakelig, aber möglich war. Dadurch wurde eine schmale Öffnung freigelegt, die zwischen Einband und Buchdeckel führte. „Diesen Teil kannte ich nicht.“ Mit der Hand griff sie in den entstandenen Zwischenraum, zog ein Papier heraus und faltete es auf.

„Was ist das?“, wollte Fin wissen.

„Die Eheurkunde meiner Großeltern“, sagte sie mit einem Blick auf den Zettel. „Datiert im September neunzehnhunderteinundsechzig. Sie haben noch in Graysons Todesjahr geheiratet."

Fin runzelte die Stirn. „Dann kann sie nicht sonderlich traurig über ihren Verlust gewesen sein ..."

„Doch, war sie. Sieh mal." Sie klappte die Namen um und zeigte auf das Dokument. Mit roter Farbe stand handschriftlich das Wort *Zwangs-* vor dem Wort *Eheurkunde*. „Es ist ihre Schrift. Ich glaube nicht, dass diese Ehe freiwillig war ..." Erinnerungen an ihre Großeltern aus Kindertagen zerbrachen wie heruntergefallenes Porzellan.

„Ich spare mir die Frage mal, ob sie damals freiwillig schwanger geworden ist ..."

Cadis schlug sich die Hände auf die Ohren. „Nein, bitte nicht. Das ist zu viel."

„Nach allem, was wir bislang herausgefunden haben, würde mich das auch nicht mehr wundern."

Mich auch nicht, sagte sie im Stillen.

„Damit wissen wir nach wie vor nicht, wer der andere Mann war, und die Nacht ist auch bald vorbei."

„Ich weiß, ich weiß, ich weiß!" Plötzlich packte sie eine unfassbare Wut. „Wir kommen einfach nicht voran, und alles, was wir finden, ist traurig und schlimm und wirft noch mehr Fragen auf. Ich verstehe gar nichts mehr." Wütend rupfte sie das Riesenrad aus der Jahrmarktlandschaft und mit ihm rissen die anderen Fahrgeschäfte sowie der Untergrund ebenfalls ab.

„Nein!", rief Fin entsetzt. „Was machst du da?"

„Ich kann nicht mehr, okay? Dieses ewige Suchen und keine richtigen Antworten finden." Sie wischte sich eine Träne aus dem Gesicht. „Es ist zu viel. Das ist die bescheuertste Schnitzeljagd der Welt! Warum tut sie mir das an? Warum hat sie nicht einfach sämtliche Unterlagen in einen Umschlag gesteckt und in einem Bankschließfach deponiert, wie es jeder normale Mensch getan hätte?"

„Weil deine Granny nun einmal nicht normal ist." Sanft streichelte Fin ihren Rücken. „Sie ist außergewöhnlich. So, wie du. Und wir werden alles herausfinden. Vertrau mir."

Cadis schniefte. „Gut, dann sag mir, wer der andere Mann war. Der, mit dem Grayson sich vor seinem Tod gestritten hat."

Fin hielt inne. „Ich habe da einen Verdacht", sagte er schließlich und holte den Vertrag zwischen Arthur Hemmett, Clifford und Grayson Trewin und Albert Penrose. „Und ich glaube, du hattest den gleichen: Die beiden Trewins und der Penrose gehörten alle zu einer Firma, wie es in Klammern danebensteht. Grayson war Cliffords Sohn und Albert in einem ähnlichen Alter. Das riecht nach Konkurrenzkampf. Möglicherweise haben Grayson und Albert um die Gunst des alten Trewin gebuhlt."

„Das könnte sein." Sie wischte sich die letzten Tränenreste aus dem Gesicht.

„Sie konkurrieren, der Druck steigt. Alle wollen das Geld. Aber sie tun etwas Unrechtes. Die Nerven liegen blank. Auf dem Jahrmarkt vor dem Riesenrad kommt es zum Kampf zwischen dem, der alles hat – die garantierte Nachfolge, die Heirat mit der Hemmett-Tochter –, und dem, der all das will. Bei diesem Kampf wird – wie auch immer – Grayson in eine Gondel gesperrt und stürzt mitsamt dem Riesenrad in die Tiefe.

Albert Penrose muss nur die Spuren seiner Anwesenheit verwischen und ist aus dem Schneider. Und da weder Lorraine noch ihre Tochter Rosie jemals ausgesagt haben, ist sein Plan aufgegangen. Klingt das logisch?"

„Ja." Cadis senkte den Kopf. „Aber Albert Penrose ... ist mein Großvater." Sie klappte die Eheurkunde wieder auf und hielt sie Fin hin.

Er presste die Lippen aufeinander.

„Das würde bedeuten, dass mein Großvater ein Mörder war. Dann wiederum würde in meinen Adern das Blut eines Mörders fließen." Schlagartig wurde ihr übel.

„Immer noch besser, als von einem Trewin abzustammen?"

Cadis legte die Hand auf den schmerzenden Magen. „Ich glaube, die *Wine Gums* wollen wieder raus."

„Komm schon. Es ist nicht gesagt, dass es wirklich Mord war. Möglicherweise war es ein Unfall und Albert wollte nur nicht damit in Verbindung gebracht werden. Was man ja verstehen kann, Geschäftsschädigung und so."

Tatsächlich beruhigte Cadis das ein wenig. Sie schloss die Augen, atmete tief ein und aus.

Fin fuhr fort. „Und wenn das noch nicht reicht, liest du einfach, was deine Granny dazu geschrieben hat."

Stirnrunzelnd öffnete sie die Augen. „Was meinst du?"

Er deutete auf das zerrissene Buch. Die Innenseite der Rückklappe war beschrieben. Sanft und gleichmäßig und in einem Fluss, ohne Lücken zwischen den

Wörtern, sodass man es aus der Ferne für ein Muster hätte halten können.

Cadis nahm das zerfledderte Buch, setzte sich auf den Boden und entfernte sorgfältig die anderen Seiten.

„Was hat sie geschrieben?"

„Das ist gar nicht so leicht zu lesen, gerade mit den Resten von dem Kleber. Hm ... Meine liebe Cadis, wenn du dies liest ..." Den Rest brummte sie bis zur nächsten interessanten Stelle. „Da Preston Trewin eine hohe Position bei der Bank bekleidet, konnte ich nicht unbemerkt ein Schließfach mieten. Die Gefahr war zu groß, dass diese Unterlagen in die falschen Hände geraten würden. ... Die Schnitzeljagd gibt dir außerdem die Möglichkeit, jederzeit auszusteigen, wenn es dir zu viel wird ... Grayson war die Liebe meines Lebens ... Sie verwickelten ihn geschickt in ihre Geschäfte, damit er lernte, seine Gewissenhaftigkeit abzustellen und Geschäfte gewinnbringend abzuschließen. Darum weihten sie ihn nicht ein. ... Er trank keinen Alkohol ... Ich wusste, dass Albert hinter dem Unfall steckte, doch ich konnte nichts beweisen und auch nicht mehr kämpfen. Ohne Grayson und unsere kleine Sophia, die das Licht der Welt nur für einen Augenschein erblicken sollte, war mein Lebenswille fort. Ich ließ zu, dass sie mich in eine Ehe mit dem ..." Cadis schluckte die Tränen hinunter. „... mit dem Mörder meines Mannes zwangen und, dass ich niemandem etwas sagte. Nicht einmal, als er mir in blankem Hass entgegen spuckte, dass er verantwortlich für Graysons Tod ist. Er bedrohte mich." Schwer atmend sah Cadis auf. Sie hatte das Gefühl, eine eisige Hand würde sich auf ihren Brustkorb legen und langsam zudrücken. Ihr Magen rebellierte, sie schmeckte den Verlust sauer auf ihrer Zunge.

„Alles in Ordnung bei dir?“, fragte Fin besorgt.

Sie schüttelte den Kopf. Sie hatte es gewusst. Schon als Kind hatte sie es geahnt. Mörder. Sie alle stammten von Mördern ab.

„Ich mach mal die Terrassentür auf. Etwas frische Luft wird dir guttun.“

Cadis kämpfte weiter mit ihrem Magen. Noch nie war ihr so übel gewesen. Als Fin zurückkam, setzte er sich neben sie und strich ihr über den Rücken. Langsam erreichte sie die Kühle von draußen. Ein tiefer Atemzug der wundervollen Luft half ihr, sich zu beruhigen. Ihre Gedanken klarten auf. Doch das Gefühl von Fins Hand auf ihrem Rücken konnte sie nicht ausblenden. Sie war angenehm und warm.

„Also, ich fasse noch mal zusammen“, begann er. Leider entzog er ihr dabei seine Hand, weil er die Unterlagen vom Tisch angelte und sie noch einmal durchsah. „Deine Familie hatte eine Zinnmine, die insolvent ging. Zusammen mit Grayson, Albert und Clifford Trewin hat dein Urgroßvater beschlossen, auf dem alten Firmengelände einen Fake-Jahrmarkt zu errichten, um die Versicherungssumme zu kassieren. Albert und Grayson standen dabei in Konkurrenz um die Gunst von Lord Trewin. Grayson und Calandra verliebten sich, heirateten, sie wurde schwanger. Sie wussten nichts von dem Versicherungsbetrug. Ob Albert davon wusste, bleibt offen. Eines Abends geht Grayson auf den Jahrmarkt, um die Eröffnung zu boykottieren. Dort trifft er Albert. Es kommt zum Kampf. Vielleicht weil sie sich grundsätzlich nicht mochten, oder weil Albert vielleicht doch in die Pläne der Alten eingeweiht war. Bei dem Kampf gelingt es Albert, Grayson in eine der Gondeln des Riesenrads zu sperren ...“

„Man kann in den Gondeln niemanden einsperren. Erst recht in den sechziger Jahren waren sie Sicherheitsstandards andere.“

Fin nickte. „Da hast du recht. Dann muss Albert ihn überwältigt haben. Entweder das oder er hat ihn erpresst.“

„Das werden wir wohl nie erfahren.“ Ihre Übelkeit flaute ab, die Ablenkung tat gut.

„Albert startet das Riesenrad. Es kann sein, dass er dadurch nur Zeit gewinnen wollte. Denn so einfach kann man ein fahrendes Riesenrad wohl nicht verlassen.“

„Hm.“

Mit großen Augen sah er sie an. „Siehst du, Albert muss nicht zwangsläufig ein Mörder gewesen sein. Möglicherweise war er gewalttätig, aber es kann alles nur ein unglücklicher Zufall gewesen sein. Ohne Tötungsabsicht. Um die Aufmerksamkeit von sich weg zu lenken, ließ er die Flasche am Ort des Geschehens. Die Polizei ging anschließend davon aus, es sei Graysons Flasche gewesen und er sei betrunken gewesen. Der Versicherungsschutz greift, die Familien und alle anderen Beteiligten stecken sich ihren Anteil in die Taschen und gehen fortan getrennte Wege.“

„Und warum kann unsere Familie die Trewins dann nicht ausstehen und umgekehrt? Immerhin teilen wir ein furchtbares Geheimnis.“

„… von dem aber niemand mehr weiß“, merkte Fin an. „Weiter im Text. Calandra verliert das Kind und wird zu Stillschweigen und in eine Ehe mit Albert gezwungen. Albert war seinerseits nun nicht mehr auf die Gunst von Clifford Trewin angewiesen und konnte ihn abstoßen, was erklären würde, warum ihr mit den Trewins nichts mehr zu tun habt.“

„Und umgekehrt könnten sich die Trewins um das Hemmett-Erbe betrogen fühlen und zudem haben sie durch dieses Projekt auch noch einen Sohn verloren, was sie uns noch übelnehmen könnten.“

„Klingt einleuchtend.“ Fin grinste zufrieden. „Wow, wir sind ein echt gutes Team, oder? Oder?“

„Schhht“, angestrengt blickte Cadis in die Dunkelheit hinter der Terrassentür. „Ist da draußen jemand?“

Auch Fin sah hinaus. „Ich sehe nichts.“

„Ich auch nicht. Hab mich wohl geirrt.“

„Es ist nach drei Uhr nachts, da ist bestimmt auch das ein oder andere Tier unterwegs.“

„Oder ich halluziniere.“

„Auch nicht unwahrscheinlich.“ Er lachte. „Ich mache sie trotzdem gleich wieder zu. Steht da eigentlich noch mehr?“ Er deutete auf das Buch, das noch immer aufgeschlagen auf Cadis’ Schoß lag.

„Ach so, ja, Moment.“ Mit dem Finger fuhr sie über die Zeilen, bis sie an der richtigen Stelle angekommen war. „Hier. Er drohte mir, mir mein Kind und mein Leben zu nehmen … Aber ich habe das letzte Wort und du für mich. Ruf es in die Welt hinaus, aber unterschätze deine Familie nicht … Du und ich, meine liebe Cadis, sind aus einem Guss. Genau darum bist du meine Lieblings-Enkelin und im Herzen meine Tochter und

Freundin. Du bist so, wie ich mir Sophia immer vorgestellt habe ...“ Den Rest konnte Cadis nicht mehr lesen. Die Buchstaben verschwammen vor ihren Augen.

Es waren die schönsten Tränen, die sie jemals geweint hatte. Ihr Herz öffnete sich in purer Liebe. Mitten in der Nacht, im fröhlichen Schein der Deckenlichter kam alles hoch: Ihre ganze Vergangenheit, die Momente mit ihrer Granny und auch die Gründe, aus denen sie sich mit ihr immer verbundener gefühlt hatte als mit dem Rest ihrer Familie.

So sehr sie sich ein anderes Leben gewünscht hatte, fühlte sie sich nun doch auf eine seltsame Art frei. Frei von all den düsteren Gedanken, frei von Schuldgefühlen, frei von Beklemmungen und dem Gefühl, unentwegt den falschen Weg zu gehen, frei von der Bürde, durch ihre Unbedarftheit ihrer Großmutter ein unzumutbares Leben beschert zu haben. Ein Lächeln entspannte ihr Gesicht – ehrlich und gelöst.

Ob ihre Grandma es auch gerade fühlte?

„Und was wirst du jetzt mit diesen Informationen machen?“, erkundigte sich Fin, der sie beobachtet hatte.

„*Sie* wird gar nichts damit machen“, sagte jemand, bevor Cadis es tun konnte. Voll Schrecken fuhren beide herum zur Terrassentür, in der Darléne stand, die Arme vor der Brust verschränkt, ein irres Funkeln in den Augen.

KAPITEL 19 – CALANDRA

Cornwall, England, 1961

„Danke, dass Sie so zahlreich erschienen sind“, erklärte Mr. Trewin mit brummender Stimme in das Silber glänzende Mikrofon des Stehpults vor ihm. Ein leichter Wind hatte schon am Vormittag graue Wolken vor die schwache Sonne geschoben. Es war frisch hier draußen, doch war Calandra zu angespannt, um zu frösteln.

Auf der Bühne hinter Mr. Trewin stand seine Familie. Calandra erkannte seine Frau Evelyn und ihren Sohn Preston, der wesentlich jünger war als Grayson. Der Rest waren, wie Calandra annahm, Tanten und Onkel, Cousinen und Cousins von Grayson.

Nur sie stand nicht dort oben.

Calandra saß auf einer der unbequemen Holzbänke vor der Bühne, als hätte sie nie zur Familie gehört. Als hätte sie nicht bis vor kurzem noch die nächste Generation Trewin in sich getragen. Niemand fand, dass sie ein gleichwertiges Familienmitglied war und bei ihnen dort oben stehen sollte.

Calandra rutschte auf der Bank nach hinten, sodass ihre Beine in der Luft baumelten.

Graysons Tod hatte ihre Familien wahrlich geschieden. Einige Wochen waren nunmehr vergangen und sie hatte Clifford Trewin als einzigen und auch nur ein einziges Mal bei ihnen zu Hause angetroffen. Und er war nicht ihretwegen gekommen. Überhaupt wurde sie von den Trewins weitestgehend mit Smalltalk abgespeist, wenn es ihnen nicht gelang, sie zu ignorieren.

Dreiundfünfzig Tage. So lange hatte ihre Ehe gedauert – viel zu kurz. Und die Heirat war zu schnell gekommen. Viele Familienmitglieder waren aufgrund der Kürze der Zeit nicht eingeladen gewesen, was eine Menge Streit nach sich gezogen hatte, oder sie wussten nicht einmal davon. Somit war es nicht weiter verwunderlich, dass nur die wenigsten der anwesenden Trewins ihr ihr Beileid aussprachen und wenn sie es taten dann so leise und gemurmelt, dass es niemand mitbekam.

Doch trotz dieses offenkundigen Ausschlusses hatte es sich Calandra nicht nehmen lassen, zu dieser Pressekonferenz zu gehen. Sie brauchte es als Abschluss für sich selbst. Zwar besuchte sie jeden Tag Graysons Grab, so wie auch Sophias, doch da sie nicht auf seiner Beerdigung hatte sein können, fehlte ihr der Abschied – sowohl von Grayson als auch von der Familie Trewin. Der Schmerz darüber fraß sich noch immer tief in ihre Seele. Doch sie würde nicht aufgeben. Sie würde ans Licht bringen, was sich an dem Abend auf dem Jahrmarkt zugetragen hatte. Das war nun ihr Lebensinhalt. Und es war äußerst verdächtig, dass ihr Vater plötzlich sehr freudig im Entsorgen von Unterlagen war.

„Nutzloser Krempel“, hatte er auf ihre Nachfrage hin gemeint. „Längst verjährt.“

Calandra hatte jedoch die neuen Ordner von ihrem *Einbruch* damals erkannt.

Ebenso suspekt war ihr, dass die Trewins, eine Familie der Öffentlichkeit, die mysteriösen Umstände nicht publik machte, unter denen Grayson ums Leben gekommen war. Überhaupt wurde über den Jahrmarkt komplett geschwiegen. Als hätte er nie existiert. Auch im Publikum schien außer ihrer Familie niemand davon zu wissen.

Die Familie hatte sich zu dieser Pressekonferenz entschlossen, um ein offizielles Statement abzugeben und dann nie wieder darüber sprechen zu müssen.

Es war angekündigt, dass heute endlich die Ergebnisse der polizeilichen Ermittlungen bekanntgegeben werden sollten. Calandra war sehr gespannt, was herausgefunden worden war, und ob die Trewins mit offenen Karten spielen würden, wenngleich sie die Antwort auf die zweite Frage bereits kannte.

„Setz dich richtig hin", zischte ihre Mutter neben ihr. Calandra gehorchte. Sie wünschte sich, allein hier zu sein oder mit Lupo, der ihr, kaum dass ihre Beine wieder auf dem Boden standen, um ebendiese strich. Er war ihr einziger Freund und Verbündeter. Sie hatte ihn mittlerweile in ihr Zimmer geschleust und ein paar Laken aneinandergeknotet, die sie aus dem Fenster hing, damit der Kater an ihnen herauf und hinunter klettern konnte.

Auf der anderen Seite neben ihr saß Albert. Im Gegensatz zu den Trewins war er neuerdings ständig bei ihnen zu Hause. Er kam morgens früh und ging abends spät. Manchmal übernachtete er sogar in einem der Gästezimmer.

Calandra mochte seine Anwesenheit nicht. Ihr gefiel sein Geruch nicht und auch nicht, was er ausstrahlte. Trotz seiner augenscheinlichen Zurückhaltung spürte sie, dass etwas Beherrschendes von ihm ausging. Nicht anders war es zu erklären, dass er sich mehr oder minder bei ihnen zu Hause einnistete. Er hatte diese durchdringenden Adleraugen, die Calandra jedes Mal einen eisigen Schauer über den Rücken jagten. Er wusste genau, was er wollte und welche Knöpfe er dafür drücken musste. Allein die Art, wie er mit ihrem Vater sprach, bewies ihre Theorie. Im Grunde erteilte er Befehle und gab die Richtung vor, formulierte es jedoch stets als Frage oder verpackte es in Unsicherheit, sodass ihr Vater glaubte, selbst die Entscheidungen getroffen zu haben.

Und nun schien er seine kühlen Augen auch noch auf sie geworfen zu haben.

„Es wird sicher besser sein, wenn Calandra zwischen uns sitzt und nicht allein, oder? So können wir sie abschirmen, sollte die Familie oder die Presse sie zu sehr belagern oder sie mit Schuldvorwürfen bombardieren. Oder was meist du, Arthur?“

So hatte er bei ihrer Ankunft hier dafür gesorgt, dass ihr Vater „entschied“, dass Albert neben ihr saß. Das kleine Wörtchen *Schuldvorwürfe* hatte den Ausschlag gegeben. Calandra hatte förmlich gesehen, wie die Farbe aus dem Gesicht ihres Vaters gewichen war.

Das war diese clevere berechnende Art, vor der sie sich fürchtete. Aber wenn Albert glaubte, dass sie sich jemals freiwillig in seiner Nähe aufhalten würde, geschweige denn, sich auf ihn einlassen würde, hatte er sich geschnitten. Sie würde ihn nicht einmal mit einer Kneifzange anfassen. Überhaupt würde sie ihm nie im Leben näherkommen als jetzt. Er konnte ihren Vater um seine knochigen, spinnenlangen Finger wickeln, sie nicht.

„Wie Sie bereits wissen, haben wir den schmerzhaften Verlust unseres ältesten Sohnes Grayson zu beklagen", begann Mr. Trewin seine Rede mit undurchdringlicher Miene.

Calandra schluckte. Es waren nur wenige Worte und doch wogen sie so schwer. Ein leichtes Zittern breitete sich in ihrem Körper aus.

„Zu seinem Tod kursieren einige Spekulationen, mit denen ich hier und heute aufräumen möchte."

Auf diesen Teil war sie besonders gespannt. Sogleich setzte sie sich aufrechter hin.

„Grayson kam bei einem tragischen Unfall ums Leben. Leider war dieser selbstverschuldet."

Calandras Herz setzte einen Schlag aus. *Selbstverschuldet*? Das konnte unmöglich sein Ernst sein.

„Eine Fehlberechnung, sein eigener Kalkulationsfehler, der ihm auf der Baustelle seines Projektes zum Verhängnis wurde. Er war ein erwachsener Mann und mit ausreichend Kenntnis über die Materie, dass ihm die Leichtsinnigkeit seiner Handlungen wie auch seines Alkoholkonsums an dem besagten Abend hätte bewusst sein müssen."

Aus dem Augenwinkel konnte Calandra erkennen, wie ihr Vater bestätigend nickte. Waren gerade alle verrückt geworden?

„Sein Verlust schmerzt uns sehr. Dennoch sind wir froh, dass dabei nicht mehr Menschen zu Schaden kamen."

Das durfte nicht wahr sein. Fassungslos starrte Calandra zu dem breiten Mann hinter dem Pult. Er war sein *Sohn* gewesen! Sein eigener Sohn, verdammt noch mal! Wie konnte er ihn so schlecht dastehen lassen?

Und wieder kein Wort über den Jahrmarkt.

Ihr Blick huschte über die Gesichter der anderen Trewins, die alle beinahe einstudiert versteinert wirkten. Niemand zeigte eine Reaktion oder eine Emotion, nicht einmal – und das versetzte Calandra einen gehörigen Stich – Mildrid, Graysons Mutter.

Am liebsten wäre sie aufgesprungen und hätte Mr. Trewin angeschrien, ihn gefragt, wie er nachts ruhig schlafen konnte, wenn er solche Lügen verbreitete. Ihre Atmung und ihr Herz rasten. Gerade, als die Wut in ihr überschäumte und sie der Impuls zum Aufstehen hochschnellen lassen wollte, packte eine Hand ihren Oberarm und presste sie auf die Bank.

Albert.

„Was soll das?", fuhr sie ihn an. „Lass mich los, du Widerling."

Während sie versuchte, seine Finger zu lösen, die sich wie eine Schraubzwinge um ihren Arm gelegt hatten, beugte er sich zu ihrem Vater.

„Siehst du, Lewis, ich sagte doch, dass Calandras Reaktion unberechenbar sein würde und wir ein Auge auf sie behalten sollten."

Ihr Vater beugte sich ebenfalls vor. „Gut, dass du daran gedacht hast. Halte sie weiter unter Kontrolle, bis das hier vorbei ist. Und Calandra ..." Er wandte sich nun an sie. „Solltest du auf die Idee kommen, die Stimme zu erheben, wird Albert dich sofort von hier wegbringen. Also reiß dich endlich mal zusammen und mach uns nicht noch mehr Schande."

„Aber was er sagt, stimmt nicht", fauchte sie. „Warum hat die Polizei mich nicht zu dem Thema befragt?"

Von Albert kam daraufhin nur ein belustigtes Schnaufen. Auch ihr Vater lehnte sich wieder zurück. Für ihn war die Unterhaltung beendet.

„Still jetzt", mahnte ihre Mutter streng.

Mr. Trewin fuhr unterdessen fort. „Meine Nachfolge im Geschäftlichen wird darum mein Sohn Preston antreten, sobald er ausreichend eingelernt ist." Alle Augen waren nun auf den vielleicht fünfzehnjährigen Bengel gerichtet, der Calandra unheimlich leidtat. Sie könnte wetten, dass er sich sein Erwachsenenleben anders vorgestellt hatte.

Kameras klickten laut, Blitze schossen von allen Seiten.

„Vielen Dank", beendete Mr. Trewin seine Rede, nahm die Papiere zusammen und verließ, ohne zu zögern, und ungeachtet der Fragen, die ihm lauthals hinterhergerufen wurden, die Bühne. Seine Familie folgte ihm.

Auch ihre Familie erhob sich.

Calandra verstand nicht. „Was? Nein, wo gehen sie denn hin?", fragte sie panisch. Der Wind fuhr ihr wild durch die Haare.

„Nach Hause, so wie wir auch", antwortete ihre Mutter streng und bedeutete ihr, sich die Haare zu richten.

Calandra ignorierte das. „Aber ich muss vorher noch mit Mr. Trew- Clifford reden. Unbedingt."

„Nichts da. Er hat gesagt, was es zu sagen gibt. Damit basta."

„Aber die Ermittlungsergebnisse sind *falsch*! Grayson hat nicht getrunken!" Hilfesuchend sah sie zu ihrem Dad, sogar zu Albert, doch die Männer missbilligten Calandras Aufstand und warfen ihrer Mutter einen ungeduldigen Blick zu.

„Schluss jetzt, Kind", zischte ihre Mutter. „Du blamierst uns."

„Aber ich ..."

„Niemanden interessiert es, was du denkst. Und jetzt halt den Mund." Damit wandte sich ihre Mutter zum Gehen.

Calandra senkte den Kopf und ließ sich von Albert abführen.

An diesem Nachmittag besuchte sie wie an jedem Tag Graysons Grab. Es war direkt bei seiner Familie gelegen. Weder hatte man einen Platz für sie gelassen, noch sie zu etwas zur Grabgestaltung befragt. Sein Name sowie Geburts- und Todesjahr waren einfach in den großen Familiengrabstein gemeißelt worden. Damit hatte sich das Thema erledigt. Dem Ableben schenkte man in der Familie Trewin offensichtlich wenig Interesse. Das recht lieblos mit einfachen Bodendeckern gestaltete Grab war der Beweis.

„Hallo Liebster", flüsterte Calandra und schenke dem Namen auf dem kalten Stein ein warmes Lächeln. Beinahe gelangweilt schickte der trübe Tag ein paar Windböen über die freie Fläche des Friedhofs. Einige davon verfingen sich dennoch spielerisch in Calandras langen Haaren.

Ihr Lächeln wandelte sich zu einem schelmischen Grinsen, als sie in ihrer Manteltasche den kleinen Gegenstand erfühle.

„Ich habe dir etwas mitgebracht." Damit zog sie einen silbernen Anhänger in Form einer Katze hervor. „Unsere Familien werden nicht gutheißen, was ich tue." Ihr Grinsen grub sich tiefer, als sie sich Graysons Reaktion auf ihre kleine Rebellion vorstellte. „Aber du würdest es lieben, ebenso wie ich. Darum tue ich es."

Sie kniete sich hin, um den Anhänger in einem der rundgeschnittenen Buchsbäume zu verstecken. Jeden Tag ein winziges Geheimnis, das sie ihm mitbrachte. Heute gab es sogar noch ein zweites dazu. „Ich habe meinem Dad ein paar Unterlagen über den Jahrmarkt abgeluchst", erklärte sie leise, nachdem sie aufgestanden war und sich zu allen Seiten umgeschaut hatte.

„Ich nehme es dir übel, dass du mich mit all dem hier zurückgelassen hast, aber wenn wir uns das nächste Mal sehen, verspreche ich dir, dass die Wahrheit über den Jahrmarkt, unsere Familien und dich ans Licht gekommen ist. Dafür werde ich alles tun."

Liebevoll betrachtete sie den schönen Namen, Gold auf grauem Hintergrund. *Grayson.*

„Ich denke, ich bin da etwas auf der Spur. Ich habe einen Verdacht, was hinter dem Jahrmarkt steckte. Und wenn ich recht habe ..." Sie schüttelte den Kopf. „Dann hätte ein Satz oder nur ein Wort ausgereicht und wir wären noch immer zusammen." Tränen füllten ihre Augen, doch sie blinzelte diese schnell weg. Der Wind half ihr, die Tränen zu trocknen.

„Wie dem auch sei. Sophia ist bestimmt bei dir. Grüß sie von mir und gib ihr einen dicken Kuss. Ich werde sie jetzt auch besuchen gehen."

Mit einem letzten Lächeln wandte sich Calandra ab und ging in eine kleine Ecke im hinteren Teil des Friedhofs. Leider lagen Vater und Tochter nicht beieinander. Aber wenigstens waren ihre Eltern gut betucht, sodass auch Sophia ihre letzte Ruhestätte bekommen hatte – das war alles andere als selbstverständlich.

„Hallo Honey", wisperte sie, als sie zu dem kleinen Stein kam, auf dem ihr Name stand. Auch hier war alles zum Grab über ihren Kopf hinweg entschieden worden, doch wenigstens tolerierte ihre Mutter es, dass Calandra jeden Tag eine Blume in einer anderen Farbe mitbrachte und auf das winzige Grab legte. So blieb es immer bunt und fröhlich. Genau so, wie sie sich Sophias Charakter vorstellte. Heute hatte sie jedoch etwas anderes dabei.

„Ich hoffe, du frierst nicht zu arg." Warum sie das sagte, wusste sie selbst nicht, aber sie wurde die Vorstellung ihres Babys in der kalten, feuchten Erde nicht los. Schnell schüttelte sie das Bild von sich. „Ich habe dir heute etwas ganz Besonderes mitgebracht, meine kleine Elfe."

Sie zog eine Figur aus ihrer Manteltasche und stellte sie neben den kleinen Naturgrabstein. Es war ein kleines Pferd aus hellem Holz. „Das hat mein Grandpa für mich geschnitzt, als ich ein kleines Mädchen war. Ich habe es all die Jahre aufgehoben, weil ich es irgendwann meinem eigenen Kind schenken wollte. Nun ist es deins."

Zufrieden lächelnd betrachtete sie die kleine Figur, dessen Hufen in der Erde steckten. So konnte der Wind es nicht zu einfach umkippen.

„Nun kannst du damit spielen. Aber gib gut darauf Acht." Ein letztes Mal schaute sie sich das Grab an, prägte sich den Anblick ein. „Dann bis morgen, meine Elfe. Ich hab dich lieb."

Sie vergrub ihre Hände tief in ihre Manteltaschen, drehte sich um und ließ ihre Familie hinter sich.

Ein paar Tage später saß Calandra auf der Matratze in ihrem Baumhaus, Kater Lupo auf ihrem Schoß. Es hatte sie viel Zeit und noch mehr Kraft gekostet, hier wieder herzukommen. Alles erinnerte sie an Grayson und ihre wundervollen Stunden in Gemeinsamkeit und Zweisamkeit, die sie hier verbracht hatten.

Der erste Besuch war der schlimmste gewesen. Der Schmerz der Erinnerungen hatte sie fast zerrissen. Darum hatte sie alles umbauen wollen. Doch mittlerweile gefiel es ihr. Es war im Grunde Graysons und ihr gemeinsames kleines Heim gewesen und das wollte sie sich bewahren.

Vor ihr verteilt lagen allerhand Zettel, die sie aus dem Büro ihres Vaters entwendet hatte, sowie handschriftliche Notizen von ihr. Kopfschüttelnd betrachtete sie, was sie bislang zusammengetragen hatte.

„Die Familie Hemmett ist eine Schande", sagte sie und meinte es genau so. „Und die Familie Trewin auch." Sie presste die Lippen aufeinander, ihr Körper bebte vor Wut. All das hätte nicht geschehen müssen.

„Es fehlt nur noch ein Beweis“, sagte sie tonlos. „Und wenn ich den habe, werde ich alles auffliegen lassen. Sie haben mir alles genommen, was mir in meinem Leben wichtig war.“ Sie schluckte die aufkommenden Tränen hinunter. Die Zeit des Weinens war vorüber. Sie erlaubte sich keine einzige Träne mehr. „Jetzt werde ich für Gerechtigkeit sorgen.“

Der Kater reckte verschlafen seinen Kopf in die Höhe. Calandra streichelte ihn lächelnd und erhielt dafür sogleich ein wohliges Schnurren.

„Heute Abend, Lupo, wird sich das Blatt für uns wenden.“

Das Schloss der Bürotür mithilfe einer verbogenen Haarnadel zu öffnen, gehörte mittlerweile zu Calandras leichtesten Übungen. Dennoch war sie angespannt. Sie war so kurz vor ihrem Ziel. Es musste jetzt alles gut gehen. Es musste einfach.

„Mau“, machte es hinter ihr und ließ sie zusammenzucken.

„Was machst du denn hier?“, fiepste sie.

Der Kater sah sie verständnislos an.

„Okay, du kannst mitkommen. Aber bitte *leise*.“ Eigentlich war es absurd, einer Katze zu sagen, sie solle leise sein.

Sie öffnete die Tür nur so weit, dass sie hindurch passte, und schlüpfte geräuschlos in das Büro.

Im schalen Licht des Mondes stand sie vor dem hohen Aktenregal und studierte die Rückenschilder, bis sie fündig wurde.

Kontoauszüge stand darauf.

Mit flatterndem Herzen zog sie den Ordner heraus und betrachtete ihn wie ihren allergrößten Schatz. Sie drehte sich um und wollte gerade zum Schreibtisch gehen, als sie über Lupo stolperte, der durch ihre Beine streifte. Sie verlor das Gleichgewicht, schaffte es jedoch gerade noch, sich abzufangen.

Ihr Herzschlag dröhnte laut und schnell in ihren Ohren. „Alles gut bei dir?", fragte sie stimmlos.

Er antwortete nicht, sah jedoch unversehrt, wenngleich erschrocken aus.

„Gut, dann tu das nie wieder, wenn wir hier drin sind, hörst du? Das war wirklich knapp."

Sie atmete tief durch und ging zum Schreibtisch, wo sie die kleine Lampe einschaltete und den Ordner bedächtig aufschlug. Der Geruch von Papier stieg in ihre Nase. Es roch nach Sieg.

Der aktuellste Kontoauszug war tatsächlich von heute. Mit zusammengekniffenen Augen ging sie Zeile für Zeile die Bewegungen auf dem Konto durch. Eigentlich hätte sie nur nach einer ungewöhnlich hohen Summe suchen müssen, aber um ganz sicher zu gehen, dass sie nichts übersah, wie zum Beispiel ein Teilbetrag, blieb sie akribisch, obwohl ihre Ungeduld sie zittrig werden ließ.

Dann, endlich. Drei immense Summen, die auf das Konto eingezahlt wurden. Mehrere tausend Pfund. Alle an einem Tag.

„Bingo!", flüsterte Calandra und musste die Tränen der Freude zurückhalten. Sie hatte es geschafft. Nun würde endlich Gerechtigkeit gesprochen werden. Ihre Mission war erfüllt.

Sorgfältig öffnete sie den Ordner und nahm den Kontoauszug mit zitternden Fingern heraus.

Es war beinahe zu schön, um wahr zu sein.

„Sieh nur, Lupo!" Freudig hielt Calandra das Papier in die Höhe als sie sah, dass der Kater wieder auf dem Regal zwischen den Vasen balancierte. „Nein, nicht schon wieder. Komm da sofort runter!", zischte sie. Mit wenigen Schritten war sie am Regal, doch ihr Katerchen wollte sich noch nicht einfangen lassen. Einige Male wich er ihr geschickt aus, bis Calandra auf einen der Regalböden stieg und beherzter nach ihm griff. Durch das zusätzliche Gewicht gaben Halterungen des Einlegebodens nach, sodass dieser samt überraschter Calandra, Lupo und mindestens einem Duzend Ordner auf den Boden krachte.

Es dauerte einige Wimpernschläge, bis sie begriffen hatte, was passiert war. Aber um sich Vorwürfe zu machen, blieb keine Zeit mehr, denn es ertönten bereits Schritte und Stimmen auf dem Flur, die rasch näherkamen. Ihr Körper versteifte sich.

Maunzend huschte der Kater von ihrem Arm zum Fenster, als wolle er sie auffordern zu fliehen. Doch es war zu spät. Ihre Eltern müssen noch wach gewesen sein. Sie ließ den Kontoauszug in ihrer Rocktasche verschwinden und klappte den Ordner zu.

Bevor sie nur den Gedanken an eine Flucht aus dem Fenster fassen konnte, flog die Tür auf und ihr Vater stand im Lichtkegel.

„Wer ist da?", donnerte er direkt. Er kniff die Augen zusammen, um im Halbdunkel besser sehen zu können. Als er Calandra erkannte, sanken seine Schultern wieder herunter.

„Meine eigene Tochter ist der Dieb, der seit Wochen wichtige Dokumente entwendet. Ich hätte es wissen müssen." Er schüttelte den Kopf. „Georgina!", rief er hinter sich. „Könntest du bitte Clifford und Albert anrufen und ihnen sagen, dass ich den Spion auf frischer Tat ertappt habe. Sie möchten sich bitte sofort hier einfinden."

Dann haute er schwungvoll auf den Lichtschalter. „Und du bewegst dich nicht von der Stelle, bis alle hier eingetroffen sind."

Calandra senkte den Kopf.

Verloren.

So kurz vor dem Ziel.

Sie hatte sie enttäuscht. Grayson, Sophia und sich selbst.

Es dauerte keine halbe Stunde, dann waren alle Beteiligten und Unbeteiligten im Büro von Calandras Vater versammelt. Ihr Dad und Mr. Trewin, die jeweils in einem der dunkelgrünen Ohrensessel Platz genommen hatten, und Albert und die Ehefrauen – ihre Mum und Mrs. Trewin. Lupo kauerte verängstigt unter dem gewaltigen Mahagonischreibtisch ihres Vaters, deren eindrückliche Verzierungen Calandra in der vergangenen halben Stunde studiert hatte, um nicht daran denken zu müssen, was ihr wahrscheinlich gleich blühte. Ihr Dad hatte nichts zu dem Kater gesagt, aber Calandra wusste, dass er ihn längst bemerkt hatte. Wahrscheinlich würde er sich später um ihn kümmern.

Obwohl sich so viele Menschen in dem Raum befanden, war es totenstill. Niemand gab auch nur einen Laut von sich. Auch Calandra wagte kaum zu atmen. Was würde jetzt geschehen?

Unsicher blickte sie von einem zum nächsten, doch sämtliche Mienen waren regungslos. Nur die ihrer Mutter nicht. Schmallippig hatte sie die Nase gehoben, die Augenbrauen verengt. Die Enttäuschung stand ihr ins Gesicht geschrieben.

„Nun gut, dann lasst uns beginnen. Wollen wir?“ Mr. Trewin nickte in die Hautfalten an seinem Hals. Daraufhin erhoben sich die Herren und knöpften ihre Jacketts beinahe synchron zu.

Für Calandra fühlte es sich wie ein Straftribunal an. Ihr Innerstes verschloss sich.

„Dein Leben lang hast du deiner Mutter und mir nichts als Ärger gemacht. Wir waren dennoch immer nachsichtig mit dir, aber dieses Mal bist du zu weit gegangen. Du belügst uns, du hintergehst uns und du stellst dich gegen deine eigene Familie.“

„Du bist eine Schande“, fügte Mr. Trewin wie selbstverständlich ein. „Du hast den Namen *Hemmett* ebenso wenig verdient, wie du den Namen *Trewin* verdient hattest.“

Ihr Vater nickte. „So ist es. Da kann ich dir nur beipflichten, Clifford.“

„Aber ich wollte doch nur herausfinden, warum ...“, begann Calandra verzweifelt, brach jedoch ab. „Warum versteht ihr nicht, dass ich selbst auch Familie habe?“

„Gar nichts hast du“, fauchte ihre Mutter. „Er ist tot, Calandra. Das Baby auch. Und nichts, was du tust, wird daran etwas ändern.“

Calandra schluckte. Immer und immer wieder. Keine Tränen. Nur keine Tränen.

„Deine unüberlegten Handlungen werden ein Nachspiel haben. Ein bitterböses Nachspiel. Das Lachen, das dir bereits mit fünf Jahren vergehen sollte, wird dir jetzt endgültig vergehen. Dazu komme ich aber gleich. Zuerst will ich die entwendeten Dokumente zurückhaben."

„Ich weiß nicht ..." Ein kläglicher Versuch, sich zu winden, der außerdem nach hinten losging.

Ihr Dad mahlte mit dem Kiefer. „Wo sind die Dokumente?", herrschte er sie an.

„Ich ... ich weiß es nicht."

„Lüge!"

Calandra wusste, würde ihr Vater näher an ihr stehen, hätte es eine Ohrfeige gegeben.

„Deine Mutter hat bereits dein Zimmer auf den Kopf gestellt. Wenn du mir nicht sagst, wo sie sind, gehe ich als nächster rein."

„Führ uns doch zu deinem Baumhaus", sagte Albert nonchalant. „Ich bin mir sicher, dass wir das ein oder andere dort finden werden." Er grinste diabolisch, als Calandras Gesichtszüge ihr beinahe entglitten. Woher wusste er von ihrem Baumhaus? Hatte er ihnen hinterherspioniert? Hatte er sie belauscht? Oder gar beobachtet? Bei dem Gedanken schüttelte es sie.

„Was für ein Baumhaus?", stieß ihr Vater zwischen zusammengepressten Zähnen hervor.

„Na, das hinten im Wald, in dem sie und Grayson sich immer getroffen haben." Noch immer grinsend verschränkte er die Arme vor der Brust und lehnte sich an das Regal neben ihm. „Das, in dem sie unehelichen Beischlaf vollzogen."

Calandra wusste nicht, was sie mehr schockierte. Dass Albert von all dem gewusst hatte, oder dass er sie gerade kaltherzig verriet.

Ihr Vater war außer sich. „Was ist das für ein Baumhaus, in dem meine Tochter Unzucht treibt? Und warum weiß ich davon nichts? Georgina, wusstest du davon?"

Blass und mit aufgerissenen Augentrat ihre Mutter einen Schritt zurück. „Ich schwöre, Arthur, ich war ebenso ahnungslos wie du."

„Niemand wusste davon", hörte Calandra ihre eigene Stimme in der ganzen Empörung. Woher sie die Ruhe und die Kraft für diese Worte nahm, wusste sie selbst nicht. „Es war mein Baumhaus, das ich gebaut habe, um hieraus zu kommen. Und Grayson hat mich dort besucht aus demselben Grund. Wir haben es nicht bei euch ausgehalten."

„Man sieht ja, wohin das geführt hat", knurrte Mr. Trewin. „Mein Sohn. Er könnte heute noch leben, hättet ihr euch gesittet im Hause eurer Eltern getroffen, wie es sich für junge Menschen gehört!"

Bei diesen Worten brach Calandras Herz beinahe entzwei. Wie konnte er gewissenlos versuchen, ihr die Schuld an seinem Tod zu geben?

„Ich könnte mir vorstellen, dass wir dort die gesuchten Unterlagen finden." Alberts Mund verzog sich zu einem Grinsen. „Sie soll uns hinführen."

Innerlich atmete Calandra auf. Er war ihnen zumindest nicht gefolgt. Das war gut. Dann musste er sie belauscht haben.

„Und wenn sie sich weigert", fuhr Albert fort und riss Calandra aus ihren Überlegungen, „haben wir noch das

Katzenvieh, das wir als Druckmittel benutzen können, sollte sie nicht kooperieren."

Calandra wollte auf den Tisch schlagen, biss sich jedoch von innen auf die Lippen, als sie die Blicke der anderen, speziell den ihrer Mutter, sah. Lupo würde verschwinden müssen, das stand fest.

Ihr Dad sprach ein Machtwort. „Du wirst Albert zu dieser Hütte führen. Er wird alles sicherstellen, was du unbefugt entwendet hast, danach wird es unverzüglich dem Erdboden gleichgemacht. Habe ich mich klar ausgedrückt?" Das Gesicht ihres Vaters wurde puterrot.

Calandra ließ die Schultern sinken. Sie würde diesen Verräter zum Baumhaus führen und sie könnten es abreißen, doch an die Dokumente würden sie niemals kommen. Glaubten sie allen Ernstes, sie würde die Papiere irgendwo liegenlassen? In einer Schublade womöglich?

Noch immer in Rage hob ihr Vater den Zeigefinger. „Und nachdem das *Baumhaus* zerstört wurde, werden wir dasselbe mit deinem Zimmer tun. Du bekommst eine Matratze auf dem Boden, mehr nicht. Und glaub nicht, dass es damit getan ist. Du wirst mich jetzt zum ersten Mal in deinem Leben richtig kennenlernen. Du bist nichts und du kannst nichts. Wenn wir dich rausschmeißen, wirst du nirgendwo unterkommen, oder Clifford?"

„Dafür werde ich persönlich sorgen. Ein Wort und sämtliche Türen Cornwalls sind ihr verschlossen." Calandra glaubte, eine gewisse Freude in seiner Stimme mitschwingen zu hören.

„Du wirst den Haushalt machen und spuren, wenn man dir etwas sagt. Nicht ein Widerwort will ich mehr von dir hören!“

Tränen lösten sich aus Calandras Augen und tropfen auf die Tischplatte. Sie wusste, dass ihr Vater jedes Wort ernst gemeint hatte und ihr alles genau so widerfahren würde, wie er es ankündigte. Sie wusste, dass ihre Beweise nichts mehr wert waren, nun, da sie die einflussreichsten Männer der Gegend gegen sich hatte. Sie hatte keine Wahl. Und ihre Mutter hatte recht gehabt. Nichts, was sie tun würde, brachte ihr die Menschen zurück, die sie mehr liebte als alles andere.

„Du wirst dich entschuldigen und schwören, mit keinem Menschen jemals darüber zu sprechen, was du herausgefunden zu haben glaubst. Ist das klar?“

Calandra nickte.

„Und du wirst nie wieder auch nur einen Fuß in dieses Büro setzen. Nicht einmal zum Putzen.“

Ihr Kopf war zu schwer, um ihn zu heben. Sie konnte auch niemandem mehr in die Augen sehen.

„Ich habe noch keine Entschuldigung gehört“, donnerte ihr Vater.

„Entschuldigung“, murmelte Calandra. Jegliche Kraft war aus ihrem Körper gewichen, ihr Feuer erloschen. Der Kampf war vorbei und sie hatte verloren.

„Und damit du anständiges Betragen in der Familie noch besser lernen kannst, wirst du Albert zum Gemahl nehmen, wenn er einwilligt.“

Calandra hatte das Gefühl, innerlich zu zerreißen wie ein altes Leinentuch.

Ein kurzer Moment des Schweigens erfüllte den Raum.

„Natürlich, Clifford. Wenn du es so wünschst", sagte Albert emotionslos. „Ich werde sie schon erziehen."

Ein Schauer legte sich wie ein kaltes Tuch über Calandras Körper. Worte, die harmlos klangen, sich jedoch wie Gift in ihre Seele ätzten. Endlich hatte er bekommen, was er wollte.

„Moment mal, Arthur. Das kannst du nicht machen", schaltete sich Mr. Trewin ein.

„Warum nicht?"

„Wir hatten den Deal, dass wir unsere Familien vereinen, damit bessere Geschäftsbeziehungen möglich sind. Schon vergessen?"

„Nein, Clifford, das habe ich nicht vergessen. Aber leider steht gerade kein Sohn zur Verfügung, den Calandra ehelichen könnte, und Preston ist wahrlich noch zu jung. Ich kann nicht noch drei Jahre warten. Sie braucht Zucht und Führung. Jetzt."

„Die Zucht und Führung, die du vernachlässigt hast?"

Ihr Vater schnaubte. „Ich verbitte mir diese Kommentare. Deine Jungs waren immer pflegeleicht. Sie hier war vom Augenblick ihrer Geburt nur Arbeit."

„Eine Arbeit, die offensichtlich nicht gut gemacht wurde."

„Ich lasse mich in meinem Haus nicht von dir beleidigen, Clifford. Mein Entschluss ist endgültig. Wenn du ein Problem damit hast, steht es dir frei zu gehen."

Wieder entstand eine Pause, doch noch immer konnte Calandra nicht aufschauen. Ihre Beine konnten kaum mehr ihren immens schweren Körper halten. Dennoch zwang sie sich, aufrecht stehen zu bleiben.

Andernfalls könnten sie entdecken, was sie unter ihrem Hemd in einem Umschlag sicher versteckte.

„Du wirst noch von meinem Anwalt hören, Arthur. Komm Mildrid, wir gehen."

KAPITEL 20 – CADIS

Cornwall, England, heute

Cadis lief es eiskalt den Rücken herunter. Das Gefühl von Sieg verschwand schlagartig. Sie gab sich nicht dem Irrglauben hin, Darléne könnte nichts von dem mitbekommen haben, was sie und Fin gerade besprochen hatten.

„Das ist ja höchst interessant, was ihr da herausgefunden habt", sagte sie. Auch Nigel tauchte nun hinter ihr auf – natürlich. Ein Monster kam selten allein.

Mit der Langsamkeit eines sich heranpirschenden Raubtiers betraten sie die Wohnung.

Sofort sprang Cadis auf, griff sich die Dokumente vom Tisch und presste sie an ihre Brust. Ihre Beine kribbelten schmerzhaft. „Was macht ihr hier?"

„Ach, Cadi." Darléne schüttelte mitleidig den Kopf. „Warum lernst du es denn nicht? Du hast gegen uns keine Chance. Auch nicht, wenn du zu zweit bist. Eine interessante Wahl übrigens." Sie ließ einen abwerten Blick über Fin gleiten.

„Ich habe euch gefragt, was ihr hier zu suchen habt!"

„Na ja, bei deinem Besuch im Krankenhaus hast du Grandma gegenüber ja dankenswerterweise schon einiges ausgeplaudert. Da wollten wir dir mal einen Besuch abstatten und sehen, ob es dir gelungen ist, alles herauszufinden. Wir wären da draußen beinahe eingeschlafen, aber gratuliere, ihr scheint ja doch ein bisschen was zusammengetragen zu haben."

Nigel klatschte höhnisch zweimal in die Hand.

„Nur leider", fuhr Darléne fort, während sie eine Strähne ihrer blonden Haare nonchalant um den Finger wickelte, „wird euch das nichts nützen. Keine der Informationen oder Unterlagen wird dieses Haus verlassen."

Da war es also. Cadis wusste, dass sich heute Nacht alles entscheiden würde. Mit jedem Schritt, den die Zwillinge näher auf sie zu kamen, schoss mehr Adrenalin durch ihren Körper.

Die Worte ihrer Großmutter kamen ihr wieder in den Sinn: *Unterschätze deine Familie nicht.* In ihnen floss das Blut Albert Penroses – eines vermeintlichen Mörders.

„O doch. Genau das wird passieren." Sie sprach ruhig und besonnen. „Diese Dokumente werden zusammen mit Fin und mir dieses Haus verlassen. Und dann werden wir damit an die Öffentlichkeit gehen. Damit kannst du die Wahl vergessen."

Auf Darlénes engelsgleichem Gesicht erschien ein schauderhaftes Lächeln. „Okay, kleine Schwester, ich werde es dir einfach machen. Du gibst mir jetzt die Unterlagen und dir und deinem kleinen Knutschfreund wird nichts geschehen."

„Und wenn ich mich weigere?" Jeder Muskel in Cadis' Körper war angespannt.

„Dann werden wir es dir gewaltsam entreißen", erklärte Nigel mit gefletschten Zähnen.

Doch einschüchtern konnte er Cadis damit nicht. „Das hier geht euch nichts an. Das ist eine Sache zwischen mir und Granny."

Schritt für Schritt kamen die Zwillinge weiter auf sie zu. „Hältst du uns wirklich für so dumm, Cadi?", fragte Darléne sanft. Wie konnte etwas so Verdorbenes nur so schön aussehen und klingen? „Glaubst du, wir lassen dich Dads Wahl boykottieren? Glaubst du allen Ernstes, wir würden zulassen, dass du uns alles nimmst, wofür wir jahrelang hart gearbeitet haben? Glaubst du das wirklich?"

Tat sie nicht. Natürlich nicht. Dennoch rührte sie sich keinen Inch, ebenso wenig wie Fin.

„Es ist wie damals im Wald", fuhr Darléne fort. „Du bist laut und auffällig, trampelst herum, sodass es beinahe lächerlich einfach ist, dich zu finden oder dir auf die Schliche zu kommen. Du bist unvorsichtig und tölpelhaft und ich finde, es ist an der Zeit, dass du die Quittung für deine Ungeschicklichkeit erhältst." Sie stand nun direkt vor Cadis. Die blauen Augen ihrer Schwester starrten kalt aus ihrer akkurat geschminkten Umgebung. Unfreiwillig nahm sie die leichte Süße ihres Parfums wahr. Die Luft war zum Zerreißen gespannt.

Cadis presste die Papiere enger an ihren Körper. Es war wie in einem Western im Fernsehen: zwei Kontrahenten am High Noon.

„Es ist unser Leben. Du hast kein Recht, es zu zerstören, nur wegen der wirren Gedanken einer verrückten alten Lady", zischte Darléne.

„Wenn es dir nur um den Status geht, dann heirate reich. Bei deinem Aussehen sollte es dir nicht schwerfallen, jemanden zu finden."

„So spricht nur eine dumme Gans wie du, die keine Ahnung hat!", bellte sie und riss an Cadis' Arm. Cadis hielt mit aller Kraft dagegen, doch ihre Schwester war vom Polo und Tennis besser in Form als sie und damit eindeutig kräftiger.

Nigel wollte Darléne zur Hilfe kommen und stürzte ebenfalls auf Cadis zu, wurde jedoch von Fin aufgehalten, der direkt dazwischen ging. Fin war geschickter, als Cadis angenommen hatte. Es gelang ihm tatsächlich, Nigel in Schach zu halten, sodass die Schwestern ihren Teil unter sich ausmachten.

Darlénes Wut war durch Cadis' Gegenwehr nun endgültig entbrannt. Mit aller Gewalt schleifte sie Cadis in die Küche und drückte ihren Kopf auf die Arbeitsplatte. Dann zog sie ein gewaltiges Messer aus dem Messerblock und richtete es gegen sie.

„Willst du mich jetzt etwa wirklich töten? Und das nur wegen ein bisschen Ruf und Ansehen und Geld?", presste Cadis hervor. Da sie die Papiere noch immer fest umklammerte, konnte sie sich nicht viel wehren.

„Nimmst du uns unser Leben, nehme ich dir deins", keifte Darléne.

„Das ist kein Leben, was ihr habt. Das ist eine Scheinwelt, in der ihr die Könige seid." Cadis japste nach Luft, als Darléne den Ellenbogen in ihren Hals drückte. „Das hat mit der Realität nichts zu tun." In ihrem Blickfeld begannen kleine Punkte zu tanzen.

„Dieses Urteil überlass uns. Geh du und spiel mit Granny in deinen Märchen. Da gehört ihr beide mit euren Lügengeschichten hin."

Aus dem Augenwinkel sah Cadis, wie Darléne das Messer in die Luft hob und mit voller Wucht auf sie hinunterschnellen ließ.

„Cadis!", schrie Fin und wollte zu ihr stürzen, wurde jedoch im selben Moment von Nigel gepackt und herumgerissen.

Langsam öffnete Cadis die zusammengekniffenen Augen. Einen Schmerz verspürte sie nicht. War sie tot? Sie wollte den Kopf heben, doch ging das nicht. Erst jetzt wurde ihr klar, dass Darléne das Messer mitsamt ihrer Haare in die Platte gerammt hatte. Damit war sie fixiert und ihre Schwester hatte eine Hand mehr frei, ihr die Zettel zu entreißen.

Darléne ließ keine weitere Sekunde verstreichen. Kraftvoll stieß sie ihr Knie in Cadis' Magen, der trotz schützender Hände sofort die Luft wegblieb. Wäre es ihr möglich gewesen, hätte sich Cadis vor Schmerz gekrümmt. Ihre Arme verloren an Kraft.

Darléne trat noch einmal zu und noch einmal, riss ihr dabei an den nicht fixierten Haaren. Dann entdeckte sie die noch halb offenstehende Werkzeugschublade, aus der sie einen Hammer nahm. Bevor Cadis begriff, was geschah, spürte sie bereits einen gewaltigen Schmerz an ihrem Oberschenkel.

Sie schrie auf.

„Hast du jetzt endlich genug?", brüllte Darléne. Aus ihren Augen sprühte der blanke Wahnsinn, feurig und wild. Cadis wollte sich wehren, doch ihre Schwester klemmte sie zwischen sich und die Küchenzeile. Sie hatte keine Chance.

Der Lärm von umfallenden Stühlen erfüllte den Raum. Fin und Nigel rangen noch immer miteinander. Auf seine Hilfe brauchte sie damit nicht zu hoffen.

Wollte sie dieser Situation entkommen, musste sie sich etwas einfallen lassen.

Der nächste Schlag mit dem Hammer landete mit voller Wucht auf ihrer Kniescheibe. Es fühlte sich an, als würde sie diese zertrümmern. Der Schmerz ließ Cadis kurzzeitig schwarz vor Augen werden. Sie sackte zusammen, doch Darléne hielt sie aufrecht. Nur mit Mühe unterdrückte sie den Drang, eine Hand auf die schmerzende Stelle zu legen, und damit die Dokumente greifbarer zu machen.

Wieder holte Darléne aus. Dieses Mal traf sie Cadis' Finger. Das allein wäre schon schmerzhaft gewesen, doch der Schlag ging durch und traf den Solar Plexus. Cadis bekam keine Luft mehr und lockerte für eine Sekunde ihren Griff. Dieser Moment war ausreichend, dass es Darléne gelang, ihre Arme aufzubrechen und ihr die Unterlagen zu entreißen.

Ehe Cadis es verhindern konnte, weil sie noch immer an der Arbeitsplatte fixiert war, war Darléne hinausgerannt und kam direkt mit einem Benzinkanister zurück.

„Den haben wir beim Warten im Geräteraum gefunden. Praktisch, nicht wahr?“ Ein dämonisches Grinsen verteilte sich auf ihrem Gesicht.

„Du willst wirklich die Wahrheit vernichten, nur damit dein Ruf nicht beschädigt wird?“, keuchte Cadis.

„Nicht nur mein Ruf. Der Ruf unserer ganzen Familie“, erklärte sie, während sie die Papiere seelenruhig mit Benzin übergoss. „Ich tue das für uns alle. Auch für dich, obwohl du es nicht zu schätzen weißt und auch nicht verdient hast.“

Möglichst unauffällig griff Cadis nach der Klinge des Messers und zog mit ihrer wenigen Kraft daran.

„Diese Sachen beweisen sowieso nichts mehr. Begreif es doch mal: Vergangenes ist vergangen. Diese Hirngespinste bringen niemandem etwas. Sie richten nur Schaden an.“ Mit verträumtem Blick holte sie ein Feuerzeug aus ihrer Tasche hervor. „Sie schaden Menschen, die damit nichts zu tun haben. Sie sollen jetzt für die Fehler anderer bezahlen? Auf keinen Fall.“

Darléne war so mit sich selbst beschäftigt, dass sich Cadis in der Zwischenzeit unbemerkt hatte lösen können. Kurz sammelte sie ihre noch verbleibenden Kraftreserven und stürzte dann auf die überraschte Darléne zu. Ehe sie dem Feuerzeug den ersten Funken entlocken konnte, hatte Cadis sie trotz immenser Schmerzen zu Boden geworfen. Dabei segelten auch einige der Papiere vom Tisch. Wild entschlossen kämpfte Cadis um die Wahrheit und das Feuerzeug. Tatsächlich gelang es ihr schließlich, ihrer Schwester in der Rangelei das Feuerzeug zu entreißen. Dabei landete allerdings unbeabsichtigt ihr Ellenbogen in Darlénes Gesicht. Es gab ein hässliches Knacken. Das Blut kam mit einer Sekunde Verspätung. Lautlos rann es aus der zarten Nase ihrer Schwester.

Erschrocken hielt Cadis inne. Diesen Augenblick nutzte Darléne sofort, um ihr einen gezielten Tritt gegen das verletzte Bein zu verpassen. Der Schmerz schoss durch ihren Körper und raubte Cadis den Atem. Während sie zusammengekrümmt liegenblieb, rappelte sich Darléne trotz ihrer Verletzung wieder auf.

Nigel war es gerade gelungen, von hinten Fins Schultern zu umklammern, sodass dieser sich nicht wehren konnte, als Darléne auf ihn zukam und ihr Knie mit voller Wucht in seinen Magen rammte. Japsend sank Fin zu Boden.

„Da war es nur noch eine", sagte Darléne freudig und wischte sich mit einem Küchentuch das Blut aus dem Gesicht. Rote Sprenkel zierten ihre beigefarbene Bluse. Sie schien die Situation beinahe zu genießen. „Gib auf. Deine kleine Show ist vorbei, Cadis. Wir haben noch anderes zu tun, als uns um deine Kindereien zu kümmern."

„Ihr seid völlig wahnsinnig geworden, wisst ihr das? Ihr seid besessen von eurem Wahlkampf, dabei interessiert mich die Wahl nicht. Hier geht es um viel mehr." Mit zusammengebissenen Zähnen versuchte Cadis aufzustehen. „Und es ist nicht vorbei, solange ich noch auf den Beinen stehe."

„Wie du meinst. Aber bevor ich mich deinem anderen Bein widme, sag mir doch noch eins, liebe Schwester ..." Darléne warf ihr Haar genüsslich nach hinten. „Wenn es nicht um die Wahl geht, warum machst du dann gemeinsame Sache mit einem Trewin?"

Cadis zog sie Augenbrauen zusammen. „Mache ich nicht. Würde ich nie tun. Ich hasse die Trewins."

„Oh, ist das schön!" Darléne lachte hell auf. „Ich liebe diesen Moment! Das kommt von deiner permanenten Ignoranz, was diese Gesellschaft angeht. Darum kann es auch nur dir passieren, dass du keine Ahnung hast, mit wem du dich verbündest.“ Breit grinsend zeigte Darléne auf Fin. „Darf ich vorstellen? Finley Trewin.“

Cadis erstarrte. Ein Schmerz bohrte sich tief in ihre Brust. „Was?“, flüsterte sie. Sie wusste, dass es einen Finley bei den Trewins gab, hatte ihn aber das letzte Mal vor etlichen Jahren gesehen und ihn nicht mit Fin in Verbindung gebracht.

Als Darléne Cadis’ fassungslosen Blick bemerkte, brach sie in lautes Gelächter aus. Hysterisch schallend verbreitete es sich im Raum.

Auch Nigel grinste. „Hast das echt nicht gewusst?“

„Nein, das kann nicht sein.“ Ungläubig sah Cadis zu Fin.

Dieser wandte den Blick ab.

„Ich habe dir vertraut“, fiepte sie. Er war wahrlich ein Trewin. Er hatte sich einfach in ihr Leben und ihr Herz geschlichen und sie ausspioniert. Wer wusste, was er mit den Informationen vorhatte, die sie zusammengetragen hatten.

Entmutigt sank Cadis zusammen und ließ dabei auch die zwei Papiere fallen, die sie vom Boden gesammelt hatte.

„Cadis, nicht, was tust du denn da?“, rief Fin entsetzt.

„Aufgeben“, murmelte sie und ließ sich widerstandslos von ihrer Schwester festhalten.

„Nein, nicht!“, brüllte Fin noch, doch es war zu spät.

„Ihr hattet oben doch einen schönen Raum entdeckt, nicht wahr? Einen Raum, den niemand kennt, ohne Fenster und Türen. Genau dorthin gehen wir jetzt. Das wird euer neues zu Hause, bis ... na ja, so lange ihr durchhaltet. Also bis euch die Luft ausgeht.“

Der Aufforderung ihrer Schwester nachkommend, händigte Cadis ihr das Handy aus und ließ sich anschließend die Treppe hinauf und in den Raum schieben.

Der Geräuschkulisse im Erdgeschoss nach zu urteilen, wehrte sich Fin deutlich mehr. Doch gegen beide Zwillinge war er chancenlos und wurde unsanft in den Raum geschubst.

Schließlich befanden sie sich beide in diesem kleinen, viel zu engen Raum ohne Licht, Essen oder einer Möglichkeit herauszukommen, denn die Zwillinge verriegelten das Türbild und schoben noch etwas davor. Vermutlich einen Schrank oder eine Kommode.

Verzweifelt versuchte Fin herauszukommen. Er trat von innen gegen das Bild und stemmte sich dagegen, doch es war vergebens. Er konnte nicht viel ausrichten.

Im Haus war es unterdessen ruhig geworden. Ihre Geschwister waren gegangen. Vermutlich hatten sie die Dokumente entweder verbrannt oder mitgenommen. So oder so: Sie hatte verloren. Ihre Geschwister hatten es mal wieder geschafft. Sie waren ihr wieder überlegen gewesen und hatten binnen weniger Minuten das Lebenswerk ihrer Grandma zunichtegemacht.

Regungslos stand Cadis im Dunklen.

„Könntest du mir mal helfen?“, blaffte Fin. „Alleine schaffe ich es nicht.“

„Wozu sollte ich dir helfen? Damit du dir die Unterlagen und die Geschichte meiner Großmutter unter den Nagel reißen kannst?“

Fin seufzte. „Cadis, es tut mir wirklich leid, dass ich dir diesen Teil verschwiegen habe. Das heißt aber nicht, dass ich dich angelogen habe. Ich wollte es dir sagen, aber du hast so auf meine Familie geschimpft, dass ich es nicht konnte. Ich wollte dich nicht verlieren. Und ich wollte dir beweisen, dass es keinen Grund gibt, meine Familie zu verachten. Wir sind mit Sicherheit nicht perfekt, aber welche Familie ist das schon?“

„Alles ...“ Sie kämpfte gegen die Wut und die Enttäuschung an. „Alles, was du mir bewiesen hast, ist, dass ich genau richtig mit meiner Einschätzung lag. Man kann den Trewins nicht vertrauen.“

„Ihr seid nicht besser. Wir sitzen hier in dieser Kammer, unserem Schicksal überlassen, weil zwei Penroses durchgeknallt sind.“

Beinahe wäre ihr ein Lachen entfleucht. Sie fing sich jedoch schnell wieder. „Das ist das Geheimnis *meiner* Familie. Das geht dich nichts an.“

„Deine Familiengeschichte geht mich sehr wohl etwas an, denn es ist auch meine. Grayson war mein Großonkel.“

Leider musste Cadis zugeben, dass er in diesem Punkt recht hatte. Das hatte sie schon wieder vergessen.

„Ich war damals nicht grundlos bei euch im Wald. Und auch nicht, weil ich mich verlaufen hatte oder dachte, der Wald sei öffentlich.“

„Ich weiß.“

Sie hörte, wie er lächelte. „Habe ich mir schon gedacht, dass du mich durchschaut hast. Die Wahrheit ist, dass es in meiner Familie seit Jahren dieses Gerücht des stummen Jahrmarktes im Penrose-Wald gibt. Wir haben uns als Kinder Schauer- und Gruselgeschichten dazu ausgedacht. An dem Tag, als ich dich dort traf, hatte ich mit meinen Brüdern seit Jahren mal wieder darüber gesprochen. Mehr aus Langeweile heraus habe ich vorgeschlagen, dass wir nachsehen gehen, doch meine Brüder hatten kein Interesse. Also bin ich alleine los. Ich hätte nie geglaubt, dass dieser Jahrmarkt existiert, und noch viel weniger, dass ich dort eine Frau treffen würde, die mich vom ersten Augenblick an völlig verzaubert."

In diesem Augenblick spürte sie Fins Hände an ihren Armen.

„Ich wollte es dir sagen. Ehrlich. Aber zu Anfang hattest du mich erwischt und ich wollte mich nicht von dir wegschicken lassen. Und nachdem du deinen Hass auf meine Familie kundgetan hattest, wusste ich, du würdest mich für ebenso schlimm halten. Aber ich hätte dir trotzdem gesagt, welchen Namen ich trage, wenn alles vorbei gewesen wäre."

Cadis glaubte ihm nicht. Sie reagierte auch nicht. Seine Hände an ihren Armen verschwanden und hinterließen Kälte.

Wie sehr sich ein Leben in achtundvierzig Stunden verändern konnte. Und wie schnell alles in nur einer halben Stunde den Bach runtergehen konnte. Vor einer halben Stunde hatte sie noch geglaubt, das Rätsel gelöst zu haben und mithilfe der Beweise etwas ausrichten zu können – gemeinsam mit einem Mann, der sie unterstütze und ihr auch in kritischer Zeit nicht von der Seite wich, dem sie vertraute.

Jetzt war alles verloren.

Im Dunklen tastete sie nach den Sprossen an der Wand und kletterte mühsam trotz pochenden Knies auf die Zwischenebene.

„Cadis ..."

Sie schwieg. Auch Fin verstummte.

Erschöpft legte sie ihren Kopf auf den Stapel Jahrmarktflyer. Müdigkeit legte sich bleischwer über ihren schmerzenden Körper und ließ sie augenblicklich einschlafen.

„Cadis, hey Cadis!", riss Fins vertraute Stimme sie aus ihrem Dämmerschlaf. Unsanft ruckelte er an ihrer Schulter. „Cadis, wach auf."

Wo war sie? War es alles nur ein Traum gewesen?

Sie öffnete die Augen, nur um weiterhin nichts als Dunkelheit zu erkennen. Auch der Schmerz in ihrem Knie machte sich wieder bemerkbar. Und damit prasselten sogleich die ganzen Erinnerungen auf sie ein. Es war kein Traum gewesen.

Traurig drehte sie sich auf die Seite, fort von Fins Berührung.

„Cadis, ernsthaft. Wach auf!"

„Lass mich in Ruhe", murrte sie.

„Aber riechst du das nicht?"

„Was sollte ich denn ..." Sie hatte den Satz nicht ganz ausgesprochen, da stieg ihr der Geruch bereits beißend in die Nase. Sie schoss in die Höhe. Rauch. „Es brennt!"

„Wir müssen hier sofort raus."

„Vergiss es, wir sind hier eingeschlossen. Jahrelang wollten die Zwillinge mich aus dem Weg räumen, nun ist es ihnen gelungen", sagte Cadis mit Grabesstimme. Fassungslos schüttelte sie den Kopf. „Ich hätte nicht gedacht, dass sie das Haus niederbrennen würden. Ich habe ihre Skrupellosigkeit wieder unterschätzt."

„Können wir derartige Gedanken vielleicht auf später vertagen und erst einmal versuchen, hier rauszukommen?"

Sie schwieg. Ihre Kiefer mahlten.

Fin seufzte. „Du kannst mich verachten, so viel du willst. Ich nehme es dir nicht einmal übel. Aber bitte anschließend. Ich möchte hier nur ungern aus Trotz und falschem Stolz elendig verbrennen."

„Es ist zu spät, Fin. Sieh es ein. Wir kommen hier nicht raus. Es ist vorbei."

„Es ist erst vorbei, wenn unsere Herzen aufhören zu schlagen. Und bis dahin werde ich alles daransetzen, uns zu befreien. Mit oder ohne deine Hilfe."

Erneut vernahm Cadis schweres Rumpeln. Vermutlich stieß er sich wieder gegen den Ausstieg.

Obwohl sie wusste, dass es hoffnungslos war, gab sie sich einen Ruck, kletterte von der Zwischenebene und trat zu Fin.

„Komm, nimm meine Hand, wir versuchen es gemeinsam."

Willenlos ließ sie ihn ihre Hand nehmen.

„Auf drei treten wir dagegen. Kannst du den Einstieg halbwegs sehen?"

„Aber mit dem Knie kann ich nicht treten."

„Stimmt. Dann stemmen wir uns dagegen."

„Okay."

Fin zählte bis drei, dann warfen sie sich gleichzeitig gegen die Rückwand des Mosaiks. Er wackelte immerhin kurz. Langsam und unaufhörlich quoll der Rauch herein und erfüllte den kleinen Raum.

Cadis musste einen Hustenreiz unterdrücken, während sie sich immer wieder gegen das Bild stemmten, obwohl sie wussten, dass es vergebens war. Das Bild würde sich nicht öffnen und der stechende Schmerz in Cadis' Knie wurde immer unerträglicher.

„Hilfe!“, rief sie schließlich, als sie ihre Kräfte verließen.

„Wen rufst du? Wer sollte uns hören?“, fragte Fin verzweifelt.

„Keine Ahnung. Nachbarn?“ Sie hustete.

„Zieh dir deinen Pullover über Mund und Nase.“

„Und was soll das bringen?“

„Ich weiß es nicht, das machen die in den Filmen immer ...“

Trotz ihrer aussichtslosen Lage musste Cadis lachen. Fin drückte ihre Hand, die er noch immer hielt. Cadis wehrte sich nicht. Sie war verletzt, traurig und enttäuscht von ihm. Und sie hatte wahnsinnige Angst. Dennoch sollten das nicht die Gefühle sein, mit denen sie von dieser Welt schied. Die Wärme sollte es sein. Die Wärme, die sie genau jetzt spürte, wenn er ihre Hand hielt.

„Hilfe!“, riefen sie erneut, obwohl sie wussten, dass niemand sie hören würde. Cadis spürte Fins beschleunigte Atmung. Auch er kämpfte mit dem Husten. Vorsichtig zog sie Fin zu sich heran und legte seine Hand an ihre Taille. Seine andere Hand folgte von allein.

Trotz des Rauchs nahm sie seinen Duft wahr, schloss die Augen, spürte durch die Kleidung die Wärme seines Körpers. Das war eine schönere Art zu sterben.

Ihre Hände wanderten Fins Arme hinauf bis zu seinen Schultern, legten sich sanft um seinen Nacken.

Er drückte sie fest an sich, vergrub sein Gesicht an ihrem Hals. Sie tat dasselbe

KAPITEL 21 – CADIS

Cornwall, England, heute

Stille und Dunkelheit umgaben Fin und Cadis, während sie Arm in Arm in dem kleinen Raum standen. Immer wieder wurden sie von Hustenanfällen geschüttelt, dennoch blieben sie dicht beieinander.

„Cadis“, unterbrach Fin ihr gemeinsames Schweigen.

„Hm?“

„Ich muss dir noch etwas sagen.“

Sie war sich nicht sicher, ob sie es hören wollte. Bislang war keine Wahrheit, die sie in letzter Zeit herausgefunden hatte, eine gute gewesen.

„Nein, musst du nicht“, flüsterte sie. Ihre Augen und Lungen brannten. Wieder unterdrückte sie einen Hustenreiz, denn je mehr sie hustete, desto mehr des Rauchs atmete sie ein.

„Doch, es ist wichtig. Ich möchte nicht sterben, ohne dir das gesagt zu haben.“

Sie haderte mit sich, da jedoch draußen bereits die Flammen anklopften, brauchte sie auch keinen übertriebenen Stolz oder Sturheit an den Tag zu legen. Das sollte nicht ihre letzte zwischenmenschliche Aktion gewesen sein.

„Na gut.“

Sie spürte, wie sich die Muskeln seines Körpers anspannten.

„Hallo? Ist hier irgendwo noch jemand? Cadis?“, vernahmen sie in diesem Augenblick eine Stimme von außerhalb.

„Das ist David!“ Begeistert sprang sie geradezu aus Fins Arm. „Wir sind hier!“, rief sie hustend und trommelte gegen die Rückwand des Bildes.

„Du meinst hinter dem unauffälligen Berg von Möbeln? Moment, ich hole euch da raus.“

Auf der anderen Seite knarrte, ächzte und knarzte es.

„Der Weg ist jetzt frei, aber wie kommt ihr da raus?“, fragte er kurz darauf.

„Geh beiseite, wir versuchen es von innen!“ Mit neuer Zuversicht warfen sich beide erneut gegen das Bild.

„Das klappt. Die Scharniere wackeln schon. Macht weiter!“, rief David.

Cadis und Fin rammten beherzt weiter. Mit einem kleinen Knall gaben die Scharniere endlich nach. Das Bild brach heraus.

Noch nie war sie so froh gewesen, ihren Bruder zu sehen, auch wenn das meiste von seinem Gesicht unter einem Tuch verborgen war.

„Los, raus jetzt!“ Energisch winkte er sie zu sich.

Cadis sah zu Fin. „Du zuerst.“

„Cadis ...“

„Macht endlich!“

Galant sprang er aus der Öffnung, in den verqualmten Flur, wo er ihr sogleich die Hand reichte und ihr aus dem Raum half. Durch den dichten Qualm tränten ihre Augen so sehr, dass sie sie nicht mehr offenhalten konnte. Hitze schlug ihnen entgegen, als sie ins Erdgeschoss kamen und Richtung Haustür steuerten. Blind und hustend lief sie nun an Davids

Hand. Die Schmerzen in ihrem Knie raubten ihr zusätzlich die Kräfte.

Endlich spürte sie eine frische Kälte auf ihrer Haut.

„Wir haben es geschafft“, sagte David.

Nur langsam konnte Cadis ihre Augen wieder öffnen. Noch immer brannten sie enorm.

Zu dritt standen sie hustend auf der taufeuchten Straße. Das Haus ihrer Granny leuchtete hell. Flammen schlugen aus den Fenstern, als versuchten sie, ebenfalls nach draußen zu gelangen oder zumindest nach weiterer Nahrung zu greifen.

Im schwachen Licht der aufgehenden Sonne waren bereits Sirenen zu hören. Sie standen nur da, sahen auf das Haus, das langsam aber sicher den Flammen zum Opfer fiel.

Erste Nachbarn strömten aus ihren Häusern, fragten, ob alles in Ordnung sei. Cadis nahm all das nur dumpf wahr. Sie konnte nicht mehr antworten. Zum Glück übernahm David die Gespräche mit den Anwohnern.

Der nächste Mensch, der ihr eine Hand auf die Schulter legte und sie behutsam ansprach, trug weiße Kleidung. Er führte sie in den Bauch eines Rettungswagens mit grässlichem Neonlicht. Sie ließ sich die Sauerstoffmaske aufsetzen, den Blutdruck messen und sich eine Decke umlegen. Alles geschah wie in Zeitlupe. Dazu nahm sie jedes Geräusch wie durch Watte wahr.

Fin war in ihrer Nähe, auch er erhielt Maske und Decke. Doch Cadis gelang es nicht, zu ihm zu sehen. Sie konnte es nicht mehr. Die lebensbedrohliche Situation, in der nur sie beide gezählt hatten, war vorüber. Nun standen sie wieder mitten im Leben und was blieb, waren die Lüge und der Vertrauensbruch. Sie wusste nicht, was er mit den Informationen anfangen würde, die er nun über die Vergangenheit ihrer Familie hatte. Diese Ungewissheit lag schwer wie ein Stein in ihrem Magen.

Ein Mann in schwarzer Uniform kam zu ihr, ein Polizist. Er stellte Fragen, die Cadis ihm nicht beantworten konnte. Sie verstand weder die Fragen, noch war sie zu einer Antwort in der Lage. Überhaupt spürte sie ihren Körper nicht mehr und war umso überraschter, als sie bemerkte, dass sich der Sanitäter an ihrem Knie zu schaffen machte.

Bleierne Müdigkeit ließ schließlich ihre Augen träge werden. Sie kämpfte nicht dagegen an.

Es wurde dunkel.

Als sie die Augen das nächste Mal öffnete, waren die Geräusche ihrer Umgebung wieder deutlich zu hören. Dennoch fühlte sie sich wie betäubt. Noch immer zupfte die Schläfrigkeit an ihr, wollte sie zurück in die Traumwelt holen, doch Cadis musste wissen, wo sie war. Mühsam drehte sie den Kopf zur Seite, wobei der Schlauch für die Beatmung unangenehm im Gesicht drückte.

Sie erkannte viel steriles Weiß. Schränke, die bis unter die Decke reichten, allerhand Geräte und Utensilien wie Einmalhandschuhe, Kanülen und Spritzen. Ein gleichmäßiges Piepen erfüllte den Raum.

Neben ihr stand ein Tropf, dessen durchsichtiger Schlauch über einen Zugang in ihrem Arm verschwand. Etwas war auf die Flasche geschrieben, das Cadis jedoch nicht lesen konnte. Da der stechende

Schmerz im Knie verschwunden war, nahm sie an, dass es sich um Schmerzmittel handelte.

Sie war also im Krankenhaus. Von David, Fin oder überhaupt einem anderen Menschen keine Spur. Sie lag einfach allein in diesem kleinen Zimmer. Dann konnte sie weiterschlafen.

Gerade, als ihre Lider wieder schwer wurden, öffnete sich die große schwere Tür schwungvoll und eine Krankenschwester kam herein gefegt. Sie war mittleren Alters und hatte ihre erstaunlich langen schwarzen Haare zu einem pfiffigen Pferdeschwanz zusammengebunden, der sie jung und sportlich wirken ließ.

„Ach, Ms. Penrose, Sie sind ja wach. Das ist aber fantastisch. Wir haben uns schon ein wenig Sorgen gemacht. Wie fühlen Sie sich denn?“

Cadis war bemüht, in sich hinein zu horchen, um einen körperlichen Zustand auszumachen, doch noch immer schien sie die Verbindung zu ihrem Körper verloren zu haben. Sie fühlte nichts außer Leere.

„Mir geht es gut“, log sie, um eine ähnlich fröhliche Stimme bemüht, während sie ihr zusah, wie sie ihren Blutdruck und den Tropf kontrollierte und an dem Rädchen am Schlauch drehte.

„Wann ... wann kann ich denn wieder gehen?“

„Schon sehr bald, wenn es Ihnen so gut geht. Der Doktor möchte gerne noch einen Blick auf Sie werfen und sobald er grünes Licht gibt, sind Sie so gut wie entlassen.“

„Wie lange wird das denn dauern?“

„Schwer zu sagen. Schon noch eine Weile. Aber davon lassen Sie sich mal nicht stressen, ja? Schließen Sie einfach die Augen und genießen Sie die Ruhe noch ein wenig."

Genau das tat Cadis. Sie beobachtete die Schwester noch kurz, wie sie Eintragungen in eine Karteikarte machte, ehe ihre Augen zufielen.

Es war bereits Nachmittag, als Cadis mit ihren Entlassungspapieren und Schmerzmitteln in der Hand und verbundenem Knie im Krankenhausfoyer stand. Wirklich gut fühlte sie sich noch immer nicht, aber nach dem, was sie die vergangenen Stunden erlebt hatte, war das wahrscheinlich nicht ungewöhnlich.

Morgen musste sie ins Polizeirevier. Die wichtigsten Aussagen von ihr hatte Inspector Lee jedoch schon aufgenommen. Ob sie ihre Schwester wegen Körperverletzung anzeigen würde, wusste Cadis noch nicht. Verdient hatte sie es allemal und dennoch hatte sie kein gutes Gefühl dabei. Es musste einen anderen Weg geben, als das nicht enden wollende Gegeneinander. Und wenn eine Person in der Lage war, das zu erkennen und dagegen zu steuern, dann doch wohl sie, oder?

Ihr Handy vibrierte. Es war David.

Hallo, Schwesterherz. Wieder fit? Wann soll ich dich abholen?

Sie antwortete:

Es geht so. Abholen in einer halben Stunde?

Sie hatte nämlich noch etwas zu erledigen.

Mit zugeschnürtem Magen ging sie den Weg, den sie in der letzten Zeit schon so oft gegangen war, dass sie ihn mit verbundenen Augen hätte finden können. Dennoch war es noch nie so schwer gewesen. Nicht einmal vor drei Tagen, als sie gekommen war, um sich zu verabschieden. Ihre Füße versanken geradezu in dem Linoleumboden. Auch die Tür zum Krankenzimmer war dieses Mal extrem schwer und wollte sich kaum öffnen lassen.

Zart und fein lag ihre Grandma auf dem Krankenbett.

„Hallo, Granny", sagte Cadis leise, während sie die Tür langsamer als nötig schloss.

Sie trat an das Bett ihrer Großmutter. Beinahe hoffte sie, sie würde bereits zu spät kommen. Doch dem war nicht so – im Gegenteil, sie war sogar wach. Mit warmem Blick sah sie Cadis an. Sofort schossen dieser die Tränen in die Augen. Sie rang um Beherrschung, doch es war zu viel der Ereignisse gewesen. Cadis war von den Vorkommnissen noch zu erschöpft und überwältigt. Ohne sich etwas zurechtgelegt zu haben, platzte es aus ihr hervor.

Schluchzend und unter Tränen erzählte sie ihrer Granny alles, was sich zugetragen hatte. Der Jahrmarkt, Fin, der Einbruch, die Zinnmine, wie ihnen bewusstwurde, warum das Riesenrad abgestürzt war, die Zwillinge, die sie im Krankenhaus belauscht hatten und ihnen gefolgt waren, wie sie im Haus der Großmutter den Hinweisen nachgegangen und so alle Dokumente gefunden hatten, bis hin zu ihrem Schreiben im Klappenteil des Buches und wie dann alles bei dem Brand vernichtet wurde.

„Es tut mir so leid, Granny“, schluchzte Cadis bebend. „Du hast so viel durchmachen müssen und nun hast du wegen mir alles verloren.“ Sie stürzte sich auf ihre Grandma und nahm sie weinend in den Arm. Das vage Gefühl einer Hand auf ihrem Rücken machte es nur noch schlimmer. Cadis konnte nicht mehr an sich halten und weinte bitterlich.

Das Herz ihrer Großmutter schlug leise.

„Es ist alles gut“, flüsterte sie.

Endlich beruhigte sich Cadis und setzte sich auf. „Nein, ist es nicht. Ich wollte dir Gerechtigkeit verschaffen.“ Sie schnäuzte sich und tupfte sich die Spuren der Tränen von den Wangen. „Die Gerechtigkeit, die dir dein Leben lang verwehrt geblieben ist. Du hast sie verdient und ich habe versagt.“

„Hast du nicht.“ Damit deutete sie auf ihren Nachttisch.

Stirnrunzelnd sah Cadis zum Tisch, konnte jedoch nichts erkennen. Sie öffnete die Schublade, dann die Klappe. Ein Buch lag darin. Als Cadis es in die Hand nahm, fielen zwei Zettel heraus.

„Oh, bitte entschuldige“, sagte sie, bückte sich schnell, um sie aufzuheben und erstarrte. Langsam richtete sie sich wieder auf. „Aber Granny, das sind ...“

Ihre Großmutter lächelte vage.

„Das hier ist die Versicherungspolice und das andere ...“ Beinahe wäre sie wieder angefangen zu weinen. „Euer Hochzeitsfoto.“

Das Lächeln grub sich tiefer in das alte Gesicht ihrer Grandma.

„Aber woher hast du das? Ich dachte, alles wäre beim Brand vernichtet worden.“

Was ihre Granny daraufhin hauchte, konnte sie kaum verstehen.

„Fin?“

Sie nickte.

„Er war hier?“

Wieder nickte sie.

Cadis verstand die Welt nicht mehr. Es musste ihm irgendwie gelungen sein, diese Unterlagen unbemerkt an sich zu nehmen. Vielleicht im Kampf oder als er auf dem Boden lag oder als er sich gewehrt hatte, in den Raum geführt zu werden? Sie wusste es nicht. *Fin, du bist doch verrückt*, dachte sie.

Ihre Großmutter zeigte auf das Hochzeitsfoto. Cadis legte sich vorsichtig neben sie und gab ihr das Bild. Gemeinsam betrachteten sie es.

„Dieses Bild ist wunderschön, Granny. Ich wünschte, euer Glück hätte länger gehalten als zwei Monate.“

„Er ist wie Grayson“, flüsterte sie. Es war deutlich zu hören, dass ihre Kraft schwand.

„Meinst du Fin?“

Sie nickte.

Cadis betrachtete das Bild, das er für sie und ihre Familie gerettet hatte. Vielleicht hatte sie ihm Unrecht getan.

„Danke.“

Sie gab ihrer Großmutter einen Kuss auf die Stirn.

„Kümmere ... dich jetzt um deine Familie. Sie ... “Schwerfällig holte sie noch einmal Luft. „Sie brauchen dich.“ Die letzten Worte waren nur noch ein Flüstern.

Ihre Mundwinkel hoben sich kaum sichtbar ein letztes Mal an. „Meine ... Sophia ..."

Tapfer versuchte Cadis, ihren bebenden Unterkiefer unter Kontrolle zu halten. Die Zeit zu weinen war nicht gekommen. Noch nicht. Jetzt musste sie für ihre Granny da sein und sie begleiten.

Die Hand ihrer Großmutter sank tiefer und mit ihr das Hochzeitsfoto. Auf dem Herzmonitor wurde es ruhiger. Das Piepen wurde langsamer.

Cadis legte ihre Hand auf die ihrer Großmutter, während sie den letzten Schlägen dieses wundervollen Herzens lauschte. Ein Herz so stark und tapfer, wie sie noch nie eines erlebt hatte. Was wäre sie ohne ihre Granny gewesen? Wer wäre sie gewesen?

„Sie kommt, Grayson", wisperte sie mit einem Blick auf das Bild. Tränen rannen über ihre Wangen, ohne dass sie weinte. „Gleich seid ihr endlich wieder vereint."

Ein letzter Hauch.

Eine letzte Bewegung der Hand, als wollte sie Cadis noch einmal drücken.

Ein letzter Schlag.

Dann war es vorbei. Ein Sinuston löste das gleichmäßige Piepen ab.

So endete ein Leben.

Cadis blieb neben ihrer Grandma sitzen, sah sich das Foto an und hoffte mit ihrem ganzen Sein, dass sie nun bei ihm war, wo er so lange auf sie hatte warten müssen.

Zwei Schwestern kamen herein, die behandelnde Ärztin im Schlepptau. Während Cadis das Foto nahm und sich aus dem Bett erhob, kontrollierten die Schwestern die Apparate, schienen ihrer Granny noch etwas zu verabreichen. Schließlich hörte die Ärztin Granny noch einmal ab, ehe sie mit einem Blick auf die Uhr den Zeitpunkt des Todes bekanntgab.

„Alles in Ordnung bei Ihnen?“, fragte die Ärztin Cadis mitfühlend. „Kann ich etwas für Sie tun? Sollen wir die Familie informieren?“

Cadis schüttelte den Kopf, presste das Foto fest an ihre Brust. „*Ich* bin ihre Familie.“

Ein letztes Mal sah sie zu ihrer Großmutter. „Mach’s gut“, flüsterte sie. Dann drehte sie sich um und ging.

Vor dem Krankenhaus wartete David bereits auf sie. Nach drei trüben Tagen schien heute endlich mal wieder die Sonne.

„Wie geht es dir?“, fragte er unbedarft, als er den Motor seines Wagens anließ.

Cadis antwortete nicht.

„Okaaay, mürrisch. Wo soll es denn jetzt hingehen?“

Wieder reagierte sie nicht.

„Du warst bei Granny, habe ich recht?“

Sie nickte.

„Ist sie ...?“

Wieder nickte sie.

„Verstehe ...“

Einen Augenblick sagte keiner von ihnen etwas. Es war eigenartig, dass sie nicht weinte. Sie war traurig, der Verlust schmerzte. Und doch verspürte sie ein seltsames Gefühl von Freiheit. Die Erlösung, die ihre Großmutter endlich erhalten hatte, sie beruhigte auch Cadis. Mit jeder Minute, die seither vergangen war, hatten sich ihre Gedanken und Gefühle mehr und mehr geordnet. Grannys letzte Worte schwirrten unentwegt durch ihren Kopf. Sie sollte sich nun um ihre Familie kümmern. Ihre Familie brauchte sie. Aber warum hatte sie das gesagt? Cadis hatte herausgefunden, was in der Vergangenheit schiefgelaufen war. Was nützte ihr dieses Wissen?

Dann begriff sie. Und sie wusste genau, was sie zu tun hatte.

Das war ihre Rolle in der Familie: Sie musste die alten Muster aufbrechen. Darum war sie so anders. Das war die Antwort.

„Bring mich nach Hause", sagte sie schließlich. Aus ihrem inneren Frieden war eine Idee geboren. Es war an der Zeit, einen Schritt zu gehen, den sie schon längst hätte gehen sollen.

„Will ich wissen, was du vorhast?"

„Das wirst du sehen."

„Also etwas Wahnsinniges. Klingt sehr gut."

Sie brauchten etwa zwanzig Minuten vom Krankenhaus bis zur Einfahrt des Herrenhauses. David öffnete per Knopfdruck das Tor und fuhr langsam über den Kies, der unter den Wagenreifen geräuschvoll knackte. Er fuhr nur die Hälfte der kreisförmigen Auffahrt, sodass er den Wagen direkt vor der Haustür parken konnte.

„Nur für den Fall, dass wir schnell die Flucht ergreifen müssen", erklärte er auf Cadis' fragenden Blick hin.

„Das wird nicht nötig sein."

„Aber du begibst dich in die Höhle der Löwen."

„Vertrau mir. Ich weiß, was ich tue."

Er nickte. „Na, dann los."

Gemeinsam stiegen sie aus dem Auto und die fünf steinernen Stufen hinauf. Cadis suchte den Schlüssel aus ihrer Tasche und schloss die Tür auf.

Der Eingangsbereich lag in vollkommener Stille.

Eigentlich sah alles so aus wie immer: die hellen Marmorfliesen, auf die das bunte Licht der Glaseinsätze fiel, der goldene Schirmständer, der Garderobenschrank. Und dennoch erkannte Cadis ihr Elternhaus kaum wieder. Es war, als wäre sie jahrzehntelang weggewesen. Alles wirkte kahl, kalt und grau, sogar die bunten Lichter. Das Leben schien aus diesem Gebäude gewichen zu sein.

„Tust du mir einen Gefallen?“, sagte sie an David gewandt.

„Klar, Schwesterherz, jeden.“

„Sorgst du bitte dafür, dass alle ins Wohnzimmer kommen?“

„Bin schon unterwegs.“

Noch immer vollkommen in sich ruhend ging Cadis ins Wohnzimmer. Auch dieser Raum wirkte verändert – liebloser als sonst. Sie trat an die große Terrassentür und sah in den Garten und den angrenzenden Wald. Wenigstens der war ihr noch vertraut.

Es dauerte nicht lange, da wurde die Wohnzimmertür geöffnet. Zuerst kam David herein, der mit einem breiten Grinsen seinen „Fang“ präsentierte. Nach ihm folgten ihre Mum, ihr Dad und im Anschluss die Zwillinge, beide mit vor der Brust verschränkten Armen, Darlénes Gesicht zierte ein deutlich geschwollener Nasenrücken. Cadis konnte den Gesichtsausdruck der beiden nicht deuten. Fühlten sie sich schuldig oder waren sie genervt? Empfanden sie Reue? War das überhaupt möglich?

Als alle ihren Platz gefunden hatten, wollte Cadis' Dad beginnen, doch Cadis hob die Hand. „Nein, Dad. Lass mich bitte als erstes sprechen."

Er verstummte.

Sie holte tief Luft. „Ich denke, nach über zwanzig Jahren ist es an der Zeit für eine Aussprache. Wir haben massive Probleme miteinander, die sich über die Jahre nicht gebessert haben und in den vergangenen drei Tagen eskaliert sind. Damit vielleicht irgendwann ein gemeinsames Miteinander möglich ist, sollten wir unsere Differenzen beiseitelegen. Granny hätte es so gewollt." Cadis machte eine kurze Pause. „Sie starb vor einer halben Stunde neben mir. Ihre Geschichte, ihr Lebensweg war geprägt von Leid, Schmerz, Missverständnissen, Unterdrückung, aber auch Hass, Wut und Ohnmacht. All das weiß ich jetzt über sie. Und dadurch ist sie mehr als nur meine Grandma für mich geworden." Sie sah in die Runde. „Ich möchte nicht, dass sich ihre Geschichte wiederholt. Wir haben hier und jetzt die Chance, alles besser zu machen, damit kein weiteres Leben verschwendet wird. Und auch wenn ich im Anschluss an dieses Gespräch ausziehen werde, ist es mir trotzdem wichtig, dass wir unsere Differenzen beilegen. Darléne." Sie wandte sich an ihre Schwester, deren Blick sich verfinsterte.

„Du bist meine Schwester und ich habe dich lieb", eröffnete Cadis. „Glaub es oder nicht. Ich wollte immer dazugehören, wollte so sein wie ihr, wollte ein Teil der Familie sein und mich auch so fühlen. Ich habe alles versucht, aber ich war nie wie ihr. Du hast keine

Ahnung …“ Tränen füllten ihre Augen. „Wie einsam man in einer Familie ist, derer man sich nicht zugehörig fühlt. Ich hätte gerne mit euch Geige und Tennis gespielt, hätte mich frisiert, ein hübsches Kleid angezogen und mich schön finden lassen. Lange Zeit wollte ich nichts anderes. Doch es gelang mir nicht. Ich war das hässliche Entlein. Ich habe mich so gefühlt, mich so verhalten und wurde schließlich auch so behandelt. Wobei ich nicht weiß und auch nicht klären möchte, wer angefangen hat. Bitte glaub mir, dass ich liebend gern eine bessere Schwester gewesen wäre, wenn ich es gekonnt hätte.“

Sie sah zu Nigel.

„Das gilt auch für dich. Ihr zwei seid beeindruckend und regelrechte Führungspersönlichkeiten. Wart ihr schon immer. Ich hoffe, dass ihr den richtigen Weg für euch finden werdet. Der, in dem ihr herausragt.“

Nun wandte sie sich an ihre Eltern.

„Ihr konntet ebenso wenig glauben, dass ich eure leibliche Tochter bin, wie ich. Aber so ist es.“

Ihre Mum senkte den Kopf. Ihr Dad hielt ihrem Blick stand, doch seine Kiefermuskeln traten deutlich hervor.

„Ich komme vielleicht nicht nach dir, Mum, oder nach dir, Dad, aber nach Granny. Und sie ist – war – ein ebenso großer Teil der Familie. Ohne sie und ihren Mut hätte es diese Familie nicht einmal gegeben.“ Noch einmal ließ sie ihren Blick über die Runde gleiten. „Das war alles, was ich sagen wollte.“

Erstaunt legte Darléne ihre Stirn in Falten. „Wohl kaum. Da gibt es sicherlich noch einiges, das du erzählen wolltest.“

Cadis schüttelte den Kopf. „Nur das, was ich gesagt habe, ist wichtig."

„Danke, Cadis", sagte Nigel in einem Tonfall, den sie noch nie zuvor bei ihm gehört hatte. Zum ersten Mal war sämtliche Überheblichkeit aus seiner Stimme gewichen. Er war aufrichtig.

„Cadis, das mit dem Test tut uns leid", sagte ihre Mum.

„Wir hätten diesen Befund längst vernichten sollen", murrte ihr Vater. „Was wühlst du auch in unseren Unterlagen herum?" Er erhob die Stimme gegen sie, doch das war in Ordnung.

„Ich mache euch keinen Vorwurf, Dad. Es hat mir nur gezeigt, dass ihr im Umgang mit mir ebenso unbeholfen wart wie ich mit euch und dass wir alle nach einer Antwort gesucht haben."

Er fuhr sich mit der Hand über den Nacken. „Ja, das war wohl so."

„Cadis, könntest du jetzt bitte erzählen, was du *eigentlich* erzählen willst?" Darléne stemmte die Fäuste in die Hüften.

„Ich habe alles erzählt. Da ist nichts mehr."

„Das glaubt dir niemand."

„Warum bist du so zu mir? Ich habe dir ehrlich gestanden, wie ich mich fühle und gefühlt habe, aber es erreicht dich nicht. Warum?"

„Weil ich dir deinen Heiligenschein nicht abkaufe, deswegen. Das ist auch mal wieder eine von den Maschen, mit denen du die Leute um deinen Finger wickelst."

„Ich habe keine Maschen, Darléne. Und ich versuche gerade ehrlich und aufrichtig zu sein. Wie wäre es, wenn du es zur Abwechslung auch mal bist und mir sagst, was dein Problem mit mir ist."

Sie rollte mit den Augen, wollte nichts dazu sagen, dieser Frage erhaben sein. „Dass du immer aus der Reihe schlägst und deswegen die ganze Aufmerksamkeit bekommst", platzte es dann aus ihr heraus. „Nigel und ich schuften und ackern, lernen Geige – das wohl furchtbarste Instrument, das man spielen kann. Wir büffeln und bringen gute Noten nach Hause, lernen langweilige Sportarten, arbeiten, tun alles. Und du? Du bist einfach, wie du bist, und bekommst die ganze Aufmerksamkeit." Darléne wurde immer lauter. „Ständig fegen und wischen Mum und Dad hinter dir her und Grannys Lieblingsenkelin bist du sowieso." Nun schrie sie beinahe. „Weißt du, was das für ein Gefühl ist, sich für jedes bisschen Aufmerksamkeit und Anerkennung den Arsch aufreißen zu müssen?"

„Darléne ...", setzte Cadis an, aber ihre Schwester war noch nicht fertig.

Sie kniff die Augen zusammen. „Ich habe dich so gehasst, Cadis. Du hast im Geigespielen versagt, dann musstest du auch keine Geige spielen, während Nigel und ich sogar in den Nächten geübt haben. Du machst etwas, es endet in einer Katastrophe und es ist in Ordnung. Im Gegensatz zu uns. Wir müssen Höchstleistungen erbringen. Mussten wir immer. Und es wird uns nicht gedankt. Es wird. Von. Uns. *Erwartet.*"

Erst jetzt begann Cadis den Schmerz ihrer Schwester zu begreifen und hätte sie am liebsten in den Arm genommen. Doch sie wusste, dass das gerade das Falscheste war, was sie tun konnte. Nigel legte Darléne mitfühlend die Hand auf die Schulter, wie zur Bestätigung.

„Du brauchtest nur ein Stück Kuchen auf deinen Teller zu heben, ohne dass es runterfällt und du dich und die Küche komplett einsaust, und Mum und Dad waren zufrieden. Für uns war es nicht ganz so einfach. Und dann reißt du dir auch noch David unter den Nagel."

„Ich habe ihn mir nicht unter den Nagel gerissen."

„Er war kaum auf der Welt, da warst du bei ihm und hast dich breitgemacht. Darum konnte aus ihm auch nichts mehr werden."

„Hey!", schaltete sich Besagter empört ein.

„Ist doch so", murrte Darléne. „Unter unseren Fittichen wärest du besser geraten."

„Ich glaube, da habe ich auch noch ein Wörtchen mitzureden", sagte ihre Mutter, wenngleich verhältnismäßig leise.

Die Quittung für diesen Kommentar bekam sie prompt. Alle vier Kinder sahen sie schweigend an. Jeder dachte sich seinen Teil. Darléne sprach ihn aus. „Ach wirklich, *Mum*? Wo warst du denn all die Jahre? Du hast die Erziehung lieber den Ammen überlassen, damit du dich um Partys, Ansehen und Alkohol kümmern konntest. Denkst du, das hat keiner von uns mitbekommen? Du hast uns vernachlässigt, hast nie unsere Streitigkeiten geschlichtet, dich nie einen Dreck um uns geschert. Wir waren immer auf uns allein gestellt."

So gern Cadis ihr widersprochen hätte, musste sie zugeben, dass das der Wahrheit entsprach. Dazu die ewigen Stimmungsschwankungen ihrer Mum, die

Cadis als Kind zusätzlich geängstigt hatten. Eine Nebenwirkung des ständigen Alkohols wie sie heute wusste.

Ihre Mutter senkte den Blick.

„Das ist richtig“, fuhr Darléne erbarmungslos fort. „Schämen solltest du dich. All das wäre nicht passiert, hättest du uns einmal zugehört und zwar nicht nur oberflächlich.“

„Kinder, passt auf, was ihr zu eurer Mutter sagt“, mischte sich nun ihr Dad ein.

„Sonst was?“, konterte Darléne sofort.

Einmal mehr war Cadis beeindruckt, wie stark ihre Schwester war. Wie furchtlos sie sich jedem stellte. Sie wusste, warum sie sich von ihr immer hatte einschüchtern lassen: weil sie sie bewunderte. Darléne hätte das Rätsel um den Jahrmarkt wohl auch im Alleingang innerhalb kürzester Zeit lösen können, hätte sich nicht eine Sekunde abbringen lassen oder den Fokus verloren, weil ein charmanter Mann an ihrer Seite war, der ihr Vertrauen missbraucht hatte. Sofort schob sie die aufkommenden Gedanken an Fin beiseite.

Darléne baute sich unterdessen weiter auf. „Willst du uns das Taschengeld entziehen oder uns aus deiner Wahlkampagne abziehen? Nur zu. Die Wahl kannst du ohnehin nicht mehr gewinnen.“ Sie reckte das Kinn.

Ihr Vater hob den Zeigefinger. „Rede nicht so mit mir, Kind. Du hättest nichts, wenn ich dir deine finanziellen Mittel streichen würde. Du kannst nichts, außer Tochter zu sein, hast keine anständige Ausbildung und keine Ahnung von der wirklichen Welt.“

„Das ist nicht wahr!", rief Cadis dazwischen. Ihre innere Ruhe bröckelte. Genau diese Art gegenseitiger Herabschätzung hatte sie vermeiden wollen. Erst recht, wenn es nicht der Wahrheit entsprach. Sie rümpfte die Nase. Selten hatte sie ihren Vater als so hässlich empfunden wie heute. Als wäre er das wahre Monster. Getarnt mit einem Anzug und glattgekämmten Haaren.

Darléne jedoch blieb unbeeindruckt. „Du brauchst mich nicht zu verteidigen, Cadis, das kann ich auch allein."

„Ich weiß. Trotzdem ist es manchmal schön, wenn man seine Schlachten nicht ganz alleine kämpfen muss, oder?"

Ein Seitenblick streifte sie, dann erhob Darléne die Hand und Cadis verstummte.

„Dad, du wirst keine finanziellen Mittel mehr haben, die du mir streichen kannst, wenn Cadis mit dem, was sie herausgefunden hat, an die Öffentlichkeit geht. Dann sind wir nämlich alle am Arsch. Und zwar gewaltig."

Alle Blicke wanderten zu Cadis, die noch verwirrt von der Tatsache war, dass ihre Schwester *am Arsch* gesagt hatte. „Ich habe nicht vor, an die Öffentlichkeit zu gehen."

„Natürlich wirst du. Und anzeigen wirst du uns auch", sagte Darléne fest.

„Wenn ich das hätte tun wollen, hätte ich das längst getan. Außerdem habe ich nicht einmal mehr Beweise, erinnerst du dich?"

„Um den Ruf von Menschen zu schädigen braucht es keine Beweise."

„Ich möchte niemandes Ruf schädigen. Alles, was ich möchte, ist, dass wir uns aussprechen und irgendwann wie normale Menschen miteinander umgehen."

„Du willst dich aussprechen? Gut, dann erzähl doch, was du über den Jahrmarkt herausgefunden hast." Sie verschränkte die Arme vor der Brust und trat einen Schritt zurück, überließ Cadis das Feld.

Diese schüttelte jedoch nur mit dem Kopf. „Nein, Darléne. Wirklich nicht. Darum geht es mir hier nicht."

„Der Jahrmarkt draußen im Wald? Woher wisst ihr davon?" Ihrem Vater schien auch diese Information nicht zu gefallen. Er hatte die schwarzen Augenbrauen so weit zusammengezogen, dass sie sich beinahe berührten.

„Es gibt einen Jahrmarkt draußen im Wald?" Ehrlich überrascht sah ihre Mutter zu ihrem Mann. „Ist es das, was hinter dem Bauzaun ist und du mir nie sagen wolltest?"

„Es gibt seinen Grund, aus dem der Bauzaun dort ist", antwortete ihr Vater. „Weil niemand das Gelände betreten darf. Das ist hochgefährlich. Irgendwann ist alles verrottet und zusammengebrochen, dann kommt Erde drüber und ein paar Bäume und dieser Albtraum hat endlich ein Ende. Was für eine Plage."

Cadis spürte einen Stich in ihrer Brust. „Das ist nicht dein Ernst", sagte sie bebend vor Wut. „So nennst du das? Einen Albtraum, der bald verrottet ist? Eine Plage? Wirklich?" Sie schnaufte.

Darléne stupste sie an. „Sag es ihm, Cadis."

„Nein, ich ... Ich wollte das nicht."

„Wenn du es ihm nicht sagst, werde ich es tun."

Sie sah ihre Schwester an. Sie hatte die Familie wahrlich nicht zusammengetrommelt, um ihnen brühwarm Calandras ganze Geschichte zu erzählen, und mit dem Finger auf die Zwillinge zu zeigen. Genau das hatte sie vermeiden wollen. Doch Darléne hatte ihre Entscheidung getroffen und Cadis wusste, dass sie meinte, was sie sagte.

Wie zur Bestätigung nickte Darléne mit dem Kopf in die Richtung ihrer Eltern. „Na los", flüsterte sie.

„Nein."

„Mum, Dad", begann sie dann, „nur damit ihr es wisst, Nigel und ich haben versehentlich Grannys Haus niedergebrannt. Und Cadis hat eine zertrümmerte Kniescheibe, weil ich ihr mit dem Hammer dagegen geschlagen habe. Das ist aber noch nichts im Vergleich zu dem, was wir ihr als Kinder alles angetan haben."

Schweigen.

„Darléne, das hättest du nicht tun müssen", flüsterte Cadis im Angesicht der entsetzten Mienen ihrer Eltern.

„Doch. Genau das musste ich. Und es tut mir leid."

Zum ersten Mal in ihrem Leben erkannte Cadis Wärme in den sonst so kühlen blauen Augen.

„Wir wollten das Haus nicht abbrennen. Es war ein Versehen, weil Nigel mit dem Benzin nicht vorsichtig genug war." Sie schickte einen vorwurfsvollen Blick in Richtung ihres Bruders, der schuldbewusst den Kopf zwischen die Schultern zog. „Als wir gingen, dachten wir, es würde einfach nur ein Feuer im Kamin lodern. Ganz ehrlich. Wir hatten keine Ahnung."

Cadis nickte. „Das glaube ich dir."

„Wir haben dir sehr Unrecht getan und so viel Leid zugefügt, weil unsere Eltern auf ganzer Linie versagt haben. Und jetzt hätten wir dich zum Schluss beinahe umgebracht." Sie presste die Lippen aufeinander, ehe sie weitersprach. „Das tut mir alles sehr leid. Darum bitte ich dich: Erzähl ihnen, was du herausgefunden hast. Alles. Die ganze Wahrheit. Auch sie müssen es wissen."

Cadis sah zu ihren Eltern. Mussten sie das wirklich erfahren? Sie hätten es längst wissen können, wäre ihnen ihre Familiengeschichte nicht derart gleichgültig gewesen. Und doch hatte Darléne recht. Zudem wusste sie nicht, wie viel ihr Vater wusste. Vielleicht konnte er noch das ein oder andere Detail zu ihrem Puzzle beisteuern? Ihre Mutter schien gänzlich ahnungslos.

Ermutigend legte Darléne ihre Hand auf Cadis' Schulter. Diese richtete sich in ihrer Haltung weiter auf, ehe sie zu erzählen begann. Sie berichtete alles, was Fin und sie an Hinweisen zusammengetragen hatten und wie sie die Geschichte daraufhin entschlüsselten. Je mehr Cadis erzählte, umso mehr sackte ihr Vater in sich zusammen, während sie weiter an gefühlter Größe gewann. Er schien doch weniger zu wissen, als sie angenommen hatte, und nun seine Kandidatur den Bach runtergehen zu sehen.

Zum Schluss zeigte Cadis der Familie noch das Hochzeitsfoto von Calandra und Grayson sowie die Versicherungspolice.

Erwartungsgemäß waren ihre Eltern geschockt.

„Verzeih mir meine vorherige Arroganz, Cadis", sagte ihr Vater mit brüchiger Stimme, als sie geendet hatte. „Weißt du, es ist so, dass in unserer Familie über alles geschwiegen wurde, was nicht nach Plan lief. Hinterfragte ich, erhielt ich einen Satz warme Ohren.

Wie oft mein Dad mich lang gemacht hat ..." Sein Blick war getrübt. Er schüttelte den Kopf bei den Erinnerungen, die mit Sicherheit nicht nur körperlich schmerzhaft gewesen sein mussten. „Irgendwann unterlässt man das Fragen."

„Das verstehe ich", sagte sie sanft. Und das tat sie wirklich. Endlich hatte sie das Gefühl, sie alle zu verstehen und ihnen verzeihen zu können.

Ihr Dad überlegte. „Was meinst du, sollte ich jetzt tun?"

„Das Richtige", antwortete sie. Mehr nicht. Sie überließ ihm die Entscheidung, was das Richtige war.

Er nickte. „Ich werde von der Kandidatur zurücktreten und ich werde das hier ..." Er hielt die Police hoch. „... öffentlich machen. Wir werden alles auf unsere Kappe nehmen. Familie Trewin lassen wir außen vor. Sie haben ein Familienmitglied verloren. Da müssen wir sie nicht auch noch an den Pranger stellen."

„Meinst du, das ändert etwas, wenn du schlafende Hunde weckst?", fragte ihre Mutter besorgt.

Ihr Dad blieb ebenso gelassen wie entschlossen. „Fiona, diese Vergangenheit wird es immer geben, ob wir über sie schweigen oder nicht." Er legte den Arm um ihre Schulter. „Mach dir um unseren Ruf und unser Leben keine Gedanken. Vielleicht kann ich mit Ehrlichkeit überzeugen." Er zwinkerte Cadis zu.

In diesem Augenblick imponierte ihr Vater Cadis. Sie hatte bestenfalls damit gerechnet, dass er versuchen würde, den Schaden wiedergutzumachen, nicht aber, dass er die ganze Welt an den Missständen ihrer Familie teilhaben ließ. Erst recht nicht, weil das bedeutete, dass er vor den Trewins in die Knie gehen musste, wenngleich er schwor, ihren Namen nicht zu erwähnen.

„Wow, Schwesterchen. Das war mal eine Glanzleistung“, raunte David ihr zu, während er seinen Arm lässig auf ihre Schulter legte.

„Dankeschön“, flüsterte sie zurück.

„Granny wäre stolz auf dich. Und ich glaube, das war es, was sie eigentlich wollte.“

Seine Worte sickerten nur langsam in Cadis’ Bewusstsein. Hatte er recht?

„Ich denke, darum warst nur du für diese Mission geschaffen. Niemand von uns hätte ein offenes Gespräch gesucht, die Familie zu vereinigen versucht. Nur du. Das ist deine besondere Gabe. Darum hat Granny dich auserwählt.“

Nun musste sie sich doch ein Tränchen wegwischen, dass sich klammheimlich auf ihre Wange verirrt hatte.

„Boah, hab ich jetzt einen rausgehauen oder was?“ Er warf den Kopf in den Nacken, während er lachte.

Cadis lachte mit, wenngleich sich noch immer die ein oder andere Träne aus ihren Augen stahl.

„Das hatte so richtig was Superhelden-Episches, oder? Könnte man mir hier mal bitte zustimmen?“

Darléne verschränkte die Arme vor der Brust. Dennoch zierte ein freches Grinsen ihr hübsches Gesicht. „Ich bin für eine weitere Intervention. David und die Frauen. Das geht so wirklich nicht mehr weiter.“

„Wie bitte?“, fragte David gespielt geschockt, während er sich an die Brust griff.

„Dafür!“, rief Cadis.

„Ich auch!“, sagte Nigel.

„Hey, du bist nur neidisch, weil du nicht so viele abbekommst“, konterte David.

„Nee, kleiner Bruder. Weil Frauen mehr sind als nur Lustobjekte.“

Erneutes Schweigen. Vier ungläubige Augenpaare waren auf Nigel gerichtet.

„Was?“, fragte der. „Ist doch so. Die Zuneigung einer Frau muss man sich verdienen. Denk an Grayson, was er alles für Granny getan hat. Du solltest die Frauen nicht mit Tricks und falschen Versprechen ins Bett locken. Sie haben so viel mehr verdient, schreib dir das hinter die Ohren, du Grünschnabel.“

Cadis wäre beinahe die Kinnlade heruntergeklappt. Konnte das sein? War ihr älterer Bruder ein liebevoller und gefühlvoller Mensch, der Frauen mit Respekt behandelte? Er hatte noch nie eine mit nach Hause gebracht, darum war sie davon ausgegangen, er scherte sich nicht um sie und keine wäre besser als seine Schwester. Wie hatte sie derart oberflächlich sein können?

„Habe ich etwas Falsches gesagt?“ Verunsichert sah Nigel hinüber zu Darléne.

Sie lächelte gütig. „Nein, Bruderherz. Du hast genau das Richtige gesagt. Du hast sie nur alle überrascht, weil sich nie jemand die Zeit genommen hat, dich richtig kennenzulernen.“

„Das tut mir leid“, sagte Cadis und nahm Nigel zum ersten Mal in den Arm. Es fühlte sich eigenartig und befremdlich an. Sein Körper war warm. Eine Eigenschaft, die eigentlich selbstverständlich war, und doch hatte Cadis immer angenommen, sein Körper wäre so stählern und kühl, wie auch er war. Tatsächlich nahm auch Nigel sie in den Arm und nicht nur das, er hob sie sogar hoch und schwenkte sie hin und her, sodass sie lachen musste.

„Ach, Schwesterlein, du bist ein verrücktes Huhn." Und so leise, dass es niemand hören konnte, fügte er hinzu: „Ich bin froh, dass du in dieser Familie bist." Erst dann setzte er sie wieder ab und entließ sie aus seiner Umklammerung.

„Also sind wir uns einig, keine Frauen mehr für David?", fragte sie schnell, ehe ihr wieder die Tränen kamen.

„Dafür", sagten ihre Eltern wie aus einem Mund.

David schmollte. „Das wirst du mir noch büßen, Cadi", wisperte er ihr zu. „Zieh dich schon einmal warm an."

Sie grinste. „Das will ich sehen."

Cadis war so zufrieden, dass sich ein warmes Gefühl um ihren Magen und ihr Herz legte. Albert Penrose mochte skrupellos und ein Monster gewesen sein, doch nicht nur sein Blut floss in ihren Adern, sondern auch das ihrer Großmutter. Und das schien nun die Oberhand zu gewinnen.

Jetzt würde alles gut werden.

Zumindest fast alles ...

KAPITEL 22 - CADIS

Cornwall, England, heute

Der aufgeklappte Koffer lag auf dem Bett, bereits zur Hälfte gefüllt. Daneben die Ausgabe der Tageszeitung, in der Lewis Penrose seinen Rücktritt der Kandidatur verkündete, mit der Begründung, altes familieninternes Unrecht wiedergutzumachen. Drei Seiten ließ sich die Zeitung die Geschichte der Familie Penrose kosten. Bilder der verwilderten Fahrgeschäfte wechselten sich mit den Schwarzweißfotos aus der Eröffnungszeit ab.

Für dieses Interview war Cadis' Dad sogar auf den Dachboden geklettert und hatte die wenigen noch vorhandenen Unterlagen des Jahrmarktes hervorgekramt. Darunter Entwürfe für die Plakate und Fotos. Die brisanten Dokumente hatte Calandra seinerzeit gemopst. Auch Durchschläge existierten leider nicht mehr.

Die aktuellen Fotos hatte David mithilfe einer Drohne gemacht, da ihr Vater kein weiteres Betreten des Geländes mehr erlaubte.

Über die Trewins verlor er in dem Interview kein Wort, wie er es versprochen hatte. Er erwähnte einen jungen Mann, nicht jedoch dessen Namen. Der Reporter war begeistert gewesen, denn so gab es noch Spekulationen über eine Liebesgeschichte.

Zwar hatte ihr Vater unbedingt Cadis' Verdienst in der Aufklärung der Sache erwähnen wollen, doch sie hatte das partout abgelehnt. Ohne Fin fühlte es sich nicht richtig an.

Ihr Vater hatte wieder einmal den richtigen Riecher gehabt: Die Reaktionen auf den Artikel waren zumeist sehr positiv. Viele bestärkten ihn, die Kandidatur nicht aufzugeben oder zumindest bei der nächsten Wahl wieder anzutreten. Sie schätzten seine Offenheit.

Eigentlich war somit für die Familie Penrose alles in Butter.

Cadis saß neben Koffer und Zeitung auf dem Bett und ließ ihren Blick über die Malereien an den Wänden huschen. Es war ihre Traumwelt gewesen. Sie malte, was sie träumte und umgekehrt. Und meistens waren es Lichter. Tagsüber hatte sie sich in diese Welt geflüchtet, wenn sie die Realität nicht mehr ertragen hatte, was zu oft der Fall gewesen war.

Nun, da sich ihre Realität verändert hatte, sah sie auch die Zeichnungen an ihrer Wand mit anderen Augen. Es war, als hätte ihre Traumwelt die Tore für sie verschlossen und gleichzeitig, als würde sie diese zum ersten Mal klarsehen.

Sie legte sich auf ihr Bett, betrachtete die Malereien genauer. An der Decke und an den Wänden. Ja, es waren Lichter, doch waren die Schattierungen im Hintergrund ungewöhnlich. Warum hatte sie es genau so gemalt? Warum hatte sie die Lichter genau so angeordnet? Einige waren in einer Reihe, andere in einem riesigen Kreis angeordnet, einige bunt, andere einfach gelb oder weiß.

Und plötzlich erkannte sie es.

Ungläubig sprang sie auf und kramte das Foto aus einer der Umzugskisten. Sie wusste genau, wo sie es verstaut hatte, denn es würde in ihrer neuen Wohnung einen ganz besonderen Platz bekommen.

Sie sah auf das Bild und dann an ihre Wand, wieder auf das Foto, wieder an Wand und Decke, glich jeden Inch ab.

Es gab keinen Zweifel.

Was sie gemalt hatte, waren die Lichter des Jahrmarktes.

Ein Schauer lief ihr über den Rücken.

Wie hatte sie wissen können, wie er ausgesehen hatte? Das war unmöglich ... oder nicht? Hatte sie es sich von ihrem Kindheitsbesuch zusammenreimen können oder hatte Granny ihr stets unterbewusst Hinweise gegeben?

Granny ... Der Gedanke an sie machte ihr das Herz noch immer schwer. Sie war mittlerweile beerdigt worden – mit dem Hochzeitsfoto von ihr und Grayson. Cadis hatte es sich zuvor abfotografiert und würde es sich ausdrucken und einrahmen, sobald sie in ihrer eigenen Wohnung war.

Obwohl ihr Platz neben Albert, ihrem Ehemann, gewesen wäre, hatte die Familie beschlossen, ihr diese Last zu ersparen. Sollte Albert Penrose bis in alle Ewigkeit allein neben einem leeren Platz liegen.

Vielleicht war es auch das, was ihre Granny am Ende bewogen hatte, Cadis auf diese Mission zu schicken. Vielleicht hatte sie der Gedanke, ihre Unendlichkeit neben dem Mörder der Liebe ihres Lebens zu verbringen aus ihrer Trance erwachen lassen – das war eine der Fragen, auf die Cadis wohl nie eine Antwort bekommen würde.

Nun durfte ihre Granny die Ewigkeit zusammen mit ihrer Tochter Sophia verbringen. Das Grab gab es zwar nicht mehr, jedoch noch den Platz, den sie mit etwas Wohlwollen des Friedhofsverwalters hatten ausfindig machen können.

In diesem Augenblick klopfte es an der Tür und David steckte seinen Kopf hinein. „Bist du schon fertig mit Packen?"

Cadis sah zu ihrem Koffer. „Noch nicht ganz." Die Regale und Schränke waren bereits leer, der Kleiderschrank beinahe. Obwohl das Meiste in Umzugskartons verpackt war, wirkte der Raum nicht unwohnlich, wie es die meisten leeren Räume taten. Die Gemälde erzählten weiterhin ihre Geschichte, gaben dem nächsten Betrachter Rätsel auf.

„Unten ist jemand für dich", sagte David.

Fin schoss es Cadis durch den Kopf und ihr Herz machte einen Hüpfer. Doch sofort bremste sie sich. Dass sie ihn vermisste, änderte nichts an der Tatsache, dass er sie belogen hatte. Sie wusste nicht, ob sie ihm verzeihen konnte, dennoch kribbelte es bei dem Gedanken in ihrem Bauch, dass er gerade unten auf sie wartete, und ließ sich auch mit logischen Argumenten nicht vertreiben.

„Na, du strahlst aber. Erwartest du jemanden?", erkundigte sich ihr Bruder mit diesem ganz bestimmten Unterton, als er ihren Gesichtsausdruck bemerkte.

Cadis gab sich möglichst ungerührt. „Nicht wirklich."

„Aha ..." Er grinste.

Mit weichen Knien ging sie die breite Marmortreppe hinunter. David schloss zu ihr auf.

In der Eingangshalle stand nicht Fin, sondern einige Herren, die Cadis vage bekannt vorkamen. Wen sie eindeutig erkannte, war Preston Trewin – Graysons jüngerer Bruder. Er war alt, aber er war es. Und er war anscheinend noch immer im Geschäft. Was machte er bei ihnen im Haus?

Ihr Vater stand bei den Herrschaften und drehte sich freudig zu Cadis, als sie auf dem Treppenabsatz stehenblieb.

„Danke, David. Cadis, Liebes, wir haben äußerst erfreulichen Besuch. Obwohl du die meisten von ihnen mit Sicherheit kennst, darf ich dennoch offiziell vorstellen? Preston Trewin und seine drei Söhne: Bernard mit Ethan und Barron, Richard und dessen Sohn Jacob und Andrew sowie zwei seiner Söhne Robert und Patrick."

Cadis war baff. Das war der gesamte männliche Trewin-Clan. Und er stand versammelt in ihrem Haus. Nur einer fehlte ...

„Meine Herren, das ist meine Tochter Cadis." Bei diesen Worten richtete er sich regelrecht vor Stolz auf, was in Cadis ein Gefühl auslöste, das sie nicht zuordnen konnte. War es Rührung? Verlegenheit? Ebenfalls Stolz? Sie konnte es nicht sagen.

„Ihr und ihrem mutigen Einsatz haben wir das hier zu verdanken." Ihr Vater strahlte wie ein Honigkuchenpferd.

„Und Fin", ergänzte Cadis direkt. So sehr sie es genoss, im Ansehen ihres Dads gestiegen zu sein, wäre es nicht fair, alle Lorbeeren allein einzuheimsen, denn ohne ihn hätte sie es nicht geschafft.

Ihr Dad hob eine Augenbraue, ließ es aber dabei bewenden.

„Finley lässt sich entschuldigen", erklärte Preston Trewin mit erhobener Nase. „Er fühlt sich heute nicht besonders."

„So ein Unsinn", murmelte Robert. „Geweigert mitzukommen, hat er sich." Dafür erntete er sogleich einen strengen Blick seines alten Herrn.

Cadis versetzte es einen erneuten Stich und sie krallte ihre Fingernägel in den hölzernen Handlauf der Treppe. *Sie* hätte das Recht gehabt, ihn nicht sehen zu wollen. Immerhin war sie diejenige, die belogen worden war.

Allem Anschein nach war sein Interesse an ihr nicht ehrlich gewesen. Ein Gedanke, der ihr Inneres krampfen ließ. Auch die Tatsache, dass David ihr in diesem Moment mitfühlend über den Rücken strich, änderte daran nichts.

Das Klatschen ihres Dads riss sie aus ihren Gedanken. „Nun gut, wollen wir uns dann dem Geschäftlichen widmen?"

Cadis runzelte die Stirn. Geschäfte mit den Trewins? Keine gute Idee. „Entschuldigt, aber ich muss noch eine Menge packen." Sie drehte sich bereits auf dem Treppenabsatz um, als sie das dröhnende Lachen ihres Vaters vernahm, das man extrem selten und nur in Gegenwart von Geschäftsleuten hörte.

Sie hielt inne und sah ihn abwartend an.

„Glaub mir, Cadis, *dieses* Geschäftliche wird dir gefallen."

War das gerade ein schelmischer Blick? Von ihrem Dad? Obwohl sie sich überhaupt nicht nach Gesellschaft, Smalltalk und noch weniger nach Geschäften fühlte, verfehlte dieser Gesichtsausdruck sein Ziel nicht. Cadis' Interesse war geweckt.

„Na los doch", flüsterte David und stupste sie in die Seite.

Mit einem mulmigen Gefühl folgte sie den Herren ins Büro.

„Also, Cadis", begann Preston. „Wir sind sehr beeindruckt von deinem Mut und von dem, was du alles auf dich genommen hast, um die Wahrheit herauszufinden."

Unbehaglich zuckte sie mit den Schultern – was sollte sie auch sonst tun oder sagen?

„Auch die Ehrlichkeit und die Diskretion deines Vaters haben uns imponiert." Er nickte ihrem Dad zu, der professionell zurück nickte. „Wir wollen zunächst im Hintergrund bleiben und bitten deswegen weiterhin um Verschwiegenheit."

Nun nickte auch Cadis.

„Dennoch wollen wir euch nicht im Regen stehen lassen. Dein Vater hat mich bei unserem Telefonat gestern bereits dahingehend informiert, dass er plant, den Schaden, den unsere Ahnen uns hinterlassen haben, auszugleichen. Daran möchten wir uns beteiligen."

O wunderbar, Geld, dachte Cadis sarkastisch. „Und wie sollte eine solche Beteiligung aussehen?", fragte sie mit hochgezogenen Augenbrauen, verschränkten Armen und dem Spott bereits in der Stimme.

„Nun, wir werden die zu Unrecht erhaltene Versicherungssumme komplett und zu gleichen Teilen zurückzahlen."

„Ist das Ihr Ernst?", fuhr sie ihn an. Es gelang ihr nicht, ihren Ärger über derart viel Unverständnis für die Sensibilität dieser Geschichte zu zügeln. Doch das wollte sie auch gar nicht.

Mr. Trewin war es anscheinend nicht gewohnt, dass man so mit ihm sprach. Seine buschigen grauen Augenbrauen mit den auffallend langen Haaren wanderten seine Stirn empor, bis hin zu seinem nicht mehr vorhandenen Haaransatz.

„Du solltest auf deinen Tonfall achten, junge Dame. Das ist ein sehr großzügiges Angebot. Die Familie Trewin kommt euch entgegen, da möchte ich mir diese Ausdrucksweise verbitten. "

„Es ist der Tonfall, den Sie für einen solch respektlosen Vorschlag verdient haben."

Mr. Trewin schwieg. Lediglich sein Blick huschte mahnend zu ihrem Vater, der sie normalerweise sogleich pflichtbewusst gebremst und sich angemessen für sie geschämt hätte. Heute sagte er jedoch nichts, was Cadis enormen Aufwind gab, den sie direkt nutzte.

„Mr. Trewin, glauben Sie allen Ernstes, dass Geld irgendetwas ungeschehen machen würde? Bringt Geld Ihren Bruder Grayson oder Ihre Nichte Sophia zurück ins Leben? Macht Geld eine Morddrohung ungeschehen und ein Leben in Angst und Sorge, bis man sich selbst verliert, wie meine Grandma es führen musste? Verstehen Sie das? Ein ganzes Leben einfach verschwendet."

Während Cadis mit brennenden Wangen nach Luft schnappte, wirkte Mr. Trewin in sich gekehrt. Vielleicht hatte sie einen Nerv getroffen? Auch die anderen Trewins verharrten nahezu regungslos. Niemand sagte ein Wort, niemand schien auch nur zu atmen.

Cadis' Körper war noch immer zum Zerreißen gespannt. Wenn es nur das war, was er wollte, konnte er gehen.

„Und an wen wollten die Herren das Geld überhaupt zurückzahlen?", schob sie hinterher. „Ich habe nachgeschaut. Die Versicherung gibt es längst nicht mehr. Vermutlich, weil sie schlechte Versicherungsverträge abgeschlossen haben ..."

„Nun gut, das sind sehr starke Worte", unterbrach Mr. Trewin sie. „Anklagen ist immer leicht. Dann sag mir doch mal, was dir so vorschwebt."

Verdutzt musste Cadis einige Male blinzeln. Mit dieser Reaktion hatte sie nicht gerechnet und sie war auf eine solche Frage auch nicht vorbereitet.

„Ich ... ähm ..." Sie überlegte. „Lassen Sie mich kurz nachdenken ..."

Die Überheblichkeit hielt erneut in Mr. Trewins Gesicht Einzug.

„Sie sollten das Geld auf jeden Fall abgeben, denn es steht Ihnen nicht zu. Mit Zinsen."

„Rechtlich gesehen stand es uns sehr wohl zu", konterte Mr. Trewin. „Immerhin hatten wir den Verlust eines Familienmitglieds zu beklagen."

Cadis warf ihm einen zornigen Blick zu. „Sie zahlen es zurück."

„Und an wen, Madame Penrose?", fragte er süffisant.

„An Menschen, die es brauchen.“

„Wir sollen es also spenden?“ Es gelang ihm nicht zu verbergen, wie lächerlich er diesen Vorschlag fand.

Cadis blieb allerdings standhaft wie ihre Schwester. „Ja, genau das sollen Sie.“

„Und an wen? Minenarbeiter?“ Er gluckste.

„Das ist eine sehr gute Idee!“, warf Cadis’ Vater mit leuchtenden Augen ein. „So hätte es einen Bezug zu dem Unrecht.“ Den entsetzten Blick von Mr. Trewin ignorierte er. „Entschuldige, Preston, aber selbst wenn ich zurückgetreten bin, nach der Wahl ist vor der Wahl und Unterstützung von benachteiligten Personengruppen kommt bei den Wählerinnen und Wählern immer gut an.“

„Wir ... wir könnten einen Fonds gründen, der kranke Minen-, Bergbau- und Grubenarbeiter sowie deren Familien auf der ganzen Welt unterstützt“, schlug Patrick mit seichtem Stimmchen vor. Fins Brüder machten auf Cadis einen äußerst sympathischen Eindruck. Sie war froh, dass sie dabei waren.

„Fabulös!“, rief ihr Vater.

Seufzend sah Preston Trewin zu seinen Verwandten. „Wer ist dafür?“

Zögerlich wanderten sämtliche Hände in die Höhe, nur seine eigene nicht.

„Nun gut. So soll es sein. Patrick, kannst du dich darum kümmern?“

Mit stolz geschwollener Brust grinste dieser und nickte.

Preston Trewin zupfte ein rotkariertes Stofftaschentuch aus seiner Anzugtasche und tupfte sich über die Stirn. „Gut, dann hätten wir das ja geklärt und können gehen. Den Papierkram übernimmt unsere Sekretärin."

Wie eine Horde träger Entenküken setzten sich die Herren Trewin in Bewegung.

„Moment!" Energisch stellte sich Cadis den Anzugträgern in den Weg. „Was ist mit dem Jahrmarkt?"

„Was soll damit sein?", wollte Preston Trewin wissen. „Das Problem wird sich mit der Zeit von selbst erledigen."

„Nein, das ist nicht der richtige Weg. Da müssen wir etwas machen."

„Wenn man dir den kleinen Finger hinhält, nimmst du gleich die ganze Hand, nicht wahr?"

Nun hob Cadis die Nase, ganz in seiner Manier. „Ich gebe mich lediglich nicht mit halben Sachen zufrieden. Und wenn wir uns schon zusammensetzen, um die Vergangenheit ungeschehen zu machen, dann sollten wir nicht nach der Hälfte aufhören."

Erneut ein skeptischer Blick zu ihrem Vater.

„Du hast sie gehört, Preston", bekräftigte der.

Mit tiefer Zornesfalte zwischen den Brauen wandte sich Mr. Trewin wieder Cadis zu. „Eine Restauration ist nicht möglich, das wissen wir bereits von Finley, und eine Demontage ist zu gefährlich. Uns sind also die Hände gebunden."

„Was ist, wenn man den Untergrund stabilisieren würde? Man könnte die unterirdischen Gänge auffüllen ..."

Eine Augenbraue wanderte empor. „Klingt kostspielig."

„Aber nicht unmöglich", beharrte sie.

Preston Trewins Blick bohrte sich geradezu in ihren, doch Cadis ließ sich nicht verunsichern.

„Gentlemen“, sagte er schließlich. „Ich denke, wir sollten uns setzen. Das hier könnte dauern.“

Über drei Stunden saß das Trewin-Oberhaupt mit seiner Gefolgschaft bei ihnen am Esstisch. Zu Beginn floss eine Unmenge an schwarzem Tee, als jedoch der Abend langsam anbrach, holte Cadis' Vater den Brandy heraus, was die Verhandlungen erstaunlich gut vorantrieb.

Ethan und Barron, die Söhne von Bernard Trewin waren angetan von den Fotos und Plänen des Jahrmarktes. Sie waren es, die schließlich den Einfall hatten, auf dem Trewin-Anwesen einen historischen Jahrmarkt ganz nach dem alten Vorbild zu errichten. Die Eintrittsgelder würden dann ebenfalls in den Fonds fließen – eine Idee, die Preston Trewin die Schweißperlen auf die Stirn trieb. Dieser Punkt wurde äußerst lange und intensiv diskutiert. Erst nach einer weiteren Flasche Brandy war er endgültig überstimmt und gab sich geschlagen.

Dennoch gefiel Cadis der Gedanke nicht, den alten Jahrmarkt einfach abzureißen und damit die Vergangenheit zu zerstören.

„Fin liebt so altes Zeug“, erklärte sein Bruder Robert in einem Moment, da die älteren Herren in ein Gespräch verwickelt waren.

Unweigerlich zuckte Cadis bei der Erwähnung seines Namens zusammen.

„O ja", pflichtete Patrick ihm bei. „Der restauriert gerne. Weißt du noch, den alten Chevy, den er neulich hatte?"

Robert nickte. „Ist richtig gut geworden."

„Er würde sich sicher freuen, ein Karussell zu restaurieren."

Patricks Worte verklangen in der Luft. Obwohl Cadis nicht gleich antwortete, brauchte sie keinen Augenblick überlegen. „Er sollte die Restauration übernehmen, wenn er es möchte. Ich könnte mir niemanden Geeigneteres vorstellen." Sie versuchte sich an einem Lächeln, das leider etwas verrutschte.

Die Brüder musterten sie aufmerksam.

„Du hältst große Stücke auf ihn, habe ich recht?", erkundigte sich Robert geradeheraus.

Cadis war bemüht, mit einem möglichst auffälligen Schulterzucken von der Röte in ihrem Gesicht abzulenken. „Im Grunde kenne ich ihn ja kaum. Es war nur eine logische Schlussfolgerung. Er macht es gerne, ihr sagt, er ist gut ..."

„Der Beste", warf Patrick ein.

„Und zudem gehört es zu seiner Familie und seiner Vergangenheit. Damit ist er die logische Wahl." So lautete Cadis' Fazit. Damit sie die amüsierten Blicke der Brüder nicht sehen musste, betrachtete sie eingehend ihre Fingernägel.

„Danach sollten sie in einem Museum ausgestellt werden", beschloss Robert als nächstes.

Cadis sah wieder auf. „Das *Cornwall Museum of History* könnte Interesse haben. Wir sollten dort mal anfragen."

Nach diesem schier endlos langen Gespräch schleppte sich Cadis einige Stunden später ihre müden Knochen die Treppe hinauf. Was fanden diese Geschäftsleute nur an derartigen Meetings? Cadis hatte es mehr geschlaucht als die gesamte Suche nach dem Geheimnis des Jahrmarktes. Businesswoman war damit als potenzieller Beruf gestrichen. Aber eine Ausbildung würde sie machen. Zur Gärtnerin. Sie liebte die Natur und schöne Gärten.

Trotz aller Gegenwehr hatte ihr Dad darauf bestanden, ihr eine winzige *Starthilfe* zu geben, nur deswegen konnte sie sich schon vor Ausbildungsbeginn eine kleine Wohnung in Plymouth leisten. Sie würde dort auch Rosie besuchen und mit ihr bei Tee und *Wine Gums* über ihre Granny plaudern.

Aber dafür galt es jetzt erst einmal, weiter die Koffer zu packen, dabei schienen die Stufen schon kein Ende nehmen zu wollen.

Das Geräusch eines Schlüssels, der ins Türschloss gesteckt wurde, ließ Cadis stehenbleiben und sich umdrehen. Die Tür öffnete sich und die Zwillinge betraten die Eingangshalle. Bekleidet mit gelben Warnwesten, dicken Handschuhen und Müllgreifern, die Darléne direkt in eine Ecke feuerte.

Obwohl sie verschwitzt und verdreckt waren, fand Cadis, dass sie noch nie besser ausgesehen hatten. „Ihr seid aber spät heute."

Darléne wischte sich mit dem Arm über die Stirn. „Ja, aber wir wollten den Park noch ganz fertig machen. Was man anfängt, bringt man zu Ende."

„Ich bin so stolz auf euch." Cadis grinste, was ihr gleich einen bösen Blick ihrer Schwester einbrachte. „Beim nächsten Mal helfe ich euch wieder."

„Wie das denn?", fragte Nigel. „Ab morgen wohnst du über fünfzig Meilen entfernt." Er sah seine Schwester an. „Kannst du das glauben? Klein-Cadi wird flügge."

„Sie kommt schon zurecht", gab Darléne mit einem vielsagenden Blick zu Cadis zurück. Ein Lächeln zupfte an ihren Mundwinkeln.

Gerade, als Cadis sich stolz aufrichten wollte, schob ihre Schwester hinterher: „Ich meine, es wird eine Katastrophe und sie wird ordentlich auf die Nase fallen, wie sie es verdient hat ..." Ihre Augen verengten sich. „Aber sie wird wieder aufstehen. Wieder und wieder, bis auch der Letzte verstanden hat, dass sie sich nicht unterkriegen lässt."

Cadis schenkte Darléne ein dankbares Lächeln. Den Respekt ihrer Schwester zu haben, war für sie noch ungewohnt, wenngleich sie deswegen keinen Deut netter zu ihr war. Doch allein, dass die Zwillinge sich freiwillig bereit erklärt hatten, gemeinnützige Arbeit zu verrichten und Müll zu sammeln, zeigte ihre Größe. Es war kein Deal, keine Übereinkunft. Cadis hatte ihnen nicht mit einer Anzeige gedroht, nichts dergleichen. Sie wollten sich am Wiedergutmachen beteiligen. Also suchten sie sich die für sie schlimmste Strafe aus. Oft half Cadis ihnen bei der Arbeit, weil sie nicht untätig bleiben wollte.

„Wann kommt David eigentlich von der Suppenausgabe zurück?", fragte Nigel. „Hoffentlich wird es heute nicht wieder so spät. Wir haben heute Männerabend."

„Ihr macht etwas zusammen?“, fragte Cadis erstaunt. Das war neu.

„Keine Ahnung, wann er kommt“, stöhnte Darléne. „Es könnte mir auch nichts egaler sein. Ich will jetzt nur eine lange heiße Dusche nehmen. Die täte dir übrigens auch gut ...“ Damit ging sie auf direktem Weg Richtung Badezimmer. Auf Cadis’ Höhe blieb sie stehen. „Sag Bescheid, bevor du morgen fährst. Ich habe noch etwas für dich.“ Ohne ihre Reaktion abzuwarten ging sie weiter.

KAPITEL 23 – CADIS

Cornwall, England, heute

Es ist bald soweit. Der Aufbau des neuen Jahrmarktes geht in die Zielgerade. Wir freuen uns auf dich. David

Lächelnd las Cadis die Nachricht ihres Bruders, während sie den Kofferdeckel zuklappte. Trotz ihrer Ausbildung verbrachte sie die Wochenenden stets zu Hause, um beim Aufbau des neuen Jahrmarktes mitzuhelfen. Bislang hatte sie sich jedoch nur um das Organisatorische gekümmert. Das Trewin-Anwesen zu besuchen und damit Gefahr zu laufen, Fin unbeabsichtigt wiederzusehen, war zu groß.

Heute würde sie allerdings nicht mehr darum herumkommen. Die Eröffnung stand kurz bevor und da sie eine der wenigen war, die den echten Jahrmarkt gesehen hatte, wurde ihr die Aufgabe der Details zuteil.

Ihr Magen hatte schon den ganzen Morgen rebelliert und jegliche Nahrung verweigert. Auch schlafen hatte sie nicht können. Würde sie Fin wiedersehen? Wenn ja, wie würde es sein? Wie würde er auf sie reagieren?

Nachts um drei Uhr hatte sie dann beschlossen, sich kühl und distanziert zu geben, obwohl ihr Herz etwas anderes schrie. Doch das würde es schon verstehen, schließlich diente es seinem Schutz.

Ihr letzter Blick, bevor sie ihre Wohnung verließ, glitt wie jedes Mal über die Bilder auf der hölzernen Kommode neben der Eingangstür. Die eingerahmten Bilder vom Jahrmarkt, das Hochzeitsfoto von Granny und Grayson und das Familienfoto, das sie am letzten Tag gemeinsam gemacht hatten – das Abschiedsgeschenk von David. Vor den Bildern stand Darlénes Abschiedsgeschenk: das Holzpferd, das sie als Kind im Wald verloren hatte. Bei ihrer Verfolgung hatten sie es zwischen dem Laub gefunden und sich zunächst zufriedengegeben, da es das war, was sie hatten haben wollen. Cadis hatte im Unterholz verrotten können. Das waren zumindest Darlénes liebevolle Worte gewesen, als sie ihr das Pferd überreicht hatte.

Cadis atmete noch einmal tief ein und aus. „Na, dann los", sprach sie sich selbst Mut zu und öffnete die Tür.

Es war eigenartig, nach Hause zu kommen. Beziehungsweise das Eigenartige war, dass es Cadis jedes Mal freute, nach Hause zu kommen. Endlich hatte sie das Gefühl, ein Zuhause zu haben, zu einer Familie zu gehören.

„Hi Cadi!", rief David ihr vom Treppenabsatz zu, als sie an der Garderobe gerade ihre Jacke auszog.

Lächelnd drehte sie sich zu ihm um, ihr Lächeln gefror jedoch sofort, als sie sah, dass er nur in Boxershorts bekleidet war.

„Ach, David, bitte nicht das schon wieder."

Er lachte. „Keine Sorge, Schwesterherz, sie ist meine Freundin."

Beinahe wäre ihr die Jacke wieder vom Bügel gerutscht. „Du hast eine Freundin? Seit wann das denn?“

„Seit etwa einem Monat. Aber verrate es bitte noch keinem, sie sollen deswegen noch kein Fass aufmachen. Ich weiß nicht einmal, ob Haley mich wirklich behalten möchte.“ Er kratzte sich am Hinterkopf und wirkte auf einmal wieder wie der fünfjährige Hosenmatz von früher.

„Natürlich will sie das! Wo ist denn dein Selbstbewusstsein hin?“

„Na ja, ein guter Liebhaber zu sein, bedeutet offensichtlich nicht automatisch, auch ein guter Freund zu sein. Da habe ich noch einiges zu lernen.“

Es gab ein Klickgeräusch, als Cadis den Bügel mit ihrer Jacke an die Metallstange hängte. „Tja, mit Beziehungen kennt sich in dieser Familie leider niemand so richtig aus. Aber ich bin mir sicher, dass du lernen wirst, ein guter Freund zu sein.“ Sie schloss die Tür des Wandschranks. „Du bist ein wunderbarer Mensch. Mit Sicherheit weiß Haley das auch und gibt dir die Zeit, die du brauchst.“

„Das glaube ich auch. Aber was Beziehungen in unserer Familie angeht, liegst du nicht ganz richtig, Schwesterherz.“

Cadis runzelte die Stirn.

Geheimnisvoll beugte David sich vor. „Das hast du nicht von mir. Aber Nigel ist mit seiner Freundin seit fünf Jahren zusammen. Ihr Name ist Corina. Sie werden sich wohl bald verloben.“

Cadis’ Mund klappte auf. Nigel und eine Freundin? Irgendwie hatte sie immer angenommen, er und

Darléne wären ein Paar. Nicht im Sinne von Inzest, sondern weil sie immer zusammen waren und niemand gut genug für sie zu sein schien.

„Das ist ja was“, sagte sie schließlich. „Hätte ich nicht gedacht.“

„Ist aber auch nicht so wichtig. Ich ziehe mich jetzt an und dann fahren wir zu den Trewins.“

Wieder zog sich ihr Magen zusammen. „Ich bin mir nicht sicher, ob ...“

David war bereits auf dem Weg in sein Zimmer. „Nichts da, Schwesterherz, keine Widerworte“, rief er, ohne sich umzudrehen. „Du wirst dich nicht ewig drücken können. Und jetzt zieh deine Jacke wieder an, wir fahren direkt los.“

Seufzend tat sie, was ihr Bruder ihr angeordnet hatte. Wann war er eigentlich so befehlsfreudig geworden?

Auf der Fahrt gab Cadis keinen Ton von sich. David hingegen plapperte fröhlich auf sie ein, ohne, dass sie ihm zuhörte. Ihre Gedanken kreisten unentwegt um die zwei Tage mit Fin, den Kuss, seine Andeutungen und Kommentare, sein Lächeln und wie alles in sich zusammenbrach. Einschließlich der Tatsache, dass sie bis heute nichts von ihm gehört hatte.

Vor einem gigantischen geschwungenen Tor aus schmiedeeisernen Metallstreben blieben sie stehen. Das Trewin-Wappen prangte wenig bescheiden auf beiden Flügeln des Tores.

An der Gegensprechanlage neben dem Eingang kündigte David sie an. Das Tor öffnete sich daraufhin von allein.

Das Anwesen der Trewins war mit Sicherheit dreimal so groß wie ihres. Allein die Auffahrt war bestimmt fünfzig Yard lang. Rechts und links wurden sie begleitet von dem gepflegten englischen Garten mit Ziersträuchern und Hecken wie Flieder, Rosen und Rhododendron und einem Rasen, der so akkurat in einer Länge gehalten war, dass er Cadis unecht vorkam. Alles in allem eine Umgebung, die sie tiefer in ihren Sitz rutschen ließ.

Das Haus der Trewins war eine stattliche Villa in gelben Putz gekleidet, mit weißen Umrandungen der Fenster.

Gelassen fuhr David um das dreigeteilte Rondell mit dem großen Springbrunnen in der Mitte und parkte das Auto direkt vor dem Eingang, wie er es auch daheim gern tat.

Mit weichen Knien stieg Cadis aus.

Zu ihrem Erstaunen gingen sie jedoch nicht zum Eingang. Ihr Bruder winkte sie am Haus vorbei. „Komm, Schwesterlein. Der Jahrmarkt ist auf der hinteren Seite des Grundstücks. Da wird dann auch die Zufahrt für die Öffentlichkeit sein."

Stumm folgte sie ihrem Bruder über die schmalen Kieswege, die von akkurat geschnittenen, kniehohen Buchsbaumhecken eingefasst waren. Ein wenig erinnerten Cadis diese Wege an ein Minilabyrinth. Der Duft von Blattgrün lag in der Luft.

Bereits neben dem Haus konnte sie die Fahrgeschäfte sehen. Gerade das Riesenrad ragte weit über die Wipfel der Bäume. Und es drehte sich.

Ehrfurcht erfasste Cadis, ließ ihre Schritte sich verlangsamen. David ergriff ihre Hand und zog sie unbarmherzig weiter, bis zum Hintereingang des eingezäunten Geländes. Nun musste Cadis stehenbleiben. Ihr Herz überschlug sich beinahe bei dem Anblick.

Die Trewins hatten ganze Arbeit geleistet. Der Jahrmarkt sah wirklich exakt so aus wie auf den Fotos – nur in Farbe. Genau so hatte sie ihn sich vorgestellt. Das Riesenrad bildete den Kopf, danach auf der einen Seite der Autoscooter und das Schienenkarussell – zwischen denen sie gerade standen – und auf der anderen Seite vor ihnen der Flieger, das Ketten- und schließlich das Pferdekarussell. Dazwischen die Holzbuden und der eine Schießstand als Wagen.

„Na, kleine Penrose, wie gefällt es dir?“

Cadis zuckte zusammen.

Preston Trewin hatte sich unbemerkt genähert. Seine trüben Augen musterten sie unverblümt. „Ist es so, wie du es in Erinnerung hattest?“

David strich ihr noch einmal über den Rücken und entfernte sich, ihre flehenden Blicke ignorierend.

„J-ja, das ist es“, brachte sie hervor.

Seine Brust schwoll an. „Freut mich, zu hören. Wir haben uns wirklich Mühe gegeben. Allein diese historischen Karussells aufzutreiben ...“ Er schüttelte den Kopf. „Das Riesenrad ist allerdings etwas kleiner als das Original. Genehmigungen und so.“

„Das ist doch nicht schlimm.“

„Gewöhn dich nicht an den Anblick. Wir werden es früher oder später demontieren müssen. Klagen und so.“

Auf Cadis' verständnislosen Blick hin erklärte er: „Man kann von oben hervorragend in die Gärten der Nachbarn sehen. Die umliegenden Parteien haben bereits mit einer Klage gedroht, weil der Jahrmarkt persistent ist." Geradezu fröhlich plauderte der gestandene Mann neben ihr aus dem Nähkästchen. „Gerade die Arscotts sind die reinste Plage. Haben Sorge, dass man ihre Techniken des Cornish Wrestlings abschaut, wenn sie im Garten trainieren – als würde sich jemand für diese barbarische Sportart interessieren.

So oder so, bis zur Eröffnung bleibt das Riesenrad stehen. Da können die machen, was sie wollen."

Cadis nickte und sah hinüber zum Riesenrad. Es war wunderschön und doch erfasste sie bei dem Anblick ein Gefühl von Beklemmung. Ob sich das jemals ändern würde?

„Wir haben es anhand des Stellplans und der aktuellen und damaligen Fotos nachgestellt."

„Es wundert mich noch immer, dass der Stellplan als einziger Nachweis des Jahrmarktes im Safe war", murmelte Cadis gedankenversunken zu sich selbst.

„Nun, ich nehme an, damit man auch in hundert Jahren noch nachvollziehen kann, wo sich welches Karussell befindet", antwortete Mr. Trewin dennoch. „Das ist durchaus sinnvoll, wenn der Jahrmarkt irgendwann so verwildert oder abgesackt ist, dass nichts mehr zu erkennen ist." Er fasste die Hände hinter seinem Rücken zusammen und betrachtete das Werk seiner Familie. „Ich hoffe, dass hier alles zu deiner Zufriedenheit ist."

„Das ist es. Voll und ganz."

„Schön. Ich habe noch einiges zu erledigen, schließlich wird schon morgen der Hauptansturm losgehen und nach dem Artikel in der Zeitung wird wohl ganz Cornwall kommen. Bitte, sieh dich noch ein wenig um. Anmerkungen direkt an mich. In delegiere dann." Mit einem eigenartigen Augenzwinkern ging er behäbigen Schrittes zu den anderen Anzugträgern, von denen Cadis einige der Trewins erkannte.

„*Mein* Vorschlag war eigentlich, den Jahrmarkt original so nachzubauen, wie wir ihn vor ein paar Wochen vorgefunden haben. Das würde eindeutig mehr Nervenkitzel bringen."

Bei der Stimme direkt neben ihr setzte Cadis' Atmung aus. Wie in Zeitlupe drehte sie sich zur Seite.

Fin.

Eine freche Böe wehte ihr eine gelockte Strähne ins Gesicht, die sie gleich wegstrich.

Obwohl es eigentlich keinen Grund dafür gab, brachte Cadis kein Wort heraus. Ihr Herz trommelte wild in ihrer Brust, unterbrach laut ihr inneres Schweigen.

„Schön, dich zu sehen", sagte Fin lächelnd. Seine dunklen Augen funkelten und spiegelten die Ehrlichkeit seiner Worte wider.

Rasch betrachtete Cadis ihre Schuhe. Ihre Wangen brannten bereits. Wo lag ihr Problem? Sie waren Freunde und hatten die wohl intensivsten achtundvierzig Stunden verbracht, die man miteinander verbringen konnte, wenn man sich gerade kennengelernt hatte. Und doch war es so schwer, ein normales Gespräch zu führen.

„Danke … ähm, dass du Granny die Unterlagen überlassen hast“, brachte sie schließlich mit krächzender Stimme hervor. „Und sie nicht für dich behalten hast.“

Sacht hob er ihr Kinn an, sodass sie ihn ansehen musste. Sein Blick durchdrang ihren. „Cadis, ich mag dir nicht erzählt haben, dass ich ein Trewin bin, aber alles andere war einhundert Prozent ich. Und ich habe alles genau so gemeint, wie ich es gesagt habe.“

Noch immer schlug ihr Herz, als würde sie einen Marathon laufen, während sie die feinen Muster seiner Iris betrachtete. Die goldenen Sprenkel, die sich durch das dunkle Braun zogen. Wärme erfüllte sie. Das war der Moment, in dem ihr klar wurde, was sie längst ahnte.

„Hast du kurz Zeit?“, fragte Fin in die Stille hinein.

Für eine Sekunde fühlte sich Cadis benommen, wie aus einem Traum gerissen.

„Ich würde dir gerne etwas zeigen.“

„Okay“, erwiderte sie stimmkarg und folgte ihm den Irrweg zurück zum Haus. Auf der anderen Seite neben der Villa befand sich eine olivgrüne Stahlhalle, die Cadis beim Auffahren nicht bemerkt hatte.

„Die musste extra gebaut werden“, erklärte Fin, während er das Schloss der Tür öffnete, die in das etwa dreißig Fuß hohe Rolltor eingelassen war. Seiner einladenden Geste folgend, betrat sie wortlos die Halle, in der absolute Dunkelheit herrschte. Lediglich eine durchdringende Geruchsmischung aus Metall, Öl, Kleber und Lack nahm sie wahr.

Mit einem Summen und Flackern erhellten vier Reihen von Lichtpaneelen die Halle. In der Mitte, direkt vor Cadis stand ...

Das Pferdekarussell.

Automatisch ging sie ein paar Schritte zurück.

Zweifellos war es das Original von dem alten Jahrmarkt. Sie erkannte die Pferde mit ihren offenen Mäulern, die Malereien, die in neuer Farbe erstrahlen.

„Ich habe mein Bestes gegeben“, erklärte Fin und trat neben sie.

„Das sehe ich.“ Ungläubig wanderte ihr Blick von den Pferden über die in sich gewundenen Haltestangen bis hin zu den Abbildungen und bunten Lampen. Trotz der neuen Aufmachung sah man dem Karussell sein Alter an. Risse und Kratzer hatte Fin ausbessern und fehlende Gliedmaßen ankleben können. Und doch erkannte man die unterliegende Blässe der Farben, die Rückstände von Efeu und Grünspan und tiefere Beschädigungen, die nicht so leicht behoben werden konnten. Doch gerade das verlieh dem Karussell noch mehr Charme.

Cadis’ Mund formte ein Wow, doch heraus kam nichts.

„Die Salzluft hat dem Material gehörig zugesetzt. Vieles war nicht mehr zu retten oder nur notdürftig zu flicken, so wie unser Freund ohne Unterkiefer, der ihm vermutlich bei der kleinsten Erschütterung wieder abfallen wird. Das gesamte Karussell besteht eigentlich nur noch aus Spachtelmasse, Kleber und Lackfarbe.“

„Das ...“ Noch immer weigerten sich die Worte, ihren Mund zu verlassen. Sie schüttelte den Kopf.

„Ich weiß, es ist nicht so prachtvoll wie vor sechzig Jahren. Trotzdem habe ich eine kleine Überraschung für dich." Er ging zu dem Fahrgeschäft und betätigte ein paar Schalter. Als erstes leuchteten sämtliche Glühlampen kunterbunt auf, dann drang verzerrte Musik aus den Lautsprechern und schließlich setzten die Pferde zu einem gemächlichen Ritt an, tanzten langsam auf und nieder, während das große Rad sie im Kreis laufen ließ. In diesem Zuge schaltete Fin die Deckenlampen der Halle aus.

Bei dem unheilvollen Quietschen und Ächzen des Karussells im Einklang mit der schiefen Musik und den lädierten Pferden wäre dies eigentlich eine Fahrt des Grauens gewesen, die in jedem Horrorfilm für die passende Stimmung gesorgt hätte. Auch Cadis bescherte sie eine Gänsehaut. Allerdings nicht vor Schauer, sondern weil sie es so schön fand. Bestimmt hatten ihre Großmutter und Grayson heimlich auch eine Fahrt gewagt.

Nach nicht einmal einer halben Minute begannen die Lichter zu flackern, Fin schaltete das Karussell ab und die Hallenlichter wieder ein.

Mit tief in die Taschen vergrabenen Händen schlenderte er zu ihr. „Ich wollte das Pferdekarussell restaurieren, weil es noch am meisten Chance hatte und ich wusste, was es dir bedeutet. Aber viel konnte ich leider nicht ausrichten."

Als Cadis noch immer schwieg, sprach er weiter. „Es tut mir wirklich leid, dass ich dir nicht von Anfang an die Wahrheit gesagt habe. Und ich verstehe es vollkommen, wenn du mir dadurch nicht mehr vertrauen kannst und deinen weiteren Weg allein gehen möchtest."

„Das möchte ich nicht!", platzte es aus ihr hervor. „Zumindest nicht ohne dich. Ich weiß, ich habe ziemlich überreagiert, als ich erfahren habe, wer du bist. Aber es war wirklich eine extreme Situation und meine Nerven lagen blank. Ich konnte nicht verstehen, warum du mich angelogen hast, und nicht einschätzen, was noch alles gelogen war. Ich dachte, ich habe dem Feind vertraut, dem Wolf im Schafspelz."

„Das hast du nicht."

„Das weiß ich jetzt auch", sagte sie sanft. „Aber ich habe dich von mir gestoßen. Und das tut mir sehr leid. Ich war so festgefahren in meinem Adel-Hass und meinem Trewin-Hass, dass ich dir keine Chance gegeben habe und dass es mir völlig gleichgültig war, was du bis dahin für mich getan hattest. Ich hätte mir an deiner Stelle auch nicht die Wahrheit gesagt. Zumindest nicht, wenn ich dir ernsthaft hätte helfen wollen."

„Und das wollte ich." In seinem Blick flackerte etwas auf. „Aber eine Sache stimmt nicht so ganz."

Cadis legte den Kopf schief.

„Du hast mich nicht von dir gestoßen. Und du hast mir eine Chance gegeben. Sogar die größte von allen."

„Was meinst du?"

Fin antwortete nicht gleich, trat zunächst von einem Bein auf das andere, betrachtete das Karussell, stellte Cadis' Geduld auf eine Zerreißprobe. Die Hände hatte er noch immer in den Hosentaschen.

„Ich meine, dass du in meinem Arm hattest sterben wollen."

„Das … äh …“ Sie stutzte. „Das war etwas anderes. Im Anblick des Todes tut man viele ungewöhnliche Dinge.“

„Das ist wahr. Vor allen Dingen ist man ehrlich … oder?“ Mit einem Seitenblick fing er den ihren auf.

Wieder stieg Wärme in ihre Wangen. Er wusste es also. Er hatte es gewusst, bevor sie es selbst wusste. Das war ärgerlich, aber nicht zu ändern. Sie versuchte, seinem Blick standzuhalten und gleichzeitig Gefühl in ihre Worte zu legen. „Du hast mir gefehlt, Fin.“ Endlich wandte er sich ihr vollends zu. „Es hat mir gefehlt, Zeit mit dir zu verbringen. Die Unterhaltungen und die Späße, die ich nur mit dir haben kann. Ich weiß nicht, warum, aber du bist der erste, bei dem ich das Gefühl hatte, ihm blind vertrauen zu können.“

„Vielleicht hatten deine Granny und mein Großonkel ihre Finger im Spiel“, überlegte Fin.

Cadis lächelte. „Ja, vielleicht.“

„Möglicherweise wollten sie die Familien wieder zusammenführen, die sich damals zerstritten haben. Oder …“, er machte eine effektvolle Pause, „ihre Liebe sollte zwei Generationen später fortgeführt werden.“

Hatte er gerade *Liebe* gesagt? In ihrem Brauch breitete sich ein Kribbeln aus.

„Ich glaube übrigens, dass die Person, die du finden solltest, nicht Rosie Parsons war.“

„Sondern?“

Ein Schmunzeln zierte sein Gesicht. „Ich denke, die Person, die du finden solltest, warst du selbst.“

Cadis dachte über seine Worte nach. „Das könnte sein.“

„Und? Hast du sie gefunden?“

Sie nickte. „Ja, ich denke, das habe ich."

„Das ist gut."

„Fin, in dem Feuer, da ..." Sie stockte. Wie sollte sie es formulieren? „Da wollte ich einfach in deinen Armen sein, denn ..." Sie bekam kaum mehr Luft. „Die letzten Momente seines Lebens sollte man mit dem Menschen verbringen, den man liebt."

Da war es. Sie hatte es gesagt. Ihr Herz raste, ihr Körper zitterte. Sie biss sich auf die Lippen, damit ihre Zähne nicht aufeinander klapperten.

Fin zögerte keine Sekunde, überbrückte den letzten Abstand zwischen ihnen, ließ seine Hand ihre Wange entlang bis zu ihrem Hinterkopf gleiten und senkte langsam den Kopf zu ihr herunter.

Sein Atem auf ihrer Haut war warm und gleichmäßig.

Kurz bevor seine Lippen die ihren berührten, flüsterte er: „Und das ist genau der Grund, aus dem ich dich im Arm halten wollte."

Ein wahres Feuerwerk des Glücks entfachte sich in Cadis, als seine Worte in ihr Bewusstsein sickerten und sie ihn endlich küssen konnte.

Sie schlang ihre Arme um seinen Hals, ließ sich von ihm dicht an ihn ziehen und genoss das Gefühl seiner Lippen und seiner Nähe.

Sie hatte geglaubt, dass es ihr auf ewig verwehrt bleiben würde. Doch nun erfuhr sie zum ersten Mal Anerkennung und Wertschätzung und vor allen Dingen Liebe. Nicht nur von Fin, sondern auch von ihrer Familie.

Ihr Albtraum hatte damit endlich ein Ende.

In Gedanken dankte sie ihrer Grandma, denn ohne sie hätte sie all das niemals finden können.

ENDE

EPILOG – GRAYSON

Cornwall, England, 1961

In ein paar Tagen würde es so weit sein. Nur noch ein paar Tage, dann würde die Eröffnung stattfinden. Die Buden und Fahrgeschäfte, die gerade rechts und links neben ihm schliefen, würden leuchten und mit Leben und Lachen erfüllt sein.

Doch er konnte es nicht mit sich und seinem Gewissen vereinbaren.

Es würde Menschenleben fordern. Leben wie seines, das seiner Frau oder das seines ungeborenen Kindes.

Sein Magen zog sich zusammen, während der Boden das Geräusch seiner Schritte schluckte.

Was sollte er tun? Er blieb stehen. Orangerot stand die Sonne wie eine große Scheibe über dem Meer. Der Anblick durch die Bäume war traumhaft. Die Wellen rauschten gleichmäßig hinter dem Riesenrad. Eine tückische Ruhe, eine falsche Gleichmäßigkeit.

Wie ferngesteuert trugen seine Beine ihn zum Riesenrad, das dort an dem Steilhang stand. Imposant und beeindruckend ruhte es in erhabener Vollkommenheit. Von ganz oben hätte man garantiert einen atemberaubenden Blick auf das Meer und auf die Welt.

Dennoch konnte er es nicht zulassen. Nichts von all dem. Er konnte und wollte seinen Kopf nicht für die reine Gier nach Geld, Besitz und Ansehen hinhalten. Er war naiv gewesen, hatte sich von seinem Vater bevormunden lassen. Er hatte zugelassen, dass sich sein Vater seine Sorge zunutze gemacht hatte, seine Familie nicht ernähren zu können. Er hatte zugelassen, dass er ihn in eine Position geködert hatte, in der es keine richtigen Entscheidungen mehr gab und jede noch so kleine Entscheidung fatale Folgen haben würde. Nun wären es seine Hände, an denen das Blut unschuldiger Menschen kleben würde, nicht die seines Vaters.

Darum war es an ihm, jetzt etwas zu tun. Calandra hatte recht. Selbst wenn sie mittellos unter einer Brücke leben mussten, war nur wichtig, dass sie zusammen waren. Und das würden sie sein. Außerdem würden sie nachts ihren Kopf ruhig auf ihr Kissen betten können, weil sie wussten, dass sie das Richtige getan hatten.

Seine eigenen Geschäftspartner glaubten ihm nicht. Die Männer, mit denen er seit Jahren zusammenarbeitete und sich mit ihnen auf Augenhöhe glaubte, wollten die Gefahr nicht sehen, verschlossen die Augen.

Mit in den Taschen vergrabenen Händen trat er einen Kieselstein weg. Er konnte ihr Gehör nicht erreichen. Also mussten Taten her, Beweise, ein Schock, der sie wachrüttelte.

Entschlossen zog er einen Schlüsselbund hervor und schloss die Kabine des Führerhäuschens vom Riesenrad auf. Vor ihm erstreckte sich eine Armatur von Knöpfen, Hebeln und Schaltern. Er wusste nicht bei allen, wofür man sie brauchte, die wichtigsten jedoch kannte er von den Probefahrten. Er nestelte nach dem passenden Schlüssel an dem Bund, steckte ihn dann ein und drehte ihn herum. Die Lichter an dem Fahrgeschäft leuchteten fröhlich auf.

Nun kristallisierte sich eine Idee heraus: Wenn er alle Karussells einschaltete und damit den gesamten Jahrmarkt in Bewegung setzte, könnte er demonstrieren, welche Gefahr von diesem Ort ausging. Eine Simulation der tatsächlichen Verhältnisse, wenngleich er das Gewicht der Menschenmassen, die zu erwarten waren, nicht nachahmen konnte.

Dennoch war er fest davon überzeugt, dass es nur eine Frage der Zeit sein würde, bis durch die Bewegung der Karussells etwas absackte und den Herren zeigte, was passieren konnte. Das würde sie garantiert aufwecken.

Diesen Gedanken fest im Hinterkopf, schob er den Hebel zum Einstellen der Geschwindigkeit auf die maximale Höhe und betätigte den grünen Knopf zum Starten. Mit einem kleinen Ruck und einem kurzen Knarren setzte sich das gewaltige Fahrgeschäft in Bewegung.

Grayson trat aus der Kabine und betrachtete mit etwas Abstand diese gigantische Konstruktion. Es faszinierte ihn jedes Mal aufs Neue.

Doch viel Zeit für diesen Anblick nahm er sich nicht. Er musste weiter. Als nächstes ging er zu dem Flieger und startete diesen. Ebenso verfuhr er mit dem Schienenkarussell, dem Kettenkarussell und dem Pferdekarussell. Den Autoscooter zu starten, hatte wenig Sinn, da er nicht von allein fuhr. Aber vielleicht sollte er etwas in den Autos herumfahren? Zunächst war jedoch das Riesenrad wieder an der Reihe. Grayson hatte es auf Dauerbetrieb gestellt, doch das war ihm zu harmlos. Er wollte es besser machen. Während er wieder zurückeilte, um das Riesenrad zu stoppen, nur um es gleich darauf wieder anfahren zu lassen, wurde ihm klar, dass es riskant war, sich hier aufzuhalten. Bislang war er nur davon ausgegangen, dass der Boden an dieser oder jeder Stelle etwas absacken könnte, doch was war, wenn der komplette Untergrund nachgab?

„Was machst du da?", fragte eine dunkle Stimme hinter ihm plötzlich.

Albert.

Grayson fuhr herum. „Einen schönen guten Abend." Es war nicht leicht, sich nicht ertappt zu fühlen. Dennoch reckte er das Kinn. Er war Albert gegenüber keine Rechenschaft schuldig. „Ich simuliere die Eröffnung."

„Das ist nicht deine Aufgabe. Und dein Vater wird das nicht gutheißen."

Grayson war es lästig, dass sich Albert stets als sein Vorgesetzter aufspielte und ihm mit seinem Vater drohte. Als wären sie Kinder und er würde ihn bei seinem Dad verpetzen, wenn er sich etwas zu Schulden kommen ließ.

„Lass meinen Vater nur meine Sorge sein, kümmere du dich weiter um die Planung der Eröffnung, schließlich ist das *dein* Aufgabenbereich."

Alberts Kiefermuskeln arbeiteten. „Das werde ich, sobald ich sichergestellt habe, dass die Karussells abgeschaltet sind. Anschließend werde ich dafür Sorge tragen, dass dir die Schlüssel abgenommen werden. Diese freie Handlungsbefugnis bekommt dir nicht."

Grayson unterdrückte ein knurrendes Geräusch. „Ich bin Hauptverantwortlicher. Ihr habt mir die alleinige Handlungsbefugnis erteilt, schon vergessen? Und jetzt werde ich die Karussells fahren lassen, so lange ich will. Du hast mir keine Vorschriften zu machen."

Alberts Blick verfinsterte sich. „Ich werde dich jetzt zurückgeleiten."

„Deinen Escort brauche ich nicht. Außerdem habe ich hier noch zu tun. Setz dich doch und genieß den Anblick, den wir erschaffen haben." Mit einer ausladenden Geste umfasste er das Areal des Jahrmarkts.

„Du stellst die Karussells ab und kommst mit mir." Sein Tonfall wurde barsch und duldete keine Widerworte.

„Ich lass mir von einem besseren Angestellten wie dir, der die meiste Zeit in dem Podex meines Vaters verbringt, keine Anweisungen erteilen."

„Komm jetzt mit!", schrie Albert, wobei ihm etwas Spucke aus dem Mund flog.

Gerade, als Grayson sich wundern wollte, warum er so aggressiv war, roch er es: Alkohol. Ein beißender Geruch, den er öfter schon bei Albert wahrgenommen hatte, speziell am Abend. Und dieser Mensch sollte laut seinem Vater wirklich das Familiengeschäft übernehmen? Er war zu ernst, unnachgiebig, verbittert, kühl und emotionslos. Er scherte sich einen Dreck um Menschen und Schicksale und wirtschaftete nur in seine eigene Tasche. Und er soff. Nein. Albert war keine gute Wahl. Zwar war er selbst nicht begeistert bei dem Gedanken, in die Fußspuren seines Vaters zu treten, aber das war ihm lieber, als dass

Albert die Geschäftskontakte in seine dürren Griffel bekam.

Nun musste er aber erst einmal Zeit gewinnen. Die Karussells machten ihren Teil allein. Er musste sich nur weiter gegen seinen Geschäftspartner auflehnen, oder ihn einfach ablenken.

„Wie geht es deinen Eltern?“

Bei dieser Frage rastete Albert aus. Obwohl Grayson nicht einmal begriff, warum, stürmte er auf ihn zu, packte ihn und drückte ihn fest an eine der Säulen des Riesenrads. Für seine hagere Statur hatte er erstaunlich viel Kraft. Mit dem Ellenbogen drückte er ihm die Kehle so weit zu, dass er kaum noch Luft bekam.

Sein Blick war eiskalt und hasserfüllt. „Halt dich aus meinen Angelegenheiten raus“, knurrte er wie ein ausgehungerter Wolf.

Grayson röchelte. Albert drückte seinen Kehlkopf schmerzhaft nach innen. Dennoch blieb er unbeeindruckt. „Du mischst dich doch auch in meine Familienangelegenheiten ein.“

„Du bist unfähig und unnütz. Außer unschuldige Frauen zu schwängern, die es nicht besser wissen, bist du zu nichts zu gebrauchen. Du hast in der ehrenvollen Trewin-Familie nichts verloren.“

Der beißende Alkoholgeruch stieg Grayson in die Nase. „Du auch nicht.“

Auf diesen Kommentar hin landete Alberts Faust krachend in Graysons Gesicht. Er hatte sie nicht kommen sehen. Seine Nase und sein Wangenknochen schmerzten, er fühlte warme Flüssigkeit über seine Lippen laufen und an seinem Kinn hinabtropfen. Metallischer Geschmack erfüllte seinen Mund.

Albert sah Grayson angewidert an, ehe er ihn aus seinem Griff entließ. Geschwächt sank Grayson auf den Boden, japste nach Luft. Wut stieg in ihm auf. Wut über Alberts Penetranz, über dessen Einmischen immer und überall, über seine Verurteilungen. Dennoch wischte er sich nur das Blut aus dem Gesicht. Er wollte keinen Kampf. Der Zorn ebbte langsam ab.

„Los, steh auf du Waschlappen!", brüllte Albert.

Grayson saß noch immer auf den Knien, um Zeit zu schinden. Wenn er jetzt weglief, würde der Jahrmarkt in zwei Tagen eröffnet werden. Er musste bleiben. Dies war seine einzige Chance. Er musste die Karussells am Laufen halten, koste es, was es wollte. Und der Preis war hoch. Der Hass in Alberts getrübtem Blick hatte ihn alarmiert. Grayson vermochte nicht einzuschätzen, wie weit er bereit war, für seine Pläne zu gehen, wie viele Opfer er in Kauf nehmen würde. Doch wenn dieser Abend vorüber war, würde er alles daransetzen, seine Familie von Albert zu befreien.

Langsam wischte sich Grayson das nachgelaufene Blut aus dem Gesicht und erhob sich.

„Och, habe ich dir deine hübsche Visage ruiniert? Deine Frau wird das nicht stören. Sie hat einen feigen Weichling geheiratet. Wenn der auch noch scheiße aussieht, hat sie genau das, was sie verdient hat."

„Rede nicht so über meine Frau!"

Alberts Augenbrauen wanderten in die Höhe. „Ach nein? Und warum nicht? Wie soll ich denn über sie reden, die kleine Schlampe? Denkst du, ich weiß nicht, was für Blicke sie mir zugeworfen hat, bevor du aufgetaucht bist? Ohne dich hätte ich sie garantiert rumbekommen. Sie braucht eine etwas härtere Hand, das habe ich gleich gemerkt. Sie ist ein Wildpferd, das gezügelt werden muss." Alberts Mundwinkel verzogen sich zu einem widerlichen Grinsen, das in Grayson erneut immense Wut aufwallen ließ. Dieses Mal verrauchte diese nicht einfach so.

Nein, er durfte sich von Albert jetzt nicht provozieren lassen. Genau das war seine Absicht.

„Sag, kleiner Trewin: Hast du sie schon einmal geschlagen? Sie hat es wirklich verdient, oder? Redet immer ungefragt, ist unzüchtig und eine Schande für jede Familie. Oder bist du einer dieser Feiglinge, die sich das nicht trauen? Ich sage dir, bei mir hätte sie ein ganz anderes Leben. Ich würde sie zu erziehen wissen. Ich würde sie mir nicht auf der Nase herumtanzen lassen, wie du es tust."

„Halt den Mund!", schrie Grayson. Der Zorn hatte endgültig die Oberhand gewonnen. Er konnte über seinen Vater sagen, was er wollte, er konnte über ihn selbst sagen, was er wollte, aber nicht über Calandra. Da war das Maß endgültig voll.

Das Grinsen in Alberts Gesicht vertiefte sich. „So, das gefällt dir also. Ich hätte da noch mehr ..."

„Du sollst den Mund halten!"

„Schalt die Karussells ab und komm mit mir vom Jahrmarkt. Dann denke ich drüber nach."

„Pah! Das wirst du sowieso nicht tun. Glaubst du etwa, ich weiß nicht, wie falsch und verlogen du bist?" Diese Aussage bereute Grayson, kaum dass sie über seine blutverschmierten Lippen gekommen war. Nicht nur, dass er sich damit tatsächlich auf Alberts Niveau herabgelassen hatte, stürmte dieser nun mit rotglühenden Augen auf ihn zu und packte ihn. Dieses

Mal ließ sich Grayson allerdings nicht so leicht überrumpeln und wehrte dessen Versuche ab, ihn auf die Seite oder zu Boden zu schleudern. Er versuchte, seinem Griff zu entkommen. Doch ohne Erfolg. So sehr er sich bemühte, hatte er Albert nur wenig entgegenzusetzen. Er mochte wesentlich schmächtiger sein als Grayson, aber hinter seinem knöchernen Körper verbarg sich eine ungeahnte Kraft. Für ihn musste entweder weitaus mehr auf dem Spiel stehen – was sich Grayson nicht vorstellen konnte – oder es musste sich in der Vergangenheit unfassbar viel Frust und Wut angestaut haben. Und wieder wurde Grayson klar, dass er Albert im Grunde überhaupt nicht kannte. Er könnte ein Serienkiller sein, der munter in ihrer Familie ein und aus spazierte.

Immer wieder schlug und trat Albert auf ihn ein und traf jedes Mal. Immer mehr Bereiche seines Körpers schmerzten von den vielen Schlägen. Nachdem Albert sein Knie auch noch gezielt in Graysons Magengrube gerammt hatte, bekam er keine Luft mehr und sank schließlich kraftlos zusammen.

Albert war noch nicht fertig. Er griff in Graysons Haare und riss dessen Kopf nach hinten. „Na, mein Hübscher, wie wäre es mit einem Schlückchen?“ Damit griff er nach einer Flasche mit einer braunen Flüssigkeit auf dem Boden, die er vorher dort abgestellt haben musste. Unverblümt kippte er Grayson die Flüssigkeit ins Gesicht.

Es brannte.

Grayson hustete.

„Na, was ist? Schmeckt dir diese Plörre nicht? Ist dein feiner Gaumen etwas Edleres gewohnt?“ Damit kippte er ihm erneut einen Schwall ins Gesicht, sodass Grayson wieder krampfartig hustete. Albert warf seinen Kopf in den Nacken und lachte bestialisch auf.

„Ach, du bist wirklich ein Hänschen Klein. Kannst nichts ab. Das habe ich schon gesehen, also du so zimperlich beim Cognac warst. Du denkst, niemand merkt, dass du immer nur ein Glas trinkst und auch mehr daran nippst, als es zu trinken. Aber mich kannst du nicht täuschen. Ich beobachte meine Mitmenschen genau, erst recht meine Konkurrenten und Feinde. Nur so kann ich ihre Schwachstelle finden und sie damit ausstechen. Hat bislang noch immer geklappt." Er schnitt eine Grimasse, die an ein Grinsen erinnerte, und hielt ihm die Flasche vor die Nase. „Du bist kein echter Mann, wenn du nicht trinkst."

„Es ist mir egal, was du von mir hältst", keuchte Grayson.

„Amen", sagte Albert und genehmigte sich selbst einen großzügigen Schluck. Er genoss es sichtlich, in dieser dominanten Position zu sein.

Grayson wollte sich wehren, doch Alberts Griff war hart, fest und unnachgiebig, wohingegen seine eigenen Kräfte geschwächt waren und immer weiter schwanden. Obwohl er nichts von dem Zeug schlucken wollte, rann es ihm in kleinen Mengen doch unangenehm heiß die Speiseröhre hinab.

„So, Bürschchen." Ein dezentes Lallen schlich sich in Alberts Worte. „Das ist deine letzte Chance. Kommst du freiwillig mit, oder soll ich dich an deinen hübschen Haaren hieraus schleifen?"

Grayson hatte keinen Zweifel daran, dass er ernst machen würde. „Niemals komme ich mit dir mit“, sagte er dennoch.

Alberts Geduld war am Ende. Er schmetterte Graysons Kopf nach vorn, dass dieser vornüberkippte. Bevor er sich aufrappeln konnte, spürte er einen Tritt an seiner Seite, der einen heftigen Schmerz nach sich zog. Vor seinen Augen entstand ein leichtes Flimmern. Der nächste Tritt traf seine Schulter, der nächste seinen Nacken.

Grayson wurde schwindelig. Geräusche verschwammen.

„Du hast mir den Job genommen, und du hast mir die Frau genommen!“, schrie er, während er weiter kraftvoll und unbarmherzig von allen Seiten auf den am Boden liegenden Grayson eintrat. „Du lehnst dich gegen mich auf und wagst es, nicht zu tun, was ich anordne!“

Grayson versuchte, sich zusammenzurollen, seinen Kopf vor der Flasche zu schützen, mit der Albert nun auf ihn eindrosch.

„Dafür bekommst du jetzt die gerechte Strafe!“

Das war das letzte, was Grayson hörte, ehe ihn ewige Schwärze umschloss. *Calandra*, war sein letzter Gedanke.

EPILOG – ALBERT

Cornwall, England, 1961

Er regte sich nicht mehr. Gut so. Er hatte es verdient. Jeden einzelnen Tritt, jeden einzelnen Schlag. Er hatte keine Ahnung. Er wusste sein privilegiertes Leben nicht zu schätzen. Sollte er je wieder aufwachen, würde ihm das eine Lehre sein.

Zufrieden wischte sich Albert mit dem Ärmel über Mund und Nase. Grayson würde es schon überleben. Er hatte es auch immer überlebt.

Er wollte noch einen Schluck aus der Flasche nehmen, musste jedoch feststellen, dass sie leer war. Wahrscheinlich hatte er bei dem Kampf vergessen, die Öffnung verschlossen zu halten. Verärgert warf er die Flasche hinter sich. Dann würde er sich eben gleich eine neue kaufen. Allerdings war es schon spät und seine Mutter hatte ihn erst heute wieder um Geld angeschnorrt.

Er hasste sie.

Noch mehr hasste er jedoch seinen Vater.

Sie kam nicht vom diesem Penner los. Würde sie nie. Nun durfte er für sie beide bezahlen.

Angewidert sah er auf den Boden, auf dem Grayson regungslos lag.

Erst jetzt fiel ihm ein, dass er wahrscheinlich keinen Job mehr haben würde, sobald der Junior rehabilitiert sein würde. Mit Sicherheit würde Grayson versuchen, ihn loszuwerden. Er hatte sowohl den alten Trewin, als auch den alten Hemmett gut im Griff, dennoch konnte er sich keinen schlechten Ruf erlauben. Es würde Skepsis hervorbringen und die würde zu erhöhter Achtsamkeit führen. Albert wäre in seinem Handeln wieder deutlich eingeschränkter, vielleicht würden sie auch hinter seine Pläne kommen. Das konnte er nicht brauchen, wollte er sich von seinen lästigen Eltern irgendwann endgültig befreien.

Darum blieb nur eine Möglichkeit. Er musste Grayson loswerden.

Sein Blick wanderte Richtung Steilhang.

Es wäre so einfach.

Was hatte er schon zu verlieren?

Der Boden unter ihm rumpelte, doch Albert nahm es nur am Rande wahr. Ihm war gerade eine andere Idee gekommen. Eine Idee, bei der seine jahrelange Mühe im Trewin-Haus nicht umsonst gewesen wäre.

Er wankte ins Führerhaus und schlug wahllos auf irgendwelche Knöpfe, bis das Riesenrad endlich zum Stehen kam. Dann packte er den bewusstlosen Grayson und schleppte ihn in eine der Gondeln.

„Schlaf gut, kleiner Prinz“, murmelte er, ehe er die Tür der Kabine verschloss und sich wieder an der Bedienung des Fahrgeschäfts zu schaffen machte. So ganz begriff er die Apparatur nicht. Das Riesenrad schien auch seinem Willen nicht gehorchen zu wollen. Es startete, stoppte jedoch immer wieder. Spätestens nach ein paar Runden blieb es automatisch stehen.

„Verdammte Scheiße!“, brüllte Albert zornig. Wie hatte Grayson es gerade geschafft, dass sich das Rad dauerhaft drehte? Wenn das so weiterging, würde er diesen aufgeblasenen Schnösel doch die Klippe hinunterstoßen müssen. Dabei wollte er ihn eigentlich die nächsten achtundvierzig Stunden in dieser Gondel fahren lassen, bis er sich völlig eingepisst hatte und so gargekocht war, dass er alles tun würde, was Albert sagte. Dann wäre es auch egal, dass er die Trewin-Nachfolge und die Hemmett-Nachfolge antrat und dass er mit Calandra verheiratet war. Denn sowohl Geld als auch Vergnügen wären ihm bei dem richtigen Druckmittel trotzdem sicher.

Er musste dennoch dafür sorgen, dass er stets etwas gegen Grayson in der Hand haben würde. Doch das war eine Kleinigkeit. Es fand sich immer etwas. Jeder hatte Dreck am Stecken. Und wenn nicht, war es leicht, jemandem etwas anzuhängen.

Grinsend versuchte er es mit dem grünen Knopf. Wieder setzte sich das Riesenrad in Bewegung. Doch dieses Mal schien es nicht stehen zu bleiben. Albert wartete lange, döste zwischendurch sogar ein.

Schließlich nickte er zufrieden, wankte aus dem Häuschen und zurück nach Hause.

Danksagung

Dies war in vielerlei Hinsicht der schwierigste Roman, den ich je geschrieben habe. Noch nie habe ich so viele Gedanken und so viele Überlegungen in einen Roman gesteckt. Nie habe ich so viel recherchiert, mich noch nie mit so vielen und so schweren Themen beschäftigt. Und auch noch nie war das Schreiben an sich eine solche Herausforderung. So oft habe ich auf das geöffnete Dokument gestarrt, ohne dass ich auch nur eine Taste gedrückt hätte, ohne dass ich den Cursor von der Stelle bewegt habe, ohne dass ich auch nur einen klaren Gedanken fassen konnte.

Ich teile dies nun mit euch.

Das Leben schreibt die außergewöhnlichsten Geschichten. Und die Geschichte meines Lebens bekam während der Entstehung des Romans auf einmal Schlagseite, nahm eine Wendung, die ich weder vorhersehen, noch mit ihr umgehen konnte. Sie interferierte stark mit der Geschichte des Romans, brachte mich immer wieder ins Wanken.

Freud und Leid können so dicht beieinanderliegen ...

Trotzdem habe ich es geschafft und freue mich, dass ihr bis hierhin gelesen habt und euch interessiert, was ich wohl noch zu erzählen habe und wem ich dankbar bin. Zunächst einmal danke ich meiner Agentin Alisha Bionda von der Agentur Ashera, dass du mir immer

wieder Mut gemacht hast, das Exposé zu diesem Roman weiterzuentwickeln und auszuarbeiten.
Unendlich dankbar bin ich auch Francesca Hintz, Alexandra Fölker und Yasmin Lehman von dp-Verlag für diese Chance, mich in einem neuen Genre auszuprobieren. Danke, dass ihr das Potenzial dieses Romans gesehen und mir wertvolle Rückmeldungen gegeben habt, danke für eure sympathische Art und die wertschätzende Zusammenarbeit. Und nun steht die ganze Geschichte – es ist wirklich klasse.
Ich danke auch meiner lieben Lektorin Sandra Florean für ihre hilfreichen Tipps und wunderbaren Anmerkungen und freue mich, dass ich sie mit dieser Geschichte ein wenig verzaubern konnte :)
Und was wäre dieses Buch ohne euch, meine BrainstormerInnen und RatgeberInnen? Wie oft ich Phil gefragt habe: „Sag mal, ist das physikalisch möglich?“, ich dich nach Logik und naturwissenschaftlichen Phänomenen gefragt habe, ich kann es gar nicht zählen. Danke! Danke auch der lieben Berenice Weyers für deine Ideen und dem Brainstorming zur Schnitzeljagd. Es sind tolle Sachen dabei herausgekommen und ich hoffe, dass dein Debüt auch bald folgt :) Auch dir, meiner liebsten Julia Adrian, kann ich nicht genug für unsere Schreibsessions und Schreibsprints danken, für das Mut machen und Antreiben, die fantastischen Rückmeldungen, dass du ein wandelnder Schreibratgeber und eine tolle Freundin bist. Das gilt auch für dich, liebe Mia Lena Bestil – ach herrje, haben wir auf meinem Sofa gelitten und geschimpft, gelacht und geweint und uns in allem unterstützt. Schön, dass wir füreinander da sind.

Ebenso dankbar bin ich für meine Freundinnen, die schon seit Jahren immer für mich da waren und sind – gerade in dieser schweren Zeit: Marie, Angela und Kathrin.
Auch bin ich dankbar für jedes nette Lächeln, das mir begegnet, für jedes freundliche Grüßen, jeden kleinen Plausch und jede witzige Haftnotiz. Manchmal sind es diese kleinen Dinge, die guttun.
Aber all dies würde nicht zum Tragen kommen, gäbe es nicht Leserinnen und Unterstützerinnen wie euch, die all das überhaupt möglich machen. All diejenigen, die diese Geschichte gelesen haben, mitgefiebert, mitgelacht (eher weniger) und mitgeweint haben. Für euch mache ich all das. Für euch sitze ich jede freie Minute am Laptop, tagelang, wochenlang, monatelang, teilweise bis in die Nacht hinein. Ich möchte euch mitnehmen in meine Welt und bin froh und dankbar, dass ihr mir gefolgt seid. Ich hoffe, dass ich euch ein wenig mitreißen konnte.
Und zu guter Letzt noch eine Botschaft für *dich* – auch, wenn du dies vermutlich nie lesen wirst. Du hast mich mal gefragt, ob du in einem meiner Romane vorkommst. Das habe ich verneint. Eine Wahrheit, die zugleich unwahr ist, denn zumindest was diesen Roman angeht, bist du überall, auf jeder Seite, in jeder Zeile, schwingst zwischen allen Buchstaben. Die ganze Entstehung, alles, was ich geschrieben habe, war geprägt von dir. So viel könnte ich dir sagen, aber ich bleibe bei: Danke, dass es dich gibt.